合肥三怪集之一

徐子苓集

〔清〕徐子苓/撰　張秀玉/校點

圖書在版編目(CIP)數據

徐子苓集/(清)徐子苓撰;張秀玉校點
—合肥:黄山書社,2023.12
(安徽古籍叢書第二十九輯/安徽古籍叢書編審委員會編纂)
ISBN 978-7-5737-0886-1
Ⅰ.①徐…　Ⅱ.①徐…　②張…　Ⅲ.①中國文學—古典文學—作品綜合集—清代　Ⅳ.①I214.92

中國版本圖書館 CIP 數據核字(2023)第 173679 號

安徽省社會科學院桐城派與區域文化研究中心資助項目
國家社科基金重點項目“清代桐城派士人羣體知識生産研究”(23ATQ010)的階段性成果

出 品 人　葛永波
選題策劃　胡中生
責任編輯　李霜琴
裝幀設計　李　軍
出版發行　黄山書社(https://www.hspress.cn)
地址郵編　安徽省合肥市蜀山區翡翠路 1118 號出版傳媒廣場 7 層 230071
印　　刷　合肥華苑印刷包裝有限公司
版　　次　2023 年 12 月第 1 版
印　　次　2023 年 12 月第 1 次印刷
開　　本　880×1230　1/32
字　　數　310 千
印　　張　17.125
書　　號　ISBN 978-7-5737-0886-1
定　　價　86.00 圓

服務熱綫　0551-63533706
銷售熱綫　0551-63533761
官方直營書店(http://hsssbook.taobao.com)

安徽古籍叢書編印緣起

我國歷史悠久，典籍豐富。我省地處南北之交，學術尤擅其盛。數千年來，哲學、史學、文學、藝術、語言、科技，作者輩出，著述如林，或自名一家，或蔚然成派，多爲中華民族文化之菁華，有裨於社會主義文化之建設。允宜及時整理，以廣流傳。

粵自明清，以至近世，南北郡邑已有涇川叢書、龍眠叢書、貴池先哲遺書、南陵先哲遺書諸刻。一九三一年，復有安徽叢書之編刊，所收皆皖人著作，分期影印。出至第六期，以抗戰軍興而中止。盛業未竟，論者惜之。

今者，中央倡導整理古籍，我省領導對此尤爲關心。省古籍整理出版規劃委員會幾經商討，決定編纂安徽古籍叢書。編纂宗旨是在歷史唯物主義指導下，批判繼承，古爲今用，弘揚民族優秀傳統文化，爲建設中國特色社會主義服務。最其體例，約有數端：

一、所收皆爲歷代皖人著作，時間一般以辛亥革命之前爲限，内容以文、史、哲爲主，分類成輯。尤其注意稿本、稀見本之搜輯與傳布。

二、整理方式包括輯、校、標點和注釋、今譯。校勘，力求採用善本爲底本，校以他書，或加補輯、編次。標點，採用新式標點。注釋，務求精確，但不作煩瑣考證。整理中，儘量吸收國内外研究的新成果。

三、先秦、兩漢著作及語言、文字之類，皆用繁體字，其餘則酌用簡體字。版皆竪排，以期一律。

四、凡熱心於本叢書編印及捐貲助刊者，得於書内題名。

安徽古籍叢書編審委員會

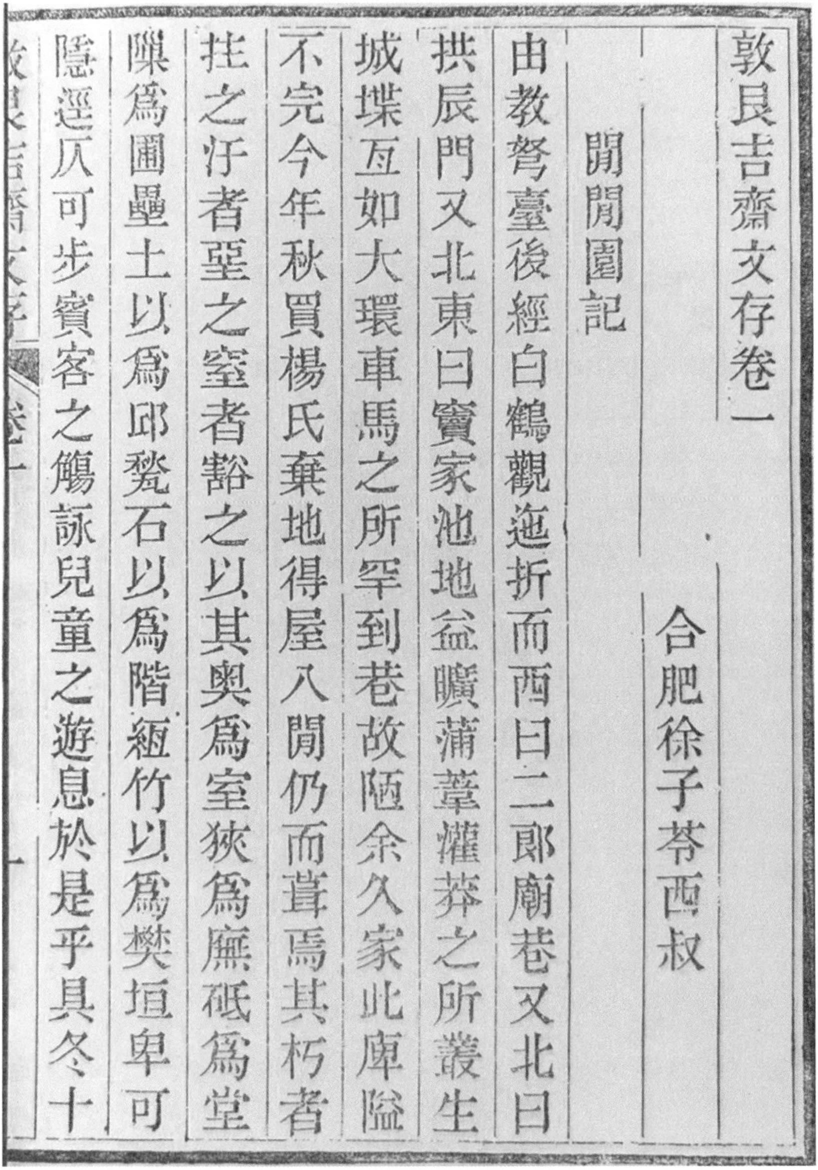
敦艮吉齋文存卷一

合肥徐子苓西叔

閒閒園記

由教弩臺後經白鶴觀迤折而西曰二郎廟巷又北曰拱辰門又北東曰寶家池地益曠蒲葦藋莽之所叢生城堞亙如大環車馬之所罕到巷故陋余久家此庳隘不完今年秋買楊氏棄地得屋八間仍而葺焉其朽者拄之汙者堊之窒者豁之以其奧爲室狹爲廡砥爲堂隟爲圃壘土以爲邱甃石以爲階緪竹以爲樊垣卑可隱逕仄可步賓客之觴詠兒童之遊息於是乎具冬十

清光緒十二年刻本《敦艮吉齋文存》書影

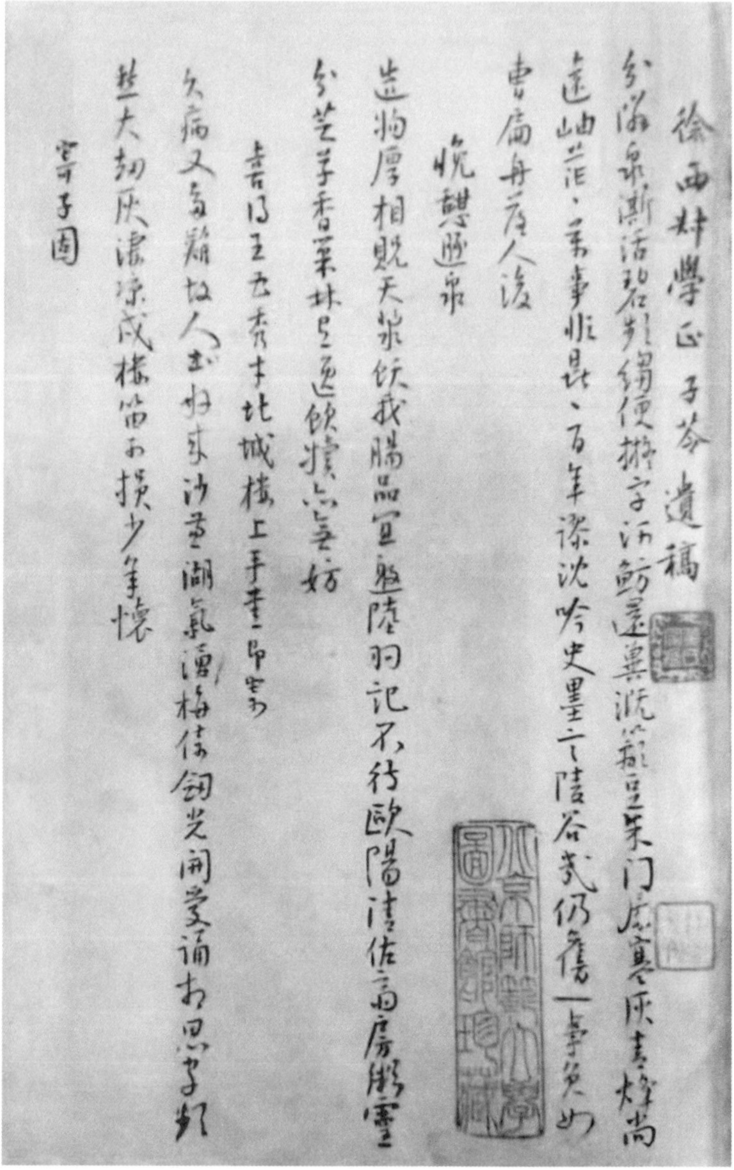

《徐西叔學正子苓遺稿》書影

徐子苓集目次

整理説明……一

敦艮吉齋文存

序（翁同書）……三
序（李國松）……四
題詞……五
敦艮吉齋文存目録……六

卷一

閒閒園記……九
讀莊子……一〇
孫子附解序……一一
黄奴壙磚……一二
上劉安邱……一二
答某太學……一四
潘太常菩薩蠻詞七首序……一五
嘯顛詩序……一六
闇粹甫字説……一七
圓通閣僧肉身記……一八
高謝塵哀詞……一九
王荆公和寒山拾得詩書後……二一
柳溪先生遺詩序……二一
與張石洲書……二三
與陳梁叔書……二四
與張石洲書……二五
與潘季玉書……二七

與潘補之書……二八
與陳良叔……二九
與王給諫……三一
海南歸棹詞跋……三四
與邵位西……三四
與王給諫……三五
鼎九四説……三九
習坎齋説……四〇
與孫芝房書……四一
與邵位西擬言時事書……四二
旌表刑科給事葉公孝行事實書後……五三
原亂……五四
與邵位西……五五
瑞麥圖序……五七
王君墓誌銘……五八
與王蔭之……六〇
易安人碑陰文……六二
廬州戰守記……六三
書陳太守……七二
池州告社公文……七五

卷二

上曾侍郎書……七七
江撫軍遺文書後……七九
復廬州記……八一
上翁撫軍……八四
上翁撫軍……八九
書王學博……九二
言卓林詩序……九四
贈陳立凡……九六
與潘季玉……九七
贈周義士……九八
與江刺史……一〇〇

陳孺人詩序……一〇五
王北垣藏稿序……一〇六
遁泉井銘……一〇七
三河行營江太夫人壽讌序……一〇八
徐氏子元叔權厝志……一一〇
答陳立凡……一一一
與英侯……一一二
池州府知府陳公死事碑陰記……一一四
與沈亦符……一一五
廬江徵士吳君墓誌銘……一一六
吳徵士詩序……一一八
彭君墓誌銘……一一九
與潘季玉……一二〇
汪芾庭詩序……一二一
與張子蕃……一二三
定遠君畫像贊……一二四
廬州再陷記……一二五
張烈女墓誌銘……一二九
哀朱君……一三〇
亡兒元叔行略……一三一
上曾制軍……一三五
與潘季玉……一三六
上曾相公獻詩啓……一三七
馮殤子墓誌銘……一三八
與英廉使……一三九
上江方伯……一四一
答陳立凡……一四三
書陳立凡記弄熊後……一四四

卷三

策問……一四七
經解……一四九
武甯張鍊渠試帖詩序……一五一

皖江倡和集序……一五三
題刼餘軒詩集後……一五四
桐城姚先生墓誌銘……一五五
潁上教諭曹君墓誌銘……一五八
天門書院記……一五九
晉熙書院記……一六一
重修鳳陽試院記……一六二
春暉閣詩鈔序……一六四
顧君墓誌銘……一六五
安徽沿江及北岸各釐卡何處宜撤何處
宜留議……一六七
勸誡淺語十六條書後……一六八
送蔡霞士之鳳陽……一六九
記廬州人語贈馮雁門……一七〇
貴陽黄太史子壽賢母録跋尾……一七三
上曾相公……一七四
勸誡淺語十六條後跋……一七七
復曾相國……一七九
張隱君墓表……一八一
黄泥岡墓阡表……一八四
張府君墓誌銘……一八六
江蘇即補知縣于府君墓碑銘……一八八
湘鄉相公六十壽序……一九一
受降碑陰銘 並序……一九四
含飴課讀圖頌 並序……一九五
諫垣存草序……一九六
與吴撫軍……一九八
跋宫中丞遺事後……一九九
讀易一首寄贈吴觀察……二〇〇
書馬先生軼事……二〇二
書趙母陳太恭人遺事……二〇四
大學古本直解序……二〇六

篆香齋印譜銘 並序……二〇七
含山君詩集序……二〇八
與劉軍門書……二〇九
安陸胡稚楓詩序……二一一
郭贈公墓碑銘……二一二

卷四

遺園記……二一七
三恥齋詩序……二一八
新築渦陽縣城碑記……二二〇
渦陽書院講堂跋……二二二
臨淮昭忠祠記……二二三
重修振風塔記……二二四
郭氏宗祠碑記……二二六
英太封君六十壽序……二二八
黄氏宗祠碑記……二三一
黄氏族譜序……二三三
忠節紀略序……二三五
英太夫人七十壽序……二三六
名震兒説……二三八
仁哥讓乳説……二四〇
寄題吴方伯維摩示疾圖……二四二
先得月榭跋……二四二
陸氏先德録序……二四三
陸氏傳家集序……二四四
結歲寒緣館賦 並序……二四六
周太夫人七十壽序……二四七
説酒贈裕朗西觀察……二四九
説相贈陸秋丞……二五一
昭忠祠碑記……二五三
皇清旌表殉難朱母費太恭人墓表……二五五
鶴寮銘 並序……二五七
震兒壙記……二五八

胡氏重修宗譜序……二六〇
號盤序……二六二
盤亭記……二六三
忠節祠碑記……二六五
通奉公遺詩序……二六七
通奉公遺詩跋……二六八
循陔録自序……二六九
兩廣制軍英翰公去思碑……二七〇
大灊墓表……二七二
張光禄墓表……二七四
張軍門墓志銘……二七六

敦艮吉齋詩存

序（英翰）……二八一
序（馮志沂）……二八三
序（李國松）……二八四
題詞……二八五
敦艮吉齋詩存目録……二八七

卷一

出南門行……二八九
派河……二八九
春晚歸自西岡田舍……二九〇
戲題石佛寺壁……二九〇
白玉篇呈劉安邱先生……二九〇
田氏園夜坐懷嘯公……二九〇
寶劍歌贈郭仰林……二九一
阿芙蓉行……二九一
暑霽同嘯公晚憩北原有懷郭四仰林王大伯筠……二九二
余忠宣公祠下作……二九二
惱蠅……二九二
六安城樓呈安邱先生……二九三

贈伯筠……二九三
啄木……二九三
棗樹……二九三
包公墩謁孝肅遺像遂尋馬忠肅祠堂故址……二九四
獅子井尋閻處士……二九四
石榴樹歌……二九五
惠政橋行爲王伯筠作……二九五
三鱏草廬歌贈蔡守愚……二九五
謝王太學惠書帶草……二九六
贈地師蔡恬安……二九六
哭阿健五首……二九七
西原嘆……二九八
官媒婆詞……二九九
飯樹謡……二九九
饑婦詞……二九九
郭仰林壁上潯陽圖歌……三〇〇
醉歌三首贈子固……三〇〇
白鶴觀謁老子像……三〇一
黄山歌送張蘇門還濡須……三〇一
燈花二首……三〇二
贈高謝塵……三〇二
志夢二首……三〇三
獨酌簡郭處士……三〇三
中秋後十日夜書嘯和尚水災詩後……三〇三
鎮淮樓送黄茂才之廣東……三〇四
風雷引……三〇四
元夕郭四宅會飲即席奉酬兼示秋伯兄弟……三〇五
伏羲山謁三皇遺像……三〇五
閻生行……三〇五
留晉江墨龍歌贈東山道人……三〇六

養魚……三〇六
種菊……三〇六
苔……三〇七
懷仰林……三〇七
索逋詞……三〇七
渡江望石頭城……三〇八
蟋蟀行……三〇九
江上同吴丈夜話……三〇九
采石弔李翰林二首……三〇九
天門山……三一〇
巢湖舟中聽客談金庭之勝詩以記之……三一〇
蔡徵士園林……三一一
病起同仰林登鎮淮樓……三一一
悲秋一首酬嘯公……三一一
雜詩四首……三一一
五高士詠……三一二
嚴光……三一二
梁鴻……三一三
徐穉……三一三
申屠蟠……三一三
管甯……三一三
羅漢寺銀杏樹歌贈嘯長老……三一三
秦淮水榭即事……三一四
謝公墩……三一四
九月十五日夜同嘯長老茶話……三一四
泗州官廨守歲酬陳八寅甫韓大俊民……三一五
釋迦寺夜歸……三一五
泗州呈劉安邱先生……三一五
廢寺……三一六
盱山試玻璃泉贈韓俊民……三一六
沙澗早發……三一六
許烈婦詞呈安邱先生時先生再權廬州……三一七

中秋後六日抵夏邱書院韓山人攜酒見
　過席間爲誦新詩喜而成醉……三一七
新凉……三一七
泗州贈許寅……三一八
釋迦寺退寮同馨和尚看大外子作畫……三一八
夜坐酬韓山人……三一八
泗州得劉安邱手書云過廬州爲留買
　米錢……三一九
泗州城上……三一九
小滄園同劉使君誦嘯長老詩率成四韻……三一九
題汪明經枯竹居册子……三一九
別鄧薌甫……三二〇
渭河舟次……三二〇
五月六日抵浮槎山館……三二〇
夜坐自遣……三二一
慈雲菴同郭處士晚眺……三二一
憶大外子四首……三二一
東山田家二首……三二二
贈相者丁山人……三二三
北峽關弔黄將軍……三二三
皖中別汪果……三二三
將赴都門前一夕述懷……三二四
荒村……三二四
晚過舊縣……三二四
魁星歌寄王鍊師……三二五
駱駝行贈王子原大令……三二五
將出甎門題壁……三二五
贈喜兒……三二六
自徐州經小桃林路渴無水輖饑殊甚村嫗
　以泥漿見餽喜而有作……三二六
臨淮阻雨……三二六
長夏雜興四首……三二六

西山驛……三二七
焚香……三二八
送嘯公之治父……三二八
檢故紙得左忠毅詩數首泫然有述……三二八
漕川薛氏樓夜坐二首……三二九
畫松歌送吴引之還巢湖……三二九
餉軍瓶梅花歌懷韓山人……三三〇
氈遺芳軒曉起即事……三三〇
冬晚同子固飲酒……三三〇
嘯公自治父來旋去賦贈三首……三三一
寄許寅獄中……三三一
懷高隱居姥山……三三一
贈胖行者……三三二
早春……三三二
示莊子偉二首……三三二
釋迦寺……三三三
泗州喜晤曹大蜀漁莊四篤生……三三三
濤雪軒聽雨示韓山人……三三四
黄泥坂午憩……三三四
丹厓子畫蘭……三三四
謝吴引之贈山水障子……三三四
贈昜道人……三三五
贈厚兒……三三五
守歲作……三三五
安慶送安邱先生觀察閩中……三三五
王莊晚行示僕……三三六
南沙聞歌……三三六
琵琶女子……三三六
仙風坡書懷二首……三三六
病起同余荆南登陶然亭……三三七
任邱縣過藥王祠感憤述懷……三三七
河間懷古二首……三三八

雄縣……三三九
徐州渡黄河作歌……三三九
臨淮橋上歌……三三九
哀王生……三三九
白衣菴哭問渠……三四〇
養菊……三四一
寄酬余三都中……三四一
人日簡張處士季西處士善卜因賦問……三四一
彭城四詠……三四二
憶昔行贈周雲先……三四二
謝李明經惠筆……三四三
茌平即事……三四三
山東道上……三四四
蚊……三四四
贈黑奴……三四四
施口阻風……三四五
清明日泊舟中廟遂登姥山訪高隱君故居不得是夕大雨有趙生名錫恩者飯余遂宿山中得詩三首因贈趙生……三四五
楚澤樓懷古……三四六
江上雨悶二首……三四六
夜坐書懷寄劉觀察廈門……三四七
睡起讀書題寄京華故人……三四七
草菴被竊簡唐司獄晉語……三四七
南京急……三四八
夏夜唐司獄署中讀其墨妙集書後……三四八
夜坐贈楊處士……三四九
病肺簡王太學索丹橘子……三四九
柴門不牢夏秋再被竊唐司獄枉顧賦謝……三四九
六月四日檢敝簏得亡友郭處士遺詩數首愴然有述……三五〇
撫孤行爲李介夫作兼示吕生……三五〇

連夕大雨夜讀廬山記睡醒有作……三五一
匯泉亭同張處士曙東作……三五一
可怪行……三五一
可惜行……三五一
臘月廿四日遣鄭僕往周雲先家迎吴四
　引之二首……三五二
雪霽夜坐……三五二
喜雨……三五三
鋤草示兩猿……三五三
癸卯夏孟有芝生於西牆之垠五莖一本
　家奴怪而殲之芒蘖芬起郁乎焕然比
　類有作使兒子誦且自警也……三五四
十月二日吴丈克俊將有六安之行過飲
　草堂賦此爲别……三五四
黑銀嘆……三五五
詠史一首贈曙東……三五五
冬夜觀留晉江松樹率題……三五六
高塘集翻車讓鄭甲方乙……三五六
甎門贈蔡丈佩之……三五六
西山行贈子原……三五七
甲辰長夏臥病都門潘舍人補之過訪出
　示同齒録垂問履貫因得讀江西吴太
　史序言喜其陳誼不苟因繫以詩即贈
　補之……三五七
將出都留贈王子原……三五八
晚經良鄉……三五八
涿州懷古三首……三五九
過東阿……三六〇
贈韓山人……三六〇
泗州城下别韓山人……三六〇
護城驛早發……三六一
夜歸二首……三六一

簡子固……三六二
雲泥相忘行……三六二
指月亭贈張曙東……三六二
正月廿六日自沙澗泥行夜抵總鋪車夫余丙王丁邁往益豪余閔乃勞餉以酒
食聊口號……三六三
到京簡潘四舍人兼送什物……三六三
楊忠愍公遺像……三六四
梨園行……三六四
三蟲嘆……三六五
遼陽尉歌贈永將軍……三六五
白溝河弔瞿都督……三六六
白騾嘆……三六六
碭縣渡河宿田舍……三六七
過郭處士故宅感賦……三六七
夜歸懷嘯長老……三六七
大風不寐有懷子玉草屋……三六八
懶逐……三六八
饑犬行……三六八
文魚……三六九
玉簪……三六九
姥山歌八首……三六九
約園醉歌贈黃小侯兼簡蔡昂千兄弟……三七一
鸜釜嘆……三七一
屋漏行……三七二
閒閒園詩八首……三七二
病枕讀宋遺民録得七截句九首……三七四
石塘秋雨遣悶二首……三七五
蟬……三七五

卷二

東城吴氏園多美樹歲薪之幾盡余時方
束裝北上伯筠約買數株因留信宿即

贈伯筠……三七七
梁　園……三七七
小車歌……三七八
四君詠……三七八
長句戲簡葉中翰潤臣……三七九
醉起書悶……三八〇
將出都簡潤臣位西兩中翰兼寄何太史子貞……三八〇
良鄉塔上作……三八一
鄒縣道中大雨旋止……三八一
道經嶬山尋東平生馬諫議墓都不可得讀明尚書趙文華碑記題一詩碑陰……三八一
乞丐行……三八二
晴嵐……三八二
山店題壁……三八二
板橋待渡……三八三
晚過壽州寄酬潘舍人補之都門……三八三
聞高謝塵喪歸……三八三
哭蔡布衣秋白……三八四
濰水行寄韓山人……三八四
羅漢寺尋黄山人索畫不值因憩亡友嘯公精舍愴然有作留簡山人……三八五
青藜翁買一驢跛且病戲賦一詩……三八五
三峯子别墅……三八六
小山……三八六
吴七秀才移居……三八六
閒閒園九詠……三八六
立夏偶題……三八八
半生……三八九
晚窗……三八九
不寐……三八九
無錢……三八九

苦雨三首……三九〇
葺屋贈黄叟……三九〇
負暄二首……三九一
溪上……三九一
有米……三九二
移石……三九二
十洲書來云將歸田便寄一詩要之……三九二
夜雨懷子固二首……三九三
聞謗……三九三
曉坐……三九三
後苦雨五首……三九四
養閒草堂歌題寄潘四太常……三九五
畫竹行贈蔗翁……三九六
贈黄照……三九六
北原……三九六
巢湖阻風小詠古六首……三九七
殘臘雲後檢笥中得所録梁叔詩卷覽其所爲數月頻遇絶糧讀陶詩有作一首率書四韻……三九七
短檠歌……三九八
秋莫聞吴丈墮砌創臂走視情話竟夕因贈二首……三九八
將入都梅花下作二首……三九九
宗滁甫侍御屬題松瓢圖因效其體……三九九
蒼筤谷歌和孫太史芝房……三九九
楓江引爲潘舍人補之作即志别……四〇〇
江樓遠眺圖安邱劉先生守皖時作也越次年己亥觀察廈門余詣送獲觀今年夏余歸自京師謁先生于濟南書院先生重出是圖屬題敬賦長句……四〇一
於安邱席上酬單學博伯平……四〇二
歷亭放舟曲阜孔秀才玉雙舉少陵語因

足成之即贈王大子梅……四〇二
塗中口號……四〇二
病起述行示兩猿二首……四〇二
梅心驛懷方先生植之……四〇三
姚司馬行爲石甫先生作……四〇三
自九江坿船下兼旬風阻中流得漁舟行益駛薄莫抵華陽鎮買魚置酒贈漁人王甲張乙……四〇四
客春識戴君存莊於京師君爲方先生植之高弟冬孟余赴九江道桐城因戴君得交方君存之蘇君厚子桐城爲文章氣誼之地獨三士云乎哉而三君者則皆出於方先生之門余孤蠢晚學流落江湖閒念先民之既徂慨離羣之多故詩以代簡時仲冬下澣歸自皖江……四〇五
江上夢芝房時十一月既望舟宿燕子磯二首……四〇六
早發鎮江……四〇六
殘臘歸次蕪湖即事短述……四〇六
早春……四〇七
銀釭戲贈琅玡君……四〇七
風欻……四〇七
陰雨彌月糧絶薪罄午臥聽兒子誦淵明乞食詩欣然有述二首……四〇七
露宿庭中醒而成句……四〇八
早秋書寄芝房兼簡位西二首……四〇八
夜坐憶小孤簡宋山人四首……四〇九
久雨坐西邊草屋睡醒呼酒快酌以壁閒孫翰林詩下之率成二首聊續寄……四〇九
浮槎畫障歌送宋山人歸浮槎……四一〇
方伯李公以自題長江籌遠圖詩郵致屬和伏讀悚躍沛乎靖獻之丹忱綏戎之

長慮豈直斧藻鏘鳴環偉其體製云爾
哉少陵同元使君春陵行其序曰當天
子分憂之地效漢官良吏之目得結輩
十餘人參錯天下爲方伯萬物吐氣公
儻其人與疏野賤夫不識事宜竊以茲
者公私日耗邊隅創劇而内地草竊援
枹之警重煩有司苟求其本是在賢者
之用心焉已謹貢一詩略效其區區之
愚至乃扼荆襄以控上流奠兩淮以固
根本如公偉論兵難隃度究非下士所
敢妄測也咸豐元年冬仲……四一一
聞王給練蔭之左官衡州旋聞其有廈門
之行……四一二
泥汉舟次……四一二
齊山九鼎洞贈黄麓銘時麓銘將歸楚南……四一二
率作堂同黄麓銘讀淵明詩遂登土山麓
銘從質詩法因贈……四一三
晚登東城望九華悵然有懷歸值陳使君
譚劉項事了了可聽率成長句……四一三
包公井歌美陳使君新政……四一四
送馮樹堂返長沙……四一四
九日登百牙山塔覽古緣溪行獨酌酒樓
有懷姚廉訪粤西兼寄曾侍郎楚中侍
郎時以憂歸四首……四一五
將歸贈杏生……四一六
雪中坐閒閒園時將赴湖上新居率題壁
閒二首……四一六
新正廿三日夜起書事二首……四一六
晚憩遯泉……四一七
新正病起喜得王五北城樓上手書……四一七
寄子固……四一八
連日沈睡午起遂登黄泥岡與諸牧兒行

吟亂冢閒作歌俾羣兒和之……四一八
巢湖營次贈無錫汪大芾庭三首……四一八
秋晚讀曼陀羅館詩漫成四韻即簡芾庭……四一九
謝竹老借方書至……四一九
遯泉上贈放鴨翁……四二〇
喜王處士過宿……四二〇
秋晚自東大營待渡胡家淺……四二〇
讀陶詩書後……四二一
戚戚行……四二一
坫埠贈郭處士二首……四二一
途中詠皁帽……四二二
山中於史刺史殯所贈張騎尉兄弟二首……四二二
黑摺扇歌感弔陳使君兼懷其令弟陳五立凡……四二三
城西營次酬周二雲先……四二三
乞食行四首寄張子蕃……四二三
寄贈沈記室兼訊江二使君二首……四二五
廬陽夜捷行贈江使君達川……四二五
三河行營贈易五明府時明府尋池州遺骸久不能得夜闌情話惘然有作……四二六
除夕前一日醉起呈江使君時使君以歲宴享士虛其左西向以薦中丞之靈既畢奠使君揖余就賓位曰君先兄故人狀相若齒相埒也見君如見吾先兄矣余之識中丞以陳池州池州之死久而未明而其弟畢凡千里來尋兄骨又久而未至俛仰悲懷轟飲極醉不覺失聲哭率成二首呈使君兼留遲畢凡……四二七
今夕何夕行爲陳星台作……四二七
讓榻行調陳刺史……四二九
撮鎮送易明府謁選入都二首……四二九
調小奴……四三〇

中秋後五日於澗西遲亦符不至夜酌寄
亦符二首……四三〇
居巢軍次贈畢凡君愛讀南華於楚辭能
自爲説……四三一
虞主簿於行營闢小窗當衆山之勝詩以
落之……四三一
自失……四三一
雪夜讀廬江吴徵士詩卷愴賦即寄其令
子都尉長慶兼弔桐城馬三命之戴五
存莊……四三二
夜飲大醉登元叔墓上作……四三二
雪中寄答劉穎生明府二首……四三二
戲贈阿全……四三三
春草一首寄懷穎生……四三三
首夏同畢凡於縣學明倫堂重尋池州公
遺骸卜瘞碑於堂之東隅時大帥頓軍
桐城既失援諸縣相繼潰陷而廬郡又
戒嚴畢凡將南歸即事述懷因贈……四三三
畢凡既行復來聞其稽留逆旅詩以招之……四三四
贈馮子明子明司天堂自號笠尉……四三四
會城嘆贈汪果……四三四
秋夜枕上作二首……四三五
寄沈廣文從軍仙蹤兼懷新甯江使君……四三六
馮君書來盛頌山居之樂聊賦答……四三六
冬夜醉歌投聶遊府……四三七
移家自賀……四三七
草堂未葺夜漏殊惡雨既獨酌率書示老
妻訂飲……四三八
長夏山居德軍門書幣敦促既戒行復留
一夕夜坐書懷題壁上……四三八
羊頭歌贈梁記室……四三九
大樹行送梁子熙還江東時撫軍自坫埠

移營梁園又數月矣……四三九
十三日歸自坫埠途中口號……四四〇
牧羊詞四首……四四〇
久不得安邱先生消息詩以志恨……四四一
秋夜獨酌龍泉寄懷陳五立凡兼呈曾大帥報近狀四首……四四一
戴學博過宿山居爲誦新作因道孫太史勤西出守皖留滯定遠軍次數辱記問勤西既假歸君以定遠軍潰避地山中即贈兼寄勤西二首……四四二
山中寇盜相仍將移家聞曾帥兵抵皖南先書問王大子原時賊嚴關偵索裂衫帛代書並題一詩納老奴衣絮中……四四三
蓮花山寨夜坐贈用甫……四四三
紫蓬山行營別英刺史西林時勁篘要爲清潁之行二首……四四三
壽春城下同勁老飲酒即贈……四四四
霍邱舟次遇王學博幼國得悉亡友朱孝廉死事狀幼國爲孝廉高弟擬即是秋於孝廉死處葬衣冠云……四四四
聞笛贈鶴亭……四四五
三河尖南卡有小樓高敞可眺葉貳尹置酒招同勁篘幼國諸子晚飲樓上時鶴亭吹笛雨生度曲即事要幼國和……四四五
舟中寄別鶴亭兼訊幼國……四四五
正陽歸次舟中作二首……四四六
瓦埠晚泊寄止老……四四六
漢臘……四四六
廬人嘆寄懷制軍曾公……四四七
愛民歌送吴騎尉之上海……四四八
官燭行簡諸局長……四四八
久不得英宿州消息……四四九

皖城病起喜得汪芾庭書知其亂後妻子移置靈璧芾庭仍客臨淮戎莫……四四九
秋晚與金眉生都轉尋子偲誤入城東行數里遂登酒樓遲子偲不至時余將歸合肥……四五〇
龍泉采藥歌寄贈李兵部眉生……四五〇
葛家𥬇飲酒即事短述奉貽相公兼別山中舊游……四五一
自姥山放舟巢縣晚宿東關奉懷曾相公因寄其令弟江甯行營……四五二
皖江兩丐行戲贈獨山莫子偲寄呈相公並要鄧伯昭同作時相公視師江上諸軍屢有捷聞……四五三
英觀察自蒙城行營枉惠書問其言矞然有飄風之懼詩以慰之因坿陳賤況……四五四
玻璃鍾養孑孑數頭攜贈江公子範堂即送其歸湖南……四五四
同楊見老坐月有懷龍泉故居……四五四
撫孤行美湘鄉相公因示邵子齡子進兄弟兼柬洪刺史琴西……四五五
將赴皖守風湖干伯昭書來道其同江方伯有四川之行亟圖面遂舍舟而陸塗閒寄伯昭兼陳方伯五首……四五五
寄別言卓林大令太湖三首……四五七
口號寄魯川老守……四五八
皖江秋歸奉別曾相國即送其之金陵兼貽伯昭蜀中三首……四五八
將發皖江寄懷潘玉泉吴門兼報位西之喪位西家口見寄存湘鄉公所其伯子歸尋遺骸久無確耗二首……四五九
買牛二首……四五九
山中冬晚馮觀察書來盛稱鄙作且問壽

春之行因賦答兼簡茀庭二首……四六〇
夜坐漫題寄茀老再投馮觀察四首……四六一
寄英廉使霍山行營……四六一
早行……四六二
將抵壽春途中書事……四六二
東禪寺贈寰周……四六二
贈方處士希孟兼寄馮觀察……四六二
毗盧閣戲成五絶句六首……四六三
病中送王紫垣之徐州戎莫余亦反東山田舍……四六三
大灊山房歌寄贈劉軍門省三……四六四
摺扇歌寄酬宫農山太守兼簡譚大令西屏……四六五
釣罷經南村晚飲聊短述……四六六
孤凰引 並序……四六六

補遺

江上寄兒子源……四六九
壽春别李耘珊時撫軍贈四鶴……四六九
悼鶴 並序……四六九
席帽……四七〇
遺園口號……四七〇

雪夜讀劉軍門省三小船詩因書其後用漁歌子體五首漁歌子總五首世所知者西塞山前一首耳志和生唐開元全盛中值世變嘗上書肅宗得一官棄去浪迹以終憲宗高其節圖形禁中購求其所爲漁歌子者既久而不能得逮衛公刺潤州時始采而傳之且爲之記省三疾流勇退操行不減古人然當吾世而能知小船詩者亦鮮矣是可歎也久病眼日間小差既録稿因識亦衛公記

漁歌子之微意云爾光緒元年四月
並識……四七一
明月棹孤舟……四七二
謁包孝肅公遺像……四七二

附録

附録一　劫餘小録

序(馮志沂)……四七七
天中節觀龍舟家大人命賦……四七九
角黍……四七九
採艾歌……四七九
戲詠小胡蘆……四七九
乍晴又雨……四七九
胥臺覽古……四八〇
教弩臺上作……四八〇
自閒閒園移居湖干……四八〇
初春池上栽柳數株……四八一
移梅……四八一
矖花……四八一
聽雨……四八一
研滴中新水可掬養活東數枚同大兄作……四八二
春雨冷甚巢燕凍斃因雙瘞于小橘樹下
詩以弔之……四八二
憶閒閒園……四八二
窮鄉望雨甘霖沛然喜而成句……四八二
觀車水……四八三
新得小松……四八三
雨窗即事……四八三
觀雨……四八三
夜聞秋濤聲……四八四
推磨行二首……四八四
采地踏菰……四八四

偶成……四八五
新歸贈大兄二首……四八五
放鴨口號……四八五
納涼……四八六
移家雙山……四八六
讀孫子附解作……四八六
山居五詠……四八七
讀江中丞祭城隍文感賦……四八七
步月……四八八
負暄……四八八
喜湯生至……四八八
元夕後二日晚見燐火……四八八
新正湯生來山中贈詩以山中苦名篇余反其意作答一首名之曰山中樂云……四八九
晴雪記山農語……四八九
贈李古漁先生……四八九
雨後晚眺……四九〇
又雨……四九〇
三月中旬聞警有感……四九〇
欣聞廬郡收復……四九一
重過教弩臺……四九一
憶昔……四九一
瓦檠載渴以廚中所餘豕膏助之即事感賦……四九二
驟雨屋漏率賦……四九二
秋日遊龍泉寺贈山僧……四九二
夢姥山……四九三
秋夕坐月……四九三
枕上作……四九三
雙峯晚霽……四九三
夜坐吟……四九四
殘臘……四九四

懷大兄元伯……四九四
絶命詞二首……四九五
山中長物十二銘……四九五
古鏡……四九五
筆……四九五
紡車……四九五
鋤……四九六
箬笠……四九六
斷几……四九六
簾……四九六
牛衣……四九六
睡椅……四九六
竹牀……四九六
五經殘本……四九七
古墨……四九七
歙石硯銘……四九七
了無一物軒銘……四九七
與父書……四九八
與兄書……四九八

附録二

龍泉老牧傳……五〇一

整理説明

晚清合肥有三人焉，曰徐子苓、朱景昭、王尚辰，才華出衆，秉性異俗，活躍於士林，又游走於名臣大員之門，時人稱之爲『合肥三怪』（或『廬陽三怪』『廬州三怪』，見光緒續修廬州府志卷四十五文苑下『徐子苓』條：『與同里王尚辰典簿、朱景昭州同刻意尚古，時人有「三怪」之目』）。三人於詩歌、古文、經史各有所成，著述關於學術、史事、人物之大，頗具價值。現予以校勘標點，按其生年順序合輯出版。

一

徐子苓（一八一二—一八七六），字西叔、道士、毅甫，號南陽、龍泉老牧。先世由南昌遷廬州，世代務農。父徐欽，多病，早卒。妻楊氏，生有二子：長子源伯，次子元叔。元叔聰慧有才，年十九病卒。徐子苓以上五世都是單傳，無兄弟，至徐源伯方生有五子。

徐欽在世時，徐家尚算小富，有書數百卷，田數十畝。徐欽卒後，田産逐漸蕩盡。徐子苓自幼聰穎，爲學通貫。十七八歲時喜讀老子、莊子之書，有出世之志。道光九年（一八二九），徐子苓應府試時，受知於廬州知府劉耀椿，因此師事之。劉耀椿對他十分賞識，以國士相期，資助其家用。

徐子苓在府學讀書期間，意氣昂揚，奮發自勵，常與好友郭仰林、王伯筠、張藍畦、高淩雲及詩僧嘯顛同遊，作詩論道。道光十四年，徐子苓鄉試中式。次年赴京參加會試，結識了曾國藩、邵懿辰、陳源兖、張穆等人，且很快聲名鵲起。然而，因他性格耿介特異，且對顯貴之人又格外盛氣淩人，所以世人既畏其狂放，又嫉其才華。此後，徐子苓會試未中，回到合肥鬻文爲生。因長期販筆爲文，徐子苓放棄老莊之學，也放棄經學，專心於詩、古文辭。徐子苓的科舉生涯并不順利，自道光十五年初次會試，以後歷次會試都赴京參考，直到道光三十年，三十九歲後就不再參加會試，以舉人終。

道光三十年，徐子苓在京師與葉潤臣、宗稷臣、孫芝房、潘補之遊，并結識戴鈞衡。夏歸，途中謁劉耀椿於濟南書院，同時識單爲鏓。是年十一月赴九江，經桐城時因戴鈞衡交方宗誠、蘇惇元。徐子苓與姚瑩相見於九江，師事之。姚瑩時任九江鹽卡委員，言將棄官，約共業鹽。徐子苓對販鹽之事寄予厚望，立即從九江回合肥，向親友借貸本金，然後赴揚州，『自九江抵揚州，水陸往返二千餘里，衣敝袍，犯霜雪，日奔馳叫呼於長風巨浪之中』。然而十分不幸，徐子苓『販文既不利，鬻鹽又困』。〔一〕此後徐子苓的生活陷入更大的困境中，早春時寫詩道『陰雨彌月，糧絶薪罄』〔二〕，寫信給善化孫鼎臣（時任侍讀），請求幫忙覓職，又寫信給安徽巡撫翁同書言困境〔三〕。

咸豐二年，邵懿辰爲幫徐子苓謀職，寫信給安徽布政使李本仁。徐子苓十分愧疚，與邵懿辰書稱：『七月間得書，并爲致皖方伯函。足下自持介，乃以故人之困，遠數千里申之以言，感甚愧甚！』方伯有『長江籌遠圖詩，屬和』。〔四〕是年六月，曾國藩典試江西，路過廬州時拜訪徐子苓，未能遇到，賦詩一首而去。此時，陳源兖出任江西吉安知府，後改任安徽池州知府。徐子苓因與陳相投，也喜江南山水風光，遂投陳源兗幕下爲賓。冬，從池州回到巢湖濱。

咸豐三年冬，徐子苓因避戰亂已回廬州鄉下。聽聞陳源兗到廬，立即進城探訪。結果剛入城，城門就封了。徐子苓被困於圍城中二十多天。安徽巡撫江忠源憐徐子苓母老，且爲獨子，連夜將徐子苓以筐弔到城下，使其冒險突圍。不久，合肥城被攻陷，江忠源、陳源兗皆殉難。

軍興以來，徐子苓遷居多次。先由合肥城中遷到巢湖邊，再遷到青陽（長臨古鎮向東六公里爲青陽山），再搬到巢湖邊長寧鎮（今巢湖北岸長臨鎮）。咸豐四年夏，徐子苓在湖濱的房屋被火燒毁，再遷方山支麓葛家嘴（在今肥東橋頭集鎮），賃葛氏屋居住。咸豐五年，貧困至極的徐子苓向舊友潘曾瑋求助，欲攜老母及二子投奔。是年十月初一，廬州被清軍收復，徐子苓并未成行，而潘曾瑋給予銀錢資助，徐子苓用來買了一百餘卷書。咸豐六年，徐子苓次子徐元叔病卒，年僅十九歲。徐元叔之卒給了徐子苓以極大的打擊。

咸豐十年，英翰署合肥知縣，駐兵紫蓬山側。有人對英翰説本邑有狂人徐君，耕牧山中，恢奇曉大略。英翰立即馳書奉銀問計。徐子苓從小道趕來，留一月，賦詩别去。英翰對徐子苓評價甚高：『君爲人外夷中介，與之處，漠然若無所經意者。及叩以天下利病得失與人之是非邪正，洞然若視文於掌，觀物於火。意有不可，拂衣去，雖千駟弗顧也。』〔五〕徐子苓此時并未入英翰幕，而好友張盛愷隨後赴潁州，入英翰幕。

咸豐十一年秋，徐母辭世。九月五日，湘軍收復安慶。二十五日，曾國藩移駐安慶，派人請徐子苓入幕爲賓。徐子苓舉家赴安慶，在曾國藩幕下當了三年幕賓。直到同治三年，金陵被清軍收復，戰事稍平，遂辭幕歸鄉。徐子苓本意從此耕作終老，所以歸家後立即買牛力田，然而遇大旱，顆粒無收。同治三年冬，所買黄牛病死。徐子苓遂又橐筆爲幕，奔走江淮間。

同治四年初，徐子苓應馮志沂之招赴壽州書院，然而路上受寒生病，夏初又因捻軍靠近壽州，情勢危急，重病中坐轎回合肥。冬，再赴壽州，向安徽巡撫喬松年自陳履歷，請援例求校職。同治五年，徐子苓揀選得知縣，自忖不適合做官，申請改教職，得授和州學正。和州知州游智開力邀他就任。到和州後，聽説學師和學生因贄金多少而争執，就笑而辭歸：『是尚可爲耶？』〔六〕之後徐子苓當一直在英翰幕，直至歸鄉。

光緒二年夏日，有鴟鳥飛集於書屋，侍者趕不走，就捕而煮食。過了一天，兩隻大鴟帶著幾百隻小鴟棲於園中樹木，發出巨大的聲音，震撼牆屋。徐子苓説，這是賈誼所説的鵩鳥，我的壽數到了。遂卒，年六十五歲。〔七〕

二

徐子苓的古文與詩歌在晚清有較高的聲譽。李國松評其『詩與文兼勝，而詩尤極其詣，力足以上繼龔、李，稱後勁焉』。〔八〕然而他的詩歌與古文風格差異甚大，成就相距甚遠。李國松稱徐子苓古文師事姚瑩，實際上徐子苓與姚瑩并没有真正的師承關係。道光三十年，徐子苓與姚瑩在九江相見，當時姚瑩自西藏歸，將棄官，『先生約共爲賈，因師事焉』。〔九〕這裏説師事之時，徐子苓已三十九歲，而他早在二十四歲時就已中舉人。且在徐子苓十八歲時，就以府試時的優異成績，受知於廬州知府劉耀椿，『因師事焉』。〔一〇〕所謂師事姚瑩，基本是客套之語，因爲姚瑩卒於咸豐三年，僅在徐子苓説『師事』姚以後三年。而這三年姚瑩先後任湖北鹽法道，廣西、湖南按察使，參與鎮壓太平軍戰争，病逝軍中，根本没有與徐子苓相處切磋古文的時間。

敦艮吉齋文鈔所存文章多序記，少論説。文章包含序跋、書牘、傳狀、碑誌、雜記、銘、頌、贊、哀祭等諸體，其中又以序跋、書牘爲多。李國松是馬其昶弟子，他對徐文評價甚高：『姿力絶人，讀書浩博，故其所爲文明於義法，條貫於事物，縱横超軼而不失其馳。其尤至者，於桐城諸老儒先所得之美未有以異也。』〔一一〕

徐子苓之論説文僅存三篇，原亂、鼎九四説、習坎齋説，分别論治理、周禮、周易，雖是論大道，但能極力旁徵博引，連類譬喻，文章較有氣勢。記敘文則多雅潔、平實、細緻，富情韻。如孫子附解序，講述邑人鄭達家世、志行及著孫子附解始末，筆法簡潔平實，而人物與事件脉絡清晰。嘯顛詩序筆法至簡，而將詩僧嘯顛篤於情誼之狀描述得真切感人。

記人之文是徐子苓文集收録最多、最有感染力的部分。如其贈周義士序記敘周昌發在廬州城陷後易裝入城，冒險馱回撫軍屍骸等諸多細節，驚心動魄。江忠源、陳源兖、鄒漢勳等官員死於廬州城破之後，其狀甚烈，而文章述及人物平時之宴談，卻是温雅君子，這種對比讓人對戰争之慘烈無情有更真切的感受。另外，徐子苓對友朋和自己戰時的窮苦之境的描寫非常多，常是筆墨平淡，卻能痛擊人心，深得桐城家法。其碑傳文多是寫戰亂中悲情之事，哀傷滿紙，十分沉痛。其張府君墓誌銘、郭贈公墓碑銘、張光禄墓表皆然。

徐子苓所存文多爲短篇，語精而制短。但有極特殊者，如廬州戰守記、廬州再陷記長篇記事，均達數千字，可謂波瀾壯闊，將各方行軍佈陣、戰事進展，戰事的來龍去脉、千頭萬緒交待得清晰明白，使大事件之宏觀與戰場的細節兼備，成爲既有較高史料價值又有很强文學性的名章。作爲幕僚，徐子苓論治軍治政之文亦不少，但多不出當時常見之論，可取之處并不多。當然，這并不妨礙他馳騁筆墨，連類譬喻，氣勢昂揚。是以徐子苓更接近一個文人，而非政客。

相比於古文，徐子苓的詩歌更值得推崇。客觀地説，他在詩歌方面的成就没有得到相應的評價和重視。實際上，他在當時是被視作詩人而受到充分肯定的，其詩爲時人所驚豔，從而被認爲是清代廬州詩壇代表人物。在曾國藩的幕府中，他也一直被視作詩人。譚獻評其詩：『骨力意氣，遒厚多而韻逸少。予刺取其蒼秀跌宕之篇，固江淮間一作者。』〔一二〕江藻稱徐子苓之後合肥詩學無人：『合肥自昔以政事武功著者，代有其人，而風雅之士，亦往往流耀湖山，獨自徐毅甫先生後，詩學稍衰矣。』〔一三〕

就内容而言，徐子苓詩歌凡登臨懷古、羈旅行役、市井風貌、花鳥蟲魚，或一時所感所思，無所不可入筆。目前所見，徐子苓所存詩歌起道光九年，迄同治四年，共三十六年間所作詩五百三十五首。其特點也相當鮮明：一方面既關注民瘼，關心貧老，另一方面又昂揚壯烈，繾綣於理想和遠方。飯樹謡、饑婦詞、風雷引、索逋詞、官媒婆詞等詩，描寫民生疾苦，頗有杜甫詩史之風。如飯樹謡寫百姓吃樹皮：『粥冷冷於冰，粥稀不見粟。官吏揚鞭箠，威嚴那敢觸？不如道旁樹，盡飽無拘束。朝飯樹皮枯，暮飯樹頂秃。』〔一四〕極盡苦難之慘狀。而同年作醉歌三首贈子固又極盡富麗堂皇之狀：『銅龍瀉酒如天漿，玉壺錦瑟歌揚揚。繞牀大叫催行炙，黄鸝對語春風香。金谷樓臺付塵土，元家胡椒竟何補？鯤鵬蚯蚓各有適，白璧明珠遑論直？』〔一五〕

徐子苓詩歌風格大致可歸納爲：一是意象奇特詭譎；二是氣勢恢弘，遒勁健拔。其他清新小作亦多見，但不足稱爲徐之特色。如風雷引：『須臾一氣四海黑，飛火焰疾金蛇紅。揚沙拔木箕伯怒，瓦檐唧唧啼癡龍。雄雷狂奔雌雷嘯，雷部萬鬼争驅風。一聲霹靂衆雷啞，凍雨附砌鳴琤瑽。』〔一六〕且此詩意氣奇特與氣勢恢弘兼融，這在徐子苓的古體詩中常見。又如其燈花二首的描寫也出人意表，尤其是其二：『斗間有七曜，南北判生殺。生殺無停機，元精禪不歇。大千一火傳，金石有時裂。太陽疲久照，烏兔互出没。渾沌無象中，中有不死訣。』〔一七〕小小燈花在詩中是星辰和日月，且生生不息，是相當罕見的比喻。

當然，徐子苓詩歌中還有一些風格各異的作品，清新的、沉鬱的，或瀟灑不羈的。如悲秋一首酬嘯公即用瀟灑之辭道沉鬱之情。新涼寫深夜讀書，全詩用白描手法鋪寫，清新自然。相比於他尚『奇』的詩風，這一類作品在詩壇中不算是有代表性的風格。另外，徐子苓古、近體兼善，直抒性情與用典用事兼備，是一位筆力遒勁、手法通貫的詩人。

徐子苓對詩的認識，仍是桐城派的主流思路，即認爲詩歌主要功能是教化，是禮制需要：『詩之爲道，根極於性情。君臣、父子、兄弟、夫婦、朋友，遇之所不得已，情之所怫焉而難忍，與其行事貞淫美惡之不可以訟言之者，詩則反覆善道，風而易入。』認爲古代長於作詩之人『性情大都醇摯專一』，而詩歌如果『姱多鬥靡』，每日『沉溺於聲律駢仄之微』，則會『破壞天下之人心，於是乎聖人立教之旨蕩然盡矣』。〔一八〕而事實上徐子苓的詩風恰是『姱多鬥靡』之極的，但這不妨礙其歌頌貞烈忠孝，歌詠品性高潔，憂心民生疾苦。

三

徐子苓敦艮吉齋文存有光緒十二年家刻本及光緒三十二年李國松集虛草堂刻本。集虛草堂刻本名敦艮吉齋文鈔，爲馬其昶删汰之本。光緒十二年家刻本收録最齊全，且附其子徐元叔劫餘小録一卷，因以之爲底本，對校他本，標點整理。敦艮吉齋文存共收録文章一百五十三篇，卷一至卷四分別收録三十七、四十、三十九、三十七篇。文存末附徐子苓輯校其子徐元叔著劫餘小録，共收詩七十首、文四篇。本次整理移作附録一。

徐子苓詩集共有四次刻本：敦艮吉齋詩存二卷，有同治五年（一八六六）英翰潁州刻本；同治十年再刻於皖城；光緒十二年，徐子苓之子徐源伯將其與文存四卷同刻於合肥；光緒三十二年（一九〇六）合肥李國松集虛草堂刻本名爲敦艮吉齋詩鈔。目前尚存後三種。另有北京師範大學圖書館藏鈔本徐西叔學正子苓遺稿，收咸豐三年至咸豐十年古近體詩九十六首。以上幾種本子以光緒十二年刻本最爲齊全，遂以之爲底本，對校他本，標點整理。此版二卷，分别收録道光九年（一八二九）至道光二十六年（一八四六）古近體詩二百七十五首；道光二十七年（一八四七）至同治四年（一八六五）年古近體詩二百六十首。

徐子苓詩文集迄今尚無專門的標點整理本。上海古籍出版社二〇一〇年在清代詩文集彙編中影印出版了光緒三十二年集虚草堂刻本敦艮吉齋文鈔四卷及敦艮吉齋詩鈔二卷。此本文集部分由馬其昶删汰四十六篇，剩一百零七篇，并非全本；詩集部分亦比光緒十二年家刻本少四首。另有數篇詩文由太平天國史料彙編（鳳凰出版社二〇一八年版）收録并標點。因整理者水準所限，錯訛難免，懇請讀者不吝賜正。

張秀玉

校　記

〔一〕徐子苓：與孫芝房書，敦艮吉齋文鈔卷二，清光緒三十二年李國松集虚草堂刻本。以下版本同者不再注。

〔二〕徐子苓：陰雨彌月糧絶薪罄午卧聽兒子誦淵明乞食詩欣然有述二首，敦艮吉齋詩存卷二。

〔三〕徐子苓：上翁撫軍書，敦艮吉齋文鈔卷二。

〔四〕徐子苓：與邵位西，敦艮吉齋文鈔卷一。
〔五〕英翰：敦艮吉齋詩存序，清同治五年英翰刻本。
〔六〕馬其昶：龍泉老牧傳，敦艮吉齋文鈔卷首。
〔七〕馬其昶：龍泉老牧傳，敦艮吉齋文鈔卷首。
〔八〕李國松：敦艮吉齋詩存序。
〔九〕徐子苓：桐城姚先生墓誌銘，敦艮吉齋文鈔卷三。
〔一〇〕徐子苓：與王給諫，敦艮吉齋文鈔卷一。
〔一一〕李國松：敦艮吉齋文鈔序。
〔一二〕譚獻著，范旭侖、牟曉朋整理：復堂日記，河北教育出版社二〇〇一年版，第一四四頁。
〔一三〕江藻：序，賈文昭主編皖人詩話八種，黃山書社二〇一四年版，第四八一頁。
〔一四〕徐子苓：飯樹謡，敦艮吉齋詩存卷一。
〔一五〕徐子苓：醉歌三首贈子固，敦艮吉齋詩存卷一。
〔一六〕徐子苓：風雷引，敦艮吉齋詩存卷一。
〔一七〕徐子苓：燈花二首，敦艮吉齋詩存卷一。
〔一八〕徐子苓：言卓林詩序，敦艮吉齋文鈔卷一。

敦艮吉齋文存

序

予於古人之文，愛司馬子長、班孟堅、韓退之、柳子厚、孫可之、尹師魯、歐陽永叔、虞伯生、宋潛溪、歸震川，於本朝愛魏叔子、方望溪、姚姬傳、張皋文、汪容甫，於交遊閒愛梅伯言文。同時治古文者凡六七子，皆宗桐城，以梅丈爲善，稍自異者有吾友何子貞。十餘年來，都零落不相見。梅丈避兵死淮上，六七子者或死或不知所在。子貞失職侘傺，予亦不復知文章爲何事矣。

合肥徐君毅甫避寇山中，一日寓書道兵事，娓娓可聽。予哀其志而奇其文。又數日，君來壽州，因得讀其十年前所箸。既竟，乃序其耑以質之，曰：

夫古人之爲文，初無所謂義法也。其閒詣力各不能相强，精神各不能相肖。就其至者，孟堅已不能追子長，永叔已不能如退之，即容甫之文未必與桐城諸家合，子貞之文亦未必與梅丈及六七子者合。要之，有真氣行乎其閒，則能文者無不然。自義法之説起，而文之真汩矣。君繫心當世之故，務盡其胸中所欲言，婉曲真摯如作家書，時時軼出繩尺之外，故足貴也。觀文章者，類觀其交遊。君曩遊京師，識梅丈。卷中之所還往若邵位西、王蔭之、孫芝房、潘玉淦諸君子，皆予平生故人，大抵能以風節自厲者，以君之擇交知其趨嚮之正也。君今窮餓山中，橡栗菁羹，每食不飽，無賢士大夫相與晤語，獨見若蕉若熬之民，如沸如羹之象，得無悄然以悲耶？雖然，君振奇人也，不得志於世，將抱一編以終老，起視世之人，即文章之事亦尟有以復古自任者，是亦重可哀也夫！

咸豐十年五月，常熟翁同書。

序〔一〕

吾鄉徐毅甫先生敦艮吉齋文四卷，光緒丙戌，其嗣君源伯鋟版，印傳不廣，其中多譌奪，又時有代言應俗之作，識者憾焉。歲甲辰，吾師桐城馬先生重爲編定，稍汰去四十餘篇，文以類從，仍四卷，命曰文鈔，而國松爲之較字授刊，蓋先生文之可傳者具此矣。

先生嘗師事桐城姚按察瑩。桐城之言古文自方侍郎、劉教諭、姚郎中。按察於郎中爲從孫，亦有文章、政事大名。先生既親炙按察，復得交其時鉅人長德，如曾文正、江忠烈諸公，皆相引重，又姿力絶人，讀書浩博，故其所爲文明於義法，條貫於事物，縱横超軼而不失其馳。其尤至者，於桐城諸老儒先所得之美未有以異也。方咸同之際，天下大用兵，淮南異軍特起，兜鍪貂蟬，百十而贏。先生故亦出遊戎幄，而卒甘蠖屈、投老故山以竟其業，可不謂篤古自得不因循之君子矣乎？

抑國松尤有感焉！合肥故大縣，湖山環匯，古所稱文盛區也。逮孫、曹以來，常爲用武之地，積勛伐、樹節概者著在前紀，曠歲千百，獨未有爲古文之學立名傳業於其閒者。先生出，乃稍以文顯。今先生没三十年耳，而流風漸以衰歇，世變日新，視先生時又不侔矣。讀先生書，乃益使生其鄉者低徊而興慕也。

光緒三十一年夏六月壬子，鄉後學李國松謹記。

題詞

自熙甫以來，古文嫡派大率學史記而得歐陽公之妙。易甫文精勁雄奇，時類昌黎。易甫要不是宋人文字。甲戌秋八月，黄長森讀一過。

易甫文以秦、漢爲體，唐、宋大家爲用，閒以魏晉雋語點綴之，故於貴省桐城外别樹一幟。武進管樂識。

先生之文不拘義法，而自有義法。惟其真也人，故其真也文。同治壬申臘月，程鴻詔謹識。

敦艮吉齋文存目録

第一卷
文三十七首
第二卷
文四十首
第三卷
文三十九首
第四卷
文三十七首

此册久棄置不忍覩，頃過眼，淚迸心痛，氣塞喉間，因書以畀兒子源收而藏之，無使吾伯昭魯川手迹又成灰燼也。

同治庚午除夕，龍泉老牧自識於鶴寮之西窗。

先君詩二卷、文四卷。同治五年，詩刊於潁；十年，再刊於皖。時胡文稚楓、錢丈愉庵通爲校讎。光緒元年，敝廬災於鄰火，版灰去，獨文稿存。自是，先君居恒鬱鬱，嘗手稿欷歔感嘆，諭源伯無事去取，藏以待時。二年夏，先君疾作，延至秋杪辭世。源伯經營窀穸，積逋纍纍。服未除，復躬蹈母氏之喪，四顧茫茫，孑焉待拯。逾年，室人又卒。歲未一紀，凶變迭遭，重以孱軀多病，痛先澤久將就湮，乃鬻産鳩刊，冀慰先志。惟山居僻陋，念先君海内交遊凋零殆半，其存者又遠難就正，第以手民代書，倉卒未分序次，俯求四方疇昔知先君者詳爲釐訂，重付棗梨，永爲完本，則小子感且不朽。

詩二卷，向經胡、錢兩丈校定。文四卷，先君病中自訂者，其體例仍舊，源伯未敢參以臆見，從先志也。校字，里人羅愛嵐、胡炳卓、張仁粹實襄其役，並大外子王鳳瀛亦從事焉。亡弟亨甫劫餘小録一卷，謹遵遺命坿刊於文集後。兹因手民告成，爰誌其顛末云。

光緒十二年暮春下浣，男源伯謹識。

校　記

〔一〕本篇輯自清光緒三十二年李國松刻本。

敦艮吉齋文存卷一

閒閒園記

由教弩臺後經白鶴觀迤折而西，曰二郎廟巷，又北曰拱辰門，又北東曰竇家池，地益曠，蒲葦灌莽之所叢生，城堞亘如大環，車馬之所罕到。巷故陋，余久家此，庳隘不完。今年秋，買楊氏棄地，得屋八閒，仍而葺焉。其朽者拄之，汙者堊之，窒者豁之，以其奥爲室，狹爲廡，砥爲堂，隙爲圃，壘土以爲邱，甃石以爲階，緬竹以爲樊，垣卑可隱，逕仄可步。賓客之觴詠、兒童之遊息於是乎具。

冬十月，故人合錢聚飲，酒再行，蔡君秋白起而觴客，稱十畝之詩以落之。客曰：『善！請以名斯園。』嗟乎！予，天下之窮人也，日奔走於衣食之不暇，而晏安酖毒，古聖人之所戒，其將奚以閒閒於斯園耶？爰洗而醮〔一〕，繫之銘曰：

古之學者耕且讀，既胼胝其手足兮，以勤厥家，以康厥生。故翛然於萬物之表兮，恒沖泊而寡營。後之學者飽坐而羣嬉，以名爲鵠兮，以利爲羈。噫！彼桑者兮，余何德以堪之？

不請學而有道氣。馮魯川

讀莊子

莊周，其聖人之徒乎？余讀其書，考其論説，往往有當於道。周仕於楚威王時。方是時，天下搆兵，文墨之士貪鄙無恥，周退而隱居曹川、濮水之閒，著書自適，故其言多憂生厭世之嗟。孔門弟子數千，顔回、曾參而外，季路、曾皙、琴張、牧皮諸人皆有得於聖人之一體。夫以羣弟子之賢，親得聖人爲之師，其流也不免於偏駁不純。自孔子没，至於戰國，先王之澤熄，賢聖之餘風盡矣。吾甚惜周之才不得聖人爲之師，而以猖狂終也。莊周書總二十二篇，其外篇踳率多不稱其文。考其言，有合於道者五：其論學曰不内變，不外從事，又曰無以故滅命，其論治曰正而後行，其論義曰設於適。其自序一篇所以尊述孔氏者尤至。或曰雜篇自庚桑楚以下皆其徒爲之。

向私謂莊子若及孔門，當在狂者之列。雖至謬如盜跖篇，亦有激爲之。其意若曰『聖如孔子，盜跖亦將罵之』云爾。得大論，益復兇然。馮魯川

此與伯言之論皆莊生知己。黄襄男

孫子附解序

孫子附解，邑人鄭君所爲，並其所録十家註總爲十卷。君名達，字士行，又號奈村農夫，其先燕邸魚服之勳臣也。君少讀書，慷壯有大志，當崇禎改革之際。及乎順治、康熙之閒，君年已老矣。自其少時，尤好孫子之書，其自序云：嘗聞孫子有十家註在河洛之交，遂歷抵齊、魯、燕、趙，縱觀於泰華、孟門之區。久而得之淮瀆廟道藏中，因録持歸。又數年，有附解之作。去年，余從金陵見孫觀察星衍所刻孫子十家註。歸檢鄭君所録，已佚，獨其附解在耳。

余家窮巷，廢圃之旁頽垣，四絶無鄰，又數出遊。今年從北來，檢舊書，並其附解亦亡之矣，獨所録副本在耳。附解止一卷，其言簡質，多所發明。舊本有序二首，都不記憶。及今所能記憶，則余所謂『其先燕邸魚服之勳臣』云云也。君，邑之雷麻店人。猶記十年前，於舊帙中見其所爲田家日記，旁行細書，於藝麻、種柳、收黍、釀酒之法甚詳，字迹蒼整如六七十歲人，今並佚。

黄奴壙磚

黄奴者，犬也。余家無僮婢，一老僕厭余貧，屢請去。奴忠謹而惠，異於他犬，故奴之云。奴深目秃尾，粗毛虎文，趫捷健鬭。性尤馴，鄰小兒嘗狎而騎之。見衣冠客則吠，遇丐來，走而道之前。夜小警，騰嘷欲出，吠達旦不休。無賴子素仇奴，毙以毒。悲夫！

奴來余家總三年，臥無荐，晝長苦饑。余每出遊，奴必遠相尾。比歸，歡迎騰踔，人立而與余嬉。余夜讀書，奴嘗臥余旁，聞余欷歔悲咤，則昂首起立，注視若有知者。其死也，鄰小兒咸弔。余斂以笠，纍土而宫之，銘曰：

牆有耳，莽有戎。咄哉奴，不戒於口。死者則已兮，嗟余悲之無窮。

銘辭無限悲感。鄧伯昭

寄意極深。黄襄男

上劉安邱

四月九日子苓謹奉書先生侍者：安慶拜别，七年於今，庚子渡江，一再奉書，都未獲報，孤懷惕仄，匪可言狀。辛丑夏，英夷犯邊，相傳先生城失自盡死，朝廷議恤，録及三世。子苓方食，投箸走，東向號哭。歸語家人，妻孥環泣，多失聲者。然私心竊計，先生學古人之道者，死有輕重，有緩急，死於衽席，不若死於疆場，固也，然有有益之死，有無益之死。兵備道，四品官，亦封疆重臣；而英夷，海裔醜虜，不過三數販逐好利烏合之徒，當事者懾其虚聲，誤以爲寇，諱之於朝。而一二秉節鉞、擁大纛、世所號爲將軍者，又庛不曉兵，遂使乘虚直入，猖獗乃爾。度先生於是時，必臚其情狀上之於朝，諷諸握兵者無老師，無縻餉，奮兵疾擊以振士氣，以固人心，以尊中國之名分，義不可以徒死。古之名將，百勝不必無一敗，要貴因勢取利，便宜行事耳。夫情屈勢迫，倉卒以效無益之死，此小丈夫之所爲。既，有從廈門來者，言先生以微罪罷官，益信前此傳聞之誤。古者大夫七十而致仕，先生年幾六十餘，以薄譴歸，又何憾耶？

子苓近讀易，易者，古聖人憂患之書也。然有聖人之易，有賢人之易，有匹夫匹婦之易，嘗學焉不得其旨，求之古人之行事，竊以爲老聃、莊周、袁閎、申屠蟠皆有得於易之一體。夫老聃、莊周、袁閎、申屠蟠之屬，未嘗自言學易，子苓以爲有得於易之一體者，何也？謙之九三曰：『勞謙君子，有終吉。』物貴有終，謙則善全，君子者，統有位無位而言之也。豫之六二曰：『介於石，不終日，貞吉。』蠱之上九曰：『不事王侯，高尚其事。』序卦傳曰：

『泰者，通也。物不可以終通，故受之以否；物不可以終否，故受之以同人。與人同者，物必歸焉，故受之以大有。有大者不可以盈，故受之以謙。有大而能謙，必豫。』豫者，否之極謙之應也。建侯行師，豫之德也。象曰『剛應而志行』，上有陽剛之德，則應之者衆矣。『初六：鳴豫，凶。』六者，純陰之象也。鳴豫，則孤隔而無應，變而爲隨，積而爲蠱，豫之衰也。夫決幾審處以自斷於人世，勳名榮利之外，皭然而無所牽制，此非衆人之所能也。夫防豫於未然，振蠱之積弊，惟聖者能之。介於石，賢者之事也。故曰：老聃、莊周、袁閎、申屠蟠之屬皆有得於易之一體者，此也。因便附書，謹以所見於古人者相質，幸辱教之。

答某太學

太學足下：

洋煙爲中國禍垂六七十年。寡人之妻，孤人之子，破人之家，滅人之祀，浸淫未知所極。有志者於此不能熟籌其流弊，亟起而變易之，奈何乎足下亦猥隨流俗人之嗜好，而陷溺迷惑以至斯極也！

方足下少時，行甚高，志甚鋭，日勤思六經百氏之言，聽其議論鑿鑿，可無古人。是時，僕與仰林、秋白日酗於酒，然雖沈冥跳浪，未嘗不嚴憚足下之爲人。足下亦重以是相譙責。

奈何乎足下今之所嗜，更有毒於酒者耶！來書責以數年不相聞問，是也。然方足下全盛時，庭已無僕之迹焉。雖然，僕豈嘗一日忘足下哉？

今天牖足下，既重窘，愓然有戒心，是僕之私願，十餘年而今乃得之於足下者。辱示以所需。僕之饑困猶昔也，朝一盂飯，莫一盂糜，足下如甘之，斯共之耳。草木之藥，力所能置，當預營以待。不宣。

忠告文亦似漢書。程伯㓮

潘太常菩薩蠻詞七首序

余讀鄭風，竊有疑於朱子之言。山有扶蘇之首章曰：『山有扶蘇，隰有荷華。不見子都，乃見狂且。』序以爲刺鄭忽之作。其曰『扶蘇』『荷華』者，山澤之翹秀，民生材用所資。曰『子都』者，猶榛苓之言美人也。其曰『狂且』者，蓋謂祭仲、高渠彌、祝聃之輩耳。蘀之首章曰：『蘀兮蘀兮，風其吹女。叔兮伯兮，倡予和女。』嚴氏以爲小臣告亂之詞。其曰『叔』『伯』者，上大夫與下大夫也。『和女』云者，上爲之，斯下應之矣，風蘀可無憂也。呼號祈籲之莫知，昏庸醉飽之如故，則賢者易位而去，仁人君子皆相率於隱遁耳。故自狡童諸篇而下，次之以風雨。風雨者，思賢也。詩亡而騷作，騷亡而漢氏樂府出。余讀十九首、丹橘、於忽、有所思，傷其志，惜當世無序而明之者。蓋詩者，志也。志之所不得，則有言。言之所不得，而又不能自已焉，或假借其詞，或迂奧其指，荒幻幽詭，雖以犯人世之非，笑而不顧。更千百年後，欲持一定之見以臆之，鮮不誤矣！是以讀詩不得其解，則以爲淫；讀騷不得其解，則以爲譎；讀漢氏樂府不得其解，則以爲質而俚。

太常潘子季玉工古文詩，以其暇爲詩餘若干首。其冠於篇始有所謂菩薩蠻七首者，肇端房闥之近，敘恨睽隔之交，其愛也似媟，其怨也如慕。嘗紬繹其旨而不得，因以質於季玉。季玉悄然曰：『有是哉！子之固也。余偶有觸焉於兹，七首焉寄之。又烏知後之讀吾詞者，不以爲淫焉、譎焉、質而俚焉否耶？有是哉，子之固也！』其詞總名玉涂集。陽湖張仲遠采刻同聲集中，元和陳梁叔重爲之序。獨此七首者，余重思之，卒無以解其旨之所在，則甚矣予之固也。故稱詩以問之。

嘯顛詩序

余有方外之友曰嘯顛，爲人外夷中介，喜讀書，能詩，尤篤於友朋之節，志行有隱君子之風，老而益溺於佛。其詩余爲鈔存若干首，既得其稿，又附入十數首，總爲一卷，距其没又一年於今矣。悲夫！

余少多疾病，嘗從事於老莊養生之言。時嘯顛坐禪城東，遂數往來。常共登姥山，汎舟於焦門之陰，樂之。約擇一邱相依以終焉。既余領江南鄉薦，嘯顛方病痢劇，夜往視，燈睒睒，喘息無人氣，徐矍然坐起，曰：『咄！吾固知子必過我，我老病，死何憾？顧念子才雜而性剛，古之人惟無欲故無累於物，子將獨奚以免耶？』時道光十五年九月十五日夜也。

其詩安邱劉先生亟稱之。嘗至肥，欲往候，屬道意，謝弗與通。或問之曰：『若敘吾詩盛稱韓退之，是蔑吾祖矣。夫何見爲？』肥上僧能詩者有野蠶。野蠶俊脱尚氣，嘯顛體筆簡素，不屑屑於排偶聲律，時雜出於輪迴因果之説。今集中所存閻羅謡、海上有一士諸篇，仍其志也。嘯顛姓秦氏，鹽城人，没於冶父山中。

閻粹甫字説

里人閻步和，學書善行草。一日問字於予，字之曰：『子御曰：「御有道乎？」曰：「有。」』昔之論御者曰：『正銜勒，齊轡策，均馬力，和馬心，故口無聲而馬應轡，策不舉而極千里。』故曰：『凡御者得之於銜，應之於轡；得之於手，應之於心。』周之時，有善御者，曰造父。穆王好遊，得良馬蔛騮、彔耳，造父爲之主車，一日而行千里，遂賓於西王母。夫造父，天下之善御者也。然考其大要，則不過正銜勒，齊轡策。苟由其説而善操之，雖盡人以馴至於造父，無難焉。唐人張旭善草書，行途見擔夫争道，遂悟筆法，杜甫、韓愈亟稱之。今觀其書，震驚跳盪，姿狀殊偉。孟子曰，『蹶者趨者，是氣也，而反動其心。』旭之於書，得毋有動其心者不耶？惜未有以御之説告之者。

圓通閣僧肉身記

廬州城東羅漢寺之圓通閣有僧肉身一具，端植趺坐〔二〕，弛一肘，缺其旁指，叩之鏗然，喉骨纍纍外露，目匡深陷，貌若六十餘歲人。其徒云，師名無疆，萬曆四十二年從京西萬壽寺來此，化於崇禎五年四月。又數年，賊破城，師靈顯，怖賊，寺賴以全。既兆於衆，遂裝而祀焉。其神也如此。

嗚乎！方明之季世，賊數來廬州，焚掘剞礫之慘極矣。師儻神，獨神於其居也哉？是可怪也。凡物之生，莫靈於人而冥頑於木石。古之聖人，其生雖聖，死亦由夫常人，未聞其齒骼膚幹至今存也。木之蹶，石之泐，雖其生者已盡，而形質之存，少者百餘年，多更千百年。金鐵之精，幽閉沈溺，久而不壞。蜩與蛇蜕焉而留其皮，醫者畜以待用，亦可久而不壞。

余因其徒之請，爲書其略，若夫神，夫豈余之所能知哉？

高謝塵哀詞

合肥有篤學力行之士曰高君謝塵，其志企乎聖賢而名不聞於里巷，其動止確守乎禮法，同學之士姍笑唾罵，争指目爲怪人。其生無一畝之居，死無以蓋藏其手足。

君諱淩雲，邑諸生。余初不知君，聞之凡謗君者曰，高生，怪人也，性僻而潔，天閹不近婦。或曰，高生，淫人也，醜其婦，擿而去之，蓋八九年矣。里人張君蔭穀曰：『君自庸行耳，怪之者乃所以爲怪也。』既識君，久而益習，始盡得其爲人。君於學貴實踐，尤謹於取與辭受之義，意不可，親故不能强以一飯。盛暑，日端坐無惰容。每溲便，手不盥不敢近書帙。狀嚴冷，就之盎然以和。娶於衛，姿而婉，久未有出。余嘗乘閒請曰：『禮首夫婦。君子重有後，何乃自異於人爲？』則蹴然避席拱手而謝曰：『誠如子言，吾誠過。然微子言，吾亦且念之也。始吾婦來，時適吾母病。頃之，喪吾母。既除服，吾弟破吾家，吾懲吾弟，益痛吾母，雖居内，心恒慘然。微子言，吾行且念之也。』期年，舉一子，使其弟馳以告，且申謝。里中人聞之，益轉相笑也。

君故貧，授徒以給。爲文有法度，五經都能詳其訓説。嘗戒余曰：『子質野而放不擇處，日沾沾於文詞。古之爲學者不是若也。』余時年雖少，頗心憚其言。道光十七年，挈其家人去之姥山。余亦數出遊，不相聞。今年春，客死於邑之東村，其徒醵錢以斂，而歸其喪。君所學既不克顯於時，又犯衆詬，卒窮以死，爰繫以詞，以道余哀，以質張君，以俟後之知君者。其詞曰：

謂天道其信邇兮，胡斯人而長饑？謂修名之可恃兮，當吾世而夢夢兮，更没世兮焉知？于嗟君兮！德美而輝行可儀兮，其風可師。尼父蹇其不作兮，士闇修而曷依？于嗟君兮！彼謡諑者又何損於毫氂？修短紛其有數兮，渺二氣以潛移。彼跖行而籛算兮，等百齡以尸居。于嗟君兮！雖不中壽，猶全歸兮。孤兒蹇其尫弱兮，更惸惸兮寡妻。議伐石以表墓兮，懼余言之有疵。于嗟君兮！考微譔素，待來兹兮。

然則高君不怪，世自以不怪爲怪耳！馮魯川

敘質行而有情韻。方存之

先生以一言感友，使竟有子。誰謂此事無功耶？余有友，雅類高君，嘗欲諷之而止，當以此文書寄，或冀其有蹴然而悟之一日也。鄧伯昭

王荆公和寒山拾得詩書後

右和寒山、拾得詩二十首，城東僧嘯顛從荆公集鈔得，機鋒側出，牛馬、女人諸語尤爲鄙俚。公抱大有爲之志，欲堯、舜其君，此篇殊非稷、契人一輩語言也。舜之命龍曰：『朕堲讒説殄行，震驚朕師。』釋氏之害甚於讒殄。公在政府，嘗誦言内外詖説邪行未能盡去，吾不知其所謂邪説者果何指也。此篇如孟施舍一首，非止叛道，直欲援吾道與釋而一之矣。往見公所爲乞將所居爲僧寺並乞賜額劄子〔三〕，意大臣愛君之誼，殊不當爾。既以子雱死，惓惓於功德之薦。及讀此篇，公於釋氏不第佞之，且有厚冀也。釋之説，以清虚寂滅爲宗，爲其學者至乎忘物我，齊愛憎，而一無所吝。方議新法時，大臣有異己者憤形於色，輒欲誅殛之，其於釋又何如耶？嘯顛，釋之徒也，必有以辨之。

此亦有激之言。黄襄男

柳溪先生遺詩序

昔孔子删詩，自委巷小夫上至郊廟朝廷公卿士大夫之作具録。隱逸人之詩存者僅四篇焉：十畝、伐檀、衡門、考槃諸作，皆其人之所自爲。秦、漢之季，隱逸人以詩稱者獨四皓、龐公、梁伯鸞，世所傳紫芝、於忽、思高恢數首是也，惟五噫一首録於史氏。晉徵士陶淵明尤好爲詩，多乃至百餘首，究其用意完好之作，亦不過十數首已耳。

夫詩之爲道，精深廣大，非寬閒專壹之士不能深造於其微。而士之棲窮茹寂於山林巖穴之中，類多有卓絶過人之才。夫以過人之才居無用之地，其心力甚暇，宜其發爲文章甚多而可傳。然自周、秦以來，世所傳隱逸人之詩蓋寥寥焉。何也？

桐城戴柳溪先生遺詩一卷，總三十首。今年春，其裔孫存莊出以相示，深悼恨於先生之行事無可表著，並其遺書亦多不存。余受而讀之，其詩尤善言田家之事，有古隱逸人之遺風焉。夫以先生之詩比之世之能言之士，其存者誠少，然方之古人不已較多乎哉？易曰：『吉人之辭寡。』介之推有言：『言，身之文也。身將隱，焉用文之？』嗚乎！此古之人遁世而卒無累於世也與！

簡折異常。方存之

與張石洲書

石洲足下：

承屬檢尊大父令合肥事實，歸詢之縣人及老吏，年七十餘者都不復記憶。檢縣志，僅載履貫。去秋致一書於泗州韓君，此君老而多聞，至今尚未得覆。謹按年譜，尊公在歙興水利，黜淫祀，慎獄勸學；及在泗州，論水旱、請振本色、乞罷關税諸書，雖古循吏何以過此？

善用兵者，無赫赫之功。吴公治平爲天下最，史遷已佚其名。班固傳王成，並不知爲何郡人。如尊公政迹，第傳其一二，已足有聞於後，況足下纂次都已章章如是哉！曩承賜讀顧先生年譜，久缺謝，試後方亟歸，擬就訣，聞人言足下臥病不通客，然我輩交道，夫豈以握手笑語爲淺深耶？客中諸惟珍衛。

蓀圃先生政迹，舊通志失載，壽州志亦寥寥數言，僅散見海峯先生集中。石洲丈所撰年譜附希音集後，今江南已鮮傳本，得先生此文，自足不朽。程伯雱

與陳梁叔書

梁叔足下：

別後甚相念也。相知於十年之前，識面乃在十年之後。都中各以事，未罄所懷，聚散之緣殆有數耶？眼前得失，本無足較，日月去矣，老焉將至，爲可悲耳！僕年十八九，頗自刻厲，不甘爲愚下人，乃今計之，其去愚下人究幾何耶？言焉無所擇也，擇焉不能行也。生乎百世之後，知未盡乎百世之上也。倀乎若瞽之無相，醒之思飲，饑之待哺也。今夫古之人，其傳於後世也，多不以其文；其文之傳，亦不必盡工，而古之人卒不可及。後之人文即工矣，卒無以及於古；幸及於古矣，而後之君子卒以爲文人而鄙夷之也。夫文人之去於愚下人又幾何哉？既自危，益思與足下亟圖之也。久欲謍數畝爲耕計，然此亦有數焉，夫豈人力之所能爲耶？

『文人』二語，沈痛之至，然且奈何！馮魯川

簡折有古味。方存之

誦之心骨沸熱。黄襄男

與張石洲書

石洲足下：

去臘得覆並詩詞，稱快久之。買田力耕是最好了局，故益願足下早自審決，率寄一詩以要之。承惠法書並潛丘年譜，謹領謝。曩承致書郡太守爲地，太守名好士，數辱顧。僕素懶惰，自年時報謝外，亦未敢以私累干之。辱問狀，非言語所能罄，姑言其略，伏惟教之。

僕少構家難，有書數百卷，田數十畝，都蕩盡。年十七八，讀莊、老書，慨然有出世之志。二十歲後，又喜讀孫子書，所與處者材智俱相若，性故放忽，不能深造自克，故屢變而一無所成。既更流離困約，則又盡棄所學，日習爲飣餖駢偶之言以應里少年之需。中間數走京師，往來車僕之費，室家薪米之需，月負歲逋，纍積如山。去春鬻文差小利，然皆隨手散去。里少年習故貴倨，居平鮮衣豐食，優游於洋煙樗蒲之樂，非學使者至，無復有過門從事者。幸一從事矣，比入試，發篋衍，題漏不符；幸符已，字畫舛脱，甚者違背格式，終亦斥落。故僕鬻文凡八九年，室恒空然。然所以甚樂乎此久而不厭者，何也？百工技藝皆能自食其力，鬻文雖鄙事，苟可以緩須臾之死，猶勝以窮餓而籲人。

丁未南歸，重理舊業，益思自進於一經。居頃之，橐中金枵然。適里少年有鬻文之請，所業又棄去。然中夜自計，胸中勃勃，常覺己之材力受之天者當不止是。蓋老莊之説能自斷於死生貧賤之故；其弊也，廢棄萬物，終於無用。而孫子亦兵家之陳言。今夫龍，神物也，上下雲雨，迨其不慎，則有脯醢之慘。烏莫智於意，而鵲知風，鶴知雨，三者俱微物，智力所及，炳於幾先，故道無取乎遠大，居身之地宜豫焉。

今足下誠欲起故人之窮，則有一説焉，以試號於京師諸貴人之門，曰：『合肥有壯夫徐生，其爲人漠漠落落，不樂仕進，顧獨喜鬻文，自時文、試帖、館閣賦、箋、表、頌、誄，旁及兩漢、三唐樂府歌行，與夫流俗俳諧、祈神諛鬼、藏嬌贈豔之作，都能摹仿塗澤。一韻之巧、萬言之富，當其快意，唾手可辦。如羅而畜之，不苛以恒禮，計役而予償，不勒其直，俾得兼晝並夜，效其末技，惟主人之命是從。』或一歲，或歲餘，庶得以經營數畝，退而擇一善地，謝絶人事，竭二十年之心力以講求於今古之務。力之所能到者，勉焉以求其至；力之所不能至者，引其端緒以教兒子。雖已失於前，或可挽於後。然此固必不可得之數也。微足下，夫孰知予言之悲？北行人催書疾，不盡不盡。

酣嬉淋漓顛倒而不厭。黄襄男

鬻文儲三徑之資，誠非易事。箇中人知此情況耳。伯尃

與潘季玉書

季玉太常足下：

士多言，得一知己可以無恨。夫所貴於知己者，知其能，又知其必不能；知其至，又知其有難猝至；其志之不相强者，適相資焉：此知己之所以可貴耳。足下貴公子也，往年通一面於補之座中。去春來京師，足下實先禮焉，既試罷，又憫其窮而欲爲之地。比告行，若重有恨於行之速而故尼之。孟子曰：『仕非爲貧，而有時乎爲貧。』僕材質駑下，重以老親，志本欲得一教職，以庶幾於古人抱關擊柝之義。大挑既落，故一再赴試。夫試畢而考教習，凡試於京師者例然，況僕之汲汲於自進者耶？況又辱之以足下之言而先爲之地也耶？然卒謝去者，夫豈以爲不足爲而頓變其初志哉！夫豈不達於足下之所以垂閔於寒交者，而故爲是矜異哉！今夫人才之待用於世，猶物之效能於人，馬行地而牛耕田，犬守夜而猫捕鼠，物之能抑其性然耳。京師薪米芻館之費，數倍於四方。教習之在京師，歲俸所入不足以供僕馬，而又需之以八九年之久。窮鄉下士，孑然孤棲，邑邑營營，朝不遑夕。必不得已，則乘便門進，攀援叫號，日祈走於不知誰何之門，冒無厭之請求，喪生平之素守，足下固知我，以爲果能此否耶？藉令能之，其不羞吾黨而獲戾於良友又幾何哉？是以退而自計：升斗之禄不可倖得，不如歸而力耕；力耕又不可得，不如仍鬻文以爲生。雖然，性之所不能者，既不可以强而能，而學焉之不能以驟至者，又不能無歲時之需，是固有待於知己者。承允刻嘯僧詩，謹以副寄，不宣。

直而婉。馮魯川

與潘補之書

補之四兄足下：

久欲致一書，無便。每相憶，臨穎浩嘆而罷。蓋古之人雖暫相聚，必有所講習。迨於睽隔之久，亦常有所據焉以爲之質。僕生三十六年，少兄止一歲。歐陽子有言：草木鳥獸之爲物，衆人之爲人，其生雖異，其爲死則同。人生世閒，鮮有百年者。少小蠢蠢，不知天地之高厚、日月之光大，長而有婚嫁人事之擾，始終纔數十年，而已耗去其半。猶記夏閒過飲兄家，酒數行，兄顧而譆曰：『後會此，我年四十，君年三十有九。』方是時，兄目數瞬，語音甚悲。僕默然未有以應。夫少而壯，壯而老，凡爲人者皆同。顧其所以不同，則欲勉焉而未之能逮也。

去秋置田二畝於巢湖之旁，歸耕始提其緒。自冬屆春，屢有貨文之役，久厭爲此，然窘不自持。夫日從事腐爛無稽之語言，求緩於目前之饑寒，此其所爲，果有異於衆人否耶？僕不意至今尚無異於衆人，益悲夫衆人之歸並草木鳥獸之不若也。舊作涵秋閣記，並四嫂哀詞，王秀才見其稿，病太剽衍。思之信然，乞火去。季玉允刻嘯僧詩。此僧舊有偕隱之約，僕之負此僧者多矣，其存於世者幸有此耳。餘不宣。

與陳良叔

良叔足下：

久未得覆，甚懸念也。昨辱書，讀既嘆絶。方築牆塗竈未得休，兩猿惡瘧又作，倉卒奉報，伏惟察之。

來示大水漫沿，數省奇荒，爲近古所未有。夫水旱洊災，備書於堯、湯之世。漢文帝，三代下令主也，終其世水旱數書。其尤異者，即位二年，齊、楚地震，大水潰出，二十九山同日崩。夫水行地中，猶血氣之附乎人身。人身壯實，猝有風寒梗溢，得良醫案脉進劑，病去精神且倍常日。得良醫病去而精神倍常日者，堯、湯是也；無良醫而病無損其壯實者，文帝是也。今者江之南北，流殍枕藉，呼號而死者，聲相聞也。而僕與足下晏然以仍其視息而有其室家，所得不已較多乎哉？尊君窀穸期近，此甚重事。以奇荒之後，際甚重之事，夫亦求其稱焉，斯可矣。至所謂安心以入於溝壑云云，僕一再思之，卒無以自解，又奚以解於足下？夫衣食者，有生之大原。古之學者耕且讀，智力所餘，旁求於百工技藝之事。不得於仕，耕焉爾；不得於耕，工賈焉爾；至牛僧街卒輿臺執鞭之役，亦躬樂爲之。彼其嗜好豈果異於今之人哉？蓋其自計也審，故取足於己而無待於世。無待於世，故能孤行其意而一無所屈。僕與足下空空然日奉其數口之家，仰而祈活於人，其爲計先左，不饑凍死而得存於今，幸矣。夫既有待於世，而又斷然不能以少屈其素，微溝壑而究安之哉？連歲屢爲風雨所窘，屋破而塌，日質衣鬻書以應釘頭木屑之需，猶不能給。晨起操畚鍤，率妻孥負土運水，冀少繕筋骨，他日或可負耰鋤爲兒子先，少閒即喘憊欲絕。古今人堅脆之不同如此！

寒風洌甚，附寄前後苦雨詩數首，聊當面。不盡。

文境在柳州、廬陵之閒。馮魯川

沈鬱頓挫，瀟灑出塵。方存之

有感慨而無牢愁，是文章立骨處。管才叔

精悍非常。黄襄男

與王給諫

蔭之執事：

鄙人向慕高誼久矣。丁未春，遇貴鄉人王君於高唐，爲道執事往年質衣買刀情事。夜雪甚冷，坐土炕上，譚未竟，渾身汗。店傭户外竊聽，咸失聲稱烈丈夫。入都擬贈一詩，要銘三同過，未果。去年當事有開礦之議，外閒訛言轟轟，久竟寢。今年遇王君於號舍，乃知前議之寢，實執事之力。夫進言於衆論膠執之日，身不居進言之名，使天下實受其言之福，此固汲長孺、唐子方所不能爲，而不意今得之於執事也。

昨來京師，竊見首政維新，諸建言之路廓然四闢，閒從邸報獲讀一二。大略言政事者，詳於節省、勤於釐剔，譚學問者主於開日講。諸大臣汲引賢士，多非草茆之所能知。至如林、周、姚、蘇、陳、邵，皆一時之雋，而林、周、姚三公樹立都有成效，其人又年老更事，不至晚節遷變者。今誠起而置之要地，以徐觀其後效，外憂庶其易弭矣乎！夫醫者視病，疾則治標，緩則治裏，尤必慎審於寒熱虛實之分。今日事勢標裏俱病，内虛而外實，内寒而外熱。聚四海之富，府庫無足用之財；歲進士之多，緩急無可仗之人：其勢誠極難矣。鄙人竊以爲無難者，何也？譬之久富之家，用巨費耗，家奴呰窳不力，將因仍遷就，勢必重困。或又勸其務嗇殖貨，盡變舊章，適滋擾耳！于此之時，但得主人憂勤操作，與三數老成講求先人創制之遺意，日坐堂上，簿責諸奴，量其才而督課之，去其尤劣者數人，則家計可漸起也。夫一家之長雖少年，日親近老成練達之士，則見事明，奴婢不能售其欺。四海之君雖聖哲，日習聞古今治亂之要，則閱理精，德性日臻於堅定。故愚見以爲，邊事但須布置得人，而舉行日講一事，則其尤急焉者也。

或曰財賦匱矣，邊事繁矣，第崇日講之虛名，毋乃悖乎？夫水旱盜賊，果天生之地長之耶？其虛盈消長皆權衡於君心。董子有言：『海内之心懸於天子。』又曰：『人主法天之行，内深藏所以爲神，外博觀所以爲明也。』今即不舉行日講，第日從事於理財、防邊，財果可以日儲，邊果可以日靖乎？夫理財、防邊之法，莫詳於五經四子之書。但使日講得人，每進講時雜引漢、唐以來廢興治亂之由，以申明經義，則日講之設亦所以廣言路也。

往執事當衆議轇葛之時，卒能委蛇悃款，俾垂成之議發而中止。今數日來，言者漸息矣，諸君子向所論列亦漸寢矣。蓋天下安危之勢，視乎士大夫氣之盛衰。以目前之勢較之，固甚有可轉之機，而積惡之氣不難於驟振。蒙之九二曰：『包蒙，吉。納婦，吉。』爲相臣言之也。蓋包蒙者，相臣之德；納婦者，相臣之度也。噬嗑之六三曰：『噬腊肉，遇毒；

小吝，無咎。』九四：『噬乾胏，得金矢，利艱貞，吉。』爲諫臣言之也。臘與胏有盤錯之象，金取乎決，矢取乎直，諫之議也。是以古之進言者不皆道同方合，著節於犯顔力諍者居多。竊嘗即今之建言者而深思其難易之數矣：或曰，言焉格於例，不如不言；或曰，言之誠善，幸而其言行，而行其言者不必皆實心奉事之人，則又不如不言。是以偶有所激而其言不行，亦不肯再言也，恐瀆而獲戾也。他人既已言之矣，即不行而必不肯相繼，而公言之也，恐朋而速謗也。士大夫日相率於引嫌避疑，此氣之所以衰而勢之所以難振也與！

往讀執事論事之文，紆餘樸至，不觸不曲，深得進言之法。然今之亟有待於執事之言者，更亟於去年議開礦時。而鄙人所願於執事者，每一言事時，恒恐恐焉追念昔日質衣買刀情事，何也？艱虞危迫之念怵於中，去就死生之誼定於素，則臣子無一刻非敢言之時，斯天下亦無不可盡言之事。昨承下問，有采於省兵練卒之説。蓋兵之妙用更番迭進，戰者更番迭進，力以暇而不孤。使進言者亦更番迭進，則誠以積而易動矣。聞貴臺中多賢者，請以斯言通之諫法焉，可乎？方辨歸，語匆劇無倫次，不自覺其累敭瑣複，伏惟察之。

沈著痛快。詳明之中仍存簡古之味，近漢人文字。方存之識

神似曾子固。管才叔

其言皆深切著明。黄襄男

持本之論，極爲精卓，極有遠慮。鄧伯昭

至言至文，令人耐味。馮魯川

海南歸棹詞跋

余少學於安邱劉先生。先生於文尊望溪，於詩不主一説，顧獨喜爲詞，然亦不恒爲之。是卷乃其孫穎生所録，高密單學博爲之序。而海南之事先生惟厚自引咎，又非門下士所敢訟言。猶記往在泗州，見先生日坐聽事，官吏抱牘更番進。燭見跋，吏倚壁睡，退然一老木檠，坐達曙，朱墨恒狼藉襟袖閒。嘗乘閒請，則愀然曰：『余爲吏，當治民，日從諸君飲酒賦詩，可乎？』然興至，閒爲小令或長調，把廢牘，伸筆輒就，終亦棄去。是卷海南以前多廢牘上作也，其詞清豪婉麗，深得風人和平之旨，單學博以爲似白石翁云。

與邵位西

位西中翰足下：

都中臥病，屢辱過，匆劇未得盡所欲言。試罷方辦歸，一再面，則又未敢遽以迂率無用之談相質。歸而自念區區之意，終不可嘿。

蓋凡天下之物，其廢興存亡皆有一定之理，而其轉移呼吸恒視乎機與勢之相值。勢之極重而難返者，雖君子亦無如何。然從古以來，小人不獨爲小人，故其援益衆。君子每獨爲君子，故其類益孤，而遇事都不可以有爲。何者？天下之務非一人之力所能及。惟夫恢宏闊達非常之士，不斤斤於尺寸之節，而能盡破乎門户拘攣之習，深沈不測之中智勇形焉，能運動天下之勢而成大功。足下居要地，猶卑官，度其力必多所未能。然山野眷眷之意，微足下誰可言此者？別後留濟南，歸而益病，托致函，昨遣奴往桐城問董大，據言姚觀察已之九江。而僕病憊久，家計行資都空空然。莊子有言：『適千里者，三月聚糧。』夫惟所期愈遠，所挾宜益衆。凡有行者類然，况於度越江湖，外有風濤之險，内有家室之憂者乎？因便力疾，不盡。

與王給諫

蔭之執事：

都門獲讀大藁數首，足千古矣。瀕行，致一書，愚瞽之言，不重呵責，復辱下問，雖涓埃無益於高深，然以足下惓惓樂善之意，孰不願盡言於左右者？蓋臣節莫盛於敢言，薦賢即所以報國。今首政惟新，蕩滌瑕垢，諸君子多拔自廢僚。以子苓所見，安邱劉莊年先生，其人操履清白，嫻曉吏事；年幾七十，精力甚壯，沈滯孤墨，未蒙采録，意竊惜之。敢佈愚忱，惟執事少垂察焉。

子苓年十八應府試，被知於先生，因師事焉。海上之敗，言者紛然，今年聞其客授濟南，紆道往候，爲留二十日。閒從問海上事，惟唯唯，深自引咎。有老僕郭某者，從先生久，言海上事略詳。廈門無城郭，地衝海，卒玩械朽。方賊至，羣議洶洶無定。先生只弊衣徒步從弁卒相險要，督治戰具，夜然一檠繕文書，調度兵餉，晨視地上，喀血升許，瑩結如脂。申刻後，惟服童便數合，啖地黄五六枚耳。在兵閒兩歲，親冒火礮爲士卒先，大僚倚如左右手。有水提台將保用，以其戇，遂寢。迨失守，作書訣家人。將蹈海，有某公拉之行，曰：『若死，吾奚以生？即與若俱死，奈全閩何？』此辛丑七月事也。

既又從其孫得所輯海南爐餘録，一再讀之，竊嘆向之知先生誠淺。先生雖文吏，誠知兵。其請餉略曰：『財者，士之所歸；賞者，士之所死。即有勇敢之士，若不厚其糧食，欲其效死於敵也，難矣。今者礮墩宜備，陷阬宜備，大礮宜備，礮子宜備，鄉勇口糧、防兵口糧宜備，其費宜巨。昨承詢及兵丁口糧，慮其三四分之銀不足供一日之飽，三軍之士一聞仁人之言，不待實惠之及，而已有挾纊之思矣。自上年六月，派撥水師提標之兵防守海口，調集陸路各營兵戍此，陸路兵給口糧銀四分，水兵照巡緝例給口糧銀三分。謹案：銀一兩時值錢一千五百八十文，銀三分者得錢不足四十八文，四分者日得錢不足六十四文。夫以數千人屯聚海上，暑則溽溼侵膚，寒則風沙刮面，鋒鏑在前，死生俄頃，以不能果腹之口糧而欲易人之死力，豈所以固軍心而勵士氣哉？亟宜通酌天下之大勢，熟籌戰守之略，備舉其實以聞，請飭户部籌千百萬帑金造大船，儲火藥，增兵益餉，破格求將才，收養天下敢死之士，與之決勝於外洋。堅持此議始終不變，必使中國海疆無逆夷停舟繫纜之所，庶邊患可除，洋煙不禁而自絕。從此銀不出洋，不數年閒民賦日充，生聚益足，所費數百萬，不啻十倍償之。

或者謂經費有常，勢宜節省。不知賊氣方張，攻守正無已時。司農之財耗之於日日，是分江河爲一杯之水也；用之於一日，是積一杯爲江河之流也。分之不足以救車薪之火，合之足以撲燎原之勢。雖然，逆夷，海上流寇也，必合福建、浙江並力圖之。若徒以勦責之廣東、福建、浙江，僅防海口，戒嚴則去，解嚴則來，其害非一年事也。大府豈真無盡藏哉？愚昧竊有隱憂，故能忘忌諱而陳之。』

先生在兵閒，書凡十數上，當事者雖是其請，然猝無以應。未幾而廣東撫議成，則又上書於當事者，其略曰：『宋李綱有言：「能守而後能戰，能戰而後可和。」夷未嘗不可撫，然不勦而撫之，必不成撫也。逆夷自天津控訴，當事者方議撫，然旋攻我大角、沙角礮臺，既又奪我虎門，提督、總兵相繼陣亡。且既求通市矣，長洲岡之紅旗、内河之標記，又何爲者？屢戰得氣，卒然受撫，安知非火藥告匱、糧食不接，欲藉通市以蹔息其力耶？一言不合，兵端又起，勢將有措手不及者。廣東新樣日換一日，以此揣之，廈門必許通市。浸假而設夷兵築礮臺，則石壁即其籓衛，官吏皆其奴僕，不數年根深蒂固，禍在目前，非若賈生之哭猶灑淚於無事時也。閣下身繫閩海安危，意必痛哭而陳於朝，去就皆所不計。言之而行，將竭臂指而爲所使；言而不行，某惟有挂冠而去矣。』

子苓嘗即其言以究其勝敗之由，大抵財不泰、器不精、將與兵不相能，議勦議撫如與道謀，牽纏膠格，動拘成例，卒至於敗。此其弊不獨一廈門然也。竊以爲先生持身素廉，居官不務深刻，吏不能欺而盜不敢犯。子苓自夏閒南歸，往返貴鄉，行六七百里，夜無厖吠之警。吏者不寒而慄，輿臺走卒咸以頌執事之賢不休。皖中風氣日變，姦民蠹吏踵事日增，而先生久吏皖，人地甚習。蓋養貓所以捕鼠，姦民蠹吏猶鼠輩耳。貓不事事而但跳梁於中饋，以漁食主人之藏，無惑乎鼠之日多而益横矣。今誠得如先生者八九人以布滿於郡邑之閒，則執事之有造於皖人者誠大。惟垂察焉。幸甚。

財不泰等語，至言也。程伯臯

鼎九四説

周禮司烜氏：『邦若屋誅，則爲明竁。』康成云：『「屋」讀如「其刑剭」之「剭」。謂殺不於市，而以適甸師氏。「明竁」者，板書其姓名罪狀著於壙中。』班固敘傳：『底剭鼎臣。』服虔曰：『周禮有「屋誅」，誅大臣於屋下，不露也。』或曰：『刑不上大夫，剭毋乃重與？』夫古所謂『刑不上大夫』，謂黥劓之刑不加焉，故有賜死，無勠辱。今夫鼎之爲器，重公餗云者，象所謂亨以享帝亨聖賢之大美〔四〕，孟子所謂天禄是也。挈人主之重器，力不足以勝之，誠愧且悔，將博求天下之賢人君子，與之扶持左右其閒，奈之何使其顛且覆也！

蓋從古小人害人家國，其術非一。然苟少有愧悔之萌，猶足以固人心而留天命。惟其靦顔無復羞恥之存，鼎足之所由折，而公餗之所由覆也。夫剭雖顯勠，第從親故之條，毒痡於四海而勠止於一身。彼小人者，雖死其猶幸也與？或曰：漢哀帝、明烈宗皆嘗殺勠大臣，卒以喪亡，此豈盛德事哉？夫王嘉賢相，無可誅之罪，烈宗輕愎自用。象曰：『巽而耳目聰明，柔進而上行。』故人君之德莫大於知人，能知人，然後敢於用人，然後敢於殺人。

文佳矣，然頗不似説鼎九四。管才叔

此文本非説鼎九四，借抒己意，意別有在也。程伯旉

習坎齋説

八卦皆恒德。坎獨用險，又重陰而微陽。古之聖人重其文，曰：習亦若民生之恒德，可以常試也者。竊嘗觀於水而得夫所以習之之説焉。

今夫水竅於重壤，瀏然汨然，緣幽而踰深，淵淪迂折，匯於江湖，達於海，其所歷極天下之至險矣。夫水日行乎險中，其出之也易，由其習之也勤。故其久而不息，有乾之健焉；處卑而善下，有坤之順焉；轉乎峻嶺，負土裂石，浩浩乎其必達者，有震之動焉；涵濇容與，待時而進，似乎艮；善鑑似乎離；負重致遠似乎巽；羣居廣大而不奸，似乎兑。

心之藏於人身，其猶水乎？閟於思，困於慮，蹈於陷阱，其爲坎也抑甚矣。故夫耳目之所蔽，如穴處而面牆。其精神之牿亡如醉如寐，如冥行於虚墓之閒，昏昏悶悶，久而自迷其方。而其天機之若滅若没、靳焉而僅存者，亦澌焉而就盡。是以古之聖人閔人心之易亡而學之有功也，既豫其教於蒙，復申其訓於坎，蓋習坎者，困學之事也。

余質闇屢蹶而行不加修，晚始思學，因以名吾齋而説以自儆焉。夫樹木者必培其本，

尋水者必窮其原。易曰：『水洊至，習坎。』惟其原深，故其至也時。以洊而有常，若夫沮洳溝澮之積與？夫抉隄壞障汎濫而四溢者，水乎？吾懼其卒窮於所至也。

説經妙品。馮魯川

理學粹言。程伯旉

與孫芝房書

芝房太史足下：

承惠覆，備辱奬眷，愧愧！令弟病愈，可賀！大郎詩筆天出，勝似吾家兩猿也。足下方盛歲，以文學官清要，老親康善，諸弟都貴通，又得賢子弟，天之所畀誠厚。伏惟日新令德，以迓多福。

京師物價貴於四方，又多酬應，官此者率負累，然亦宜隨事減節。蓋古之君子務約於己，故去就出處常寛然而有餘。僕二十歲時，謂天下事無難爲，富貴舉可以立待。既重困，始務自刻苦。往者販文之役，操筆嘗坐至夜分，時指屈强，仰視燈暈烱爍如斗大，昏悶欲絶者再。去冬之九江，姚石翁邀共爲賈，心益樂之，歸而假本於親故。自九江抵揚州，水陸往返二千餘里，衣敝袍，犯霜雪，日奔馳叫呼於長風巨浪之中，益自恨少小時能早自刻厲，將牽牛負薪以逍遥於南山之南，北山之北，何乃今僕僕爲？足下内忠赤而外孤陗，非今世士也。雖一官固窮空脱，一旦不快意，率其妻子以歸臥於蒼筤之谷中，使家人輩不復耐山中操作，可耶？蓋減節一事，庸人瑣屑以自營，賢者以之居德而進業，足下將力企乎古人之行，愚拙之言幸熟思之也。

蔭之何事左官去？昨讀位西書，所慮極是。願足下思以助之。僕年今四十，春閒風欻不休，積勞早衰。物情恒然，性素鈍，不善干人，胸中嘗有必欲遂之私願，販文既不利，鬻盬又困，益無冀矣。承爲地，儻得有賢主人可久相依，明年亦可免於北上。近狀具與補之書，不盡。

論守身治生之義，精確不磨人，人當書於座右。文亦古峭。孫琴西

能獨得於柳州諸書之外。馮魯川

與邵位西擬言時事書

位西中翰足下：

正月十八日接覆書，讀竟，喜極而悲。僕雖愚，與足下相知頗悉。惟方在京師時，聞人言足下近復好爲詩，心竊不然，以爲足下起布衣，驟擢要地，當早淬厲以求備天下之用，何自喜於詩爲？而是時諸君子争言事，事多梗。又竊怪足下居京師久，所識賢公卿甚衆，苟利國家，造膝而謀，詭辭而退，功不必自我出，名不必自我居也。歸附數言相質，復辱教，益知賢者之用心迴出於恒情之外。而天下事之積弊難挽者，其用力殊難，微足下深慮，夫奚及此！客冬販鹽揚州，歸次擬爲一書，既自忖草茅之士不識體要，恐蹈不測，重貽老親憂，久胠其草，都漸不復省記。

今天下之患，自朝廷百執事以至閭巷小夫，皆能言之曰，財匱矣，兵弱矣，夷釁之難以力弭，煙禁之不可以驟申，人材之不足以爲用也。嘗深思其弊之所由生，與其禍之所終極，竊以爲有不可緩者二，有必宜振刷者六，謹陳其略，惟詳察之。

夫今日之最不可緩者，煙禁是矣。或曰，煙果可以復禁乎？禁之而驟，昔年海上之師其前鑑也。是大不然。夫海上之役，豈禁煙之過哉！今有鬻糖於肆者，羣小兒日嗜而甘之。其家長怒羣小兒之耗而重扃之。有幹僕焉，遷其怒於糖主人，毁其什物，忿而鬨於市。其家長懼而褫其僕。有庸僕焉，與糖主人媾，倒戈而揖之。海上之役，焚煙以啓釁，幹僕之激而遷怒者也；倒戈而揖之，庸奴之與爲媾者也。或曰：『禁之必重擾，且其患在民不在國。民閒每年漏出之數與國之正供無涉焉。』是又不然。財者，上與下交相濟焉者也。煙之患，蠹財且鈍兵，又重壞天下之人才，其禍烈於洪水猛獸。夫蠹財之弊，愚者亦且知之。其鈍兵又重壞天下之人才焉，何也？孔子曰：『以不教民戰，是謂棄之。』孟子曰：『無恒産而有恒心者，惟士爲能。』今日之兵與士，揆以古先王之法，皆不教而無恒心之民。今第以一邑而論，農之食煙者十之二，工之食煙者十之三，賈之食煙者十之六，兵之食煙者十之八，士之食煙者十之五。上至督撫僕隸之私，下及縣門輿臺之賤，其食煙者又十之八九。且夫今之所謂兵與士，平居教養之術固已疏矣，而又毒之以煙，故其居嘗靡事而不爲。十餘年之閒，獄訟繁興，盜賊蜂起，包苴盛而請託公行，廉恥衰而風俗大壞，職是故也。夫以數十年之沈錮而謂其禁之之易焉，何也？蓋昔者嘗舉煙禁矣，方禁下，未期月而戒者半，其久食之老疾不能猝戒者，節縮焉而減其半。去年十月閒，外閒傳言當事將復申煙禁，其少年動色而相戒，其久食之老疾者又節縮焉而預減其半，蓋人心即天心也。煙之禍中國久矣，破人之家，滅人之祀，寡人之妻，孤人之子，其父兄則流涕痛哭而無如何，其子弟則蹙額呼天而無所控告。夫洪水猛獸，天以開禹、周公；煙之爲禍，醜夷所以毒中國。禁之而夷釁開，其禍小；不禁而殫天下之財，鈍天下之兵，驅天下之人以墮醜夷之術中，其禍較遲而其發也尤烈。然則禁之將柰何？曰：法宜簡，簡則可久；罰必行，必行則民之從之也捷。

雖然，不可以不慮也。今夫醜夷之蟠據於海邊諸郡，其勢日熾，而内地盜賊之滋又久而益蔓，今粤西又騷然動矣。爲今之計，莫急於練兵。兵不在多，而在精。通天下兵額，計之蓋近百萬。弁卒之俸餉，準以歲入之數，蓋五分而去其二。平日以有用待匱之財養無用之兵，有事又遠調他省，或召募鄉勇以益之，故其費益耗，是兩失之也。夫舉天下百萬驕惰不教之兵，驟下一令，曰省之便，其變誠未易言。今第朝而練焉汰其一二人，莫而練焉汰其一二人，而因以其暇簡較其器械，去扣剋之陋規，清虚伍之濫額，時出重賞，以激厲之意寓選鋒之法，天下之兵方歡欣鼓舞，以爲朝廷日增餉恤兵之不暇，不期年閒可省十餘萬人，而其存者數十萬人之兵皆天下之勁卒矣。有練兵之益，無省兵之患，是一舉而兩得之也。

議者必曰，國朝疆域遠過前代，方增防置守之不給，惡在其能省之也？蓋畜方所以攻病，養兵所以制敵，故良醫用方不貴多品，强國詰戎不煩增卒。昔之養兵以自弱者，宋其前事矣。太祖之世，兵不過二十萬。康定、慶曆而後，增至百萬，卒無救於靖康之禍。明之季世，兵號四百萬，卒亡於張、李。國初兵額亦不過二十萬，今試舉目前大勢較之國初，其强弱虚實之形不待智者而決矣。往者醜夷之役，有戍兵自江上來，鬻煙土於市中。或問之，曰，砲藥所易也。嗟乎！有兵如此，雖數千萬夫究安所用之哉！且夫練兵之説行，又不第省兵已也：戰守之具修，外夷懾矣；斥堠之制謹，内盜弭矣；虚額縻餉之費裁，國家之經費裕如矣。

夫禁煙練兵，誠今日之急務。而知之者必不肯言，言之者必不能行，則以今日之人才之不足爲用焉故也。禁煙誠易，夫安所得十數賢督撫而任之？練兵誠易，夫安所得十數知兵之將而屬之？然則財匱兵乏，舉不足憂，惟人才之不足用乃可憂之尤甚者。且夫今天下亦豈乏才哉？羣天下之士大夫，以其專攻詞章聲韻之精神，進求於當世之務，其才皆可以有爲；以其揣摩榮寵利鈍之心思，易而爲自靖之忱，其忠皆可以許國。然則由今之勢以救今之弊，請少振刷焉，其可乎？

一曰廣直言之路。國家舊制，外而督撫監司，皆有言事之責，然督撫彌縫細故，監司言事從未聞焉。内而政本歸之軍機，言責歸之風憲。軍機條議之是非，風憲不得預聞；風憲推劾之可否，軍機得而掣肘。況今日之壅蔽甚矣，下情阻於上聞，上澤滯於下流。易曰：『屯，剛柔始交而難生。』又曰：『雲雷，屯。君子以經綸。』震乘於坎，故曰難生，有險之義焉。陷於坎，則雲上而雷下，坎之所以爲屯也。動於震，則雷上而雨下，屯之所以爲解也。故聖王鑑屯之義，常以貴而下賤。舜明四目，禹拜昌言，壅蔽絶，上下之氣所由通焉。謹案：唐貞觀元年制：中書門下，三品以上入閣奏事，皆命諫官隨之，有失輒奏。宋太祖建隆二年，詔每月内殿起居，百官以次轉對，並指陳時政得失。哲宗即位，首詔司馬光於洛。

既至，即疏請廣開言路。爲今之計，竊以軍機處宜增諫官數員，隨事檢駁，以防偏重之憂。每歲酌增直言敢諫一科，無論官民，許以封狀言事。凡民間水旱盜賊，許以上聞。有務爲新奇迂闊而不通者，報聞焉而已；其實要可采者，時旌異以激勸之。決壅蔽之失，通上下之情，事誠莫要於此。

一曰酌武舉之式。練兵莫先於擇將，兵之勇怯視乎將。蘇軾論武舉方略，以爲天下實才，不可求之語言，較之武力，獨見之於戰；戰不可得而試，見之於治兵。然在今日，亦無新募之兵之可以嘗試也。竊以每大比時，於畿輔屯卒，每伍抽派數人，額以三四千人爲準。有中式者，假以一日之軍令，即以約束之能否定其高下。且今之武舉非獨不知兵，並其語言文字亦漫不相涉矣。自其試於州郡，默寫七書皆倩於人，甚有目不自識其姓名者。擇將固不可求之於虛文，然古之名將無不好讀書、通古今成敗者。竊以武舉之式，騎射而外，雜問以古今成敗以考其言，試之治兵以觀其能。夫其人既通於古今之方略，又能治新集之兵，是亦足以爲將矣。如第曰騎射焉已也，則夫齊之孫臏，漢之韓信、諸葛武侯，晉之羊祜，此數子者試進而廁之於今日所謂武舉之中，其不見擯於有司者幾何哉！

一曰革館學之陋。書者，六藝之一，漢人謂之小學，以試童子之爲吏者。今日館職寔儲養輔相之地，内而九卿庶尹，外而方岳監司，於此焉取之。夫考疑似於點畫，程工拙於毫鼇，此一能書吏事也。而老師巨公轉相授受，上以是倡，下以是應，天下士靡然從之，玩日廢時。乃且侈頌美之諛詞，修囁嚅之恒態，民生之休戚漠然不以關其心，朝綱之得失懵然不能舉其數。故吏治日壞，相業日卑，天下之人才坐是以不振。晉人清談病國，以今例古，殆又甚之。然則爲今之計，所以黜浮警偷以振作天下之士氣，其變通損益請自館職始。

一曰明賞罰之用。孫子曰：『施無法之賞，懸無政之令。』蓋循乎例以爲賞罰，將不能以御一軍，況天下乎？竊以今日之弊，賞濫而罰輕，而于督撫尤甚。古之聖王神乎賞罰之用，賞始於至賤，故賞一人而天下勸；罰始於至貴，故罰一人而天下勸。夫水旱之流亡，盜賊之滋長，凡郡縣之不力，皆督撫之罪也。今第觀其緘默拱手，動循成例，亦似無窮兇極惡之可以指名；而科道之糾彈，又難得其贓罪之確據，故其賢者以謙謹寡過爲稱職，其愚不肖者遂以威福肆行，廣積貨賄。迨乎形迹敗露，議輕則降階，議重僅褫職。彼其心蓋曰，吾仕宦而至督撫，富貴之勢極矣，即不幸奉嚴譴，然猶保首領、擁豔妻，睅然以貲雄一方，夫亦何憚而不爲者？且夫督撫者，郡縣之表率也。得一督撫，數十郡縣之仁者、勇者、廉而介者悉化爲庸吏矣；失一督撫，數十郡縣之愚者、怯者、貪而酷者咸化爲良吏矣。於此之時，不有明賞峻罰，其奚以濟？峻罰之謂何？誅殛之已矣！不必有贓罪之確據也，誅殛其因循廢墜焉已矣。科道之糾彈，亦不必得其贓罪之確據也，糾彈其因循廢墜焉已矣。蓋因循廢墜，其禍被於天下國家而罪浮於贓。舜之誅四凶也，史未嘗明著其得罪之由。其見於書者，共工之罪止於静言庸違。鯀有治水之才，其罪止於方命圮族。王氏曰：『方命者，猶今日之廢格詔書也。』然而聖人必誅殛之，何也？則以彼四凶者位之也尊，禄之也厚，故其罰之也彌嚴。

一曰籌敵。醜夷非中國敵也。然其勢方熾，中國之鋭方挫，以方挫之勢當甚熾之虜，籌之將柰何？或曰，購夷礮，市夷舟，弛漢奸之禁，用閒出奇，虜來則戰，虜去則守。有旨哉！其籌之也。夫購礮省於造礮，市舟省於造舟，弛漢奸之禁則以散其黨，用閒出奇則以乘其釁而擊其敝。然吾竊以爲今日之憂不在海疆，而在内地；不在醜夷之猖獗，而在朝廷百執事之玩愒畏懦，無肯爲國家任事之人。風淫寒溼之疾始於腠理，中於藏府，迨久而發於四支。四支者，病形，非本病也。不求其本，日案形以造方，雖日進一劑，其方不讎，病本加厲。今即使當事者日汲焉購夷礮，市夷舟，弛漢奸之禁，設重賞以用閒矣，吾竊知其無能爲也。何則？因循浮冒之弊不除，雖日購礮市舟，衹具文耳。況乎海關陋規、文武官弁以及齊民均藉分潤，而醜夷之得、漢奸之用，又嘗費數十年之精神以綢繆而固結之，弛與禁均具文也。孫子十三篇始於計，終於閒，然未有計不定而能用閒者。往者，臺灣之役，姚啓聖開修來館以閒鄭氏矣。閒誠可用，顧在今日夫，又安所得能用閒之人而閒之哉？然則籌之將奈何？曰：憂在外者，戰與守焉而已。今日之憂，其始則由内以潰於外，其繼則挫於外而又以牽制乎其内。方乾、嘉時，海内富庶久，醜夷得以其奇技淫巧愚中國人。中國人之無業者弭其利，而左右之當事者又但利其關榷之所入，調停護惜如養驕子。嘉慶、道光之間，兩至天津，一至山東洋面，叛形見矣，所謂由内以潰於外也。乃所謂挫於外又以牽制乎其内，則今日之事是矣。昔之貨煙者，挈囊胠篋，行辟人而授之，今且公然交易於日中矣。昔之姦民劫於鄉，今且劫於近郊矣。其大者蠢蠢然乘閒而起者，粤西又以警告矣。昔之醜夷貪中國之財貨，猶震其名，今則深悉乎中國之虚實而並笑其窶矣。而一二大臣，其愚者方僥倖於無事，其賢者則又藉口於省事矣。故曰今日之憂不在海疆，而在内地；不在醜夷之猖獗，而在百執事之不肯任事也。然則籌之將柰何？曰：禁煙、練兵、擇將，皆吾之所以籌敵，而求言儲相、明賞峻罰，乃以治其本病耳。

一曰節財。財者，國家之精神命脉，其以有無爲不足計者誠過，而一切遷就於目前，是又必困之道也。謹案：國家歲入之數四千四百餘萬，用出之數大約十分而去其八。民閒每歲之積欠、宗禄之繁衍、軍興河工諸役又重耗之。當事恃爲籌財大計，無過於捐輸一途。夫弭盗莫先於擇吏，足用無過於節財。從古以來，姦民倡亂多由於吏者之不良。今者捐例旋止旋開，無乃非計乎！且夫捐輸一事，病民又病國。援納所入，揆以今日情勢，誠有不足恃者。夫官以貲得，斯政以賄成，民間貸錢，本歸息止。捐輸之人輸本於公，陰責其償於民，所獲既倍其本，而禄俸所入又歲享其息，是上與下俱受其病矣。竊聞近年清查兩淮運庫，舊欠四千三百餘萬，山東庫虧一百四十餘萬。一省如此，他省可知。是凡鹽商平日之捐輸，見任官之捐陞捐級，爲其子弟捐缺捐選，無一非正供之所侵入也。姦商貪吏陽倖於捐輸之美名，而使國家陰受每年積欠之實累，計無舛於此者！竊以今日事勢，別無生財之法，惟節之即以生之耳。煙誠禁，民無廢業，斯無逋賦；兵誠練，軍無濫伍，斯無縻食。汰閒散之冗官，清公私之積欠，一反手而財可以足，兵可以振，吏治日新，風俗益厚，計之尤便者也。昔傅説之告高宗曰：『惟治亂在庶官。』又曰：『惟事事乃其有備，有備無患。』節南山之詩刺尹氏曰：『誰秉國成？不自爲政，卒勞百姓。』蓋任相者，天子之事；佐天子以進退百官而不避天下之怨勞者，宰相之事也。今者時相逐矣，邊事亟，捐例又開矣。

足下居要樞，猶末階，簿領官牘之是程，朝聞一事，臨食不樂；暮聞一説，仰屋長歎。雖願效忠，如卑官何？乃僕之愚，所願於足下者，官無大小，併力則濟；人無賢愚，推誠易通。蓋樞要之地近於宰相，委蛇以處之，遇事反覆而善道之，無避嫌，無近名。燕雀處堂，堂焚巢覆。人孰不愛其身家？四海者，天下之大家也。天下安，士大夫之家始安。則試告之曰：『毋倖全而畏事。』作舍道邊，三年不成。居稷、契之位，能憂天下之憂者，是亦稷、契焉矣。則試告之曰：無自狹而牽制於浮言。雖有鎡基，不如待時。失時不爲，後益難支。則試告之曰：『無養禍以貽憂於後人。』

僕嘗讀易，至於同人，反覆其義，竊歎天下之故非一人之所能持否之，所以有待於同人。而古之君子所以獲同於上下之交者，其用力誠難。同人之德曰中正。九三，位尊而不中，絀於五。其類猶衆，有伏戎之象焉。高陵，於法爲絶地。至三歲，其黨乃枯，小人之難去也如此。四近於五，欲同未決。曰乘其墉者，有前卻之象焉。二與五，相應而分卑，由宗而野，同之用始大。孔子曰：『在下位不獲乎上，民不可得而治矣。』同於宗者，以其文明中正之德，致力於三與四之閒，而上應於五，有艱貞之義焉。

足下質厚而氣沈，抱欲爲之略，矢奮不顧身之義，雖卑官，樞要之職，與宰相近。謹附陳區區之見，倘辱教以所未及，則又幸甚。

是天地閒大文字，所言多驗。今中興有此機矣，大致頗用此書所言也。方存之

洋洋數千言，讀之惟恐其盡。匪惟才富，實由意真。馮魯川

二不可緩，六宜振刷，今情勢又稍殊，究以自强爲要，而莫要於人才。程伯旉

旌表刑科給事葉公孝行事實書後

庚戌南歸，瀕行，葉君潤臣以其尊大父給事公旌表孝行事實屬爲文，謹拜受不敢辭。歸而讀之，則見公之懿聞早著於鄉，其事當得書於史氏。而潤臣之伯兄今粵東撫軍又以功晉五等之封，公之食報於後者既有驗，誠無待言。

今年秋，家居臥病，閱笥中散帙，又得潤臣尊甫所爲給事公行述，記其單車扣東華門，赴林逆之變，夜大雷雨，與諸衛士露宿泥淖中，蹂仆幾死。既論功，卒隱其勞，蓋嘉慶十八年秋九月十五日事也。爲之霍然起立，長吁久之。方林逆初起，結黨通内侍，造謀久，待時未發，其黨蔓於河南。河南滑縣令强忠烈公密以聞大吏，弗之問。夫以里巷揭竿事魔之細民，挺刃一呼，喋血宮禁，其變前古所希有。而釀其禍者，實由於封疆重臣。忠烈發其謀於無事之時，終以身殉。與公之從容赴變於臨事之際，卒隱其勞，其迹雖殊，其爲忠則一也。

余嘗怪王祥、馮道輩，其生平皆以孝聞。祥之後有王戎者，尤善居喪而婞鄙負國，至爲後世所不齒。豈以孝事君則忠之説果有遺旨與？及誦公之事，益歎經所謂『資於事父以事君』者大，聖人實爲後之士大夫顯設其戒。苟不忠矣，夫何孝之足云？公既早退，其志業不克盡於時，而今撫軍卒以功名光於粵東。詩曰『永言孝思，孝思維則』，又曰『夙興夜寐，無忝爾所生』。潤臣媦於詩，先德之淵源、絲綸之世美，夫亦可以慷然詠矣！

原亂

亂之所生，天耶？曰：非也！天命善，不命惡，命君子，不命小人，烏在其命亂也？然則抑人耶？曰：亦非也！天下之亂非一人之力之所能爲。古之亂天下者，無論其在上在下，必其人有造亂之才，而又適丁夫天下羣思亂之時焉，故其亂一發而不能制。夫才與時非人之所能爲焉者也，然則果孰爲之？曰：爲之者，天與君與相，而衆人不與焉。君相者，立人之統，繼天之事。君失其爲君，相失其爲相，人變於下則天變於上，於是乎亂人生焉，而假之以其才，予之以其時。然則天之好生者非與？夫大亂之世，賊虐遍於無辜，君與相尸其孽，而天乃降其罰於衆人，豈理也哉？曰：鄰老父有逆子，日忤其父。其父日譙呵垂涕泣以從其後，久之不改；於是乎其父悲思憤懣，又久之，而有昏瞑狂易之疾。遂乃日鞭撻其鷄狗，撞擊其甑釜，驅逐其婦若孫，蚤夜叫號，不安於室。夫鷄狗、甑釜與其婦若孫皆無罪也，然其若是焉者，子失其爲子，則父失其爲父，君失其爲君，相失其爲相，則天失其爲天，故亂。

似周秦子書。馮魯川

『君失其爲君，相失其爲相』，故亂人生焉。誠然誠然！存之

與邵位西

位西足下：

七月閒得書，並爲致皖方伯函。足下自持介，乃以故人之困，遠數千里申之以言，感甚愧甚！

方伯與僕本不相知，客冬以其所作長江籌遠圖詩屬和，率爾應，殊未敢盡所欲言。新正，同里黄徵君從皖歸，道方伯垂問賤狀切，將招傭，恐赴北，未便書召。僕故傭且久空，其有呼於門，持千錢爲市者，橐筆趨唯而恐後，況重之以方伯之尊，又懸數百金以爲之券哉！閒從黄徵君問故徵君者，以爲方伯官京師，與潘玉泩家有舊，其招也有所自來。昨客池陽，桐城蘇厚子書來，道方伯見和詩，訝甚，寢其前命。嗟乎！士而傭，士之至賤者也；傭而隨所用，無不可者，又天下之甚良傭焉。四海之廣，公卿大夫百執事之衆，廚有棄肉，僕婢厭羅綺，其尊若神，其視士若土。今方伯乃垂憐於草野素不通名姓之賤夫而重相顧，愚不自諒，徒以蹇昧無益之談觸巨公之喜怒，犯朋輩之譏嘲，雖重悔，夫奚及哉！

池陽，瘠土也，歲幸收，無他虞。城東南樓可以俯衆峯，履斷堞，翹而望，江光浩然。樓四拆，羣丐棲焉。主人家楚南，從者多其土著。秋間賊躪楚，皖中戒嚴，主人奉檄防江去。諸從者每有聞，駭而走告環泣，竊詈無停時。僕方食，雖甚饑，臨箸輒廢。夜展轉再四，不得瞑，時時獨走上東南城樓，牢坐斷礎上，俯仰四睇，秋風颯然，默念身世既老大，無能爲者矣。而諸故人流離遠隔，其幸而得仕於朝如足下輩，又皆小官，鬱鬱不得一開口。拂衣起，倚柱悲吟，淚滚滚下。羣丐睆而笑。日既入，旁皇城上，不忍歸。人生即壽考，不過八九十年間即死矣。僕年今四十有一，苕華之詩，兒時蓋嘗誦焉，竊以疑作詩者之有激而云。然夫烏知及今乃目擊之，又身蹈之，而卒無以自解之也耶！粤西辦賊何似？季含家武林，當無恙。彭、唐二君如何？近作小文數首，謹録寄。不盡。

篇中所云主人，蓋陳太守岱雲也。時守池州，旋以皖撫江忠烈公檄同赴廬州，城陷，死之。

此文後段詞意悽楚，欷歔滿紙，令人不忍卒讀。鄧伯昭

五君詠云『鸞翮有時鎩，龍性誰能馴』，作者其人中龍耶？馮魯川

瑞麥圖序

茶陵陳公守池之次年，政簡民悦，屬以有年，乃以其所得瑞麥圖而詩之，屬爲序。則謹復於公曰：『瑞麥，於傳爲農祥，兹有年，其信祥矣，恐戔言無以揚盛美。』公蹙然避席曰：『余不德，殊無足以堪此。蓋古者官養民，今者民養於天、養於地，官舉無與焉。且又多方以重耗之，而肥瘠之産與夫水旱死徙顛連無告之狀，一聽諸氣數之適然。三代下，民生所以多故者，此也。池壤瘠，屢水。余甫至，相其土宜，即收不足支終歲；其士氣樸秀，而户鮮中人之籍。池既瘠壤，余又拙窮，凡有願爲於斯土，力都未之有逮。池人士幸不鄙棄余，嘗過從。其老者，余禮之如兄；其少者，余班之弟子行；有執經問者，告之必以誠。池人訟，雖重讞，反覆之，未敢或以鞭朴先。禄廩外，橐無一餅金。余嘗自忖，實未敢多方以耗之，究亦無足以益之。瑞麥之應，天殆以哀吾民，余又烏忍貪天之功以爲功哉！願吾子質言之，無重貽余愧也。』

嗟乎！由公之言以揣其中之所存，其庶幾知所養者與？此瑞麥之所由瑞也。夫易益之彖曰：『益，損上益下。』又曰：『益動而巽，日進無疆。』蓋損下益上，其極必潰；損上益下，其氣易通。天人之際，未有感而不應者。雖然，養民者官也。其平日既失其所以養之之道，又多方以重耗之；耗之不已，於是乎謫之，見於天者，有水旱兵革之禍，官厚其毒而民食其殃，而張湯、杜周之子孫且再世而益顯，然則天又果可盡恃乎哉？

即篇中所言，而吾亡友陳君居官治迹已可概見。陳君賢者，讀君文益令人追念不已也。鄧伯昭

今亦安得張湯、杜周哉！馮魯川

簡折之中自有往復頓挫之致，神味特永。方存之

氣骨俱高。管才叔

嘗疑洪範五行傳是漢儒瞀言，與讖緯符瑞舉無可信。池有麥瑞，旋罹兵劫。邇年直隸麥秀兩歧，河決永定，所謂天不可盡恃也。程伯旉

天人之故，了然於心，故語無枝葉如此。孫琴西

王君墓誌銘

嗚呼！　聖人不作，學者趨於苟賤浮脆，而一二雄奇邁俗之士又多跳浪馳騖，不檢於細行。余束髮至壯大，所交士半天下，求其能力乎古人之志節，懷仁蹈義，內行無怍於妻子，

第以聞見所及，得同里人亡友高君謝塵一人焉已爾。乃今知有王君者。君，狷者也，諱然簡，湖南善化人，以諸生終。其家故窮，授徒以給。隆冬恒外緼而葛袴，履嘗旁穿，饑且憊，一錢不私假於人。顧獨喜面斥人過，然苟聞一善行，則咨嗟嘆息，走相詑也。里之人服其德，有不孝於親，不恭於兄，不信於友朋者，則必預相戒勿使王君知。其初試於學使者，既注名矣。比覆試，使者故相摘，君抗辨，使者怒而跪之中庭。有同號生者，亦被譴，匍匐叩頭階下，涕泗浪然。君躍起，旁睨同號生，曰：『唉，腐頭巾第褫耳！且使者操尺寸柄以求天下奇才異能，既憒憒，奈何又庭辱士？』使者乃益怒，將中以法，久乃解。

君卒年六十有五。子篤棐，以某年某月葬君於某鄉之某原。余之具聞於其鄉人陳太守者如此。太守見官池州，與君爲平交。既貴矣，嘗貽以金。君笑而謝之，不顧也。君嘗江行，客挈眷請附舟，力卻之，客固請。既同載而客死，則市棺斂。走數百里，返其孥，又重賙之而後歸。太守高君之行誼，將歸，葺其墓而屬余爲之銘。乃銘之曰：

吏而墨，虎乃食魚。彼豸其冠，口則有珠。若若纍纍，如蜮如鬼。偉哉王君！博士弟子。君雖餓夫，重猶千鈞。硜硜之石，苦節自貞。儻生洙泗，益大以醇。今時交態，迴新换舊。况如君者，匪笑則詬。槁殉黄壤，有寇無媾。我之銘君，以陳太守。太守莊士，其言不卮。刻示後來，庶無愧詞。

王君與同鄉里，其高行實不知也，得先生此文，王君可不朽，抑亦可見陳君風義之古矣。鄧伯昭

奇人奇文。馮魯川

似韓之奇，似王之簡。方存之

與王蔭之

蔭之執事：

都門臨歧之言，蓋嘗懸懸於中，未敢一日忘。敝鄉事宜歸而略究其詳。同里王君以爲皖人言皖事，語過切，且事須得人。安邱故吏皖，誠得如安邱數人，弊可革。故爲一書，以曉左右。比力者持原書歸，道執事先之官衡州。越春又附數言，介孫君轉致，未審果已達否也。粵西之禍始於州縣之貪墨，繼以大吏之蒙蔽，諸將帥因循坐玩，以至糜壞不可收拾若此。方子苓在京師時，其亂始芽。粵西士留試未歸者，持其家書惶號請命，諸大臣相顧未肯發。子苓竊以爲今上新政甫停捐，一切廢墜都未修舉，脱有變，開言利者之口，沮願治之思，塗炭無辜之民，啓中原姦宄浮動之漸，雖邊隅，所關匪細，故冒然叩執事之門。而是時執事意有注，將畜全力奮不顧身以拔之，略授指而粤西士又首尾顧忌不敢前。頃之，大

吏竟以捷聞，子苓亦於是時翩然別執事而南歸矣。

今之賢士大夫紆紳正笏從容風議於廟堂之上，皆知道孔氏之書，談格致誠正之學。孔子之對哀公曰：『舉直錯諸枉，則民服。』子貢問政，子曰：『足食足兵，民信之矣。』及門之士，若由若求，皆世所稱賢人君子。究其汲汲焉謀人家國者，兵與農焉而已。大學一書，歷舉修齊治平之要，而即繼之曰一个臣。一个臣者，蓋世所謂相君者也。

曩執事之所欲畜全力奮不顧身以拔之者，今其人已屏居閒地矣。而邊事之棘，生財之方，循舊護前。度執事雖外遷，其蒿目奮發之衷當倍亟於曩之所欲云云時也。從古艱危多事之際，不必無能建言之人，或顯踞其名，或陰以爲利者有之，其能毅然以天下得失利病爲己圖，而不以死生禍福移其志，惟烈丈夫曉大體者爲然。夫以執事之賢，不得一日安其身於朝廷之上，崎嶇奔走，恒終歲而不得休。而子苓之想望丰采，亟欲一見，又且遲之數年。其在京師時，得相從開口論議，才數日閒耳。而此數日之中，扼腕激昂，髮指冠，欷歔相對者，又鬱鬱無好懷。天下之事，既不幸使鄙人被知言之名；執事曩之所欲拔而去之者，今又異人而同轍。悲哉已矣！益何冀矣！

明年計當北去，念與執事未審何日復得相見，求如昔日在京師時相與扼腕激昂、髮指冠、欷歔相對者，亦渺焉難得，因便略道其惓惓之愚。不宣。

先生以草芥之臣拳拳於軍國大計，情不自禁至於大聲疾呼，如疾痛慘怛之迫於身。嗚呼！毅甫之心苦矣，其志益可哀矣！　鄧伯昭

易安人碑陰文

易安人者，今守池州陳公之室，以封臂療夫，積勞死，事聞得旌。往余見邵君所爲表墓之文，粗識其概。今年春，公出示曾侍郎所爲誌銘，屬爲之言。

謹案：禮經，子事父母、婦事舅姑，有嘗藥之文，有抑搔之節。封臂之事，於經無明文，然自三古以還，孝子烈婦卒然遇非常之變，斷支茹刃，奇偉慘特之行驚動鬼神、炳著於傳記者，往往而有，求之於經，卒未嘗有明文焉，何也？記曰『不虧其體』之謂孝。則夫剖心刳腹如比干、萇弘者，其又何説之云？蓋禮者，先王因時以設宜云爾。至於君臣、父子、夫婦之間，事關乎至性而變生於難名。昔之聖人究何嘗懸一成之的以豫爲之限哉？

方安人從官京師，孑然羈處，守孱病喘憊之夫，提攜孺稺，倉皇憂墨，凡苟可以活其夫者，將絶肮碎踵之不辭。其在詩曰『無非無儀，惟酒食是議』，此爲凡爲婦人者言之也。又曰『釐爾女士』，必其有智勇卓犖之資、定傾扶危之節，而後乃克副乎士之名。如安人者，儻所謂『女而有士行者』與？世衰道喪，士大夫相習於靦忍遷避〔五〕，宇宙之變故日益多，君

臣、父子、夫婦、朋友之倫日益薄。安人生卒與其得旌之年月，表與誌銘具書之矣。余竊有慨於曾侍郎之言，而引伸其旨以告世之凡號爲士者。

廬州戰守記

撫軍江公諱忠源，字常孺，岷樵其號也。湖南新甯人，中道光丁酉鄉榜，甲辰謁選得校職，未赴。以平盜功得薦擢，莅浙江秀水縣，在官有惠聲。既從軍粵西，洊歷兩湖，又嘗佐守江西，積功至今官，以城破死。既上聞，贈恤如例，謚忠烈。迹公之死與城之破，非賊之强，戰守之不力、民之不足與守也。公久在兵間，有將才，而廬州又堅城，地饒材武，儲粟山積，赴援之兵四至，然卒至城破身死，則以前乎公者懵焉一無所備。公未受事而病，既莅事，病日劇，事益不可以爲。悲夫！從古禍亂之積，大都不善者搆其殃，而善者蒙其毒，獨公也哉？余，郡人，曾在圍中，於公有一言之知，嘗欲論次其略，顧事多不可誦言，恐久遂遺失，謹撮其大要於篇。

今夫廬州，衝地也，無高山峻坂，其地宜戰而難守。安慶轂大江，故重屯。先是，賊踞粵西，屢稽兵，既入湖南，圍長沙，汎洞庭，破武昌，略江西，咸豐三年正月壬戌遂入安慶。撫者蔣文慶遇害，自兩司以至羣吏咸遁，防江之兵四潰。賊順流下趨，據江甯，出兵四擾，勢益張。部議安慶既空，移撫廬，撫者是爲李閣學嘉端，尋罷。冬十月，賊道安慶，毁集賢，屠桐城，遂入舒城。公馳上事，越翼日暮，賊前鋒抵派河。公下令趣閉城，夜具疏，條戒諸吏。是時，余故人池州陳太守甫檄至，適余自鄉間來，因留飲太守所，時十一月壬子夜也。越翼日癸丑，賊四薄。余登南垣，馮堞望車徒塵逸，礮子墜樓下，大於鵝卵。適公騎至，余猝不及避，則熟視公，軒眉長目，髭漆黑，顧眄磊然。是時，賊兵號數萬，公所部開化、鎮筸諸弁卒不滿二千人，案陴而守，勢不給。城中民之存者猶四五萬人，有司戒民無闌登城。公則趣下令曰：『平時父老未嘗一見賊，今約民各持鑱柄鍬鍤，咸登縱觀，無禁。』不頃刻，陴下林立蟻附，得數萬人，合噪騰擲，賊少卻。越翼日甲寅夜半，賊環攻，潛梯西平門，緣郛上。我兵奮擊，賊堵進；比登矣，我兵殪其魁，奪其黄旗以呼，賊舍梯遁。我兵上首功，總若干級，湖南舉人鄒漢勳功最。越翼日乙卯，天大霧，賊犯拱辰門，礮子碌碌如注，羣賊哨而馳聲，啾唧如鬼，居民大恐，霧四塞，炬不見光。知縣張文斌督衆奮擊，把總尹孝忠中礮死，外委張得勝礮傷膊，頃灼其指，指斷落，戰益疾。是時，賊乘霧分撲時雍門，池州守陳源兖、守備程智泉擊卻之，斬首總若干級。越翼日丙辰，賊分攻六門。賊渠黄旗前導，大礮、雲梯徑薄德勝門下。都司楊焕章、把總尚得勝擊卻之，奪其雲梯五十餘架，各門互有斬獲。越翼日丁巳，賊攻時雍門。守備程智泉燃大礮斃賊魁，守城民滚木、火罐、磚石齊下，賊大創。日亭午，賊徒從東大橋來，捆載趨一黄巾賊騎，而後道包公祠前。守陴民，故木工也，覷賊行，燃鎗陴隙，賊中鎗，人騎驚颺，久乃僕。有小校紅帕腰刀，趐立陴上，躍而奔賊。賊驚逸，我兵獲賊鹽二車，驢一，馬一，黄巾賊首一，他衣物不貲。越翼日戊午夜，守備程智泉潛兵威武門外，據橋營，賊突出奪橋，戰擊卻之。

廬州城周二十六里，爲堞四千五百七十有奇。總七門，南二門，曰南薰，又南曰德勝；西二門，曰西平，又西曰水西；北一門，曰拱辰；東二門，曰威武，又東曰時雍。威武門外，巨橋跨水，橋外一軍蓋嘗先期請出城迎賊堵擊，以遊兵護四鄉，與城上兵相犄角者也。賊至，衆先潰。賊屢與我兵奪橋，戰不利，夜乃潛穴城，隧數丈。是夜公出重賞，得死士二百餘人迎隧出。有賊魁，黄襦秃髮，俛而下窺。外委馮貴刀劈其面，遂梟之。賊徒跧隧中，我兵争擲火罐，斃賊無算，遂出縱火焚賊巢。巢踞民屋，屋堅難拔。是役也，微公因事出奇，城幾殆。越翼日己未，壽春鎮將玉山以東關戍卒由店埠進援拱辰門，戰死。西安帶兵官伊昌阿、珂登額遁去。

方玉山之道北鄉也，諸團長遮道獻食，請駐營，先閒報撫軍，會諸援兵合擊，而以練丁萬人左右距。玉山不能用，勇目支三虎以八百人進搏，賊棄營走，徑入括賊財。廣勇進，馬兵繼之，賊潛出馬兵後，故潰。越翼日庚申，同知劉長佑、千總江忠信與鎮將音德布會師西平門外，距城十里，未成列而賊至。長佑、忠信以前鋒搏賊，賊敗走，遂進攻西賊營。賊出援，鏖鬭社稷壇下。我兵戰小卻。六品銜石安邦、外委林世弼殿後軍，抵死戰，死之。是時，賊連營圍攻急，城中民弁晝夜不得瞑，玉山之援又潰。六安壤接路邇，是日辰刻，城上突見紅藍旗閃閃從西方來，守城民據陴歡呼，欲出助擊。公亟令都司馬良勳、把總尚得勝各帶勇百餘人出迓師。遇賊戰，連斃數十。賊益前，守城民益奮呼欲出，誓效死助擊。久之，偵者曰：『紅旗颺徑西去矣。』先是，賊圍城一日，公檄徵各路兵。音德布以所部自六安次於官亭。又數日，迂道營於北三十里崗。既會師，前鋒遇賊戰，所部中道潰，徑奔，次於棗林崗。賊窮追，縱火民居。民大懟，肆劫於棗林，則益棄其輜重，復歸次於官亭。辛酉、壬戌、癸亥，賊間攻各門，互有斬獲。越翼日丙寅，鎮將音德布以公令復進師，遂傍蜀山而營其地，距城總二十里，所謂西大營也。東大營者，前革司張印塘以東關之卒進屯於店埠者也。由店埠至威武門，總四十里。越翼日戊辰，都司戴文蘭、藍翎千總江忠信、經歷艾延暉以楚勇百五十人，人各懷白鏹二巨定夜叩城，遂入。城中帑久缺，士有浮言，藉是粗定。

十有二月辛未朔，越翼日壬申，駐守德勝門都司楊煥章率兵勇數百踰城出，守城民繼之，拔賊營二，毁其巢，殲其魁從，獲其牛馬貨物無算，總斬首若干級，生擒賊總若干名。是役也，我兵自辰至午戰益奮，諸賊閉營股栗無敢出者。越翼日癸酉夜，川勇被劫，潰。川勇者，所謂英聚堂之兵也，衆千餘，無帥領，自推六人爲頭目，舊隸向軍門，争功斥，遂以衆至。有知府銜李登洲者方籍兵，遂募焉，而川勇固驕甚。是日午刻，自店埠移營拱辰門外之十三里谷堆。比至，已暮矣，遂宿民家。登洲先遁去，賊突至，士黑夜裸走手格，一軍幾覆。承平久，師行多不以律，或餌利以輕進，或懸軍而無援，以至覆軍殺將，多此類也。李登洲者，素不根，嘗從守東關，屢敗衄。是時店埠諸行營去賊遠，登洲至，方呼酒嘯歌。既夜，有逃卒至，始覺，益引遠。越翼日乙亥辰刻，地雷發於西平門，守者宿戒，賊不敢進。我兵奮擊，有黄衣賊出護軍，城上大礮忽自鳴，飛子碎賊首，賊創退。越翼日丁丑，陝甘總督舒興阿以所部萬五千人駐營岡子集。己卯，由岡子集進援水西門，先會諸團長，集練丁萬餘人殿，而以川勇數百人嘗賊。賊進搏，川勇以前憤殊死鬬。馬兵突驚，賊旁衝，馬踶輓脱，騎步相蹂，賊空壁逐，諸團嚴陣以待，賊始卻。

越翼日辛巳，水西門地雷起，城角陡崩數丈餘，轟聲震天，延燒火藥房一所。勢殊猛，賊肉薄城下。時天黎明，公久病臥帳中，躍起，手大旗，緣陴而呼，馮於崩所，都司戴文蘭、馬良勳負槍從，揮刃直前，連斃賊。我兵抵死戰，火猛，磚石四迸反中賊，賊負創走。守龍天保督工進，火灼其鬚，鬚焦脱，益前。頃之，羣工畢集，城復完。賊徒多兩湖刑隸，嘗伐炭山中，故巧於穴城。每一隧實藥櫬中，隧深曲，旁達城腹，線燃火發，無不裂者。公久辦賊事，宿戒，故每倉卒而成奇功。

是日也，賊分攻時雍門，池守陳源兖、守備程智泉併力擊賊，創退。越翼日壬午，六品銜江忠濬以楚勇千五百人至，凡兩戰，遂進營西平門之五里墩。公三弟，仲忠濬、叔忠濟、季忠淑皆善撫士，士樂爲用。賊中聞江家兵，咸卻。越翼日癸未，藍翎千總李得勝以楚勇八十人、燭若干石，銀若干封，夜入城勞師，且告援至。越翼日甲申，前革司張印塘、六品銜黄元吉自店埠與舒興阿會兵岡子集，將進援水西門，又益以新募鳳陽之勇五百人，前鋒抵四里河，遇賊，戰甚酣。舒興阿遣其麾下總兵官以所部萬人陣於隄上。有黄旗從東北來，偵者曰『賊援至』，馬兵四潰，舍騎而徒，或走匿松林中，駢坐雨泣。賊尾至，引頸受刃，至有一賊手刃十餘人者。

先是，公嘗手札飭四鄉練丁會官兵同赴援。自玉山敗死，團益弛，附城民驚恐遠竄。賊廣散僞示，時出遊騎焚劉民之殺賊以應官兵者。又嘗出金錢重與民媾，賊故屢增且横。而舒興阿之馬兵又迭潰敗，諸兵勇飽食嬉遊，或白晝入人家劫什物。鄉民又以此與兵屢相詬，至有覬官兵潰走中道篡取其貲裝者，兵亦以此與民重相讎。越翼日丁亥夜，城破，撫軍江公死之。水西門故庳，其外陂陀虧蔽，賊扼要逼城而營。公嘗臥鎮郛内，屢設奇出擊，賊兵號數萬，其實止萬人，斬獲創死折其半，屢蹙思遁。

而外援不力，内訌交扇。先是，猾胥鄭潮實通賊。賊圍城二日，余晚飯姻家，見鄰婦人争殺雄鷄，瀝血盂水，鷄東首，盂血加箸置户外，炷香楣間。問故，曰：『撫軍令也。』翼日，從陳太守飲於城樓，具言，太守驚曰：『無是也。』既罷，月中緣畦行，見數役各負箭急趨，鳴金以呼，頃刻家炷香如故，且申令民無蓄水，匕、箸、長竿之屬咸偃。翼日，又轟言撫軍遣役括婦人穢布冒旗纛，謂賊幻以此厭之爾。未幾，廉得狀，捕潮至，梟首縣威武門下。而自是民房屢火，不根之言多莫測所從來。勇目徐懷義，故縣役也，倚郡守，善立權勢，其黨晝羣飲博，夜恒昏臥，巡城官屢呵不顧。有舊與賊連者，嘗倚城嘯呼而手語，蓋賊營新附鎗手與懷義所募勇居恒邇，又嘗同犯法亡命者。

方水西門破，地雷裂，外郛垣塌矣，我兵死戰，賊環列愕顧。公亟下令各門咸勒兵守城，民憤呼，願效死，而拱辰門樓火突起，守城勇先遁，有數人自東北來，繞城呼曰：『賊至矣，盍亟去！』方是時，民實未見一賊也。拱辰門者，郡北門也，勇目徐懷義與霍邱勇目周恩晝段分守處也。懷義守北西，周恩守北東，空陴而走，賊畢登。公縱兵迎擊，連斃賊，賊奔。都司馬良勳以衆逐賊金斗圩，轉戰城北。夜冥星晦，賊合圍，我兵盪，賊頭格磔迎刃墮。久之，良勳中創死。賊以大隊略西平門，迤折下，將夾攻水西門。西平門者，鄒君漢勳分守地也。君夜飲方半，自拔所佩刀直前殺賊。賊怒，刃中項，血淋浪，項偏折，兩卒翼之前行，數武死。而是時，都司戴文蘭身重創，以死士十餘人將冒圍赴西營乞師，復遇賊，戰死之。天比明，霧藪藪如雨，諸大弁血刃擁公請去，公曰：『城陷矣，何以謝百姓？』自刎，不殊，復赴水死之。賊既入，城上屍積，井阬咸滿。同時官民死者别有録。郡城自安慶破後，居民一日數遷。有司議圍議捐皆具文，而公私請託，朝令夕更，偶一舉動，費不節。公由九江道六安，病臥，屢馳檄趣有司清野濬濠，簡料軍實。比至，上下錯愕，未知所措，一切苟簡荒略仍舊。自被圍之六日，城中雞豚薪燭諸日用之需咸匱，而東北門外崇墉貨積，向之因循瞻顧，適以資寇强而導之攻。

悲夫！公恢奇多大略，御下刑賞必信，自守令以至羣校，犯法恒縛致帳前不少貸，尤能與人均甘共苦，虚懷納善，惟恐失之。守城民嘗晨粥蓐食，適公過，顧曰：『吾適饑，若粥既乎？』曰：『未。』徑下馬索箸，就蓐上共啖。復索蔬，民以野藿進，糝蒸未熟，公飽啖大嚼，徐欠伸曰：『吾久病不支，多謝父老爲吾城守，顧城罄如洗，無足相犒，又重累君等日瞀食。』因撫進藿者背，泫然長嘆，久乃去。公每出巡城，遇民閒相餉者，恒駐馬嘗其冷煖，饑便就席棚中與民共飯，而其麾下兵勇雖大弁，與民耦，俱恂恂笑語，無異時武夫健兒叫呶桀驁難犯之色，貿易不欺一錢，故民咸樂爲用。市小兒日提土筐豆，恒懷磚石，願效擊賊。有市人從守城，民偶語中礮死，公立出銀爲市棺，且趣騎將出視斂所。或尼之，曰：『吾前令，凡民助城上斃賊，或爲賊斃，吾賞恤與吾兵勇同。奈何吝數十金以負死者！』卒如令。郡人士有以説上謁者，夜叩寢所，恒據枕作答，朱墨滚滚，頃刻數百言。

公死殆年餘，其舊時麾下與郡人每道公恒泣。其遺文四首，總録藏余家。方余在圍中，時時從陳太守飲酒，以太守指遂通謁於撫軍。公延入，殊禮，坐定，因請問公所以辦賊之要。公憮然久之，曰：『割天塹以資賊，險失地形矣。安慶棄而巢縣又破，盧郡門户藩籬皆撤，解圍後吾當進兵江上，造戰艦數百斷賊往來，然後金陵可坐致也。』方是時，公咳瘵骨立，前席據罏坐，旁一老卒調藥侍帳下，三司羣吏争趨白事，余亟請退。公曰：『吾久知子，曷少留？』久之，長吁四睇，曰：『吾精兵多留江西，亟欲得吾季來，顧道遠。昨客有獻書促吾開門戰，謂諸團願助勦者，今亦未見一隊來，團練果何如？』余逡巡對曰：『生，郡人，以亂避鄉閒，各團恂以靖小盜，然皆無足當巨寇。』公曰：『然，姑强子行，且紆道爲我趣東路兵。賊平，還藉子爲我草露布文。』嗟乎！余與公相際淺，公之意言不欺，若深相結者。每一追念，涕交頤下。公死，諸大師設圍城下。又一年，未拔。賊踞城，悉鋭北上，創於徐州，蔓延河北諸郡，益兵高唐，自九江以泝兩湖屢搆兵，江甯賊游弈如故。

咸豐四年十有一月記。

此與後復廬州、廬州再陷及上翁撫二書皆天地間大文字，不可以工拙論，而文亦特工。

馮魯川

書陳太守

余既志撫軍江公戰守之略，益泫然於陳太守之死，因抆淚而書之。公諱源兖，字岱雲，湖南茶陵人，由翰林出守吉安，服闋，補池州。既解任，撫軍察其廉，檄來廬州，分守時雍門，城破，自經死。公居官清静不苛，太守多喜養尊望，不接民。公勤於聽斷，暇則學隸草，爲歌詩古文。余過江，樂池州山水，又以太守，遂客焉。其檄至廬州也，余久避地，心邑鬱念諸故人存没永訣，公來有日矣，亟走問。既至，城閉，相與對飲達旦。翼日，公坐戍樓上，遣一卒邀余飯。是時，賊新集鋒鋭，事冗無停時，食時恒迫。每晚飯罷，余恒呼酒獨酌，醉則從老兵相倚而臥。公踉蹌攜一僕跨瘦馬繞城勾校諸軍事既，上於莫府，始歸。歸則促余起，夜半霜月澄霽，每南望。公嘗背余而泣，閒一出其橐中所攜李玉溪、韓冬郎詩卷，徘徊低誦。而余亦兀坐不自聊，時時徑醉酒肆中，或隔日不相聞問。蓋公久壓於長官，感撫軍意，益自奮，固拉余陰爲助。而余郡人，先人邱墓所託，顧事極壞，且又不可以誦言，嘗摭諸尤不便者藉公以白於撫軍。公既憂思涕泣，幾廢明，余亦坐是獲重詬。

一日，酒次縱論古今成敗，公曰：『譆！子好言兵，乃恒歙，何憚一見撫軍，樹尺寸功取富貴，不愈於槁死蓬蒿中乎？且孤城援隔，兵單財絀，誠於此時一出奇畫，椎牛舉事，盡殲諸賊頭，推兵而前，亦大丈夫所以自見於天下者然也。』蓋是時客有以鄉兵助援之説要撫軍，其大指括羣富人田以助賞，出尺書盡赦諸犯法亡命之徒，使自效。余嘗策其説之不讎，公故以是相激，欲余冒圍出趣籍兵。余固謝，而客重相促，既又敦以撫軍之命，遂去。羣富人果大譁，人各持兩端。城破，諸賊徒咸以余爲市，相持急，余走匿山中。

又一年，始得公死事之實。然公雖死，無有力者爲之關請，又無親戚子弟爲左證，故有司久而格不以聞。有蔡君吉甫者爲余言，城破，屍塞衢巷，賊給人舁屍，數日不得休，因以識撫軍於水西門，識公於縣學之明倫堂上。撫軍脅洞刃，僵積水中；公頸繩，舌出。先是，有萬君爲言，十七日夜，公騎一馬相遇時雍門下，揚鞭問明倫堂何處，倉皇未及一答語，徑相失。吉甫陷賊久，總七月始逸歸。余以吉甫言，益信萬君之語不妄。蓋二君皆郡人，嘗同佐守城，故於公之形狀尤詳。

公在圍中，嘗與余追數西臺笑語時事，以爲奇識。西臺者，池州郡署西北隅，高可以眺衆峯者也，其下草樹蓊薈，神祠幽絶。公季立凡嘗與余嘯歌臺上。兩公子相從嬉戲，挽竹弓，放黄泥彈，彈子錚錚，中老柳上。公來，拾彈草閒，仰天祝，撩衣挾弓，連發不中，擲弓而笑。廧外一村婦汲而微哂。余與立凡皆大笑。既，賊由長沙窺洞庭，江上警日甚。立凡時時從余飲酒，嘗攜一壺對酌神前，悲歌灑泣。兩公子覓棗栗，更番進。公來，余倚醉拉坐草薦上，强以酒，曰：『姑飲此，他時余輩欲復團坐薦上悲歌飲酒，恐都難得。』其季立凡益大泣，公顧笑曰：『奈何乎兩君而酒悲若此！』嗟乎！公死矣，去西臺笑語時曾幾何哉？乃其遺胔棄骼暴露星日既久，而余不能妥其藏；其淳行嘉言、矻矻論著就湮，而余不能顯於衆；其季孑然遠在數千里之外，顧瞻夢想。公死，而余不能一告唁；公有子，余不能誨其孤；公有室，余不能周其孥。蓋公之視余誠厚，顧後死者即余亦茫不自知夫死所，則又以幸公之早能自遂於死也。

忠烈公與陳公皆僕丁酉同年，讀此文豈勝感愴！　襄男

悲慟嗚咽若不能勝，真史漢之文也！　陳君與君善，君之報陳君亦誠厚矣。　陳君與僕爲同年友。　自其死，嘗欲爲一文存集中，因循未果。　讀君文，益用自咎。　鄧伯昭

敘一人事而已之身世在其中，此作者獨得處，亦所遇然也。　馮魯川

至情至性之文，亦古勁之至。　方存之

池州告社公文

斗閒男子，是曰贅民。不文不武，壯而無成。哀滄海之横流，悼羣雌之不鳴。既青山之難歸，況無田以可耕。嗟余孑孑，飲泣茹悲。或嘯而虎，或蟠而龜。時之不與，黄冠緇衣。神其告我，孰是孰非？晦明睽隔，夢以爲期。昔者矢言，與公相代。青溪娟娟，檀婆可愛。余生癡蠢，方寸不壞。觸險蹈危，天憐人怪。帝閽岧嶤，高不可觸。祈公一言，以介余福。我歌我哭，公實聞之。陳辭薦酒，公勿余欺。

校記

〔一〕蘸　疑當作「醮」。
〔二〕趺　當作「趺」。
〔三〕即王安石作乞以所居園屋爲僧寺並乞賜額劄子。
〔四〕易經鼎卦：「聖人亨以享上帝，而大亨以養聖賢。」
〔五〕忍　當作「涊」。

敦艮吉齋文存卷二

上曾侍郎書

四月八日，子苓謹再拜侍郎執事。粵西小醜，恣睢跳藉，橫跨數省。元元之衆，塗肝碎首，五年於今。居嘗竊怪賊起烏合，威脅術誑，非有素嘗拊循豢養之恩；其魁長臣隸前驅效死，號稱將帥，大率市井飲博剽椎灑削之小夫，或脱自囚伍，奮於廝養，非有帷幄干城先世勳德之藉，非有材武特出、計謀殊絶過人之姿。國家命將出師，連數十萬之衆，傾四海九州之財力，王公大人熊羆虎豹之士聯袂疊足，曠日而無成功。愚不自曉，俛仰竊歎，憤不願生。

去年秋，賊火南鄉，挈家而東道店埠，徒跣惶憊，休於路塗，側聞人言執事躬先水陸數萬之衆，親提桴鼓轉戰蔽江而來，將遂鼓全勝之鋒進師安慶，辱贶敝郡。竊自喜，謂當吾世有執事者在，子苓不當委於溝瀆。夜呼酒，從逆旅主人假紙筆，繞屋叫呼稱快，率爲一書以告，而幸執事之果惠然來也。既而深維兵無常形，賊狡出没，牽制我兵，上下聲援曠絶。金陵賊巢，犄角安慶，自九江以泝兩湖，坿江州郡，賊嘗易集。安慶雖若易攻，廬州未拔，安慶之賊援亦衆。而執事席全勝之資越三省之遠以趨利，非計也。聞一道東大營從問消息，乃知前書尚留，復便坿數語託郭君覓遞。

自冬涉春，居不常。蓋敝郡四隅，西北故多盜，坿城十餘里兵火蕩然，南鄉屢衝賊。即今犓靖者，祇東偏一隅耳。其外又濱湖。正月間，賊兵赴援廬州者分道掠，慘毒益甚。奔波喘息之餘，益無從質問執事行止。頃聞人言江上行軍得失，傳説各辭。

昔者郭子儀相州之役，九節度不用命，竟潰。夫以子儀之賢，九節度之疆，然不立統帥，權分而勢輕，雖以子儀之賢，究烏能免於敗乎！法曰：『善用兵者，勢如率然〔一〕。』説者謂此圓陣法也。夫兵家之妙，圓幾而活。勢率然者，首尾前後呼吸變動，決策俄頃之間，指麾萬里之外。古豪傑規取天下之全算，胥是道也。

今者連數十萬之衆，以辦數千里衝突無定之賊，頓兵於數省而事無所統。諸大帥拱手卻顧，畫地以布戰，分圻以置守。故其權常漠然而不相下，其勢益分，故其幾嘗中斷而不生。夫事權之不一，機與勢之檿然而不相生，舉數十萬之衆持兵瞋目安坐以仰食，殫財朘民，干天和而資亂階，脱有故，非子苓之所敢知也。執事少登巍科，以文章詞賦傾動海内，壯而建直言於朝，起衰絰之中，躬歷行閒，不數月收還國家已失數十郡縣，折逆賊凶張之氣，濟舟江上，軍威赫然。究其樹立，已足暴於天下。未審邇來進師何地，江上事幾都已就理否也。自來艱危授命之際，賢者樂效其才，不肖者倖其利，又遷延以敗壞之，豈一世事哉！是以古豪傑有志之士，不以其才之不用爲憂，常懼夫用之而其權之不足以自效其才。夫所謂權者，一切生殺予奪惟其所自爲，君與相不限焉，夫而後可以操縱天下之勢以就天下之幾，顧盼開合，用以收天下涣散不起之人心，而使之復振。乃今者，執事則固有其才矣。

匆匆不盡，前書恐未達，謹録附上。

似過秦筆意。程伯臮

江撫軍遺文書後

右撫軍江公遺文，總四首，郡人沈君桂僊所藏，轉寫以授余者。君之言曰：『吾顛越奔竄，家具蕩然不少顧，獨是册提攜珍秘。嘗晝而誦之，則憬然而廢食；夜而誦之，則泫然而忘寢。嘗試背誦於人，人久而益忘其倦。吾故吏縣中，其奏稿二首嘗手寫以存卷者。其解散脅從示，吾得之於市中。其告城隍文，則郡人士所傳觀泣下者，吾嘗道聽，歸而墨之於紙。方城破，夜大霧，吾與老僕約縋城出，亟檢是卷並他文稿叢疊内袖中。老僕卻顧曰：

「唉！　是蓬然者皆官物，撫軍又嘗與賊仇，脱遇賊，死無救矣，曷委之？」吾陽應曰：「諾。」行數武，城上人號呼相輮，勢若奔潮，不得前。復偕老僕還之空舍，中有木牀，藤草陳積。僕舁牀，吾入卧其下。天明，數賊來，以刀叩牀頭，摸索草中。徐一賊曰：「是空舍，何久稽此？」徑去。頃之，聞鄰舍兩婦人搶地惶號，刀聲霍然，久頓寂。吾體肥，蜷不敢喘，又僵不能一轉側，而砌上履聲與户外哭聲、馬蹄聲、詈聲、笑聲、劍槊撞戛，聲聲相應也。日入，老僕來，突舁牀呼吾出，曰：「賊日暮仍出城歸宿營中，僕老憊，幸釋。」請亟去。吾亟偕老僕復縋城走，夜黑，泥淖屨蹓。中道徑田家，乞湯沐，亟出視袖中之蓬然者，則都叢疊完好如前。子好文，當早有所論述以傳撫軍之事於無窮，不得以流離病憊辭。』

嗟呼！　撫軍忠勇聞於四海，其威信大洽乎人心，其生平文章論著，他日史氏當具書。而是册得君以存，君於法當附書，謹道其顛末，留以俟諸史氏。　君名攀月，讀書好記誦，窮而吏縣中，桂僊其字云。

讀此文，悽情慘狀如讀揚州十日記，吏於倉卒中能護江公遺文以出，又能乞先生文以傳，吏真有心人也！　鄧伯昭

震川文之似韓者。　馮魯川

讀之令人興起好善之心。黄襄男

復廬州記

咸豐三年冬，賊陷廬州，巡撫江忠烈公殉城死，代者福濟，副以提督和春。是時，賊新集，朝議趣進攻，援兵四輳，軍儲充牣於道。居三稔矣，嚴旨詰責。於是兩大帥謀所以閒賊者，乃射書城中以曉郡人。久之，城遂以復。賊初踞城，日大索民閒，寸鐵尺刃咸罄。既又日括其子女財賄，隸其丁壯於軍。既又盡括其粟薪，其屋材，搰其居人偵而栅其外，人給粟日三合。既又將遞減其食，多爲雜役以苦之，俾自斃。其幸而逸出者，窮而自歸於有司，有司弗之恤也，則又折而復歸於賊。方是時，大帥設長圍於城下，闕其南門以待賊逸。賊連營扼巢湖，分壁施口，躡我軍後。西北盜屢起，軍數嚚，餉且日匱。程榮者，程氏之家傭也。五年夏四月，得書園中，郡人王子固陰主其議。而是時賊偵急，非其親昵不得出。民空手無兵。

優人周得桂善歌，羅金桂少學於黄冠，雅善吹笛，六安人田士文業弄猴，三人者交相善，皆嘗與賊狎。賊東城水營將陳和年，其城樓司邏者陳源，居嘗厭賊之爲，思自拔。秋九月，遂合謀。陳源潛授賊庫兵，而先縋三人者詣莫府密約。軍既成約，諏吉位忠烈於子固之室。郡人沈廣元、沙文懋、魯雲鵬、沈照藜以衆莅盟，衆泣，祭歃盟神前，卜軍吉。十月庚子朔，夜漏四下，衆首經畢會，得執兵之士總六百人，家各聚薪，使老幼升屋望，婦人毀面執廚刀坐栅下待賊。裂裳爲旗，申前誓，遂排廧出。子固以其衆越憲橋，徑趨威武門。沈廣元以其衆踰芒神巷，分掠時雍門而東。既會兵城上，樓櫓畢火，陳源手大旗以其屬導衆噪呼殺賊。水營將陳和年以其屬縱火，火外郛，啓闉抉扉，衆亟斬關出。夜漏五下，官兵稍稍集，緣濠呼飭具筏，衆舁闔疊扉請濟。既濟矣，提軍騎而至，行抵威武門，有貴弁麾而呼曰：『夜深矣，恐不測。』衆羅拜泣曰：『諜者至，賊從西門遁，然其黨衆。大帥去，吾屬無遺種矣！請藉天威以安衆心。』逕擁之入。既前，合戰，連斃賊。天黎明，軍畢入，衆泥首詣軍門請罪。令下，去經，各安堵待後令。翌辰，吏申令藉賊贓，得賊糧約石三萬奇，賊畜約千頭，賊械賊裝不貲。遂録衆令簿功，申令無濫。於是，衆合詞頌美，咸曰神武不殺，斯衆人之全，惟大帥德。於是兩大帥各推恩以嘉乃僚。於是合詞奏，遂以捷聞於朝。

初，得桂之行，大帥有成約矣，届時三舉礟告軍至，軍吏不戒，礟先時，城中亟舉火，而賊預戒，疊闗錮扃，外郛加扉重閈，密偵待變。比衆噪，賊帥寤，趣毀栅，俟衆潰，嚴兵擊之。賊偵誤曰：『外郛火，官軍濟，斬關入矣！』始遁。

城復之五日，余來城中，從諸故人飲酒，相與道賊中情事以爲歡笑。醫者張君曰：『城中賊初不滿三千人，其黨嗜煙嬉遊飲博醉飽，大略與官軍同，惟其帥善偵而守。暇吾嘗役作城上，見賊清晨從數騎與官軍私語草閒，得官軍煙膏數小盎，恒袖多金酬之。官軍閒一款城下，以時瓜美果相餉，賊恒縋多金謝之。兩大帥起居出入，賊以是恒偵得之。其城上更樓一老年賊夜督更，諸賊徒更番坐旁，縶數犬，每小警，犬吠，老年賊起吹角，柝聲琅琅，達曙而罷，賊黨恒酣歌高枕自逸也。玆城之復會有天幸。方衆戰户外，行聲隱隱若馳萬馬，吾亟登屋望城東，火四起，有巨人擐甲執戈於鎮淮樓上，舉手若麾。頃之，樓自火，火猛棟裂，大聲震壓天地。是夜，風霧陰黑，火光騰鬱翔掉，怒溢雲表，城堞四映如血。頃星霽，狹巷刀聲格磔，啼笑難辨。吾寒噤伏霤中，慄幾死，夫豈意有今者尊酒之樂耶？』既詢之衆戰者夜中之見，與張君大略同，咸以爲忠烈云。

王子固者，郡學生，少植行，與余好，喜其城復而生，因修賀。子固曰：『嘻！始吾有生之願，今願死。子知我，請弔。始歃盟，吾中夜饑不能起，家人煮車辮糝硝鹽作飯，比申誓，衆矢言，事成無他願，但一飽賊倉粟，死且無恨。今者鄰寡婦乞斗粟被吏搊，而吾言屢絀於有司。有賊指揮者，衆切齒，冀一食其肉以快心焉，昨捕獲，遇數弁，曰：『吾戚也。』劫之去，而吾不敢訟言於大帥。賊耽耽日淬劍，彼弄猴者拂衣去，吾與子宗族邱墓世籍於此土也，又皆有老親，昊天不弔，亂靡有定，何居乎子之以賀爲者？』時久雨寒凍，其伯兄太學君坐竈旁，忽大哭，余亦泣不能仰。既退，於是乎書。

奇事奇文，瑣瑣屑屑，寫來都成妙文，都成悲痛。鄧伯昭

記事不朽之文。方存之

敘事文至此，不愧史漢。管才叔

『子固曰嘻』至末，真驚天動地之文。程伯旉

上翁撫軍

四月念二日，子苓謹再拜撫軍執事。聞之：古有匹夫之亂，流寇是也。流寇之亂，禍每烈於敵國外夷。秦之勝、廣，明之闖、獻，其尤著也。今國家無秦之失德，賊睅然有闖、獻之勢。國家集天下之兵力，設長圍於江甯。江甯賊巢信窮蹙矣。皖中之事方棘，然兵事之失，究未有如皖之甚焉。執事，今相君之賢冑，皖人之司命，敦行束修學古人之道聞於天下。昨者，廬州陷，諸營相繼潰。執事惠然閔皖人之危，莅軍梁園，奮遏賊鋒。既戒師於定遠，正諸將失地喪師之罪，赫然討三軍而訓之。方是時，皖人惶汗懽躍，延頸俟命。乃者，自秋踰春，疆圉日棘，竊聞諸道路之口，謂柄事者計以皖委賊，並力江浦，旁事招安，兼省兵

力，故江浦一路堵而兼勦，定遠一路堵而兼撫。子苓竊有惑焉：

夫兵家之用，得地者便。今計者欲並力江浦而不亟拔皖中，非計也。何則？皖地四通，根本江淮，廬、鳳土沃材武，羣盜多倚賊自重，賊亦時藉其力以分我兵之勢。蓋自安慶棄，長江之限日益疏；自鳳陽棄，羣盜之交日益固。昨者大吏又棄廬州，而江淮大局悉歸於賊。夫以剽悍之賊據形便之地，挾全皖耕戰之民，故其深沈觀變悉甲於安慶。揚聲南下，則三楚戒嚴；泝流而東，徽粟無、巢，津逮含、和，輦數千金；設餌於江上，則江甯之困以蘇；鼓行廬州，嘯挈羣盜，廟堂之上咨嗟嚄唶，大河南北無解嚴之日。夫惟賊之勢便，故我之勢常絀。故賊飽而我饑，賊逸而我勞，賊專而我分。蓋賊嘗以一隅之皖，牽制數省之兵力，故楚豫未解兵端，江甯久無成效。故曰：兵事之失，未有如皖之甚也。定遠壤小四偪，護鎮之役，我兵甫振又挫，羣盜恣睢，犄角巨寇。柄事者不得已，計出於撫，似也。夫盜非盡不可撫也。古之撫盜者，或撫之而安，或撫之而兼收其用。而陳奇瑜、熊文燦卒以撫誤天下者，非惟盜之巨細强弱之不同，抑撫之者措置得失之互異耳。夫以屢挫之兵處四偪之地，羣盜名雖待撫，持兵顧望，衆各巨萬。彼柄事者，客將也，日長寇敝財之不恤，事成則樂居其功，事壞則擁兵去矣。脱有故，未審執事何以應之？

子苓書生褐夫，陣戰之未習，況軍國事巨，山陬一隅之傳聞又多未暇以詳，謹以衆人之所知，耳目之所嘗及，竊見兵事之失大較有六，其四事皖中之積弊，其二事天下之大局繫焉。六弊不去，亂將難已。勦與撫，均非長計也。請言其略，執事試裁察焉：

法曰：『軍無選鋒則北。』又曰：『將不宿戒，三軍失其備。』古人用衆之法，大率馬步相維，勇怯並進而掩擊，衝突常以選鋒爲奇兵。前明戚少保教兵，親立課程，嚴若師弟，慎宿戒也。今者營陣潦草，大率馬少步多，有正無奇，有戰隊無休替，小勝輒囂，偶卻易潰。軍多闕伍，何論選鋒？士無見糧，遑言宿戒？弊一。

閒諜者，軍之機括，將之思慮所從出焉。夫察變於未形，決幾審而應敵也暇。記曰：『軍旅思險，隱情以虞。』孫子終篇詳言用閒。國家臺灣之役，姚撫軍開修來館以閒鄭氏，卒用成功。今者員弁差委虛應故事，徵言市井，析賞錙銖，衆聵聾瘖，見止房闥，誤事失幾，率多由此。弊二。

戰之本在氣，將之德尚嚴。法曰：『凡戰，定爵位，著功罪。』書曰：『威克厥愛，允濟。』蓋功罪明則賞罰當，賞罰當則士氣奮，戰之本也。賊起烏合，行無他奇，惟誅戮果而爵賞不吝。其將士之功罪多取決於臨陣時，故能使其黨生死一心，每戰用命。今者，朝廷務寬假於將帥，將帥務寬假於偏裨，功罪混淆，人心離涣，法所謂宿敗之師，此類是也。弊三。

易師之象曰：『地中有水，師。君子以容民畜衆。』蓋流賊如水，潰師難治。治水之法，欲遏其流，必濬其源。古人謂禁盜輯民，得一良吏，可省勝兵萬人。乾、嘉時，楚中教匪之亂，不減今日。自大吏申請招恤，賊黨始孤；自堅壁清野之議行，賊窮就燼。今者，賊所殘破之地附從益衆，吏者但知遷就朝夕之安，曾無還定安集之慮。傳曰：『國家之敗，由官邪也。』詩曰：『弗躬弗親，庶民弗信。』弊四。

軍民之盛衰，國勢之强弱，其耗息恒視乎財之有無。法曰：『用財欲泰。』夫泰，與節相反，適以相濟。車薪之然，挹江河以救之，所費似巨，所省甚多。拙者反之，其費似節，其傷益衆。今者軍興久，官私告瘁，計增騎之費多於增步，計嚴刑峻威以收積玩之人心，則必有豐財厚賞以振就頽之士氣。議者必曰：『正餉且絀，費何從增而賞何從厚？』愚見禄浮官曠，即一營財之漏者已多，師老餉縻，再數年，財之絀者必竭。弊五。

古者閫外之事屬之將軍，故法曰：『將能而君不御者勝。』又曰：『不知三軍之權，而同三軍之任，軍士疑矣。』今者連兵數千里，一日之内，緩急異宜；數省之間，攻守異勢。夫勢相隔則不相通，位相均則不相下。文移奏報，動經踰時。賊之出没，我兵之進止，又嘗拘牽焉而不能以相及。故賊屢撲而益滋，我多備而益寡，殫財病國，久將自困。愚見於此之時，遮前殪後，挈數千里之兵柄與賊消息，則必有人焉，兼天下之智勇，以其長略遠馭之才，建一勞永逸之計，顧盼開合，角羣將吏之短長，指麾而運動之。若是者，夫而後謂之大帥。顧有其人矣，或難其權；有其權矣，或難其人。弊六。

今夫弊之所積，其因而仍之，又摧拉而敗壞之者，非一朝夕之爲。反其弊而更張之，夫豈一朝夕之圖、一手足之事哉！今以執事之賢，際全皖凋喪之後，蹇諤一心，蒿目掣肘，子苓雖愚昧，誠有以亮執事之難。然古之名將，受命艱危之日，常以少勝多，轉敗而爲成者，竊嘗考其設施方略所在，其居常大都簡軍厚諜，明法飭吏，務自治以治敵。蓋自治者，將之本，務固爾也。定遠蕞爾地，在今日所關於江淮者誠重，而羣盜之果就撫與否，事殊叵測。前車覆矣，後車之戒，用敢告於執事。

抑嘗聞之：『天下安，注意相；天下危，注意將。』將相者，天下安危之屬也。子苓竊以爲廟堂之上有良相，斯疆場之閒有良將。夫勤思集益，上以佐中興之業，而下不遺於葑菲。古之賢相，君所由德光上下，勳施於無窮焉。國家列聖創垂，公卿百執事之衆布滿朝列，闖、獻之事，度不至再有於今日。然亂經十稔，連兵數千里，而事權各出，凶疫旱蝗、天地日星之變迭起，生民之痛益痛，國家財力日益敝，盜賊之凶淫僭悖又久而益烈。

執事，皖人之司命，今相君之賢胄。苟有便宜，執事試言焉，而相君納焉，則所以邀福於執事者豈惟皖人！山中紙筆缺略，倉卒不莊不備，惟察其卷卷之愚而原宥之。

洋洋二千五百餘言，所陳皆甚切時弊，其事則天下之大局關焉，其辭則天下之大文繫焉。君抱抑塞磊落之奇才窮老而無所用於世，良可惜已！鄧伯昭

『古人謂禁盜輯民，可省勝兵萬人』云云，誠爲理亂之本，惜乎不得其人而俾之治此凋殘之氓也。孫琴西

上翁撫軍

曩者子苓屢欲有説於執事，然其中止焉。何也？蓋古之君子將有説焉，擇其言矣，又擇其人。其人信賢矣，非其時，則甯默也。定遠之役，柄事者方一於撫，難將又作。念執事之賢，竊爲書將以道皖人之憂，而告以所危。既自念以執事之權力，無以奪柄事者之口，而欲以疏遠匹夫，效其唇舌，吁！亦難矣夫！頃之，定遠陷，山中迭有擾，路四梗，而前書遂留。然其屢欲有説於執事者，何也？則以子苓皖人也，自執事移節於壽春，皖人之痛日益深，皖人之望日益切。其小人曰：『寇深矣，吾父母妻子死亡而無告也。撫軍其終棄之否乎？』其君子曰：『兵單財匱，是皖人之窮也。撫軍誠賢，天實靳之。』自惟疏野迂鈍之姿，無緣一叩堂階，以盡吐其胸中平昔之所欲云。然私心憤懣，賢如執事，子苓不一言焉，是自棄於賢者，且負皖人。請畢其説，惟裁察之。

蓋聞兵之衆寡無定形，財之有無無定數。法曰：『寡者，備人者也；衆者，使人備己者也。無所不備，無所不寡。』又曰：『善用兵者，因糧於敵。』夫法之所謂衆寡，非兵數多少之謂也。攻瑕擣虚，形格勢禁，雖寡而有衆之形；鈍兵殫財，坐以待斃，雖衆而有寡之勢。而况於真寡者乎？法之所謂『因糧於敵』者，非如賊之野掠爲也，因其積聚可以省轉輸之勞，因其財賄可以振軍需之乏，因其土地人民可以裕耕戰之資，是以古之名將審於天下之大計，恒不拘於常格而動以奇勝。然究其所謂奇者，非輕發躁動以倖於一試爲也。攻瑕擣虚，形格勢禁，奇之大略如是焉而已。賊自九洑州之敗，越徽、甯，分擾湖州，以摇江、浙。竊聞曾帥援皖之兵移赴他處，楚兵之進攻舒、桐者久需次而未前。是賊一舉而兩敝我軍，不第藉以緩安慶之圍，且冀以蘇江甯之困，是賊又以奇勝而我又以拙敝矣。夫江、浙財賦甲天下，脱有變，賊藉其金帛士馬之富，養其全鋒返旆而北，壽春一隅地，就令甲兵如雲，財粟山積，執事視諸將吏之從容而坐論者，果足以爲執事守孤城而無他虞焉否乎？曾帥既移赴他處，楚兵之進攻舒、桐者，以子苓策之，恐亦未敢深入。若經撤退〔一〕，諸賊之在廬州者，以其暇乘閒四出，我之所備又益多，全皖大局將益不可以爲，竊恐壽春他日之變，更有甚於定遠者。

子苓書生，不知兵。昨從賊中來，竊見廬州賊情久蹙，其黨多貳而思遁，其精兵多過江去。全椒之役，賊數創。梁園以北，諸義民之殺賊者又且四起。夫以廬州土地之廣，人民之衆，區區數千賊，楚兵綴其南，全椒李世忠之兵綴其東，袁公臨淮之兵綴其北，於此之時，執事誠以壽春之兵鼓行直前，有攻瑕搗虚之便，聯絡南北，犄角互應，俾李世忠得以新勝之兵力旁下含、和以斷賊臂，定遠烏合之盜折箠可定。有形格勢禁之宜，是我一舉而賊之首尾皆困，且藉以紓江、浙之警，法所謂『兵以奇勝』者，此也。

然子苓之爲是説也，度執事必心戚其言而不果於用也。何則？諸將吏位高則顧忌多，更事久則趨避益巧，行則有妻孥之累，居則有醉飽之娱。故嘗樂以兵單財匱、務持重堅守之説以重困皖人而誤執事。夫以敦行束修學古人之道如執事，苟不垂惠於皖人則已，如其惠閔皖人，事有可行，力決大計。以子苓策之，兵之單者易壯，財之匱者易充。何則？廬州賊本無多，民之困於誅求，枕戈礪刃以待官軍之至久矣。今以執事之賢，乘可爲之時，因民心之甚憤，軍威所至，廬州五縣之民拊其義勇，可得勁兵萬人。賊之關榷租賦所籍第減其半，以蘇民困，以其半贍軍。得一城，其粟可飽，其財可用。此固子苓之愚計，抑皖人之大幸也，惟執事斷之而已。

今之進説於執事者，或不達於執事虚懷肘掣之苦衷，或有求於執事，故非訐則諛。夫訐，徒激於意氣之私，而不究悉於兵家難易之故；諛，則易以蔽執事之明，有志者所不敢出此也。子苓少孤，拙於仕進，年未四十即棄舉子業。其於人世之進取、旁聽者之笑怪，漠然不以動其心。山中有田數畝，有羊十餘頭，傭書賣藥，𥘉能自存，則固無求於執事。而自天下方搆兵時，國家兵謀之得失，與夫皖事之所爲糜壞潰裂之由，亦嘗究心其略，是以窮居僻處，未嘗一望顔色而深有以亮執事之難。而今者之説，究非强執事以倖於一試爲也。策之以時，博稽之皖父老與愚無知者之口，凖之以古人之成法。夫兵之有法，猶大匠之於規矩繩墨焉，而時者尤易失而難再者也，惟執事斷之而已。謹並前書録上，惟裁察之。

洞中機宜，惜乎不能用也。方存之

北宋大家經意之作。鄭鄭侯

書王學博

二月二十八日，安鄉王君少齡同余飯，甫舉箸，神色慘阻〔三〕，既咽哽而欲吐者再。余亟請故，則曰：『吾每食，念吾亡父。吾父存時，未嘗一日得安飽，死之日，篋中餘一灰布袍，吾今猶著之。』言未竟，則大慟，淚承匡，氣亟不能聲，起撩其衣，引余觀其所著灰布袍，絮捻薄，年久色脱，班斕若古鼎文。少閒，作而曰：『吾幼從吾父流離道路，未嘗讀書。與君始通面，不敢請，然吾父實有隱德，不能暴揚之罪滋大。既辱教，請終言之。

『始，吾曾大母目雙瞽，而大母又素尪。吾父蚤夜抵寢所視溺器，治衾枕，旨甘必豫。曾大母既瞽廢，又老疾，嘗蓐食，羹醢粥飧，匙而飼，不少倦。鄉之人，紳而弁多與縣通，侵官事。吾父歲授蒙童書，每計偕，徒步行，往返數千里，吾嘗戴而從。四試於禮部。既赴挑得校職，未之官而吾鄉又水，廬舍盡坍。吾父挈吾兄弟就食長沙，竟死，久而得斂。』

言未竟，哽而走，攜一册來，既啓視，則學博君應其鄉道光丁酉科試卷。案其籍，世儒素云。少間，則又前曰：『吾父瀕死時，大戚吾兄弟，氣將絶，舌且禿矣。蹶而曰：「我死，汝曹行且丐。即丐，亦須作清白丐，幸勿辱吾先。」陳公岱雲，吾父執，招吾來司計簿，甚厚吾。吾幸不爲丐，又安坐食？願請學，並乞一言以志吾亡父之善。』

余謹謝，曰：『唯唯！余人微，言無足重，亦無足以相益者。雖然，諺有之「古之學者勤治經，今之學者勤治生」。陳公，長者，度可久相依。自今往，其益日慎厥司，以無廢主人之事。暇則練筆札，學治官書，凡可以餬其口者必勤無惰。顧恒人之情，勞苦則思善，久或遷焉。吾視學博君所遺之灰布袍尚完整，請藏諸篋，歲時敬陳而拜觀之，時時念學博君瀕死時語，一如今日所以述之鄙人者。果如是，是即所以爲學矣。天之道，窮則必變。自尊大父至學博君與君兄弟，窮三世矣，窮而不忘其先，力爲善，其後將日大。』

既復於君，遂書。

無意於韓，並其聲音笑貌亦似之。馮魯川

似孫可之集中文字。方存之

言卓林詩序

詩者，文章之一事，聖人列之於經。記曰：『不能詩，於禮繆。』夫里巷孺婦歌謡之末，士大夫尋常宴會贈答酬應之詞，聖人列之於經，以爲學禮者之權衡焉，何哉？蓋詩之爲道，根極於性情。君臣、父子、兄弟、夫婦、朋友，遇之所不得已，情之所怫焉而難忍，與其行事貞淫美惡之不可以訟言之者，詩則反覆善道，風而易入，厄窮而不怒。故六經之教，禮主其常，詩通其變。故古之人深於詩者，其性情大都醇摯專一、動以天而不雜於人。夫醇摯專一、動以天而不雜於人者，禮之大原之所從出也。自夫學者姱多鬥靡，日沈溺於聲律駢仄之微，其甚者又習爲淫詞穢説以破壞天下之人心，於是乎聖人立教之旨蕩然盡矣。

吾友言君卓林，其家世習於禮，君獨喜爲詩。蓋君大賢之後，少習聞於其鄉先進言論問學之指，壯遊四方，崎嶇於湖湘烽火之中，而君又實有古之詩人之性情焉，故其發之於詩，蔚乎悱然，頎而麗，盎而不流。而其得之楚北者，思親、憶弟、懷友諸作，益沈鬱淒婉，多可誦者。

君與余初不相知。今年夏，聞人言余赴河南，將道壽春，數屬人陰相覓。秋七月，余自河南病歸，視君於壽春。是時，定遠警益甚，以君故，復留數日。瀕行，君治飲，酒半，揖君而告之曰：『天下日多事，夫亂之所生，惟禮可以已之。君之先言禮者所嘗折衷焉。傳曰「禮不明則上下昏」，故詩曰「既明且哲，以保其身」，此爲處亂世而無位者言之也。抑又聞之，小宛之詩，兄弟相戒以免亂之作也，其首章曰：「宛彼鳴鳩，翰飛戾天。我心憂傷，念昔先人。明發不寐，有懷二人。」言乎力薄者不可以高飛，念所生冀以延祖德也。其二章曰：「人之齊聖，飲酒温克。彼昏不知，壹醉日富。各敬爾儀，天命不又。」言乎麴櫱非所以養生，天命之不可以常恃也。君與余皆有老親，又辱申以兄弟之愛，夫周道衰而變風作，麴櫱之嗜興，士之以酒名者有之矣。而余之所望於君，抑更有進於是焉。』

既誦詩以別，遂書其簡端。

『天下日多事』數語，精義至言。程伯㝊

贈陳立凡

士不幸以文章自見於天下後世，夫亦可悲也已。其並我而存者，不必其皆足以知我。其後我而生者，又卒卒焉而不能以相待，其爲之而至，爲之而卒不能至，久之而傳，未久之而已不傳焉，殆又有幸有不幸者與？夫傳不傳，非吾之所能自爲券也。然爲之而至與爲之而不至，而必求其至焉，宜若可以自立而無難。然有力焉而至，有力焉而卒不能至，或幾幾乎其可以至矣，而其力又屢分而不暇，意者其皆有天乎？

古之工於文者，雖己不幸而自棄於世，以自託於文矣。其平日師友講論之助，足以相發其志氣；其退閒漁釣耕稼之樂，足以自逸其神明。其馮也厚，故其畜也深；其業也專，故其行也遠。今之業是者，少而汩於佔畢，長而役役於饑寒。有人事婚宦疾病之擾，無師友之益以相助，無耕釣之資以自逸，譽焉不足以爲榮，謗焉乃幾以爲僇。代愈積而言繁，變愈多而事隱，學愈孤而難成，故其志益勤而其用力乃益苦。雖然，其亦有其至足樂者存乎？聖人往矣，其道著於經，散見於諸子百家，旁通於萬事萬物之變。吾仰而思，俯而讀，偶有得焉，起而筆之於册，返而考之於身。凡吾之所謂是而躬實悖之，凡吾之所謂非而躬先蹈之，則惶惶然以慙，惕惕然以思進。偃蹇饑困無聊憒懣之氣，有觸則書。考之於古，凡其顛連冤抑，窮於天、厄於人，凶折横死，皆吾之所幸免，則又愯焉以懲，陶焉以適。夫知自適則所以處乎人者益寬，思自進則所以力於己者益倍。無所得而倖傳，滋其恥焉；有所得而不傳，又何戚焉？

茶陵陳君立凡有異稟，少孤窮，學賈於市中。既發憤治帖括，爲其邑諸生矣，壯益自力於文，思祈至於古之立言，而目疾又作。每與余言，未嘗不欷歔而悲，故述所聞以廣之。

見道之作，妙無腐態。馮魯川

高簡瘦硬，獨往獨來。方存之

欲廣人之悲，胡自悲乃爾！益令後之讀者悲不能勝矣。管才叔

與潘季玉

季玉郎中足下：

秋間龔君之浙江，附一書。於時賊距舍五六里閒，未悉龔君果行與不？賤狀多未暇以詳。冬十月，郡城收復，又方以池州之死，日奔竄於路途。昨歸山中，殘臘，人事卒卒，中夜背燈獨坐，俯仰默念，淒然心痛。而龔君之浙江未歸，所附書又未審其果達不也？嗟

乎！季玉别來纔五六年閒，夫孰信有今日事哉？蓋從古禍亂之生，上與下交相養而致焉者也。敝郡之復，會有天幸，乃今者一切踵舊護前，煨燼之餘，難將又作，故僕日戚乎有去思而迫有待於足下。夫背先人之邱墓，奉七十餘齡之老母，提攜弱穉，帬然而遠走，此豈人情？要其自決於行者，廬州不可以居，則去而蘇州；蘇州不可以久留，則去而海裔，而深山。天道窮而必變，今亂才五稔，但使老母獲以天年終，兩兒子粗有成立，雖就死其可無恨。

然其迫有待於足下者，則前書所云借宅一區，假以行資若干金。計僕來蘇州，其終歲之需、數口之食，妻能紡，兩兒子久習苦，能灌園、能拾薪推磨，亦能讀書屬文，爲諸童子師。僕雖憊，猶能操筆而傭書，終不以所累累足下。蘇州財賦贍於他郡，足下躬貴胄，諸兄聯袂於朝，急公家之難，紓桑梓之憂，其於義則有進而無退。詩不云乎：『十畝之閒兮，桑者閑閑兮，行與子還兮。』是詩也，僕往者嘗樂誦之，然究未敢以聞於足下，要其自爲計，則方決於行，惟圖之。

贈周義士

語云：『將門出將。』自粵西倡變，天下承平久，文恬武熙。余竊以天之生名將不數數，然既謁撫軍江公於圍中，公天下名將也，一時出其門者，余得死節之士三人焉，曰馬都司良動、戴都司文蘭、鄒孝廉漢勳，得驍勇敢戰之士一人焉，曰今副將程君智泉。及今又得周義士其人者。君名昌發，湖南沅陵人，少事撫軍，爲小校。癸丑冬，賊犯廬州急，君縋城出，檄援。頃城陷，撫軍死，諸大帥百計購公屍，久無應者。君獨請行，詭服入城中，凡八日，以屍踰垣出。其故人阮得勝新陷賊，因偕歸。撫軍弟以白金五百兩酬君，君固謝。而是時，阮得勝窮無裝，君分其半以資其行。其略具郡人沈君記中。君狀穎削，瞻視閃閃，猛力健鬥，以功得藍翎，援例加守備銜。君爲余言曰：『昌發始負擔從撫軍公來廬州。比公死，昌發求公屍，賊拳縛刃將加頸，豈復知有今日哉！今誠得如撫軍者在，昌發願效死，死且不恨。』言未竟，撫膺而嘆。

嗟乎！周君烈士，死知己。余故撫軍老賓客，君則撫軍舊時麾下士也。君年未三十，階級洊五品，有士三百，結壘當一面。視往日重趼負擔從撫軍公來廬州時奚若？漢張耳、陳餘厮養走卒盡天下豪俊，後多起家二千石爲諸侯相。唐中興時，勳貴多出於郭令公之門。撫軍公，天下之名將也。將有五德，曰智、信、仁、勇、嚴。夫以君之詭服誑賊，近乎智；往還八日無愆期，近乎信；推重賞以資平交，近乎仁；犯不測之險，談笑弄虎狼於股掌之上，卒無廢命，君之勇視荊軻、聶政豈有異耶！雖然，古之論將者，有百夫之將、千夫之將、萬夫之將，天下日多，故君輩不患不富貴，若能體撫軍公昔時所以待君輩者，以拊循君之麾下士，士氣將益振，賊其易弭焉矣乎！　既書贈，兼貽陳君。

得此文，周昌發亦可不朽。鄧伯昭

似老泉文字。鄭鄭候

與江刺史

刺史執事：

七月五日讀惠書，獎掖懇懇，深以未得一見鄙人爲憾。山野小夫，曷克當此！　夫以執事之賢，近在咫尺，子苓疇昔所爲欣誦向慕以亟欲一見者，因循阻隔，蓋一年於今。前書卒卒，請略陳其概，伏惟察之。

蓋昔者子苓嘗奉撫軍指出檄援，比城破，怨家修前恨，賊黨用是相持急，夜倉卒跳而去之青陽山中。是時，聞執事行次店埠，而外閒言撫軍與陳太守閒行六安，將集兵圖再舉。亟走一書相執，使者歸，道執事先期移營去。頃者，道東大營。既夕，宿營廡中。廡兒，撫軍故騶卒也，晚具食炙酒，對酌馬旁。夜聞鼓聲隆隆，羣馬騰嘯，相與追數昔時圍中撫軍殺賊情事以爲歡笑。因爲言撫軍幸畢斂，見寄棺野寺中，而執事方駐師西門。時天雨甫霽，客游空然，略具鷄酒之儀，將遂迤城而西，一哭撫軍之棺恭唁執事。淖深驢蹶，體笨重不善騎，復留二日，湖上之警聞又至，遂去。自秋迫冬，居數徙，所記撫軍戰守大略牨具草，恐漏失實。窮居稍暇，則遂露車載酒，迂道而北，覽玉鎮軍戰處，馮弔於川兵埋骨之所，遍詢諸將帥覆軍失律之由，而舒興阿馬兵迭潰，與鄒君漢勳十七日城上之死，其狀未遽以明。度其時，執事躬在行閒，當有所聞，將遂因便上謁，兼以證於左右。既行矣，樵兵構釁，北鄉火，道路洶洶，則又改轅而東。

子苓少孤露，老母衰病，目幾盲，家素窮，空有田數區在巢湖之陰。自軍興，由郡城挈家去而耕於湖上。既而青陽，而長甯，及今又去而之於方山之東。蓋至是凡五遷矣。轉徙饑憊之餘，每聞人言執事追奔克捷，則軒眉鼓掌，既飯，爲飲數觥。至乃有説不諧，欲進仍尼，每聞人言如此，則竊竊然懼執事之志不克伸，中夜頓足，仰屋長嘆。

今夫子苓之於執事，南北各土，勢位相絶，漠然無平生一面之故，然乃聞聲相依，欣戚如告，抑豈特子苓爲然哉？吾郡人父老、子弟、寡婦、孤兒破家亡命，斷頭裂項，環相接也，然乃死亡顛覆之不戚，咸大戚於撫軍；既戚撫軍，則益重念執事。何者？今有失火之家，其徒跣往救者，不必其皆素相識也。其家長匍匐泥首以號呼之，其子弟咨咦嚄唶以佐右之。夫其咨咦匍匐以請救於不知誰何之人者，害切則痛深，勢迫則望切也。今者吾先人邱墓之區，昆弟、宗族、友朋、親戚，其死亡慘烈，豈啻在烈火中？撫軍既奮不顧身殉之於前，執事方枕戈切齒思挽之於後，子苓雖愚冥，其曷敢一日忘執事？昨者四月閒，天雨壞垣，西城陡崩數丈餘，諸大帥方檄兵進攻。於是，子苓道雙墩，竊大喜，以爲吾郡人再生有日，意撫軍英靈實陰相之。佇走謁於執事，而是時執事方有事於前行。草茆短褐之人，又未敢冒冒然自列於馬首。

頃賊掠烔煬，沿湖以東迭有警，則又亟歸。蓋自城破、撫軍死，吾郡人禍患日益多。諸大帥環數萬之卒以攻奄息既頽之孤城，又至今而未拔。伏惟執事忠勇性成，深入敢戰，懸軍虎口，奮遏賊鋒，毅然有古名將之略。然而官不過五品，兵不滿數千，私憂蒿目，拱手俟成令焉而已。雖重憤，獨將奈何？昨辱書云云，微執事，子苓其曷敢言？今夫鈍兵殫財，兵家之所深忌。法曰『善戰者求之於勢』，故曰『計利以聽，乃爲之勢，以佐其外』。竊聞山東賊久靖，紅單船屢捷於江上，此其勢誠若易爲矣。蓋廬州大勢，安慶其門户，巢湖則其襟帶也。今欲拔廬州而置巢縣于不問，沿湖一路賊往來搬運，與城内賊迭相聲援，賊一動足，我兵倀倀然不甯者數日。夫復巢縣以斷賊衝，議者咸曰：『無船，且增募無費。』嗟乎！賊起粤西，越兩楚以泝長江，其連艫大舳豈皆取其宫中而有之哉？惟善畫者因事出奇以巧與爲媾耳！夫賊之去來無常，我日恐恐焉，以數萬之衆與賊相持而食，其爲費也日益巨，此其利病長短不待智者而可決矣。

抑又聞之：團練，古鄉兵之遺法。廬州土沃民武，苟善用之，負挺而起者，可得勝兵數萬人。其要惟在擇良有司與一二知兵之將與民相度地勢，築堡立寨。準古睦婣任恤之典，時肄以戰陣攻守之節。蓋築堡立寨則壁堅，壁堅則賊無可掠之人，壁堅則野清，野清則賊無可食之粟。戰陣攻守之中，行以睦婣任恤之意，外無難辨之賊，内無敢叛之民。昔者安慶初破時，大吏嘗舉行團練矣。其時，官與民相蒙，貧與富相仇。夫以甚渙之民心，當方熾之賊焰，固宜其糜爛至此。往者嘗與周制軍、吕侍郎悉言之矣，然皆不果行。既在圍中，屢與撫軍公極言其弊，乃今者其勢又若易爲矣。鄉民慣見賊，其膽日益壯；又迭被賊擾，其氣日益奮。夫以甚憤之民當日窮之寇，此勢之漸轉者也。傳曰：『師克在和。』今者將與兵恒不相制，官與民漠不相親，戰守迄無成見，團練但持空册。始則兵與民相劫而相殺，今則兵與兵又相殺而相仇。昨者六月閒，提軍之親兵與撫軍之親兵以一孌童之故，羣數千人合噪於兩營之閒，兩大帥逡巡卻顧而不能制，此皆執事之所親見者也。

去年秋，南鄉民殺賊，三晝夜斬獲賊首，筐盛而驢負者百餘級，生擒兩賊將軍、一賊指揮，其繩牽而麇至者，又且十餘賊。南鄉民不祈賞，不言功，請兵之使繹於道凡六日。官兵無一騎應者。頃之，南鄉火矣。又頃之，施口、長甯迭遭屠。賊兵且分道以進，攻兩大營矣。此皆執事之所習聞者也。今即置巢縣於不問，奈何舉沿湖數萬家之民悉委之於賊？事未有舛於此者。近聞西北一路，奸民蠢動，與官兵相抵觸。有司號令所及，不過數十里閒，而歲且屢歉。夫吏敝民婾，乖沴所半，於是乎有凶蝗之變；兵火歲仍，重之饑饉，於是乎有叛民之變；將不恤士，軍羈餉匱，於是乎有叛卒之變。三者皆賊之所資以爲利者也。夫復巢縣，所以孤廬州之賊勢；整飭團練，袛辨賊之一端。而一二擁牙建纛之武夫、修飾邊幅之文吏，並此而不加察。嗚呼！誠若是，天下事亂將焉濟？太行負棘之驥，俯而噴，仰而鳴，以孫公之知己也。夫孫公者，其信知驥矣。究其力，豈必能盡天下之踶者、齧者、若滅而若没者悉閑之、策之，俾其各馴致於千里乎哉？

惠止於紵衣，聲激於金石，精誠之召也。今夫子苓饑吟幽墨，日挈其室家以屏營於荒崖窮谷之中，其爲申折湛潰之患，抑又甚焉。執事既辱而顧之矣，請蹀躞而至，以畢其鳴焉，其可乎？

行文極沈鬱頓挫、慷慨激昂之致，秦、漢人之文，非近世之文也。中論團練極有理，安得賢有司實心行之，以救時艱於萬一耶？ 鄧伯昭

論事洞悉機宜，行文跌宕沈鬱，戛戛獨造。方存之

至文至文！三復有餘味。管才叔

能善用團練，其利有不可勝言者。是在賢有司莅之以嚴明，孚之以誠信，聯官民爲一體，合城鄉爲一氣，同心敵愾，衆志成城，賊不足平矣。文亦瀟灑脱落。竹莊

文之妙，鄧評盡之。馮魯川

似戰國策。黄襄男

陳孺人詩序

咸豐四年除日既夕，呼兒檢張君子蕃詩集，一再讀，愀然心動。蓋君嘗以其亡室陳孺人遺詩出示，屬序而存之。每道其遺事，輒言發而淚隨，余亦嘗以是誚君之過於用情。乃今讀其所爲悼亡之詞，反覆詠嘆，即余亦不自解夫涕之何從出也。爰爲之序曰：

功令造士，時文試帖。士盡束書，飣餖割截。高冠大帶，弄獐伏獵。掇青拾紫，兔園秘册。如盲捫燭，曾是不怍。乃孺人自其勝衣，即紹家學。研覃兩漢，記問賅洽。相其夫子，彈精古昔〔四〕。直諒多聞，益友不櫛。惟名與利，薰天從地。峨峨京師，梯航踵繼。遺其黄耇，鰥厥伉儷。鑽研皓首，多金高位。嗟嗟妾婦，但知蘇季。乃孺人生長高門，不樂華膴。

萊妻龐婦，後先接武。閨中觴詠，願言終古。靈鳳覽輝，弗顧腐鼠。惟賢忌賢，惟才嫉才。握手笑言，匪嫌則猜。壁點而垢〔五〕，金爍而灰。錦貝沙蜮，莫知其來。何況蛾眉，不耐醲醋。孰云黄烏，而可以妬？乃孺人繼室於張，新不忘舊。拯念九京，惟德之厚。三古既遠，友朋道喪。乾餱相尤，錙銖弗讓。笑指西江，口惠是尚。輊後軒前，不待屬纊。乃孺人佐夫以貲，賑士於窮。縞纻代籌，瓊玖載供。解橐傾奩，而無惰容。亦儒亦俠，閨閤之雄。雞鳴警夜，雄雉閔役。聖人采之，意婉詞質。寥寥數首，足壽金石。古之賢媛，大都能文。酒食是議，乃恒婦人。磐磐儁才，旁通於藝。丹青篆刻，固其餘事。無韞尊顯，懷清富壽。嗟哉孺人，天乃不佑。蹇蹇一叟，流竄山陬。豈有閒情，諛茲女流？戕麟鍛鳳，厥咎奚由？我言摭實，請弁簡首。以塞君哀，庶幾不朽。

王北垣藏稿序

詞章之爲技至小，其爲壽也恒獨永。古之工於是者，大都過珍其所得，往往扃匿幽阻，迥出於人迹意想之外，冥然若無所顧於世者，乃無端掇於火，穴於山，網於水，出於溷中，破壁掘冢以布之，大書深刻以誦之。自周、秦以來，著於録者蓋班班然。

同里王秀才北垣少喜爲詩，往歲余家城中，見其所爲稿，旁行塗乙，多可愛者。今年，余避兵湖干，君作日益多，乃編次前後所爲，總録成册，將匣而瘞之，而徵文於余。

君於廬州爲著姓。方明之季，盜蜂起，廬州地四衝，兵火彌歲，蕩爲邱墟。自君家先侍御公與黄州公後先繫藉於朝，簪紱之麻、昇平文物之富，涵濡積累，垂三百餘年。至君之尊人育泉徵君保世益大，園壥池館、鼎彝圖史，一切瓌麗可好之物嘗甲於郡中。今江淮屢搆兵，安慶一再失守，郡中人焦然捆載以遷者十去其七。君少年，獨乃蹢躅空城中，朝夕把一編，酸吟涕洟不忍去手。蓋君之自珍其所得，將録而瘞之，與余之愛君之詩、流連太息揮涕泣而序之者，皆世所謂迂狂謬悠可笑人也。是則重可悲也夫！

發端斗然，絶不照應，故妙。管才叔

遁泉井銘

咸豐癸丑二月，余避地巢湖之陽，得泉焉，名之曰『遁泉』。初，余來此病幾殆，飲水而甘，既小瘉，詢之族老，曰循屋西不數十步有井焉，不知其始，沿湖水多渾濁，獨是清美於他水，大旱未嘗乏竭。昨余祓於泉上〔六〕，旁壤榛塞，甃石不完，泉坎然介於衆田之閒，光瑩徹心骨。日將夕，倚樹坐，湖光返照，清曠奇麗，視聽大適。夫泉以日新爲德，井之功，上出而不窮，兹泉烏在其以遁名哉？　蓋其竄於窮鄉，其澤不能大被於人人，是有遁之義，而又不幸辱於余也，是有遁之時，故名之曰遁泉，而銘之曰：

窮湖之裔，壤瘠弗治。百井混混，味澀而滓。神瀵天出，其生也獨。旁甃下土，制陋而質。處幽彌潔，在險不鬱。甕弊伊何，汲則受福。我家泉旁，以袚以啜。愛不忍唾，心瑩於默。泉曰遁泉，翁曰遁翁。一瓢一壺，相樂以終。金玉滿堂，莫之能守。老子語。九鼎雖重，或負而走。於萬斯齡，泉則翁有。

是莊周之寓言也，文有意境。方存之

三河行營江太夫人壽讌序

咸豐六年春正月，余將東歸，江使君達川觴余於三河營次。酒半，使君執盞而泣曰：『吾兄弟屢荷重恩，先兄血戰死，兩弟在行閒，吾亦久露師。昨者孟陬初吉，爲吾母設帨之辰，而吾不得奉一觴於堂下。吾兄弟都幸通，然每念吾母食貧力苦，寒夜縫紉時所以教吾兄弟者，未敢一日忘。吾麾下士皆先兄舊時部曲，一二大校又皆外家子姓，將以明旦具羊酒爲吾母壽，曷少留爲一言以著之？』

往余謁撫軍於圍中，嘗有一言之知。今刺史陳君宏緒，太夫人外家子也，與余好，嘗爲余道太夫人行誼。贈公故儒素，勤治經，不殖家産。太夫人恒以勤儉博施陰助爲理。贈公性和易，又嘗友教四方，太夫人嚴明善誨，督諸子以義方之教。古之壽母，不必其皆賢；賢矣，不必其皆壽；賢且壽矣，不必其子之衆且才，又不必其皆貴顯於時。今太夫人懿行嘉聞光於前牒，其一門忠勇勳勞，後先輝接，則信乎爲善無不昌，天之不可必者而又果可必焉者也。太夫人年今七十有四，無疆之祝未之有艾。謹再拜稽首而爲頌曰：

昔蘇子瞻，銘三槐堂。券善於天，論篤而莊。以今證古，厥聲觥觥。猗歟贈君，林間邁迹。覃思道腴，旁薄六籍。闡儀聖善，梁孟一德。厚積而光，慶衍不忒。筐篚所儲，鬱爲棨戟。我昔有聞，山東出相，山西出將。楚南江家，大猷允壯。文經武緯，爲天下望。光於我邦，不匱於孝。以燕以翼，咸曰維太夫人之教。漢有范母，晉有陶母。二母之賢，厥聲不朽。隆譽雖遥，未聞眉壽。既享黄髮，以迓庥命。諸孫嶽嶽，簪輝紱映。百福是膺，咸曰維太夫人之慶。卿辟之孝，異於衆庶。夙夜匪懈，聖有明諭。相彼樛木，愛日方新。維太夫人之壽，壽躋於百齡。維使君戮力，功成策勳。策勳而歸，旌幢采衣。晉祝於堂，春陽載熙。賤子執簡，請再稱壽。

徐氏子元叔權厝志

咸豐六年七月廿七日〔七〕，徐氏子元叔死，即以是日之夕權厝於葛氏之阡。又數日，其父泣而志之曰：

阡故葛氏之隙壤。余來山中，僦葛氏之屋而居焉，其東爲葛氏之祠。葛氏諸小兒嘗從兒受書祠中。兒既死，故葛氏以其阡之隙俾余厝兒棺焉。阡距余家不百步，其左右陂陀鱗次，衆山環如列屏。方春夏交，天雨陟霽，山泉騰嘯，水田秧緑，四暈日將夕，余行歌田閒，兒來便同憩石上。比歸，老妻迎門笑語，問兒饑不，每晚飲，余益陶然以醉，不知身之在亂離也。今者兒之權厝之地，蓋昔者嘗與余往來臨眺之所。嗟乎兒，爾死纔幾日閒，爾母日倚門東向哭，椎胸揮涕，望爾而長號。余歌耶，泣耶，爾知焉不耶？余行耶，去耶，其將終棄爾於兹土焉已耶！

八月朔日，作徐氏子元叔權厝志。

似莊子，似東坡。方存之

答陳立凡

立凡學博足下：

夏間於郡中得四月惠書，甚慰甚慰！令兄死事久而得白，此自天理人彝之不容昧，主其事者，江使君與易君之力爲多。僕後先趍役其間，幽冥之中，負茲良友，又何勞之足云？計與足下別，總五六年矣。得書擬即馳答，適有幼子元叔六月廿七日之變。此子端穎沈毅，讀書舉大綱，尤謹於自持。亂離來，饑驅力苦以應百役，日恒手一書，雖重憊不肯輟讀。僕亦時藉以感愧刻厲。故數年來，奔波饑凍，究亦未敢輟所業而他求。宇宙之禍端方始，天生豪傑撥亂之才不數數然。既已冥頑無用，早自屏棄，還顧後來，祇茲兩雛，大者平平，米鹽瑣屑之克營。荒山之中，一畝之室，鼪鼯鳥獸之往來，采藜蒸藿，獨與此子俱，提攜講誦，詠歌先古。嘗日中晨炊不給，老母顧之，欣然色喜。於斯時也，極天下之樂，無以易此者。僕家數燬，山中苦無書，嘗陰相其學行，浩乎卓然能自進矣。昨年蘇州潘四兄弟有贈金，因爲置經史及他書百餘卷，俾其早自擇於古人禔躬經世之大凡。居嘗私慶，天若祚徐氏，爲江淮間後二十年留一偉人。雖亂離，此子之學必大以昌。藐躬不德，神奪其算。嗟乎，足下！死生，命也！夫果孰命之，而命之茫昧慘烈至是哉！

足下書來六月十七日，僕以廿六日之晡時抵舍。此子之死以廿七日之黎明。其未死之前一夕，大兒久役三河，獨左右飲具供客。既夜，坐竈旁，竊讀所攜歸足下之惠書，其母促之寢，久乃去。其既死之後數日，家母從薦下拾得其手書一紙。昨者大兒檢書廚，廚上蔌蔌有聲，就視則足下之書在焉。旁一椷重疊封固，啓視凡二紙。蓋前一書留以訣其父，後一書留以訣其兄與其所知，其言恍儻若前知者。醫云其病虚寒，不節食，痰涎上行，故卒死。此子體素充，年十九，姿狀魁然，每病起，飲啖猶嘗兼人。時有感冒之疾，與以芎蘇飲輒愈。其斂也，雙眵炯然如恒時。嗟乎，足下！

往者同在池州時，足下視僕湯藥不去口，而貞疾恒酒，其爲不節者抑多矣，獨苶然而幸存於今。然則醫者一隅之説，夫又烏足以究詰哉！久缺報，念足下雖異姓，有憂喜休戚之同，故縷陳其概。其書並録寄，惟憐察之。軍中珍重珍重！

似柳州言情文字。方存之

與英侯

英侯執事：

去年冬，因使者杜亮附書。正月，戴雲喬、吴長慶書來，道執事移官霍邱，然方去冬時，聞人言大帥檄執事權守廬州矣。故因便書賀，並略陳郡西可以進兵之狀。頃者戴、吴書來，道執事相招之意切，吴生敦約於月之二十日同就途。要其不能亟行者有二：一則亡慈於去秋權厝淺土，旱蝗之餘，薄田不售。嘗所牧十餘頭之羊，又饑凍而斃其半。先塋附城近賊，樵采斥堠之所必及。山中石燥多火，凡葬者之大忌。術者云，今春陰陽，年命不利。陰陽五行之説，信道篤者不回惑於其言，子苓則學淺，無以明質其是非。夫以七十餘齡之衰親，既數流離於凶荒兵燧之中，迨病而子苓方客遊。比死，母子不得一相訣。寄棺淺土中，又因循遷就，迨今而不克葬，其罪則天地鬼神之所不能容，其痛則寢興食息之所不能忍。昨者謀之堪輿家儲君，春閒既不克葬，暫就權厝之所增土以封焉。而去冬陰雪阻滯，今者山中又迭有變。夫以其罪之所不能自容與其痛之所不能少忍，而又迫之以力之斷然不能以兼顧，惟執事諒此區區耳。

乃若山中之變，蓋嘗屢怵焉而思去，然迨今而圖去則子苓之計誠晚。蓋昔者山中嘗苦賊，今者苦賊更苦盜。去年春，定遠盜饑而逸於槖皋，窮無歸。比夏，蔓於山中。秋大旱，諸嘗被盜之民羣聚而爲盜，或百人，或數百人，或千百人，轉相焚戮。諸賊酋之在郡城者，鮮衣醉飽，其畏盜之情狀亦猶往者官軍之畏賊。今將挈十餘口之孺弱以歸於執事，執事誠厚相愛，而力之能濟與？霍邱之可居與不？非敢臆爲定也。將恝焉以行，煢煢者何罪？

而又忍棄之耶？ 今者盜又起，候火去山中不十餘里，勢岌乎，益不可以留。 謹先書詣執事，如力能相濟而霍邱之可以居，準於二月間挈家人來，不則觕俟屏當，但有閒，便隻身走候於左右。 又北鄉久經殘破，去冬又被孫葵心之兵。 吴生書云，西隅自執事之去，諸團日尋兵。 夫以數千有用之勁卒自相殺而不並力以殺賊，子苓嘗悼嘆於吾郡人之樂禍，而重惜於執事之去者以此。 霍邱邑小民樸，得賢者爲之，自易從化。 敝地則舊治民也。 度辱念，縷陳一二，不備。

池州府知府陳公死事碑陰記

廬州縣學之明倫堂，余故人陳公岱雲投繯處也，其略嘗見於余文。 今年夏，其弟畢凡伐石以表其處，復爲贊，納之土中，屬爲言。

蓋君兄弟素友愛，其學行文章嘗互爲師友，而君羈旅戎馬，大戚於公之死，既久而後明招魂之葬、表墓之文皆闕焉未備，以謂是堂爲公從容就義之所，其精神陟降馨香血食之所憑依，而廬州搆兵，學官弟子文獻脱略，古聖昔賢之祀蕩焉不留，公之懿行大節不有貞石，曷示永久？ 昔杜預之在襄陽，勒石峴山，沈其一於漢水。 夫預之功業豈蘄於一碑之存？惟其所期者重，故其相待者遠。 然則公之致命遂志，毅然自擇其死所，與君之亟亟焉大書深刻，揭日月而襲重泉者，夫豈無自而然哉？

公諱源兖，以咸豐三年十二月十七日廬州城破死。是碑成以七年四月，隸書總四十二字，卜瘞於堂之左偏，其文瓌特，於公無溢稱。學久圮。嘗與君旁皇堂畔，顧瞻烽火，蓬蒿郁然。計此以往，堂之廢興與是碑之傳留皆不可知。夫明知其不可知而勤一世以用心於衆人之外，古之人所由孜孜於蚤夜者，則願與君共勉之已。君名源揚，嘗佐戎，以功薦得藍翎知縣，畢凡，其字也。

與沈亦符

亦符足下：

讀復書所論史法，極是。承示記劉君西門之役事失實，此蓋據虞君言，未審他復有誤否。僕頗樂聞過。山谷僻處，耳目塗塞，忽接高論，開以未及，其爲欣悦奚可言似？郡城内外諸死事人，第就僕聞見所得，其從容就義者有之，附會闒請究亦多有。足下欲分别紀録，以傳信於後世，此甚盛事。然古之人以語言文字而蒙禍殃者，率多由此，伏惟慎之。

山居殊無俚，一卷之書，一觴之酒，時自取適然。如足下所謂桃源云云，殊未然也。春夏閒，烔煬迭有警，山中人鳥驚獸走。其富人先寄孥於他處，一二鄰曲老農日恐恐然，負畚挈釜緣山望覷，賊來即相與躍然去矣。桃源中豈若是哉？昨有吴君者過而譆曰：『東山一帶皆培塿，其下介然四達，其中無毒龍猛虎，賊何久憚此？』意兹山之靈旁皇禁護，特留一席地與君輩人日飲酒賦詩，以爲他日林壑之光寵已乎？足下居止隔一山，桃源之譬殆猶吴君之謔耶！笑，笑！昨橐皋兵潰，山中人益大恐，近小戢。未審足下準於何日來？湫居雖湫隘，尚餘小屋一閒。客來可譚可宿，其上穿漏，陰雨時案頭琤瑽，蕭然作鳴泉聲也。餘不宣。

沈痛之情出以瀟灑脱落之文，真善於言情者也。存之

廬江徵士吴君墓誌銘

廬江徵士吴君死事之四年，其子長慶奉狀請銘，卒卒久未有應。自江淮搆兵，海内賢士大夫與夫平昔里巷酒食游處之徒，顛覆死亡，指不勝屈。即余亦數瀕於危，靦然獲存於今。每欲論次君之行事，磨墨伸紙，俯仰再四，欷歔而罷。今長慶乃固以請，其奚以辭？

君諱廷香，世爲廬江縣人。考鳴盛，祖定邦，皆郡庠生。妻張氏，得年四十有九。子長慶，以君死得世職如例。

君少有文行，咸豐元年由優貢生舉孝廉方正。故事，嗣皇帝初元，詔直省舉孝廉方正。於是，守令以君應詔書，君之宗人與其鄉黨無閒言。君既爲其鄉人之所信愛，遇事益勇於自爲，不幸而毁家隕元，蹈死弗顧，夫固其素命者然也。初，君議復廬江以爲郡城，久稽兵廬江。賊方怠，出奇攻瑕，旁斷賊臂，郡城之賊援易孤。而是時官兵已抵舒城，君先購閒賊中，以所募卒與其鄉之練丁潛薄城下。四年秋八月丙寅晦，遂拔而守之。頃之，賊奄至，城空無援。九月二十九日城破，君與其鄉人血戰城中，既夜，創死於毛公祠後。縣人徐君者憐而藁葬焉。

君修眉昂立，鬚髯美甚。三年夏，相遇於郡中，出示其所上李撫軍言團練書。方是時，賊踞皖，廬州爲省會，諸貴人哆然相慶。余謂『君與余皆書生，衆方樂禍，亂將益大，且其事多非口舌之所能爲』，欲因是以尼其出。君掀髯顧笑曰：『若實怯！脱人卒如若言，亂將誰拯？』既別去，郡城旋陷，遂久不相聞問。比復廬江，郡人之知君者羣賀。適余故人沈君攝廬江縣事，以援兵往。余頓足曰：『吴君長者，廬江庳而孤，今以屢潰之卒當甚忿之賊，必不支！』然而吴君死矣。君既死又一年而縣城復。其子長慶以六年九月祔君於縣南戴鰲峯之祖兆。又一年，而縣城復陷。計君之墓宿草奥如，賊樵采斥望之所必經，貞石之刻渺焉有待。余重違長慶意，乃銘之曰：

壤深厚，山鬱律。曰佳城，卜云吉。寢無訛，萬事畢。

吴徵士詩序

余既銘君之墓，其子長慶復捃拾其詩古文若干首，屬校而存之。余君性敏，務博覽，勤於論述，今所存者止咸豐癸丑、甲寅兩年之作，要其軼者多矣。余少喜爲文辭，出遊四方，海内士之能文者多與余好。君與余生同郡，自束髮以至壯大，未嘗一通面，惟其死事之前一年，卒相遇於郡中，未終日别去。今長慶乃重忘余陋，獨手一編，崎嶇烽火，時時來窮山中，每爲余誦君平昔相顧之言，若深知余者，是尤可感也已。

君詩清亮婉激，大都感時閔亂之作居多。其上李撫軍言團練書凡數千言，獨推原於倉儲爲戰守之本。旨哉，其知言者歟！昔孔門論政，兵食並詳，誠以食者，兵民日用之所必需。故古之名將興師用衆，必先量糧道之迂直，絛貨財之多寡，通商勸農，以内和輯其民人，務爲深遠持重，俾敵無倉卒可乘之釁。廬州漁米之饒甲於江表，歲一不收，桐城數萬屢勝之卒一朝而潰，而淮北奸民騰煽，禍亂相尋，生人塗炭極矣。夫言立於此，宇宙之利害得失以類應焉。惟閎理審而能言者能之，而惜乎君之微言切論，僅獲存一二於死亡煨燼之餘，不重可惜哉！

凡物之存於世者少而愈珍，而文字之傳恒恃乎强有力者與其賢子孫。君之大節固不藉是編以傳，然爲人子孫久而不忘其先人之緒，若長慶者亦賢已。夫是編詩古文共爲一册，余犓事整比其篇次，悉如其舊。若其爵里、生卒，余既銘之矣，故不論次。

彭君墓誌銘

士不幸生用武之時，出而謀人家國，成敗利鈍恒視其所與共事之人。夫其旁觀厝注，先事而設籌者，豈必皆書生之見、無用之迂譚？而地疏人睽，有説不行，余故於廬郡之失，深追恨北門騎兵之潰，而尤悼惜於君之不得其死也。

君合肥人，姓彭氏，諱振標，武學生，通書，善騎射，嘗手揮千金以款故人於危。既落其産，遂以其家人去而耕於郡城之北。咸豐三年十一月十有八日，死於壽春鎮將玉山之難，年五十有七。方賊之圍廬郡也，撫軍實能兵。賊憒，溝栅務持久。諸援軍分道進，鎮將玉山自率所部東關戍卒與西安馬兵兼程道北鄉。鄉民奉牛酒犒軍，諸團之長咸簡卒疾裝待令。君以爲賊壁隘善伏，且多田，不利騎，而客軍新至，宜謹諜，飭士先間報撫軍，然後會諸援軍乘間合擊，而以鄉兵萬人陣騎後，事當集。君説既不行，玉山所部尤梗令。比戰，騎兵入伏中，玉山創死，兩大弁咸遁。方是時，君方戒家人治具以待諸軍之歸，獨登高咨咦顧望。賊突至，引佩刀與格，死之。君既死之明年，事聞贈恤如例。君世衛籍，配吴孺人，先卒。繼配何。子二：作舟、作礪。孫爲梓，以某年某月葬君於某原，而徵銘於余。往余與君戚郭子仰林友善。一日，方劇飲而君至，玉佩錦裘，風儀郁如。余時沾醉笑呼，君卻坐愕顧，未終飲罷去。仰林私相誚曰：『彭君義烈奇士，奈何坐失杯酒間耶？』悲夫！銘曰：

生爲人豪，歿爲鬼雄。吁嗟乎彭君，魂歸來兮樂幽宫。

與潘季玉

季玉郎中足下：

客歲兩書，均辱答，又辱贈金，謝謝！襲君歸於冬杪，是時僕以事之三河。歸，讀書，具悉相君棄世，道遠不得一申唁。罪，罪！

辱示蘇州情勢，知其事誠非足下兄弟力之所能爲。然以僕所慮，東南財賦所出，賊屢窺伺。今者甯國一路，賊扼險四出，而蘇州風土柔脆，所募勇皆非土著。夫豢數千百之毒蛇猛虎，磨牙努目，環伺於闈闥衽席之旁，其緼禍於腹心者匪細。江甯賊勢雖蹙，竊聞向軍門麾下兵不滿萬人，羣帥設圍城下，屢勝而驕。夫備多則力分，輕敵則易敗，凡用兵者之明忌也。蘇州一隅地，其在今日所關於軍國者尤巨。而足下兄弟之所處，又非可如僕之鉗口匿景以求活於旦夕焉已也。夫鉗口匿景以求活於旦夕，然在僕猶播遷顛越救死之不遑。設以足下不幸而如僕之所遭，人其謂之何？且足下兄弟又何以自爲哉？前書所陳，既求助，兼告以危。今者患形亟矣，故復布其區區之愚。貴鄉人汪君茀庭少學於顧兼翁之門，嘗客於敝郡，又嘗同辟兵，家窮，營一官，將之浙。足下素喜士，幸録存之，如何？不備。

有深識，能見幾先，是爲天下之静者能之。方存之

汪茀庭詩序

詩人莫衆於唐。唐之詩人其傳亦不第以其詩。高適、王季友、岑參皆詩人也，皆嘗佐戎行間，積勞至顯官。李白、杜甫皆喜談兵，既嘗流離狼狽於烽煙戎馬之中，而其患難所經，指事託規，詩境遂極奇絶。降而至於杜牧、羅隱，其體少靡。然牧多大略，其學長於左氏，其注孫子多能詳曹公之所未備。隱尤不遇，觀其與宋招討書論行軍事宜，蓋亦奇節敢言之士。然則數子之傳，夫豈第以其詩云乎哉！

國朝以時文取士垂二百餘年，公卿將相於此焉獲之。其能者又旁及於詩古文詞，高材

魁望，比肩接足，亦云衆矣。自兩粤搆兵，士大夫遷延汗縮，戰守久無成效。居嘗私憂竊歎，意當吾世但得有一二洞曉兵事，敢盡言如杜牧、羅隱其人者，亦足以折詬笑者之口而舒軍國之憂，而惜也未之見焉。

今年秋，郡太守閱鄉兵於巢湖之陽。余夜上謁見，有白皙而髭目炯炯隅坐兀然若有深思者，叩之則無錫汪君芾庭，故客於太守者也。方是時，東關失防，將卒離次越伍，集賢連告急。太守亟問兵事之所宜從，余以戚將軍新書對，君閒一著語，悉中竅要，心竊異之。既退，欷歔，拉余步於野田荒冢之墟，相與抵掌劇談。月將墮，晨星睒睒，意若不勝其憤者。居數日，出示所爲詩，總二卷，其磊激清麗抑何絶似杜牧、羅隱之甚也！嗟乎，余亦何幸重得此於君也哉！因飲以酒而進之曰：『今海内日多故，禍亂之生未知所極。大丈夫無所見於今，必有傳於後，勉旃！』芾庭君之自見與後之所以見君者，將第以其詩云乎哉？抑不第以其詩云乎哉？

汪君近作不如其前，僕亦竊自懼焉。君何以益我？馮魯川

澹蕩夷猶，絃外之音悠然。鄭鄭侯

與張子蕃

子蕃足下：

昨歸見使者，所致書篇幅重疊，亟索火閱，一更餘始盡。去冬山中相別，奉貽一紙失去，殊無足道。既辱命，俟有暇，當約略書之，以塞盛意。至欲盡集僕年來手問裝裱成册，此固友朋離曠相念之意，不忍遽捐，然思之益增惶蹙也。

古之君子學修名立，其文章功業與其貞亮宏識、高世不汙之概，既足以震耀宇宙，而其語言之妙、翰墨之美又多大過於人。故其單詞隻字、尋常率爾裁答之幸存於世者，後之人偶然得之，珍以什襲，傳爲至寶。僕少懶惰，未嘗學書，壯大日有衣食奔走之役，於古人之遠且大者既無從希其萬一，而區區詞翰又漫不自持，即比之近賢，亦劣無足齒。足下不相鄙夷，乃重辱愛。鄰少年取婦而醜，久而相悅，嗚於其曹，謂天下之美婦人，舉無是過焉，且旦而夸之。其婦駭懼羞惑，泣而請罪。夫人世之愛惡何常？而是非美惡之較然不容以欺，凡爲婦者知之矣。匆匆奉答，聊一笑。春寒，珍重珍重！

定遠君畫像贊

咸豐七年冬十一月，沈生世銘將覓工追圖其尊人定遠君之形，豫書要余抵其廨中，泫然進曰：『先生與先君有舊，今具圖，請主其事焉。』又數日，工來諏日。晨興，肅冠帶爲位，列楮於案，炷香稽首，再拜起揖。工就賓位，既泣拜，負案泣，北向掩袂，嗄而長號。又數日，工竣。余以事亟歸，則又泫然進曰：『先君未歸櫬，其歷官世銘幼不遍悉，未具狀。然先君在定遠時恒病，嘗念先生，冀有言，今願以請。』

蓋余與定遠君相識以四年之冬。其明年，訪君於城西行營。比秋，相遇於店埠。其明年，相見於郡中。余迂拙寡合，君與余迹相邇，又嘗相昵。覩其象，神明爛然，而君之殁已一年矣。夫人生聚散修短與圖繪之完毁，俱不可必，惟文字足存於無窮。而惜乎余言無足以發君之幽，又重辱生請之可愧也。

君諱承怡，字少餘，其先雲南人，國初隸旂籍，遂世爲遼東之吉林人。其來官於安徽也，由李陽巡檢，調青陽，屢獲巨盜。軍興，以勞加六品銜，攝廬江縣事。官軍既復廬州，論功薦予府經歷，檄署定遠。定遠故多盜難治，君禽斬稱最。大府方才君，君遽求罷，世多以惜君之能未盡於時也。君殁以去年正月，得年五十。君經歷，六品銜，其子冀籲於大府，援例得贈官，俾榮其親。今象作五品冠服，從世銘志也。贊曰：

偉哉丈夫，遼陽之杰。屢躓而騰，其氣嶽嶽。孰折其角，載斬其年？遐紀未登，齎恨以旋。疇懽莫追，渺焉九原。昔歲甲寅，君適卧疴。休旬於山，望衡相過。陰崖縞雪，層冰峨峨。寒夜就君，索飲而譟。君起款客，爇薪向竈。手炙羊肩，薑椒載芼。團飲竈隅，我醉君笑。君和而毅，長身頎立。每對吾曹，脱帽太息。盱衡時艱，倦羽思戢。瞥爾石火，愴焉朝露。寄靈盱山，迢遞柩輅。肅肅朝紳，典型式瞻。哲胄薦馨，陟降用虔。楚些是賡，生芻敬薦。弁之戔言，用副靈眷。

廬州再陷記

廬州再陷以咸豐八年秋七月戊子辰刻。方是時，官軍悉圍江甯，賊久踞皖，廬州諸屬皆賊巢。六安新復，空無人。滁州、鳳陽盜大起，兵囂吏隤。撫軍福濟方告去，提軍鄭魁士以撫軍憾，先被劾去。德安既代軍三月矣，則又日籲於撫軍，祈去。而諸將吏久據善地，多惡言賊，其視撫軍之去若驕子之失慈母，則且日憂惶思去。藩司李孟羣有能聲，以撫軍薦攝受代，然恒寢於煙，居中柄事多其姻族少年。是役也，賊數千人，皆江上敗卒，戒嚴甫一日，兵未接而城陷。賊陷城，修前憤，益肆屠，而城中空無糧。越翼日己丑，分掠四鄉，開門縱婦女出，盡拘其少者給配軍。庚寅，賊前哨抵店埠。李孟羣之師迎賊戰，頃之潰，遂毀撮鎮，火施口、橐皋，全椒諸大營相繼覆。越翼日壬辰，賊大集，計悉兵東，以解江甯之圍，而以奇兵襲定遠，越臨淮，聯絡羣盜擾中原。是時，翁撫軍新上事，抵梁園矣，卒遇賊，據橋戰。前徒突驚，中道獲賊偵，既鞫實，遂戒師於定遠。賊乘勝火梁園，倍道行，會兵藕塘。定遠既宿戒，而李兆壽先期以滁州約降於我師，鳳陽盜張樂行觀望不敢出，遂前破六合，躪江浦，入揚州。方是時，賊大振。其僞爵承天安者，賊驍將也，鷙忍耐戰，既悉兵東，其坐將曰擴天豫。

賊起粵西，其賊王曰天王，賊王以下分東西爲四王。自賊東王爲其黨臠殺後，賊因諱言王，以安、福、燕、豫、義爲封爵之極品，位侯、丞相上，其居守者總曰坐將云。坐將擴天豫者，年少而懦，與其黨不相能。屠城之二日，窮而思去。而廬州賊素習其黨，尤慣野掠，諸不軌之徒多樂爲之用。賊兵無常籍，所至恒掠人爲之，以其老弱居守供役，其戰剽而嚴令，故屢蹙復振。其酋恒貴粟重貨，所至務居積持久，即以搜粟多寡課其黨之殿最。其野掠恒有常限，甚者無踰七日。其賊神曰耶蘇，其祀賊神之日曰禮拜。賊凡七日一禮拜，故賊中野掠無敢踰七日者。其陷廬州而大掠也閲三禮拜，賊心饜矣。而奸民潰勇益爭盡其耳目，於是窮里絶壑、車轍鮮到之地燎原鑿棺，破柱發窖，爊夷敲撲，久而後衰。而其酋遂以其暇廣布僞示，招徠流亡，遍置軍師旅帥之官，徵金賦粟，工築大起。是役也，計賊所獲軍儲輜重人畜財賄約億萬萬計，要其焚僇殘虐倍從前矣。

悲夫！廬州自三年之春，部使者下其所爲團練法於郡邑，比冬而城陷，於是赴援之兵未全潰也，故賊蹤止巢湖一隅。夫團練，良法也，嘉慶初，楚中白蓮教之變嘗議行之。其大指官與民相協，民與兵相衛。故自安恤難民之説行，而後民之從賊者始少；自堅壁清野之説行，而後賊之成禽也益易。余嘗建言於當事者，竊謂流賊如水疽，淫增變大；帥之道，先自治。務選將擇吏，内輯其民，廬州之粟可屯，廬州之民可戰。退而曉諸父老，宜訓飭閭左，相與戮力奉公，無自鬩於牆而日營私橐，憒以供賊資爲也。聞者卒迂笑其言。夫處抱薪之勢，昧剥牀之戒，因仍顛倒，上與下卒蒙其禍，推其禍本，夫亦人事，有由然哉！

福撫軍者，滿洲人，起家翰林，喜筆札，爲人傴而熒聽。其初來廬州也，朝議西北多盜，以袁少卿分巡淮北，未幾以蜚語劾去，盜寖熾矣。比復廬州，朝議録兩帥之功而和提軍移赴江甯。鄭提軍者，撫軍故麾下吏也，忠赤敢戰而輕於自用。故事，凡官於其薦主咸曰師。師生授受之際，無不可者。桐城之役，撫軍軍巢縣，策應援，屢聞捷。撫軍覬成功，移軍軍提軍後。賊入巢縣，絶糧道。歲旱饑，桐城軍大譁。撫軍退軍廬州，期自固。比覆師，提軍駭而免，捶撫軍吏出恚言。頃之，山東兵縛藩司，噪而撻諸市。撫軍亟圖行，提軍固相尼，撫軍益大懟，徑洞垣去，於是諸不便於提軍者相構言。蓋桐城之覆，自撫軍撤巢縣之防始；兩大帥之釁成，自山東兵變始；府庫財力之殫、軍民鋭氣之挫、賊之旁覬廬州，自桐城之覆始。咸豐七年春事也。

八年春，鄭提軍既劾去，德安甫莅軍，滁州、全椒相繼陷，遂營全椒，嘗延余問計。一日，趣具奏屬視草，蓋援撫軍乞休例也。余謹對曰：『全椒爲廬州東户，公威望早著，今者甫視師而遽請去焉，何爲者？夫省餉莫如速戰，增兵不若足伍。今士卒饑憊，軍伍闕如，諸大校日錦衣玉食，貨賄公行，路有謗讟。公老矣，坐享鹽折之奉，月五百金。計庖人厮養所需，月百金足矣。請公亟申令立逮三數貴弁，庭詰其蠹餉闕軍之罪，揭首壘門。盡出槖中藏，日椎牛謝士，士雖饑能鬭。如其憫敝郡人之危，悉條列江淮南北數年來失地喪師、凶荒盜賊諸不便於民之故，具以上聞。敝郡人雖死，咸戴公賜。不則，非僕之所敢與聞也。』既拉余偕之梁園，居數日，謝歸。道店埠，以事留，中夜而警聞卒至。比令下，市人歡呼曰：『李公活我！』親督師有成行矣，已而寂然。瀕行，有郭君者遮余飲。余固辭，君笑曰：『攝撫軍善遺將，昨聞捷，賊創退，郡城固無恙也。請盡觴。』余醉眠未孰，門外馬蹄騰沸，市人徒跣而號曰：『李公殺我！軍潰矣，而猶高卧！』余亟行過轅下，日晡矣，軍吏嚴裝待謁，中途有婦人失子而哭者。

信史也，公論也，血淚也，大文也。程伯旉

張烈女墓誌銘

霍邱張烈女，其字曰述，其父曰元義，其母氏曰姚。其大父歲進士，曰士楷，於咸豐七年三月十日罵賊死。又三年，其父以狀徵銘。

案狀：烈女家世儒素，年六歲從其大父讀書塾中，受孝經、烈女傳〔八〕，一誦通其章句。稍長，左右治女紅，蚤夜滌作惟謹。七年春，賊犯霍邱，烈女從其父母避居白馬廟旁。未幾，賊黨趍固始，其父挈烈女閒道行。方是時，賊四布。烈女母繦負行且後，烈女走且啼中道，顧謂其父曰：『兒幼，賊無狀，不可爲不義辱。顧兒母後，俟母來一相訣，請效死，免貽兩大人憂。』頃之，其母來，語未竟，賊麇至，烈女亟躍堰中，賊酋繞堰呼曰：『若無怖！若出，我行且芘若家。』烈女益怒罵，賊酋忿，擊以矛。女且罵且泅，死焉。居數日，賊稍退，其父母潛舁烈女屍，坎而瘞於白馬廟之西原。蓋烈女生而聰惠，稍長而力苦，比死而不忍於其父母。吁，其亦可銘也夫！銘曰：

天降凶，劉我民，絶脰折項燔割沈。支拄天地忠孝貞，山陬下里鬱不升。露骴棄骼罥荆榛，或飽魚腹肥饞鱗。烈女有父，俾烈女有聞。刻詞於阡示後人，有峨者石輝千春。

哀朱君

潁州朱君鳳鳴，與余同學於安邱之門。道光閒，兩伏闕上書言天下事。其一書尚書爲經，緯以時事，既上聞，報可。其一書言英夷之不可款，琦善之不可用，林制軍之不可去，大吏惡其狂直，將重譴，卒議減，放歸。君恢奇宏駿，謹於内行。既歸，益務韜遼。嘗以其學設施於其鄉，其鄉之人多樂化之。比亂，遂久不相聞問。

今年夏，余之河南，泊舟三河尖，將便書訊，廬江張勁筠曰：『子無覓朱君，朱君已兵死。前數年，定遠盜掠潁州，住兵河上。朱君遮説降，盜怒殺朱君並其一子。子更何從覓朱君也！』是夜雨益大，余獨臥舟中，有大聲緣舵尾墜，而復躍者三。船頭鐵索錚鏦，久而後息。淩晨勁筠詑余曰：『子念朱君勤，朱君昨來覓子矣。』有王學博幼國者，嘗從君遊，道君死時情事益詳。蓋君死時，其家人先奔散，盜久聚河上，故其屍失不可得。而余今者維舟之地，去君父子死處不百步。記曰：『氣也者，神之盛也。』易曰：『精氣爲物，遊魂爲變。』凡物多然。余固知君之不能泯滅於斯土也。君之學行文章，海内士大夫之賢者皆能道之，其死事顛末具王學博所爲傳中。余偉君之義烈，追維友朋聚散之情，乃歌於水濱，以唁君之靈。其詞曰：

夜雨瀟兮空濛，沂淮流兮心欝沖〔九〕。乍有聲兮隆隆，自天而下兮，掠余舟兮西復東。既欲逝而仍留兮，重徘徊兮悲風。夫人孰不有死兮，志士貴其不朽。苟殺身以成仁兮，夫何吝於虎口。昔賈生之陳書兮，際漢祚之方昌。懷忠菀而莫申兮，憤賦服兮投湘。嗟夫子之蹇蹇兮，璞屢獻而屢刖。終致命以遂志兮，乃喪元之弗恤。石磑磑兮河之側，沙草萋兮恨血。問轉屍以何所兮，滚夜濤兮嗚咽。昔相見於清潁兮，繼訪我於肥之垠。川梁渺其修阻兮，況限之以幽明。何精靈之儻恍兮，識余舟兮營營。營營兮安極，思夫子兮長歎息。白蘋花兮芳潔，老烽火兮惜華髮。惟夫子之昭昭兮，應鑑余之飄泊。奠酒兮陳辭，青陽去兮朱明滋。倚淮南兮望淮北，進余舟兮焉之？

奇幻似左、似韓，悽咽似屈。方存之

亡兒元叔行略

亡兒元叔，字亨甫，死年十九矣。

兒生有異稟，稍長，端愨若成人。其死後數著靈驗，又早經亂離，嘗力苦共余存活，故既死而余念之痛，又久而益不能忘。兒眉目疏朗，方口大耳，聲若巨鐘。生五六歲，恒疾幾死。居嘗不與羣兒朋偶，時時潛入塾中，盜竊紙筆，獨行嘯呼，塗抹狼藉。比夕，其母解其襦袴，零楮斷墨滚滚墮牀下。一日，余檢架上書，失去唐宋人書十餘册，意兒之爲也，跪而鞫之中庭。其母曰：『昨晡時迹兒飯，見兒據案上，右握管，手巨册，仰天咯咯。』予視册中多連環墨圈，圈墨横斜大如杯盂，屢呵之，不顧也。余益怒，責對狀。兒躍起憤呼曰：『兒固知爺必重撻兒，兒實愛爺書。既墨之，懼爺撻，則火而投之井中。爺奈何重撻兒？兒小不勝撻。』適大母營護亟，遂笑而釋之。然自是心竊奇兒，嘗使來塾中，隨其兒受四子章句與漢魏人樂府歌行，上口輒能成誦。余家窮，數出遊，大母尤愛憐之，而里中師多浮惰飲博，兒以是數廢讀。咸豐二年冬，余歸自池州，念天下亂日多，吾母又老病，兩兒子皆失學，遂營數畝於巢湖之濱。其明年春，挈家居焉。是冬，郡城破。其明年夏，湖濱搆難，余屋火。洎冬，僦居郡東之雙山。又二年，兒死。兒小時嘗患痎病，既愈，或經年一發，發亦輒愈。其死之前一夕，余同故人自外來，兒病起矣，左右飲具款客如平時。天黎明，客聞兒鼾聲異常，隔牆呼余起。亟走視，卒不可救，六年六月二十七日也。

初，余避地於湖濱也，家人生長郡城中，耕織場圃之業懵焉未習。兒恒以身先之，夜恒與其兄坐其母紡車旁共讀。其母病，輟紡，則與其兄更迭紡，且紡且讀，夜與其兄卒紡絮若干許，誦書數篇，或成小詩一二首。晝執他役，恒懷書，暇即坐畚鍤旁端誦。嘗天雨糧斷，從鄰家貸麥作粥。屋故有馬磨，磨重，歲久脱其齒。兒縛木磨上，自推挽之，便旋健步朗誦其所作推磨行，昂首抗聲，意氣勃然。大母扶杖坐磨旁，顧余笑曰：『若狂癡，是兒更癡于若。吾固知若父子終以窮死。顧吾年老不耐饑，累兒日推磨，兒磨殊樂，然吾聞兒磨聲輒心痛如刺。』語未畢，淚涔涔下。兒亦倚磨閒啜泣。比來山中，益刻厲務讀書，好深思强記。是時，廬州日連兵，山中無親故，耕無田，績無絮。兒與其兄晝負薪，夜恒誦書。山中人憐余饑，多愛敬兒，衆醵錢俾授諸童子書。時其兄于役四方，或經月不得歸。兒見明起，料家事，日曛黑從塾中來，恒出其晝所誦書，相質有疑義，輒危坐達曙，嘗廢寢食。其母每切戒之，則謝曰：『兒不幸生亂世，然猶獲日安坐誦書，恐他日更無兒誦處。』夜坐樂，不思睡也。』余早罹憂患，既遇亂，破家亡命，自來山中，貌加豐，學日益加勤，以兒故，恒樂。兒死五年矣。今年秋，余母又殁山中。歲旱蝗，隆冬風雪寒沍，獨坐苫次，求如曩者與余母若兒對泣磨閒，亦渺不能再，悲夫！

兒性脱驁，比長，益柔謹自下，與物莊而多恕。余性卞急，因事嘗數規余失。其他泉石魚鳥諸落寞之嗜好，則多與余同。喜讀史，嘗曰：『六經，聖人之言，學者徒誦焉而易失其指。讀史以求古今治亂之迹而卒衷之於經，經之大義益燦然矣。』余嘗勖以古人專經之法，而卒無以奪其言焉。其讀史，一傳不精熟則不更讀他傳。其遺詩數十首，雜文若干篇，其兒㑌事整比，總録爲一卷。兒恒語不誑，其死有若前知者。六年春，余將爲兒娶婦，兒固請辭。大母驚問，故曰：『懼多累，且懼累兒父母。』他日，其母爲作藍布衫，兒喜曰：『是衫稱兒身，送死不須他物矣。』家人頻怪其不祥。比死，得其手書二：一以訣余，一以訣其兄。余初訝其言，久多驗。兒嘗念余，夜中數數來，每至則有聲颯然，塊零星自空墮；比曉，案上筆研恒失其故處。其死也，衾斂不具。其母探袋中，得其所爲絶命辭二首，余易以小石印，仍内之袋中殉焉。其母泣而衣之以舊所著藍布衫。印横徑寸餘，旁鋭，兒小時所嘗竊弄者。其文曰『野馬也』，其石甒，其篆籀。

元叔，其童烏耶？宜君慟之深而思之益不能忘也。余殤兒沅孫之死，以舊所用硯殉。讀君文以小石印納之袋中殉焉，則不禁大慟，潸然淚下，不能自已也。鄧伯昭識

君有佳兒如是，悲固宜也。僕少於君僅二年，曾撫從兄之子，亦亡之矣。請以釋君之悲。馮魯川

惻惻動人。予與君遭命相似，何君子亦與吾兒性情行誼相若耶！不忍卒讀，讀之益觸心悲耳。方存之

上曾制軍

新正四日，子苓力疾作書别執事，從層冰巨浪中買舟而歸。十四日抵廬江之寓居，十七日渡巢湖，密傳尊示。是時，賊兵噪於東鄉。而將軍方進兵，賊門禁益嚴。蓋廬州城堅多粟，賊死守。其悉鋭於潁州者，蓋以豫爲救援廬州之計，且連壽州以擾河南，分我兵勢。彼叛人者方挾賊以自固，將厚集其兵力鬭我師，而兩邀其利。今欲孤壽州之勢，莫如急拔廬州；欲緩叛人之謀，莫如陽示以撫，屯重兵以扼河南之交而預嚴其備。凡此皆執事多算之所先及者。省垣禁防周密，賊偵度可無虞。然天下意外之變，多由細微之不慎。子苓耳目所經，關卡吏弁大都恒勤於鳌金而疏於盤詰。語云：『涓涓不塞，行爲江河。』請飭有司早加謹於涓涓者可耳。日聞將軍連有捷，長甯、炯煬諸賊望風歸附。將軍既能兵，重以執事威德，大功之成剋日可待。而子苓覼縷若此者，自維先世聚族斯土垂二百年，自廬州再陷，附城邱墓久在賊境，歲時伏臘，不得效灑掃躬拜於壟下者又四年於兹。亡慈寄棺淺土，迨今而不克葬。但冀賊平，得一展先人之墓，亡慈藉終窀穸，區區私願，惟垂察之。

昨承命歸迎其孥，此蓋執事本飢渴天下之懷，宏一夫不獲之志，以推恩於下士，而垂恤其室家。惟老妻自去秋山中日苦賊，提挈弱小，暴露風雨，遂染寒疾，久未能起。小兒輩春來患痘，而子苓自十七日渡湖，日旁皇於故鄉，復牽率於人事，計明日有便風，當歸視家人。如能行則盡挈之行，不則稍事屏當，便拂衣就道。杜公有句云：『歎息謂妻子，我何隨女曹。』往嘗誦焉而姍笑其言，乃今者實躬蹈之，且自笑也。知辱念，不自覺其瑣瀆至此，前後諸公牘專力代投。餘面陳，不備。

文益奇宕，法益謹嚴，真所謂醇而後肆者。管才叔

與潘季玉

季玉足下：

新正一書，於時子苓從風雪泥淖之中纔脱虎口，驚惶病憊，獲聞故人消息，狂喜躍舞，繼之以泣。中夜命酒，呻吟强醉。晨起炙硯，濡筆欷歔，坐起移時，不能道隻字。何者？以子苓數年所歷之險阻慘烈無以自解之故，益知今者之無以解於足下。以子苓之居窮畏約，雖日引於深山斬谷，然猶倀乎其不能以自存，芒乎岌乎，歸焉而無所與歸，行焉而無所與適，益以知足下今者之所遭，又死生進退出處之俱難。然遂忍而默焉，則又懼以未死之身重勞足下之念；將繁稱博引，則又恐自觸其痛，徒以重足下之悲。故前書所陳多迂泛不

切事情之談，惟原亮之。

昨聞海上兵已成行，利鈍非敢踰度。法不云乎『置之死地而後生』？夫泜水之戰，陳餘之於韓信才分素所不敵，故信得以其巧勝餘之拙。井陘口之閒視趙壁之伏軍，信之巧以成事也。夫用兵如信，其亦可矣，然非餘之拙，信雖巧，其勝敗未可知也。況不如信者耶？況其事有大如泜水者耶？雖然，足下世臣也，海上之役，揆之以今日之情勢與足下之忠憤，皆有進而無退。夫傾東南之財力以贍軍，因外夷之歸坿陰借其力，於計便潛師直下，出賊之不意而制其命於法奇。乘便運奇，加以戒慎，冠古之功，呼吸可待。勉旃足下，在此舉已！賤狀問吴生當能言之，餘不宣。

極盡沈鬱頓挫之妙。管才叔

前幅至情，後幅卓識。程伯旉

上曾相公獻詩啓

相公執事：

子苓盧陽編户，肥津賤夫，謬辱崇知，優以逾格，不耕不織，以食以衣，蚤夜旰衡，愧未有報。

伏維執事文武兼資，人神攸賴，巨勳宿望，古有其人，今殊罕覯。區區慕愛之忱，流轉喘息，屢形詠歌，弇劣小言，懼瀆威重，戔不自惜，久稽篋衍。昨承大問，謹並咸豐壬子迨今上癸亥之春爲詩若干首，繕寫以獻。

昔裴晉公淮蔡之役，韓退之濡染碑詞，柳子厚剽劫唐雅，轉相張大，夸嚇後來。夫憲宗英主，唐業鼎盛，隅州孽乳，然且殫帑毒兵，牽率羣力。竊以執事受命時紛，合徒閭左，揮斥楚、越，奠安全皖，爰事掃除，顧瞻江海，肩負重大，殆將過之；皇穹嗜禍，未欲治平，巨艱之投，有加未已。此固古今際會之各時，抑亦山野所私憂而竊歎。易屯之象曰『雲雷屯，君子以經綸』。坎氣爲雲，厥象川險。君子者，乘震之健，濟坎之險。屯之所由，元亨焉。説命曰：『惟事事乃其有備，有備無患。』伏惟執事履周易君子之位，監説命有備無患之誡，玩元亨之吉占，敷中興之大烈，則子苓之所獻於左右者，殊無足以道揚萬一矣。力疾干冒，不勝戰汗。

馮殤子墓誌銘

天堂巡檢馮君有殤子曰福基，生十四年矣，咸豐七年九月死於賊。其家人以其月自廣濟歸殯於天堂。越五稔，官軍既復安慶，天堂人之知殤子者卜葬於灊岳之栗子原，是爲同治元年三月六日。

殤子其先代州人。曾祖宬，浙江建德縣知縣。祖壽榕，太學生，娶於浙，遂家焉。父焯，嘗官天堂，好讀書，喜游，世所稱雁門笠尉也。方賊之略人於天堂也，殤子奉其母避巖竇閒，餓四日矣。賊漸逼，計無兩脱者，乃與羣小兒挺而走賊。賊喜獲小兒，驅之去，其母坐是得脱。賊抵黄梅，晨飯，藥市中。殤子竊寘藥，藥斃賊十餘人。既懼泄，遂吞其袖中所餘藥，僵踣草閒，血淋淋出口鼻。賊訝曰：『兒誠中藥！乃者酋幾誤馘兒。』委之去，有寺僧者收而活之。又數日，毒發死。

殤子生而聰慧，受書不假師説，多能曉其大旨，馮君以是恒愛憐之。而君之官天堂也，既去而無厭於天堂之人，故天堂人恒不忍於殤子之死，既葬矣，請於大府伐石以表。蓋殤子之死與天堂人加禮於殤子，法當銘，而君則余故人也，銘奚忍辭？乃銘之曰：

人孰無死？死而不辱，是曰考終。相彼佳城，灊岳之中，美哉馮殤子之宫！

與英廉使

夏閒辱書，隨作答。秋八月勁笏來，道淮北兵饑賊横，執事崎嶇血戰，堂上兩大人懷刃誓死情狀。於時擬坿一書相勞，而勁箹有上海之行，不少留。頃者王師大捷，逆人授首。朝廷録執事之功，有陳臬皖中之命。計執事自爲宿州時，於是一歲四遷其官矣，甚盛甚盛！

然以鄙人平日推愛於執事者，不惟功名之盛，惟執事善處於功名之際；不惟逆人之就禽，惟執事熟籌夫禍患之所由生，以早靖其復然之變。夫功名盛，則軍國之寄日益崇，旁聽者之責望日益備，左右之趨承日益多，操心慮患之日益懈。古賢豪之士負非常之才，或位高而望減，或前後之異轍。揆厥由來，大都功成則驕，獨用則敗。史策所載，更僕難盡也。頃聞賊黨竄入秦中，將連粤賊以圖再舉。夫禍患每伏於晏安，勳業實根乎器識。庸衆人泛常頌美之辭，既非執事之所樂聞，而一日縱敵，百世之患，古之人有明戒焉。念久相別，故坿致其區區，惟亮擇之。

此間有孫觀察勤西、江方伯達川者，與子苓都有故。觀察舊識執事於定遠，昨聞捷，走詫於人曰，『吾固知英侯，今果然。盤根錯節，鈍者折矣！』夏間蒙城之警，方伯從問執事姿狀何似，某家口都何在，因從容對曰：『英侯，魁傑忠信人也，豐頤而皤腹，能騎射，馳突健鬭。惟其家有老親，且孤子，爲可念耳。』客中薪米昂貴，子苓屢欲歸而未得。異時執事嘗大言，他日擁旄建節，準使老牧山中，有千頭羊，今何如耶？請率妻子負簦執鞭以俟。匆匆，笑笑。不盡。

曲折中自饒高騫之致。馮魯川

上江方伯

自驧從之歸，兵革繁興，連年蝗旱。昨者江淮州縣次第削平，而户絶丁稀，草萊彌望，不獨患土荒，抑且患人寡矣。伏聞朝廷有兵屯、商屯之議。夫營田之利，兩漢都有成效。然古者，兵出於民，無寇則耕，寇來則戰。後來戎弁多由招募，衣食仰給縣官，驕惰習慣。既已使其持兵，若又强以服耒，萬一生變，悔將何及？宋陳恕嘗極言其弊矣，況今者戎弁驕惰更什伯於前時耶？商販利倍於農，今使其舍本業而事客田，於業未習，於情未便。爲今之計，惟有招徠流亡，開墾荒田爲救時之急務。而昨者鄧君議行保甲，則又招徠開墾之先事也。何者？操網必舉其綱，振裘必挈其領。

今年春夏閒，節相曾公諭各處寺觀被賊焚燬所有田地，與停運之衛田一律都歸官辦，然田地猶然隱占，官辦總屬空言。則以保甲之法，各州縣久廢不行，故見存之户口與已絶之户口，既無從鉤校其虛實，斯有主之荒田與無主之荒田更無從審驗其真僞。昔真西山有言：『經理田野之政自一保始。』蓋積保成鄉，積鄉成縣，積縣成州，積州縣以成天下。是以保甲之法行，編户藉口，料畝定賦以合徒役，以警游惰。無事則相糾相勸，以清訟獄之源，有事則相守相助，以抵盜賊之隙。蓋其事簡而近古，其法便而易行。而在今者尤招徠開墾之先事焉，故昨者子苓深有佩於鄧君之言而冀執事之力主之也。

頃者，過鄧君寓所，見其几上敬敷書院試卷數百本堆積重疊。此閒月課，節相藉以周士之無歸者。課卷總三百餘本，但俾幕中一能文之士第其高下焉斯可矣。蓋事有其大者、急者，今皖南寇釁方深，淮北盜蹤未靖，官無隔歲之儲，民無半年之積，此其患方急而其可憂者誠大。計執事下車才十餘日，而子苓爲是云云者，則以往者圍城之中，嘗被忠烈公一言之知，既於執事屢辱格外之遇，蓋忠烈疇昔咨咦扼腕於圍中者，子苓預聞其議論。而自廬州以至三河，執事之所爲，深憂奮發，相與揮杯，切齒流涕泣若不可以終日者，子苓嘗心識之未敢忘。譬之於舟，水膠而載鉅，中流遇風，雷電交下，節相端居秉舵，一舟之司命也；執事持篙奉楫，察風色，視潮信，以佐秉舵者之不逮；子苓則往者嘗負手欷歔、丐載於舟主人，既數不幸躬際夫濡首滅頂之凶，而孱然未死之軀獲存於駭浪破舟之下，故偶有觸焉，徒跳以從之，號呼以道之，而不知者或且訝其言之不祥，笑其計之太早也。

日閒檢得保甲條件若干首，皆古人經驗成法，謹並廬江人黄業良言事書録陳左右。敝地荒田之數，第即黄君言可以例觀。保甲條件，似近瑣碎，然古人簡直久大之業皆自瑣碎而起。蓋不簡直，不能久大；不瑣碎，不能簡直也。語云：『有治人，無治法。』保甲雖良法，然在今日州縣視之，等具文耳；其次第力行，惟執事與鄧君早共籌之，幸甚！

經世文編中必不可少之文。程伯䓴

答陳立凡

立凡五弟足下：

秋初得書，久欠答。承問近文，自別後久不爲此。而幽憂多病，好觀方書，遂嘗學焉。今夫醫，小技耳，學之殆十年矣。審形造方，時有驗者，然至叩以軒岐之精蘊，仲景、叔和之同異，道地之良楛，炮炙之生熟，舉其數則未詳考，其義則未明也。往者嘗學易矣。易之爲書，其大者不能以驟窺，邇者學之又三年矣。於遯之初爻，嘗習焉而不得其用；於小過之象繫，力行焉未之有逮也。少壯精力既自憊於詞章聲韻之爲，而過時之學，聖哲所歎。蓋天氣有朝暮，生人有壯老。古之君子聞道早，故甫壯而有成，迨老而益進。不幸而遭非常之變，險阻震撼，而其直方之德、盛大之氣，發之於事業，見之於文章，奇偉殊絶，至今而不可磨滅者，皆是也。而鄙人豈其倫哉！夫詞章聲韻之爲，既早敝其精力；而醫者古聖人濟人之一事，學焉而且難至也如此。他又何論哉？辱過問，懼無以塞見愛之意，故訟言焉，俾吾弟早自擇焉可耳。

閩浙壤近，賊勢無常。畢凡遠宦，諸子都須督教。兄前書之所云云，非强弟以一意退閒爲也。弟年力宏富，進取豈有厓限？然請自度吾弟之學行政事，與令兄池州公何如？今日大局與咸豐初年其難易何如？而吾弟生平之所嘗汲汲焉於古者何人？其於今日所能出而相濟者何事？夫固可早自審而無疑者矣。黎君未識面，子白赴官和州，時數相過，誦其文，信其爲端士也。遠别憶甚，眠食自愛。不宣。

書陳立凡記弄熊後

茶陵陳子立凡以余言弄熊壯其事，遂記之。其文則余所謂雄奇而逸者也。今夫熊，獸之忠信而材武者也。居高崖嶄谷，阻絶人迹。既已不幸媾於野虞氏，斂其軼足猛氣，惟弄者之麾，熊亦羞其類矣。夫虎識衝破，狼倒卜，龜不食，故壽；豹隱霧以澤其毛，妖狐九尾能幻人，登雲而上於天。熊而弄，失其爲熊矣。熊亦拙謀矣哉！然食其粟則勤於所事，隨所投而不怠。熊之忠信，蓋天授耶？弄熊者，定遠人，寓止與余家邇，其弄之之術則陳子所謂權其饑飽云云也。熊色正黑，喜良麥。弄者日飼以一粥，粥盡四升粟，不得飽。余憐熊饑，晚飯罷，嘗懷餅往啖之。熊崛强，垂頭坐，伸巨掌，顧余逡巡，若有所思，聞鄰寺鼓聲，躍起人立而舞，穹背闊腹，魁然一偉男子也。

結處令人失笑，抑亦可發猛省矣。鄧伯昭

似嘲笑而實悲憫。程伯萬

校記

〔一〕勢　疑當作『譬』。
〔二〕經　疑當作『徑』。
〔三〕阻　集虛草堂本作『沮』。
〔四〕彈　當作『殫』。
〔五〕壁　當作『璧』。
〔六〕袚　當作『祓』。下同。
〔七〕七月　本卷答陳立凡、亡兒元叔行略二文，皆言徐元叔卒於六月七日，與此處不同。
〔八〕烈　當作『列』。
〔九〕沂　當作『泝』。

敦艮吉齋文存卷三

策問

唐、宋以來，治古文者咸尊韓氏。說者謂其闢六季之榛蕪，摧陷廓清，比於武事也。其進學解自述文章淵源，祖尚書、易、詩、春秋、左氏，而不及三禮、公、穀。朱子云：『韓公禮學精深，諸儒所不及。』其議禘祫言：昔者魯立煬宮，春秋非之，以爲不當取已毀之廟、既藏之主，築宮以祭。〔一〕其議改葬服，言經曰『改葬緦』，引春秋穀梁傳『改葬之禮緦，舉下緬也』，傳稱『舉下緬』者，『緬』猶『遠』也，『下』謂服之最輕者也〔二〕。讀儀禮言：『文王、周公之法制，粗在於是。』公羊雖不見徵引，而答殷侍郎書言蒙示新注公羊春秋〔三〕，『謂少知根本，其辭章近古，可令敘所注書』。是公穀，韓公未嘗不治，而不之及者，從略也。於百家則引莊、騷、遷史、子雲、相如，而不及賈、董、班固。韓公生平爲文酷嗜數人，諷議二篇多似莊騷。敘事之體原本子長，以子雲、相如供其驅使，恢其門户。論者謂曹成王碑、平淮西碑等篇規模氣象仿佛二人。賈、董之文雜見於史記、漢書，集中從未論及，不獨進學解一篇也。唐書傳贊謂：『自視司馬遷、揚雄、班固以下在所不論。』〔四〕其以此歟？至孟子一書，公之推崇尤至，不得復以莊、遷、揚、馬爲例，即荀、孟並稱，亦韓公未定之説也。原道一篇，千古聖學之傳，歸原孟子，荀即不得廁其列矣。夫磊落軒豁之人，無私無隱，不獨學問一事竭誠相告也。當公之世，從游者如孟郊、張籍、皇甫持正、李習之輩，類皆一時名人，往復問難，不一而足。其甘苦自道之言，見於答侯繼書、答崔立之書、與馮宿書〔五〕、答竇存亮書、答陳商書，而標文章之真諦，論則莫詳於答劉正夫、李翊二書。

唐、宋以來，註韓文者甚夥，膠柱鼓瑟，得失互見。紫陽有考異一書，爲之折衷羣言，乃定其韓文『以文從字順、各識其職爲貴』，則羽翼昌黎之意可知矣。集中送人之序、銘墓之文居其大半。檀弓載顔回、季路『何以贈我』『何以處我』之言，後世遂援爲送序之始，不知元子遜荒有出迪之詔，韓侯祖餞有百壺之詩，繞朝贈士會之策，吴季投國僑之縞，此皆序行之鼻祖。檀弓：『銘，明旌也。以死者不可別已，爲旗以識之。』〔六〕喪禮『爲銘，各以其物』註：王用太常；大夫、士用帛；未命用緇。男書名，女書姓，臨葬置於茵，因以入壙，遂開後世銘墓之例。孔子曰：『某東西南北之人也，不可以弗識也。』孔子之喪，公西赤爲志焉；子張之喪，公明儀爲志焉。然志其姓名耳，志其生卒耳，無文字之可讀也。自謚誄之例興，踵事增華，蔡邕有郭有道碑文矣，王仲寶有褚彦回碑文矣。比干、延陵二碑或爲後人僞撰，不足據爲金石之證。大約上世之所謂銘用帛、用緇，正例也；後世碑碣、墓誌、墓表之用石，變例也。墓誌埋之壙中，碑、碣、表立石壙外，故碑、碣、表葬後可刊，志、銘必先期而作。其有葬期，迫促不及攻石，則書石以志。既葬，不復納諸壙中。退之誌李元賓之是也。齊、梁繁縟之體，靡曼之音，承學之士爲其所汩没者殆將百年。唐初虞、褚諸公未能盡革其弊，昌黎出，始一掃而空之，學者稍稍知爲古文。蘇子瞻謂文起八代之衰，非虚譽也。然駢儷佳製，則又不可一切吐棄。若徐陵與楊僕射書、庾信哀江南賦，皆駢儷之傑然者，一時謂之『徐庾體』。蓋文無定格，比之五味，嗜好各殊；譬以五音，宏纖並奏。少陵論詩於王、楊、盧、駱，曰『不廢江河萬古流』，則其於徐、庾可知矣。謹對。

經解

周書康誥、酒誥、梓材三篇，集傳謂皆武王命康叔之詞。

康叔，武王之弟也。康誥曰：『孟侯，朕其弟，小子封。』又曰：『乃寡兄勖。』此則篇首之『王若曰』，斷爲武王無疑。僞書序言封康叔在成王時，漢儒附會之，遂爲周公居攝大事，權稱王，且引大傳曰謂天子，太子年十八曰孟侯，康成曰：『孟侯者，呼成王也。』時成王年十八，周公呼與俱誥康叔也。夫康叔，武王之弟，成王之叔父，不當有兄弟稱。胡氏曰寡兄者，猶俗言劣兄也。周公援王命以誥其弟，奈何曰寡兄耶？大誥，成王時書也。一則曰甯王，再則曰寧考。蔡仲之命，成王時書也。曰『率乃祖文王之彝訓』，甯王曰考，文王曰祖，昭穆秩然也。康誥四述文王曰『丕顯考』，曰『文考』，酒誥三述文王曰『乃穆考』，無一言及武王，則信乎康誥非成王時書。篇首之『王若曰』，斷爲武王無疑矣。汲冢周書克殷解，武王即社南，羣臣皆從毛叔鄭奉明水，衛叔封傅禮〔七〕。史記：『衛康叔封布兹。』冠『叔』以『衛』，知叔早封衛矣。或謂康叔當武時尚幼，故不得封。叔爲武王同母弟，武王年九十克殷，豈有叔年尚幼者耶？武王大封同姓母弟，如康叔之賢猶遲其封，何耶？此必不然之事也。或謂殷地已封武庚，監以三叔矣，安得又封康叔？夫周制建侯，大國百里，分殷都千里之畿以衆建諸侯。康誥曰肆予小子封在東土〔八〕。説者曰，東土者，武王克商，分紂城朝歌以北爲邶，南爲鄘，東爲衛，邶、鄘以封武庚，衛以封康叔，則益信乎康叔之封在武王時也。

夫惟明乎康叔之封在武王時，則明乎康誥、酒誥之『王若曰』皆斷爲武王無疑矣。吴氏曰：酒誥一書自『王若曰：明大命於妹邦』以下，武王告受故都之言；自『王曰：封！我西土棐徂，邦君』以下，武王告康叔之言。説者曰事主於妹邦，書付之康叔，武王之告紂故都者，正以曲致其丁甯反復於康叔也。抑嘗聞之，王者受命則更姓改物，酒誥『尚克用文王教，不腆於酒，故我至於今，克受殷之命』，吴氏曰，誥中凡稱『我』者，武王之自謂也。漢儒謂周公居攝大事，權稱王。夫居攝可以稱王，亦可以受命乎？夫使居攝而稱王，稱王而受命，則必周公爲新莽，周之史臣爲劉歆而後可。此又必不然之事也！然則酒誥之『王若曰』，今亦斷爲武王無疑矣，其以爲周公之言誠非。而或者以馬、鄭、王三家本『王若曰』上有『成』字，遂據爲成王之言，襲謬增謬。今之漢學家與宋諸子故相牴牾者，多此類也。

梓材一篇，集傳謂文多不類。『惟曰，若稽田』，武王之言，喻康叔勞其始，當成其終也。『今王惟曰』以下似人臣進戒之詞，以書例推之，『今王惟曰』者，猶洛誥之『今王即命曰』也。『惟曰欲至於萬年』者，人臣祈君永命之詞也。王氏引覲禮，證成王自言必稱王，義殊難通。吴才老謂梓材後半多洛誥中語，是説也，朱子亟稱之。

武甯張鍊渠試帖詩序

武甯張君鍊渠既刻其古近體詩，其學子復請彙其嘗所爲試帖若干首墨之版。君時飲余於其寓廨，酒半，舉觴屬，慼然有閒，曰：『是些些者，本無足録，然余往者避兵山中，嘗手此以課吾兒。今年春，吾兒被録於學使者。里中人嘗念余，余隸戎不獲歸。是些些者，棄之則不忍，君愛我，請決之。』

余因復於君曰：『文無古今，惟適於用而當於時者貴焉。詩之於道，技耳；試帖之於詩，又技之至微焉者也。然國家設科舉以求天下士垂二百年，有司懸尺寸之柄以進退天下之人才，著爲功令，士苟有志於天子之禄仕，則必由是以進焉。余少嘗學焉，愧未能也。既遊京師，從諸巨公貴人後，久之而略有聞焉，又久之而始盡其術。譬之於謳，脣切喉轉，揣弦赴節，憀亮圓美，累黍不忒，廣場合奏，翹以新聲，工師擊拊，厥謳乃名。則以歎士生今世，苟無志於禄仕則已矣，誠志焉，雖以孔子、孟軻之道，司馬遷、賈誼、劉向、揚雄、韓愈之文章，則必由是焉以自進於天子之廷。君所爲，余昨嘗誦焉，斧藻其辭，鏘蔚其音，嘻，亦難矣！夫莊周氏不云乎？宋人有善爲不龜手之藥者，世世以洴澼絖爲事，客買其方百金以説吴王，王使之將，冬與越人水戰，大敗越人，裂地而封焉。君老矣，是編則君之不龜手之藥也。君壯而貢於成均，君之嗣一再試而録於學使者，君之技信良，然值百金償耳。良而公之於人，人裂土之封，雖不有於君，君之技其終襮焉矣乎，而又何恧哉！』君仰而笑曰：『善！』

趣付梓，而合肥徐子苓爲之敍。

皖江倡和集序

皖江倡和集者，浙江金都轉所輯。瀕行，屬爲之言。

君負才好遊。是編自無錫汪君芾庭、桐城許君碩甫數人者外，余與獨山莫君子偲與焉。皖地綰江轂淮，粤賊稽兵九稔，今相君湘鄉曾公集羣帥之師拔而有之，沿江州郡次第皆下，西人嚮風内附。今年春，撫軍李公莅師六安，用綏淮右，魚鹽粳粟水陸之貨充牣輻輳，戈船海舶士馬兵甲之盛雄峙江表。而是時君故人郭翰林自楚南之官，道皖中，中江李兵部眉生、吴興周侍御縵雲、武甯張觀察鍊渠咸隸事於莫府。君既喜事，而江山之勝，友朋之樂又適相會焉。雖疏拙蹇病如余者，亦樂以燕閒之餘趨陪於衆賓之末。然則是編之存，君固有其不容自已者與？昔李文叔有言，天下治亂候乎洛陽園林之興廢。夫園林興廢何與於天下之治亂？然文叔云此者，即近以知遠、舉小以況大也。

是編總若干首，黔、蜀、楚、豫、吴、越之人在焉。余，皖人也。皖之山，灊爲大，副貳南岳。其水淵洄澄潏，兼衆流而匯之江。其北高原廣陸，民材而武；西南岡巒起伏，綿亘數百里，巖壑奇麗，多可遊者。君今所見，猶皖地之一隅耳。夫地有興廢，時有治亂，士之超然遐尚不泯滅於天地者，夫豈治亂興廢之所能爲行矣！君他日鼓焦門之棹，過子胥之臺，尋楚、漢之戰迹，覽孫、曹之故壘，釃酒欷歔，倡焉寡和，君之遊其益進焉矣乎！觀其山，有雲郁然於衆峯之閒，巢父、王喬、浮邱、魏伯陽之所棲遁也。余，皖人而好遊者，請行歌以先焉可乎？

抑揚頓挫，瀟灑出塵。管才叔

題劫餘軒詩集後

劫餘軒小草，同里戴學博所爲。其詩清儵雋往，多可愛者。君性通敏，操觚戎幕，數瀕死。是編蓋從烽火中捃拾而存，故尤珍惜焉。吾友瑞安孫太守既爲之序，頃學博走書敦索余言。

時天雨新霽，余方病，臥閱佛書。有僧問大隨曰：『劫火洞然，大千俱壞。』隨曰：『由他壞去。』忽瞿然起坐。嘻！余與君皆劫餘待燼之人也。桐城巖壑奇邃，其閒多高僧禪宿，君試往焉，見有蓬頭負薪、鼓龍胡而燒木佛者，試舉隨之言一轉似焉，儻有所謂真實諦超無量劫，他日亟告我，勿秘也。

桐城姚先生墓誌銘

桐城姚先生諱瑩，字石甫，一字明叔，天下知先生者咸曰石甫先生云。

姚族望桐城，前明至國朝，代有巨人。曾祖範，翰林院編修，妣張。祖斟元，縣增生，妣張，繼徐。父騤，妣張。三代皆以先生贈通奉大夫，妣夫人。

先生年踰冠，中嘉慶戊辰進士，試數縣皆最。旋由高郵州知州轉兩淮監掣同知，權兩淮鹽運使，最如前。道光十八年，擢臺灣兵備道。故事：邊闔兵備加按察使銜，得專奏。既上事，勸農料軍。而是時，西夷犯順，粵東、閩、浙皆被兵。朝廷命上公佩大經略印，副以宗親貴臣，都逗留，一二宿將戰不利。臺灣地孤形便，奸民相扇引。先生與僚吏設方略斬俘，奏可。方是時，臺灣軍聲壯天下，既大吏力主款，詔臺灣歸所俘夷。俘挾前憤訟，時相國穆彰阿陰持之，趣對狀。先生以夷方就款，大臣囚服對吏，重辱國，乃亟引咎，赴刑部獄。時道光二十三年九月事也。西夷既就款，上念功，左官蜀，兩使西藏，補蓬州知州，假歸。時鹽政久弛，兩江制軍議行淮綱，檄監九江鹽務。咸豐初元，以大臣薦，有武昌鹽法道之命。未行，召以廣西按察司使，參大學士賽尚阿軍。其明年，賽尚阿無功逮，先生方籌餉湖南，撫軍張亮基奏留，以其年積勞卒官。

先生狀短悍，視炯炯，發聲如鐘。少學於其從大父姬傳先生，與其鄉方先生植之、劉太學孟塗友善，博聞多通，議論嶽嶽不少挫。自爲縣官時，數不獲志於長官。臺灣之功既齕於吏議，其在廣西，大帥懦不能兵，部將都統烏蘭泰、鎮軍向榮皆驍將，不相能。紫荆山之圍，賊就禽矣，先生以爲流賊如水，宜環攻以斷其逸。因條舉利害，累百餘言，不果用。比竄永安，則又爲書白莫府，請明法飭將，並力合勦，戒前失。永安東北有隘，名水竇，徑阻薈，緣之可以達桂林。賊壁隘死鬬，而自軍興以來，將驕士玩，賊善間，屢持金錢與我軍媾。永安城小而庳。方是時，都統軍西南，鎮軍軍東北，合滇、黔、楚、蜀之軍，總四萬餘人。永安水竇賊數千，又屢敗衄。水竇者，向軍門分守處也。先生既白於莫府，則又力疾馳叩軍門，數譬解之，然皆不果用。未幾，賊突圍，並水竇，犯桂林，推鋒遂前。夫廣西之役，天下猶全盛也，向使先生之説行，夫安有今日之事哉？士大夫居恒雍容方幅，而武夫悍將快私憤以縱巨寇，遂至一隅之毒痛於天下。彼西夷者，迴翔審顧，操兩端以坐觀其弊。

嗚乎！天下事果孰爲之而至是哉？上下才十餘年閒，亂日多，生人死亡日益衆，而余今者從烽煙煨燼之餘，誦先生之功緒以論述其行事，獨非幸與？往余販鹽九江，先生約共爲賈，因師事焉。即別去〔九〕，而皖禍作。又數年，識其遺孤濬昌於安慶行營。昨歸葬，濬昌以狀請補銘其墓。

按狀：先生生於乾隆乙巳十月，卒於咸豐壬子十二月十六日，得年六十有八。配方，後四年卒。一女，適里人按察使經歷張匯。其倅蕭，有子二：孝早世；季濬昌，有學行，與余好，見官江西湖口縣知縣。先生坦懷樂善，老而彌篤。其在九江，孟塗已前死。余識方先生於桐城，爲坿書先生，讀書未竟，面赤，鬚怒張，曰：『咄！植之與我都老大，乃屢呵我如小兒。』徐謝曰：『頃失辭，植之直亮多聞，君子也。微植之，夫孰鐫吾過？』嘗被知於趙文恪公，文恪死，走武陵拜其墓。其他振寒字孤，天下知先生者都能道之，故不具録。先生文之刊行者總四部，曰奏議、曰紀行、曰詩、文集。建甯人張際亮好大言，少許可，讀而序之，謂簡明似王文成。銘曰：

維昔乾嘉，人材輩進。武臣元老，天壽龐駿。先生數奇，載丁陽九。出門張弧，跋前疐後。潯陽之晏，矢言江水。旅櫬歸來，故鄉荆杞。荆杞蕭條，轉屍蔽野。握節簽樞，彼何人者？伐石刻銘，以寫我思。後有攬者，視吾銘詞。

典重謹嚴。程伯旉

潁上教諭曹君墓誌銘

池州銅陵縣有力學篤行之士曰曹君琢之，歾數年矣。既歸厝，其弟耕之率其孤以狀乞銘。

先是，咸豐四年，余里人王君福永以潁上教官閤門罵賊死。又一年，聞潁上縣城賴一教官以存。教官者，銅陵曹君琢之也。比來安慶，與其弟耕之游。耕之爲人循循有法度，數道君之行誼。君中道光丁酉科舉人，咸豐五年選潁上縣教諭。教官俸恒薄，而君固窶。異時凡爲教官者，恒多方以自坿於府若縣，歲恒麋其生徒括金錢以爲壽。故府若縣視教官如門下客，而生徒之於教官恒相迕而不相親。君之初至潁上也，生徒循例請壽，君正色謝曰：『此何時，而乃爲壽耶？且僕雖窶，終不以壽溷諸君爲。』於是嚴立條戒，暇輒白於縣官，請浚河築壘，部署鄉兵，豫以待變，卒不用。其明年，盜圍潁上，城中兵二百人。君召生徒合鄉兵助守，遇事力争。縣官卒感其誠，多信從之。頃之，盜穴城，城崩。君督衆擊賊，戰屢捷。而是時城外援久斷，吏胥庭辱諸生，諸生譁，誓衆請鬬。君曉之曰：『盜隔一牆，内鬨而召寇兵，非便也。且吏胥何較耶？』或有諷之去者，君笑謝之。蓋君助守以及解嚴，總四十有九日。既敘功，得六品銜，以知縣用。其明年，赴試入都，歸道解州，路梗，遂授經於解州，尋殁，得年四十有八。同治二年六月，歸厝於祖塋之次。

君世居銅陵東鄉耆老澗。曾祖醇，太學生，妣胡。祖奎，縣學生，妣徐，嘗刲肉以愈姑疾，世所稱銅陵徐孝婦也。考觀煇，廩膳生，妣盛，繼妣陳。君少承家業，讀書務實踐其學，守陽明致良知之説。昔朱子論學校，推本於教官而深病夫懷牒求試，其選益輕，故士之自待益薄。嗚乎！若君之行事，與吾鄉王君之死，要皆能不自負其官者與！

君諱藍田，配章孺人。子二：長榮黼，早世；次榮綬，縣學生。一女，適石埭貢生陳蔚文。君同母弟耕之，名翰田，道光庚子科舉人。其季縣學生莘田，陳孺人出。耕之將刊行君所著書，曰經義解，曰史論，曰大學古本解，總若干卷。余又以歎王君之死，幾蕲焉而無聞也。悲夫！乃爲銘曰：

士刓於俗，俎豆虚設。嗟哉黌宫，鐸隕其舌。嶽嶽曹君，其風可儀。壽不償德，天靳其施。君有賢昆，令聞以崇。考行撰銘，昭示無窮。

天門書院記 代

古者朝廷以至鄉遂皆有學。而書院者，所以闡揚辟雍澤宫之雅化，以助鄉遂之未及。國家稽古右文，書院之設遍於通都大邑，雖山陬僻壤，弦誦之聲、褒衣博帶之徒被服先民，勤佔俾以守一先生之言者，踵相接也。嗚乎盛矣！

當涂舊有天門書院，宋守臣陳塏建並置田，以養淮士之流寓者，其額則理宗之御書也。由宋及明萬曆二十二年，守者顧汝學移建於青山書院之故址而增拓焉。夫莫爲之前，雖美弗章；莫爲之後，雖盛弗傳。古今來良法美意，昔之人所爲經營而締造之者，豈一手足之烈、一朝夕之勤？而因循墮壞，或人亡而政息，或名存而實非，向之崇墉丹雘、文人墨客所爲頌閟宫而賦靈光者，余嘗一再過，則已鬱爲蔓草，碎爲沙礫，樵夫牧豎之所謳吟而上下者，蓋往往然也，夫豈一書院云爾哉！此余所爲於吾友某君而益慨歎歆慕於其爲人也。

君材具通敏，勤於吏事，大府察其能，俾權當塗。既下車，政清民宜，深悼惜學者兵火之餘朝饘弗充，舊業都廢，於是括賊田若干畝於邑南塌橋鎮，就公所之屋而加葺焉，以爲邑人士講肄之地，即以田之所入給其膏薪，遂請於大府而落成焉。

是役也，功便而省，利均而給。嗟乎！君之於政，其識先務者與！地距天門總十里，仍其故稱者，所以崇舊章而景先哲也。抑嘗聞之，天門書院向有七賢祠，蓋牟子才、江萬里建以祀横渠、伊川、考亭諸先生者。詩曰：『雖無老成人，尚有典型。』語曰：『師道立則善人多。』當塗距江山之勝，前賢流風之所涵泳。夫興才育賢，良有司事也。君政成之暇，與邑人士講求切礪，闡揚辟雍澤宫之雅化，而藉以慰今大府相國公培養人才之厚望，度必有在。余與君有同官之雅，故樂爲之書並以貽邑人士云。

晉熙書院記 代

皖之屬縣六，太湖望皖中，其星野牛女之次，其鎮灊貳於南岳，其浸五湖源於稻積之山。湖雖湮而長江襟帶奔流，蕩潏百折而注之海。其山奇峯崇阜，支分脉衍，綺錯棋罫，旁薄於霍、六，控楚跨豫，亘數百里而未休，故其土厚而水深，其俗勤而事敏，其人士秀美而多才，蓋江山之奥區，人文之淵藪也。

自軍興來，武功載興，弦誦久輟，六皖之士峨冠博帶之徒去，而衣短後躍馬横戈以趨一時之利者踵相匝焉。語所謂風俗與化移易，蓋信然耶。縣舊有書院，兵火蕩然盡矣。余初下車，逋户萊田日不遑給。方是時，湘鄉相國曾公開府皖江，軍旅有暇，用興文治，首舉敬敷書院於會城，一時師儒彬雅，士風蔚然。太湖雖小邑，乃使丹漆之器等於弁髦，青衿之子荒其世業，余滋懼焉，爰於城陬得舊屋若干楹，權爲多士誦讀之區，犓節廉奉以供膏火，時以公餘月肄而日課焉。因進諸生而正告之曰：

學者，所以學爲人子，學爲人弟，推而達之於爲政者也，豈徒區區文藝云爾哉！然古之君子，或學道而有文，或因文見道。書院之設，大學之規模，斯文之繫維在是焉。抑余聞之，星紀之次，文章之萃精也。易曰：『觀乎天文，以察時變；觀乎人文，以化成天下。』今王師既平江、浙、金陵，巨功度越前古，天人符應千載，一時之嘉會焉。況太湖據江山之美，負全皖之望，承列聖涵濡沐浴之庥，其故家遺澤與其鄉先進之矩行功緒又久而幸存。士之生其閒者，脱湯火之艱危，窺典籍之盛美，肅然念天人交儆之原，而深思夫國家興賢育才之厚意，當益汲汲焉共勉於問學，則余今者書院之設，又豈無爲而云爾耶？

書院本名晉熙，余嘗覽其山川，考之圖志，太湖本漢皖縣地也，漢末吴克皖，遂爲重鎮。晉安帝置晉熙郡。迨劉宋元嘉時以豫部民立太湖左縣，屬晉熙郡。書院之名晉熙者，此耳。今縣治有晉熙臺，從先志也，余故仍其舊稱云。院田之租若干畝，院董之助襄若干員，院課之程式若干條，别刊之碑陰。若夫增田厚餼以勸士，廓宇廣舍以徠學，後之繼余而至者必有大造於兹土也。余不敏，願以俟之君子。

重修鳳陽試院記

三代以降，取士之法遞變，選舉廢而考試之法行，德行絀而文詞之科重。州郡之有試院，猶古者貢士之遺意焉。國家龍興漠北，神武之功震焯區夏，列聖繼統，涵濡泳息，以蕃以殖。士之生其閒者沐浴膏澤，翱翔化寓。一時弦誦之聲，鉛槧之勤，上自輦轂，下迨閭巷，穆然有三代之風焉。方是時，試院之設，雖海陬僻壤，魁然相望。於戲盛哉！

鳳陽於明爲中都，試院舊在城隅。國朝定鼎以來，因仍其故，蓋數百年於兹矣。咸豐癸丑，盜蜂起江淮之閒，椎髻横目之夫揭竿搴旗負挺而起，私立名號，壞名城、屠巨邑者不可勝數，而鳳陽之被禍尤酷。向之崇墉丹雘則已鞠爲奥草、蕩爲沙礫，夫豈第一試院已耶？然即一試院，兵火之變遷，氣運之升降係之矣。是又可慨也夫！今天子嗣宇，創守兼施，文武並用，江淮大難次第削平，簡勵賢良，分布州郡。而大興史公以高材名胄來莅是邦，下車伊始，輿人咸誦，爰諏衆士，用興文治。顧大廈之久湮，悼前緒之未就，乃鳩厥工，乃集良材，當百廢待舉之時，獨懃懃焉倡復古貢士之遺制。若公者，可謂知先務矣。

夫莫爲之前，雖美弗章；莫爲之後，雖盛弗傳。古今來良法美意，昔之人所爲經營而締造者，豈一手足之烈、一朝夕之劬哉！是役也，建議於李太守銜華，胡公玉坦與縣令王君步瀛實董其役；其增而廓之、督而成之者，則今太守胡公之力居多，是皆可書也夫。

抑又聞之易曰：『觀乎天文，以察時變；觀乎人文，以化成天下。』鳳陽阻淮帶山，其星降婁。方明太祖之定中原，謀臣健將鳳觀而虎視者多出於濠泗之閒。今國家偃武修文，去湯火之危，崇庠序之教，士之躬逢其盛者，倘惕然於天人交儆之原，深思夫賢太守興賢育才之意，日淬厲焉以講求於當世之務，而求備夫天下國家之用，則試院之修，夫豈小補云爾哉！

試院爲屋若干楹，用錢若干緡，董事田太守瑞生、蔡教授慶元、高廣文曾祝、朱直刺桂生、劉大令東揚，於法皆得書，故備列之。

春暉閣詩鈔序 代

春暉閣詩鈔，固始蔣君子瀟所撰，陽湖洪符孫爲之序。元和潘筠基於洪選外又附益若干首，總名之曰春暉閣詩鈔云。是編刻於道光之十六年。邇者，君嗣子貳尹需次壽春，以君詩版毀於兵火，將即是編而重刊之，乞爲言。

余受而讀之，其爲詩徑軌獨闢，澤以斧藻，震盪其音，詞必己出。其古體胚胎長吉，時步趨於昌黎、眉山之閒。五、七近體浸淫於國初諸老，而尤心折於前明李郎中獻吉，故其弔李北地詩曰：『一肩直抗漢唐秦，折後干將氣少倫。車笠偏多陰雨怨，文章本屬起衰人。』獻吉之在前明，固嘗以起衰復古自命者也，其大較歸太僕熙甫蓋嘗論之。夫以君之才力，誠戮力於古不朽之列宜無不可者，然今第即君之言以考其生平師友淵源之自，觀其筆墨之馳騁與其考證之辨博，余譾陋無足以相訂，而是編之存，固已大異於今之人也。吁，是亦可傳已夫！

君中河南道光乙未鄉榜，與余爲同年生。而余自通籍後，繫官部曹不出都門者總二十餘年，計君之游迹所至，其見於是編者多在海、岱、伊、涼之區，故自束髮以至今兹，余與君未嘗一通面，然方君之在京師時，其所共往反如陳給諫頌南、吴太史子序諸君子者，都與余好，子序又余乙未同年生。昔歐陽公嘗自言少以進士遊京師，因得盡交當世之賢豪。余不敏，無能仿佛公之萬一，然君振奇人也，而余居京師，較公之在翰林爲最久，當世賢士大夫之能文章者，余都能道之，獨未得與君一握手，上下其議論，爲可恨耳！

計是編之刻，距今二十有九年矣，日月載更，戎馬流宕，屈指海内，故人升沈存殁都不可問，而是編猶獲完於烽煙煨燼之中。今貳尹勤繼述，懼先德之就湮，誦遺芬而弗墜，君於是乎其有子矣。余所爲三復是編，而益不能自已於云云也。君於學勤於訓詁，治經别有成書，其生平出處具洪、潘兩序中。是編曰『春暉閣』者，痛慈母之苦節，身羈旅而不克盡養也。東野之詩曰：『誰言寸草心，報得三春暉。』吁！是則子瀟之志也夫！

顧君墓誌銘

君姓顧氏，諱貽綬，字紫岩，一字薇庭，常州金匱縣人。顧氏以仕顯者，明萬曆間吏部尚書南野公，五傳至國朝康熙戊戌進士官侍講學士諱仔。學士公生維銻，維銻生洵，洵生侍郎公諱皋，傳具國史。自學士公以下，皆以侍郎公貴，贈如其官。侍郎公三子，其長爲君。

君少有奇童之名，讀書數行並下，九歲能爲文，出語驚其長老。十二歲應縣試，每試輒冠其曹。是時侍郎公視學黔中，君奉其大父之任所。黔中多佳山水，君遊益遠，學益富，文日益進。既侍郎公秩滿還朝，君歸試於學使者，以第一人補金匱縣學生。庚辰之春，成皇帝初嗣位，援例得三品廕生，朝考一等。引見後補授中書科中書，旋丁内外艱。君喪葬如禮，服闋，改捐同知，籤掣浙江省，其歷署嚴州、處州、温州、湖州等處同知，又屢充浙江省鄉試場彌封官、受卷官、總辦、謄録官，又委監寶浙局，督嘉湖糧運，皆明敏能舉其職。君性仁恕，持法平，審斷務求其情，未嘗輕於撲責人。然遇事剛決，敢言不阿，長官以爲容悦，故自其在中書與其爲州縣仕，皆不伸其志。

君之攝嵊縣事也，縣民素健訟，君日坐堂決剖慰遣無留牘。縣故有巨盜，久逸，魁未獲。比君上事，鄰邑新昌人以獲盜聞，而盜魁則新昌人，故縱之矣。功令：凡令於鄰縣，盜禽獲其魁者，例晉階。新昌令某藉是先狀於臬司，君廉實，亟白狀，而司先入某令言，不直君，將中以法。君覼然曰：『余豈忍殺人以媚長官耶？』辨益力，羣盜卒減死。其署乍浦同知，乍浦地濱海，羣商麇集。駐防滿洲兵恒攘人室而有之，君置十餘人於法，兵遂戢。既設方略，捕斬海盜三十人，羣商以安。君既恬於仕進，又數忤長官，是時署台州海防同知事，甫解篆，遂引病歸。以咸豐庚申夏五月，歿於斗山之寓舍，享年七十有四。配王，繼配虞，再配張。子六：曾祺，王宜人出。曾煦，廩膳生，虞宜人出。曾霈、曾瀛，皆浙江縣丞；曾毓，河南縣丞；曾鏞，候補安徽知縣。皆張宜人出。女三：長適武進戊戌翰林侍講、貴州學政丁嘉葆；次適仁和增生吴超；三適同里蔣殿桂。孫六，女孫二。

初，侍郎公以廷試第一人魁天下，四方之丐書畫者踵接庭户。君少承其家學，書師顏平原，旁兼褚、虞之勝，尤善寫蘭竹。既告歸，杖藜席帽，日與諸勝流琴尊觴詠於九峯二泉之閒。於詩喜楊誠齋而導源東坡。其撰著有讀畫山齋詩文集若干卷，軍興，悉燬於火。今年，其季子曾鏞將以年月葬君於某之原，奉君之功緒請銘，乃爲之銘曰：

爲名父子，而世其家業。爲清白吏，而政聲犖犖。既臻眉壽，而多哲嗣。積善者昌，澤逮來裔。相彼佳城，是爲安宅。於萬千春，視兹貞石。

安徽沿江及北岸各釐卡何處宜撤何處宜留議

伏見軍興以來，各省添設局卡，時借釐金以裕餉糈之缺，誠一時補救之良策也。然推行既廣，各口岸及城鄉市鎮，下至村聚，用人既多，經費亦鉅，兼以奉委員紳未能盡體德意，斗粟尺布，動事譏征，凡此瑣屑之求，於軍需似無大補，而肩販小民不無重困，此則奉行之未善也。即以安徽沿江而論，釐局近三十處，北岸如六安等局不與焉。議者以爲網太密矣。

今承大問，令議應撤應留之宜，擬請自省城總局暨華陽鎮、樅陽、大通、蕪湖、運漕、三河、六安等處諸局仍舊，餘請酌量歸併裁撤。其有道路遥遠，恐致繞越者，請飭酌留一二分卡，有司稽查以杜繞越足矣。並請嗣後小民肩挑負販者酌爲寬恤。於軍需所損無幾，民閒蒙利實多。且一經裁併之後，各處商賈聞風輻輳，釐金所入日計稍絀，歲計必贏。其向來收項不特不致日減，且可日增，此亦勢事之必然者，惟執事幸垂詧焉。謹議。

勸誡淺語十六條書後

勸誡淺語十六條，今相國曾公所述以訓飭其屬者也。其目曰州縣，曰營官，曰委員，曰紳士。其自識曰十六條，分之每一等人各守四條，合之則諸色人可參觀而類舉。惟公慮天下之患審，故其詞簡而易明；閱天下之理精，故其言近而有物。夫合天下之州縣、營官、委員、紳士，能自治以治人，則事之不治者或寡矣。曰淺語者，公自謂也。

余嘗讀而持以示之人，人或以爲泛常語，或一再讀，未終卷即棄去。昔陳壽謂諸葛武侯『聲教遺言，皆經事綜物，公誠之心，形於文墨』，或怪其文采不豔，過於周至。壽折之曰：『考之尚書，皋陶之謨略而雅，周公之誥煩而悉。皋陶與舜、禹共譚，周公與羣下矢誓也。武侯所與盡衆人凡士，故其文指不得及遠。』夫讀是編，以爲泛常而忽之者，高明不學之過也。勉强一再讀，未終卷即棄去者，壽所謂衆人凡士耶？公在軍中，未嘗輟學，其論著深謹寬博，稱其爲人。

同治三年九月，舟次泥汊。

送蔡霞士之鳳陽

余讀衛風至北門之詩，竊嘆古之人不幸而仕於亂世，其饑窮困厄至無以自解於其室人，語所謂拙宦者非耶？然猶幸方春秋時，先王之澤尚存，列國兵争之禍未烈也。嗣是而降，治日少而亂日多，至乃萬乘之尊、嬪御勳戚之貴流離鋒刃；一尊之酒、數餅之屑，主臣顧泣，饜若太牢。一時，公卿大夫丐食墟巷之中，轉死溝壑之内。蓋生人之亂，習而逾深，斯禍患之來，變而逾烈。余每讀史，反復於漢、魏之季世，輒掩卷太息，又以嘆北門之詩人其所遭猶幸也。

鳳陽府學教授蔡君霞士業勤行潔，拙於仕進。方余家郡城時，君猶讀書里塾中。今年春，君以其學之生徒赴試於學使者，與余相遇於壽春。余既病憊，君髭亦鬑鬑黑矣。瀕行，過余飲酒半，觴余而言曰：『自亂離，余傭書於臨淮大營，每自忖不兵死，則饑餓死。臨淮餉恒匱，日粥食，終年不得一飽飯。昨者攝官鳳陽，而黌宫蕩析，青衿孑遺。鳳陽故空城，盜來，數閉關，家人饑且殆。余自賣衣市麥若干斗，與吾妻舂且磨，日一食，凡七日而不死者，蓋僅耳。幸爲言以抒吾悲，則因曉於君。』

曰：『語云：「士窮見節義。」且中興之盛，有生者所願覩也。國家列聖承承，諸將帥戮力效命，大勳之集翹足可俟。而君今者脱身湯火之中，優游一官，載饘載粥，視當日夫若婦倉皇力作於圍城間，其爲樂又何如耶？若夫陵谷之變遷，友朋死亡契闊之感，古詩人蓋嘗道之，而君又奚悲？』

記廬州人語贈馮雁門

雁門馮公魯川以部郎出守廬州，與余相見於皖城，懽然修布衣之好。既别去，又書相念也。比余歸山中，公權廬鳳道，於是公之去廬州三閲月矣。公既去，而廬州人思公乃甚於公之在廬州時也。

方余之客皖城也，有人自廬州來者，因從問公爲政之略。曰：『馮公，詩人也，又酒人也。日飲酒賦詩，不知其他。』余笑譬之曰：『曹相國、阮嗣宗皆飲酒，皆能以清静居官。而元魯山兄弟、陽道州皆卓行循吏，又皆嗜酒。詩之爲道，温柔而敦厚。春秋列國賢大夫往往賦詩見志，孔子不云乎：「誦詩三百，授之以政，不達；使於四方，不能專對；雖多，亦奚以爲？」馮公而果詩人也，夫豈不知所以爲政哉？』

居頃之，有人自廬州來者，訝余而問曰：『子知馮太守乎？太守初上事，民有以牒求判者。太守坐堂皇，正容而告之曰：「太守奉命率諸屬之吏。吏有屍厥官、菅厥民，田野之弗修，胥役之弗戢，刑賦之弗飭，太守謹奉天子法以正之。其他鷄豚細故，太守不受。」牒訟者嚨嘲而退，曰：「孰謂太守賢？太守乃不受吾牒。」』言未既，余瞿然起，肅客而坐曰：『果爾，太守誠賢！吾固知太守。太守其信知所以爲政者矣！雖然，太守之言是矣，其於政識體要者矣。』

然今之所謂太守也，與古異。夫古之所謂太守者，屬吏多其自辟，令長丞尉，賢以類從，故職易修；賦供恒有贏餘，山澤陂堰工可立辦，故廢易舉；甲兵歸其管轄，講肄守禦備皆宿具，故盜易弭。而又久於其任，久則郡之利病也周，久則民之遵行也便，而朝廷又時賜褒寵，簡其尤者入爲公卿，登之將相，故賢者樂效其能，中才亦勉焉以奉職而寡過。漢、唐之治所以近古者，此也。今也不然，賦供之入、甲兵之數，太守弗得而問也。朝廷自一命之吏舉而歸之於銓部，凡所謂令長丞尉之屬於太守者，其賢與否，太守弗得而問也。其有猾而賕穲、驕而耄昏，非監司之私人，則督撫之所知者也。太守或偶有所不可焉，令長得而箝制之，丞尉得而姗議之，督撫監司得而顛倒去留之。監司若神，督撫若天，郡守若贅。督撫監司之於令長丞尉偶有舉劾焉，太守弗得而問也，謹具銜行文書焉已耳。功令：凡仕者，出五百里外。郡守官較尊，故其仕也出益遠，或千里，甚乃至數千里。其遷徙而去也，或一二歲，或不終歲。嘻！太守之名猶是也。考其實，其異於古也實甚。然則雖有賢者，即不飲酒，不賦詩，而又奚爲耶？夫非所爲而爲之以立聲稱，要勢權，闒然胠厚貲、弋高官而去，今之所謂能吏者皆是也。是烏知爲政？然則公之言是矣。其於政識體要者矣，宜乎公去而廬州人之於公有餘思也。

吁！吏治之弊久矣。山有樞而鶖在梁，維南有箕，不可以簸揚。古詩人所爲憯然有憂生之歎也。得賢太守如公者，吾願與之飲酒。

敘事瑣屑中，具絶大議論。程兆和

貴陽黄太史子壽賢母録跋尾

賢母録者，貴陽黄君子壽録其太夫人之賢。録中志、銘、傳記備之矣。余不識黄君，今年春，鄧伯昭自四川書來，郵君所録，並道君平昔之謬相愛悦者，屬爲言。是時，余赴壽春，夜宿旅店中，風雪沍寒。四川去吾州數千里，余久不見伯昭，悲其言，且感黄君知，卒卒未有以報。夏閒病歸，檢行笥，録久失去。比秋，馮觀察以其門人程君伯旉書來，黄君所録在焉。其書道太夫人之賢與君之所爲愛悦鄙人者，與伯昭之書同。二君皆莊士，余以二君言，益以信太夫人之賢、黄君之爲篤孝人也。吁！余何幸得此於黄君哉！

夫士有羣居一室，畢世漠不相關，或生不同時，遠在數千百載之上，至乃攬卷悲吟，憂喜如告。何者？知與不知異也。黄君，篤孝人也。太夫人誠賢，然古今賢母代湮没而無聞者衆矣。黄君，篤孝人也。自其壯年服官翰林，恒引歸，朝夕其親而不忍離，以其今者之汲汲焉於其親身後之名而不能自已，益以信其居嘗之事其親於生前者之無忝厥事矣。昔郭林宗有母之喪，家孺子往弔，置生芻一束於廬前而去，感知己志明德也。伯昭久不得見，君與伯旉又都在遠方，乃越數千里而敦書於素不識面之鄙人。顧余衰病，欲裹糧徒步略展鷄酒之敬，一答黄君之知，實爲此生必不可得之數。而自念余少失怙，長而奔走衣食，有母而不能養，迨吾母殁，又隔絶兵間，不得親視含殮。黄君誠知余，余何以質黄君哉？是以誦君所録，未終卷，俯仰愧汗，如錐刺心，久而不能成一字。吁！余果何以質黄君哉？

君録成於同治元年，其年冬，隨其尊人觀察公入蜀。觀察公敏於吏事，見官陝西，所至有政聲。初，觀察公微時，恒饑窮。太夫人屑糠籺作粥，粥恒不充。鄰有孔先生者，貧而好學。兩家日恒不舉火，庭有桃樹，饑則禶庭中桃，呼觀察公共啖，其家人分奉太夫人。觀察公讀書有疑義，輒倚短牆呼孔先生共語析之。然則孔先生亦奇士哉！古之賢母與夫志行高潔之士，好事者往往繪爲圖畫，傳之人間。他日，遇善丹青者，試寫孔先生隔牆共語圖坿之録後，庭中桃樹且千古矣！

讀後幅具見孝思。程伯旉

昔人論范史，謂得事外遠致，似此情韻不匱，當無愧此言。程兆和

上曾相公

相公執事：

去年秋，執事移節江甯。子苓自忖山陬小民冒烽火挈妻子寄食於宇下者三年矣。江

甯既平，大難夷矣。兩淮洊以無事，山中屋可葺、田可耕也。比拜别，辱相顧，約以春間再見，且言老來會面難常，太息之聲感動左右。自維蹇劣，屢荷垂眷，甚感，甚念。子苓山中田故确，屋破且圮，到家悗事收拾。妻子久歷患難，都願耕。而亂後牛少值高，里中人諺曰：『瘦牛嫩口，價壓健婦。』出橐中得執事所嘗賜金之羨餘者，勉强支梧，買得黄牛一頭。而人事多故，經始最難。蝗旱之餘，又逢惡歲。適馮觀察招赴壽州書院。新正戒行，中途風雪寒沍，既中酒，又誤醫藥，遂成瘴病。夏初，兩淮盜大起，略山左，入蒙、亳。伏聞執事視師徐州，擬坿書問而吐瀉連日，握管悶絶者再，遂罷。於時雉河圍方疾，臨淮屯軍一日數潰，羣盜嬉游嘯聚，去壽州不百里間，而子苓病日益篤，惛不能興者又月餘也。州人士之相愛者，夜走視，趣辦歸，繞牀絮語，泣相拉也。不得已，從風雨中輿疾行，凡十四日抵郡中。留二日，警聞迭至。復冒雨行，又一日夜抵舍。舍，故草蓋也。天久雨，土牆穿漏，人畜溼處。去冬，所買之黄牛饑且病，病閲日甫謁醫而牛死。初，是牛之來，相者曰牛犍而馴，懸胡而善啖，壽者祥也。私心自幸，天若厭亂，兩淮就平，吾與是牛早作而夕休，共優游於林谷閒，更十餘年即死，幸矣。計今者去執事克復江甯時歲纔一稔，而子苓饑驅四走，病且憊，比歸而牛死，江淮之亂又作。皇穹不祐，載掣余肘。我牛不辰，失左右手。天耶盜耶，孰終余畝？悲夫！子苓瘴病數月矣，凡數易醫而瘴且益甚。蓋瘴之爲病，根本内傷，蒸鬱四冒，木蘖而焚，土反其常，五賊相刑，故使邪風客脬，顛倒元黄。方書云：『凡癉黄入手心者，死，不治。』手心於經，心包絡也。相火所寄，包絡受病。心君失制，四末不從。是曰屍居之餘氣。人生藏府血肉，一柔脆物耳。雨暘寒燠鑠其外，憂虞憤懣柴其中，而又不幸際亂離之世，抱孑孑之義，懷耿耿之明，履厚而戴高，行嗟而坐歎。嗟乎！如子苓者，安用久留於人世哉？

雖然，子苓，廬州賤男子耳，擅數畝之田，踞環堵之室，但得吾郡無盜，吾山無蝗，吾盂有粥，吾牢有牛，則熙熙然登隴而歌，銜杯而笑。何者？其居約，故其所負者微；其御簡，故其自適者易。伏維執事河岳之所降精，中外於焉待命。其資秉之厚於天，而頣之以學問，才智精力實迥殊於衆人。然自楚南扶義以來，崎嶇戎馬之閒，蓋十餘年矣。計尊齒較子苓也差長，昨歲江甯之役，精誠所極，至廢寢食，子苓之所親見者也。乃者聯數省士馬水陸之衆，涉洪濤，冒炎風，以追逐江淮衝突剽悍無定之巨盜，北顧神京，誓心淮水，度今者執事憂思焦灼當益甚於往者之軍安慶時。頃聞前麾已抵臨淮，犬馬之恙，不得躬叩行閒，一候顔色，甚罪甚罪！夫上工治未病，下工治已病。子苓，已病者也。既自因循滅裂，坐壞於衆拙工之手，比劇矣，乃亟幸於俞跗之一試也。夫俞跗，誠聖智矣，而欲悉易夫天下衆拙工者之爲，俾凡方者無不讎之藥，藥者無不起之病，是必盡化天下之拙工而爲俞跗也可。

夫使天下之拙工果悉化爲俞跗也，子苓之患其庶有瘳焉矣乎？日閒犓一粥，念久相别，謹具陳賤狀以略道其卷卷之私，惟亮原之。秋熱，軍中眠食伏惟爲國爲天下自重。力疾不備。

兼詩之六義，古今奇絶之作。方存之

勸誡淺語十六條後跋

客有款余者曰：『子嘗見曾公勸誡語乎？』曰：『竊嘗誦之。』客曰：『公殆倦兵乎？』曰：『客奚知之？』客曰：『以公之論諸葛武侯與韓、范者知之矣。夫蜀漢偏安，豈所望於恢復？元昊僭制，惡可例以中興哉？』

曰：『余譾陋，智不足以知諸葛、韓、范數君子者之爲，竊嘗考之於史，證之以法，請舉其略以祛君惑。法曰「量敵而後進」，蜀地阻險，後主闇弱，關、張宿將都前死，而魏形勝勢便，君臣和洽，司馬懿、張郃老謀勁旅，武侯部下如魏延、楊儀輩非其對也。祁山之役，長星隕壘，天不祚漢，誰能興之？宋自削奪方鎮以後，兵權悉收於上。元昊，桀虜也，西陲羌漢雜處，夏竦、范雍憸懦顧避，邊事棘矣！韓、范二公承積弊之餘，當新勝之虜，好水川之役，任福一不受命，遂敗。然則戰豈易言哉！涇原首尾犄角之謀，營田之興，諸羌之條約，文正之經略夏人者，法所謂「先爲不可勝，以待敵之可勝」者也。是以二三年閒，巨寇請款，瘡痍獲蘇。易之師曰：「師，貞，丈人吉，无咎。」師貞而吉，功孰大焉？法曰：「將能而君不御者勝。」夫以文正之勇於自效，而觀察使之命、宋庠焚書之效，文法羈縻，余又以歎宋之御將無術，而文正之未能自盡其才也。』

客曰：『馬跅馳者健行，士倜儻者喜事。公，大帥也。將兼收並聽，以恢巨業，曷爲而禁大言乎？』曰：『昔之大言取敗者，趙括、馬謖其已然矣。括少與其父奢言兵事，奢不能難，然不謂善也。括母問故，奢曰：「兵，死地，括易言之，他日破趙軍者必括也。」謖才器過人，好論軍計。先主嘗曰：「謖言過其實，不可大用。」然嘗考括與謖致敗之由，長平之役，秦軍絶趙軍後，斷糧道矣，趙壁又閒於秦，騎兵首尾隔絶不相顧。括堅壁死守，猶四五十日，躬提饑卒奮搏强敵，氣不少挫，括亦驍將矣哉！不遇白起，勝負未可知也。謖於武侯參贊規畫，多所裨益。蓋才略之士，非將才也。街亭之役，張郃老將，謖以新進少年當之，宜其敗耳。夫以括與謖之才，都殊絶過人，然一或不慎，爲世僇笑，況萬不如括與謖者而大言焉，可乎哉？』

客曰：『大言之弊，既有然矣，是非者清議所存，天下有真是非而後功罪明焉，直道行焉，公曷爲而禁攻人短乎？』曰：『皋牢羣匯，棄瑕録瑜，相臣容物之量也。明夷自晦，多可少否，潔身遠害之哲也。昔子張述所聞於孔子者，曰：「君子尊賢而容衆，嘉善而矜不能。」子貢問友，子曰：「忠告而善道之，不可則止。」夫寸有所長，尺有所短，故君子務自修而樂與人爲善，攻云乎哉？』

客退，因次其語以爲後跋。

似東漢人文字。鄭鄴侯

復曾相國

十一月六日將由壽春取道潁、亳，恭叩行轅。既成行，其日夜三鼓，馮觀察出示執事十月杪所賜書。行二日，過潁上縣，壽春人石校官振甲以其言事書屬便坿陳。又二日，抵潁州，雪益甚。方伯英翰與子苓有舊，適其尊人病痰，遮處方，留數日。而元兒書來，道其母以哭孫故瘧益亟，遂兼程歸。子苓門祚衰薄，五世都單傳，藐躬不德，一孫又殤。遠辱誨慰，甚感甚愧！路間屢擬裁報，而北行旅店荒略，食無几，坐無案，睡則與豬羊相枕藉。昨歸，人事沓如。莊周氏有言：『自事其心者，哀樂不易施乎其前，知其無可奈何而安之若命，德之盛也。』子苓早不問學，老益頽惰，徒以兒女子疾病死亡之痛行嗟坐歎，進止失據。計是役，由壽春而潁州，閲時兩月，往來總數百里。既未得躬詣麾下，而昨辱賜書，又久稽裁報。

黍離之詩曰：『行邁靡靡，中心如噎。』方書謂離絶菀結，憂恐喜怒，五藏空虚，血氣離守，於是乎有狂易失心之病。子苓今者殆類是耶？殤孫之生，在子苓赴皖江次年之冬，于時子苓窮空數倍於今日。計是兒自乳哺以逮行地，尺褓寸絲皆執事衽席長養，以至今日。而子苓自往者仲子之殤，憂思沈飲，幾成痼疾。自維薄祜，少遭家難，中歷兵火，流離顛沛，久而獲存。大兒質中下，體素羸，因病廢學。而殤孫之生，風領殊特，方抱中，惠逾成人。竊幸天祐寒門，篤生賢嗣。而子苓幸以耕牧未死之身，再一二年，提攜教育，俾有成立，藉以永祖宗千餘年之血食，終鄙夫晚學無成、未了之志事。操行不淑，惟神降凶，是以居悒鬱而自憎，行屏營而罔適，撫心内訟，用益悼恨！

淮北軍政久弛，積弊之餘，因循仍舊。而河南軍事與其官場之荒昧苟簡，較之淮北爲尤甚。石君樸忠自好，苗逆倡叛，屢招不從。且其生長壽春，淮北、河南事宜較悉，其言事書請賜覽之，何如？敝郡夏閒緣壽春之警，譌聞匈匈。自執事移節後，置屯臨淮，遠近藉以無恐。昨辱示方略云，於濟甯、徐州等處各設重兵，月練大枝馬步游擊之師與賊相馳逐，以有定之兵制無定之賊，此誠老謀深計、制勝之長算也。夫世值艱屯，賢者起而躬其難，功業甫就，不肖者從而議其後，潝潝訿訿，築室道謀，禍敗之由，古今同轍。前明闖、獻之亂，臺諫紛紛，迨於覆亡而止。然嘗考其論説，大都臧獲婦孺之等夷耳。

昨者發潁州之前夕，方伯置餞，酒半，出示其所録執事九月十九日奏稿，讀未終，方伯脱帽直視曰：『咄！天下方苦賊，曾公巨人，朝廷倚之猶左右手。彼建言者，奈何乎仇視公也至此！』子苓因正告之曰：『公嘗有言：精誠所至，金石亦開；苦思所積，鬼神自通。夫忠悃之孚可以感金石而格鬼神。天而俾公以平賊也，嚚嚚者其如公何？』伏惟起居爲國自重，幸甚！

又，子苓今年書院奉穀犓有餘，昨承屬馮觀察代營卒歲資。山野小民，曷克當此！且觀察本窮官，昨有贈，敬卻之矣。雪夜呵凍，不備。

直白如話，神似昌黎。程兆和

張隱君墓表

廬江有隱君子曰張贈公，敦行服古，不樂仕宦。終其身爲山水之遊，其年未上壽而足迹遍於天下；其産僅中人而義行周於平交；其名位雖不顯於當世，繼嗣實被其庥；其著述雖不傳於人間，後生共引爲憾。蓋贈公之殁，其孤盛愷幼，故公之遺書蕩然，誌銘之文未備。今年春，盛愷計伐石爲表，距公之殁三十有三年矣。悲夫！

張於廬江爲著姓，其先合肥人，諱德勝，以舟師從明太祖戰亡采石，封蔡國公，謚忠毅，侑食太廟，傳具明史。其子諱宣，以勳裔世襲廬州衛指揮同知，自合肥遷於廬江，是爲公之始遷之祖。自勝明以至國朝，忠節奇儁之士代不乏人。張氏故饒於貲。公性樸素，好讀書，年二十，援例入太學，即屏棄帖括，修園林漁佃之事。廬江接壤舒、桐，多佳山水，公歲一遊焉。春出則夏歸，夏出則冬歸，或竟歲一歸，或旋歸又出。出則載書史、預裘葛，諸濟勝之物必精必戒。歲恒計田之所入，儲其二以待友朋族黨之乏，五以贍家，參以給裝。公既嗜遊，而是時天下無事，邊圉數萬里無草竊援桴之警，閭里桑麻彌望，蓋乾隆嘉慶之際，海宇富庶，國家全盛之日也。公生長昇平，卒以考終。嗚乎，幸矣！

公爲人仁恕樂施，而内行嚴，一介不以自私。嘗出遊，行抵桐城，有逆旅人達某者，歲凶，鬻其婦。既券矣，公出金燬券而周其家。故人合肥常碧書貧而工詩，既客死，公走百餘里歸其櫬，又收恤其後人。其他待公舉火者月有餼、歲有廩，所儲不足則鬻田繼之以爲恒。其遊粵東也，入羅浮，窮陟巖洞，攀石樓以觀日出，久而休於番禺，鍵户挍所攜書，經月不出。番禺人疑其蹤迹，密白令。令，公戚也，意其爲公，微服往，既相見，拉之署。公堅辭不獲，一夕遁。既遊秦中，道甘肅，將踰瓜、沙，攬西域關塞之勝，資罄矣。有貴官舒城人秦椿者，公姊夫也，手二百金爲贐。公笑曰：『客遊誠窘，然山野之夫不識金所自來。』卒謝去。公家居未嘗一至縣庭，有胥役來，輒走匿，里中兒咸目笑之。然聞義必爲，揮千金如一芥，賁、育之勇弗踰焉。公於書愛崑山顧景范方輿紀要，出入常以自隨，足迹所至，考其異同，參稽互証，書眉上，蠅頭細字如織。於詩喜杜少陵公。自爲書若干卷，詩若干卷，燬於火。

公諱謀璧，字藺完，生於乾隆癸巳，卒於道光癸巳，得年六十有一。曾祖先卜，縣學生，鄉飲大賓。祖曰晟，太學生。父貽銓，布政司理問。子二。長盛柱，趙恭人出，先公卒。繼配孔恭人，生盛愷，於時公年逾五十矣，人以爲厚德之報云。孔恭人後公二十有四年卒。

余少有名山之志，讀後漢書逸民傳，嘗有慨乎向平之爲人，壯而出遊四方，竊怪士媮俗薄。兵火後寄食皖桐，往來廬江山中。山中人之知公者，嘗爲余道公行事。蓋公之嗜遊似向平，卓行似元紫芝，然紫芝命不償德，屢以窮餓丐求小官。向平生炎劉之季世，值新室之革除，雖潔身不屈，然敝形骸，絶妻子，終焉不返，易所謂『苦節不可貞』者非耶？余是以次公之行事而深有慕乎公之爲人也。盛愷有風節，曉兵事，以功薦，贈公如其官。

同治五年秋七月表。

黄泥岡墓阡表

去年冬，六安程君熙宇相遇於潁州，手一編示余，余受而讀之。蓋其友人游君爲其太宜人家傳，於其全活文氏子事尤詳。夫閔孀恤孤能自忍其愛子之痛以存鄰人嶄然就衰之祀，此人情所難，求之史傳蓋罕見焉。

今年夏，余臥疾旅邸，君衣冠再拜前曰：『吾父母實有隱德，數年來兵火流徙，吾兄弟獲保孱緒，皆先人之賜。然吾兄弟早廢學，又嘗服勞於外，兩大人嘉言懿行不能盡曉。今第就吾兄弟所習知、閭里所共稱説，衹一二事，惟吾子擇焉。吾父早習賈，在正陽爲居停人司計簿十餘年，歲奉外不私一錢。吾兄弟幼隸庫中，飲食雜作。吾父不少假，嘗曰：「盜人之財以私其子，非義也。勤業而食力，貽子以安也。」平時質庫貲積鉅萬萬，司簿者居佚息，佚樂其身，以利庇其子孫。吾父廉，故以窶終。文氏子，鄰舍兒也，與吾季戲，傷目，血洞流三日而斃。吾父慟，家人將訟之官。吾母曰：「文氏子母孀孤，奈何以兒戲絶人後？」事卒寢。夫親有善而不能顯揚之，非孝也。而世俗所嘗諛其親，夸誕取名譽，相率而爲僞者，吾兄弟雖不學，終不敢蹈，故常以違先人之教。』

余逡巡避席而對曰：『聞之事親以實不以文。古君子所爲顯揚其親者，其事信今而傳後，故其言舉近而行遠。昔廬陵歐陽氏表其父崇國與其母魏國夫人之阡，余嘗讀而深思之。於崇國之居官，則祇記其慮囚一事；於其家居，則祇記其歲時祭祀臨食涕泣數語耳。其於魏國夫人則祇記其治家節儉與其所嘗誦述崇國之言以勉誡其子者。夫以歐陽氏之學問勳業與其文章之美贍，汲汲焉大書深刻以顯揚其親而昭示於後世，且遲之數十年之久，乃僅僅焉一二事焉而止者，蓋古君子之事其親也必誠必慎。誠則不欺，慎故不苟。故其著之文詞、勒於金石簡而確、質而可信也。贈公臨財廉，廉故忠於所事，是明於義利之介者歟！人孰不愛其子？婦人尤甚。太宜人能忍其愛子之痛重絶人祀，則其平日之宅心於仁恕焉可知矣。是於法當表。』

案狀：贈公諱錦燿，字炳南，卒年五十有八，葬六安馬頭集東黄泥岡。太宜人姓黄氏，同治元年二月避亂河南商城，卒年六十有八，遺命歸祔於贈公之兆。子，長以輔，即熙宇，有幹才，以功保花翎，直隸州候補湖北知縣。次以弼，藍翎，候選府經歷。又次以佐，生十二年殤於文氏子之戲者也。女子一，適同里人馬善教。孫步青、步瀛、步科、步鑾，皆幼。程姓著於徽州，其後遷移四方，望於河南。余高贈公與太宜人之行事，又以嘉熙宇兄弟經患難而相勉於善，因次第其語，俾揭之阡。

同治五年秋八月表。

張府君墓誌銘

同治五年丙寅冬十月，余客潁州。方辦行，故人張君病且篤，因留數日而君殁。余與其鄉人趙君哭而殮之，走書其孤。頃，其孤來。今撫軍滿洲英翰公泣而言曰：『子知張君，曷爲言？俾其孤歸，以慰君。』乃揮涕泣而書之。

君諱盛愷，字晉雲，一字勁筠，世爲廬江縣人。考曰謀璧，敦行服古，終其身爲山水之遊，余所表張隱君者也。其先代功緒具録余文。君汎愛博交，勇於自見，數在兵間，好奇畫。余與君交終始患難十餘年，今撫軍尤親愛之，若同産者。蓋君之忠赤披露，險夷一心，遇人無貴賤，久而不渝其諾，天性固爾也。然屢進而蹶，卒以客死。君少學於其鄉人吴徵士廷香之門。咸豐四年，賊踞皖，兩帥久頓兵，君合鄉兵殪賊。其年秋，徵士以兵復縣城，君實尸其謀。徵士殉城死，其孤長慶閒關亡命。君亟周其孥，一時同死者，君摭其事請於有司，恤如例。君亦坐是以破其家。十一年秋，今相國湘鄉曾公既平安慶，而廬州賊分壁三河。君與其縣人以兵佐官軍擊賊，既論功，君抑於有司。其明年，同治紀元，余客湘鄉公所。公垂問郡人士之才者，余薦君。既通謁，條列若干事，罷去。君積勞，數奇。殁之前數日，撫軍以事行，比歸，詫余曰：『吾固知張君死。昨者舟中數夢君，其顔色慘阻不類尋時。

然吾往者霍邱之役，微君，無以至今日。比軍蒙城，吾自分必死賊。兩大人羈旅焦灼，日念吾。君晨昏省慰，又走貸濟吾軍。去年雉河之圍，外援絶矣。吾輕騎突圍出，合諸將之兵以褫方張之寇。微君，夫孰與斷大計者？』吁！張君死矣！語云：『烈士感知己。』夫彼負重引遠，介然有待於天下後世而一無所屈，其不遇於時也固宜。若夫負雄桀之姿，奮然抱願爲之志，而又際用武之時，得知己如今撫軍，乃屢進而蹶，年未中壽，羈窮客死如君者，抑獨何哉？然則士之有待於世與其所以自待者，夫亦可以決然審處已夫。

君年少余倍，余愛君，畜以弟，又以其體肥，語輒呼『阿胖』，諾唯唯。君遇事喜論説，意偶怫，鬚眉怒張，而余固卞急，小忤輒譙訶，君夷然弗芥也。今年夏，君與余會食，既罷而余病，君輿疾日數走視。一夕，余食復暴厥，譫不省人，客怖走白君。君曰：『若於法，不當死；即死，有我在。』刊其書，歸骨於其山，客何爲者？』比余起，而君病且殆。余眕視，私語其所親曰：『是證陰剥而陷，陽孤而躁行，陰陽失居，神將去舍。』而君猶晝夜接見賓客。焚膏助明，久將自竭，且草木之藥良楛並投，豈所以長壽命哉？吁！君死矣，追數疇昔歸骨之言，而余今者猶得見其遺孤以論撰其行事，夫亦重可悲矣！

君生於道光八年戊子冬十一月，殁於今年冬十月十有六日，得年三十有九。娶李氏，生子一，女一。子曰延誥，年十三。女幼，字其鄉人徐氏子，稺而才。君少孤廢學，以監生入貲得通判，軍興，積功加鹽提舉銜，賞戴孔雀翎。其殁也，今撫軍以軍營立功後積勞病殁例籲於朝，得旨贈四品卿銜，蔭一子入監讀書。

君病革之前一夕，甚念其家人，舌强禿矣，聞余來，昂首注睇，引拉余手，袖數數自拭其睫而無淚。余戚其不瞑也，則備舉昨者君之託趙君與趙君之預爲君經紀者若干事，矢之以大神，而並諾以銘墓之言。君吻闔張，目數眴，又徐徐自拭其睫。余哽且走，趙君則益大慟，左右哭失聲。趙君者，舒城人，初，隱君娶於趙，未有出。繼配孔太恭人，以君少，挈而依趙氏。君與趙君少同學，長而益親，托孤之言余備聞之，故書。趙君以延誥幼，卜吉於其縣東，將以年月日葬君。其友人合肥徐子苓預爲之銘。銘曰：

隆然而起，驀然而止。瓦注者巧，犧斷其尾。吁嗟乎！張君以材死。

江蘇即補知縣于府君墓碑銘

君姓于，諱松，其先自登州航海之遼東，從龍入關，以勳勞隸内務府，正黄旗，漢軍佐領。曾大父、父皆以材武顯。君早承門蔭，既供職，授藍翎侍衛。性通敏，愛奇尚氣，喜讀書，慕古名將帥戰陣之略。京朝官事簡奉薄，君家貧，丐衛所，旋補松江白糧廳。是時國家財力鼎盛，江淮漕賦甲天下，而丁竔役蠹，費且弛。君鈎勒部署，又廉平於法，事多辦。

咸豐元年春，南漕改從海運，大吏秘不發。届期羣水手捃而譟，變且起，守尉令相顧，莫敢誰何。大吏久才君，自松江檄赴蘇州，俾資遣之，一夕定。水手者，運艘之縴夫也，多犯法亡命無著籍，其輩或數百人數百十人，各奉一魁長，號曰綱司。綱司生殺重於大府，方議資遣時，君上計曰：『資遣與賑恤殊科：賑恤因歲災，穰則民歸業矣；資遣者，下脅而上賄也，且河運難復。明歲脱再來，資遣又可嘗試乎？』因條列便宜數事，大吏不能用。已而果然。復檄君，君固辭弗獲，則單騎入衆中，曉以大義，變復定。其明年春，君策資遣之無已也，乞差宜興，冀自全。比届期，大吏飛檄君。而是時粵賊方踞江甯，推鋒出，羣水手環而嘯呼者，其勢倍前時。君至，亟請於大吏曰：『三吳産殖民脆，粵賊外窺，羣不逞者内鬨，計因此時以資遣之費，籍其精壯而訓練之，内患弭而外戎有備，是一舉而兩得之也。』於是大吏悉從其言，不旬日得勁卒二千人，即以其綱司分領而肄焉。而是時向軍門躡賊之師築圍江甯，賊稍斂，蘇州遂安。其明年，官軍潰於上海，夜漏未盡，制軍甫駐節而軍報至，則檄君以所藉卒閉門拒守。君進曰：『兵無常勝，窮而來歸，猶饑犬然，豢之帖耳就拊，迫即反噬。請假半月餉，俾饟受於官，士歸於伍，滬軍其將終振焉矣乎？』議定，則從數騎要於路，俾弁領駛舟河干，明布令。君威信久著，諸潰軍之長以君故，悉如令，胥盤之閒，樵蘇晏然，無一人敢譁於途者。

君性明決，勇於任事。上海之役，撫軍既被讒，代者廉訪吉雨山公，公宿知君，君亦陰自結。比復上海，君遂以所藉卒從勦鎮江。既成營，搏賊銀山之下，戰屢捷。鎮江賊仰息江甯，既屢創，閉壘潛略高資。君以千人馳赴賊，其明日再戰，遂渡夾江，蹴賊營，拔之。其勦鎮江也，君計斷賊糧。比攻城，請先登。撫軍以君臂創未合，慰止之，君固請。既受令，以衆夜薄城下，衆梯垣縱火，潮勇噪而驚賊。賊起燃巨炮，登者相繼墜。君督前，鉛子中君額，僕於牙旗之下，舁歸，旋卒，得年五十有四，時咸豐六年丙辰二月十二日夜也。

潮勇者，粵東剽椎名盜，其人黨死嗜利，居嘗媾賊，賊恒啗之金，俾閒軍，司軍命者懵焉弗察也，以故臨陣輒譁，佯進忽潰，事幾坐誤，蓋往往然。而鎮江之役，君既勇於自進，一時同列者名位相疑，或材能各不相下，彊寇在門，操戈在室。蓋自軍興以來，士之藴負奇俶奮志於功名而躍馬請纓效死倉卒如君者，夫亦可悲也歟！

君死，其麾下士千餘人同日哭，晝夜無停聲。君內行純厚，喜急人之危。其在吴中，南漕廢矣。有同官某者，泛常交，君嘗周之，其人者，公私逋疾。有二女，其母前死，計鬻以償所負。二女泣且走，將自沈於河。其乳老嫗譬解之曰：『聞此閒有松公者，鉅人長者，試走籲，或見援，不則死未晚。』於是二女偕嫗走且泣，夜叩君所，長跪泥首白狀。君愕然曰：『何至是？雖然，吾與若父寮也，又同里，以分，若視我猶父也。顧吾獨居，若年長，若父誠窘，吾亟貸以歸若父。』於是二女復叩頭泣誓，畢死不願歸。蓋其父某饕酗煢聽，費恒無度。方南漕全盛時，紈褲子賈而官，泥沙其金，抵死不變，鬻女固所弗恤也。於是君假別室，迓其友之寡姊篤老者俾同居，而時貸某，某慼愧謝去。又二年，嫁其女，資贈如己出。君死，二女搶地哭，蘇而復絶者再。君文士，戰輒當敵。撫軍既宿知君，格於資，未嘗特將也。比死，騰章入告，得旨以同知陣亡例，賜葬祭，蔭一子。君事繼母崔太夫人孝。配宋宜人，前卒。子一，名寶鏞，以世職從戎，嘗慟君志行未章，以某年某月葬君於祖塋之側，乞爲文，因次其功，系而銘之。銘曰：

佩之垂兮，玉石雜而不章。駕之騁兮，駑驥並而焉行？君服則儒，行則烈兮。厥施未盡，鬱英魂兮。譔行貞石，識潛德兮。後有作者，載史牒兮。

俯仰頓挫，顧盼自雄。程伯旉

湘鄉相公六十壽序 代

湘鄉相公以耆臣重望由兩江總督移節京畿，屢乞休，天子軫念元勳，既慰留，旋有仍督兩江之命。於是，公之春秋已六十矣。皖於公爲舊治，某等嘗隸屬下，故知公尤詳。歲十月，公岳降之辰，羣吏將合辭祝，而屬爲之言。

聞之詩小雅南山有臺之篇，其初祝曰：『樂只君子，邦家之基』；『樂只君子，邦家之光』。載祝曰：『樂只君子，遐不眉壽。樂只君子，德音是茂。』又申祝曰：『樂只君子，遐不黄耇。樂只君子，保艾爾後。』夫古之人於一爲壽之言，長言詠歎，累欷而不休者，何也？說者曰，山多草木，猶國多賢才，而君子者，賢才之山藪也。方成周盛時，上有壽考作人之君，下有敦龐魁艾之臣。一時保泰持盈，羣工交儆，故其士大夫之屬望於其君子也，愛之也深，斯期之也備。曰『邦家之基』，曰『邦家之光』者，美其已然之績也。曰『遐不眉壽』，曰『德音是茂』者，既喜其遐齡，又願其終吉也。曰『遐不黄耇』，曰『保艾爾後』者，閱理久則慮事精，集益廣則收功遠，邦家之基所藉以永固者，此也。而君子之壽，爲不虚矣。

我國家重熙累洽，天庥人瑞，如古成周之世。自我聖祖以至於高宗，祖孫父子享國百有餘年，一時名臣碩輔，後先輝映，史册所書，指不勝屈。其閒以勳德福壽著名天下，孺婦所共知，搢紳所樂道，如安溪李文貞、溧陽史文靖、高郵王文肅、嘉興錢文端、長洲沈文慤之數公者，皆世所謂耆臣重望，以勳德福壽著名天下者也。今相公壯歲登朝，早膺崇眷，才兼文武，位極將相，某等仰矚光儀，閒事揚搉。竊嘗謂，公之賦於天者既優，斯取於人者尤巨，故其學殖有文貞之專謹；其政事有文靖之綜練；其考證今古、抉滯鈎沈有文肅之核博；

而文章卓雅，襟懷恬退，雖握節擁旄而被服儒素，則又以挹錢、沈二公之高致焉。然公自軍興以來，親提義旅，崎嶇轉戰，剷夷大憝，遂清淮海，開府江表，爰歷京畿，蓋懷益悴，是以年甫六十，側聞邇者鬚髮滄浪，鬢星星白矣。夫以公之生平所自藴負，固已兼數公之長，而其樹立傑然，與其所歷之鉅艱，雖遭際或殊，要其勳德福壽著名天下，此固婦孺所共知，抑尤搢紳所樂道也。

抑某又有感焉，嘉興、長洲雖貴通，蓋文士耳！雍、乾之際，二公者優游林下，年逾大耋，於時繪圖賜詩，海内詠歌，傳爲佳話。今上天縱聖明，兩宫宵旰待治，而公方瞻戀闕庭，備承顧問。於斯時也，考箕疇之吉徵，修昇平之盛事，用以褒獎老臣。天眷既優，嘉績載懋，誠所謂千載一時，主臣遭遇。然公之生平又豈以是爲加損乎哉？語云『樂易者壽長』，又曰『不朽之謂壽』。公慈祥樂易，歷試艱貞，粹然有古君子之德。詩所謂『邦家之基』『邦家之光』者，既於公親見之矣。嗣是而以引以翼，綿國家萬年有道之庥，對揚我聖祖、高宗之偉烈，而保艾之澤將藉是以延長焉。此固公之素懷，抑尤某等所樂爲稱美於無窮者也，故誦詩以爲侑觴之祝云。

受降碑陰銘 並序

受降碑者，今撫軍滿洲薩爾圖氏英翰公刺宿州時屢平巨賊以活州人，州之人久而不忘，故碑之云。公功在平賊，其平賊以能降賊，其降賊以能推恩信於羣賊，不以賊待民而以民待賊。公所降皆巨賊，厖然著名號。碑不載降人姓名，概從略者：環州之賊皆吾民；亂爲賊，治爲民。如旅之歸，歸斯受之，受之而全其爲民也，故略焉。州人之願，亦公之志也。碑立以同治三年之秋，高丈餘，正書總八字，千載後有過其碑下者讀而詫曰，此英宿州匹馬受降處，片石之留與甘棠並久矣。公治行具州人之德政碑與余所爲方略記。茲碑之銘則以識州人之思於無窮焉，因爲之銘。銘曰：

長平之坑，殺四十萬。宿州之降，活巨萬萬。聳然碑石，光切霄漢。匪石之光，公德孔長。碑可泐，州人戴公如日月。睢涣流兮公之澤，桑椹布野兮鴞音永革。孰謂蚩蚩而盡鹹之？天鑑匪遥，眎茲刻兮。

雄偉可與燕然山銘相埒。程伯臯

含飴課讀圖頌 並序

含飴課讀圖，撫軍喬公追述其大母朱太夫人之教，圖而記之。今年春，子苓來壽州謁公軍次，命爲之言。

按記：撫軍少失恃，鞠於大母朱太夫人，嘗授四子書。是時，公大父方伯公棄養，封大夫與其伯氏，家居治帖括不得休。太夫人譬之曰：『業成於專，孺子幸可教。吾自督課耳。』蓋太夫人早承家學，博通善誨。撫軍公自髫齡以至成立，多由於太夫人之訓。是圖之所爲作也，圖修逾尺，廣倍咫。子苓頃獲觀，長柏際天，晴翠四暈。時客窗曉日射圖上，竹石清潤，鼎彝圖史，爛然光澤，與太夫人眉宇輝映雲際。觀未竟，肅然起立者久之。太夫人豐頤平額，被服儒素，髮犂然，狀約五十餘歲人。孺子紅衫拳髻，執經而前。太夫人正衿注睇，目炯炯如笑。計其時，撫軍財毁齒歲耳。繪圖者，邗上王君。工設色，籬磴繚曲，侍婢整整。几案布置精潔，案旁一局脚老木牀，紅碧橫陳磊磊，記所謂飣盤果菜珍壓九鼎者也。圖作於公官兩淮時。語曰：『爲善無不報。』傳曰：『明德之後，必有達人。』蓋自方伯公歿，太夫人嫠居茹苦。久之封大夫，兄弟嗣籍於朝。又久之，撫軍公以文章勳器來撫是邦。夫楮墨之壽，久者百餘年，或更數千百年，斯已耳，而古之君子所爲勤勤焉，以求無歉於其親也。達孝莫崇於顯名，顯名莫大於錫類。夫恢封圻之長算，宣朝廷之盛德，使吾皖人老有所歸，少有所字，以庶幾古詩人錫類之義，此固公之素志，抑吾皖人之大願焉。而子苓鮮民也，孤露顛覆之餘生，誦公之言，仰觀賢母之光範，謹再拜稽首而爲頌曰：

維昔乾嘉，如周盛時。篤生女士，經師人師。作配於喬，老福而壽。爲賢方伯妻，爲二千石母。方伯有子，載産文孫。太夫人翼之，介福駢連。駢連繼繼，國楨家慶。匪爲家慶，皖人待命。皖人何如？嗟嗟瘡痍。外戎在垣，羽書四馳。吏墨而虎，田焦而黿。皖人於官，曰父曰母。於撫軍公，曰大父母。凡厥赤子，弗獲於親。於大父母，呼號以聞。峨峨使節，全皖攸託。況公世臣，庭誥猶昨。高高九重，煢煢兩宫。姬籙再興，吉甫歌風。其風肆好，祝公壽考。

諫垣存草序

祥符劉公權臬皖中。瀕行，出示其官諫垣時所爲奏草若干首，作而曰：『諫，非臣子盛節也。揚君之失而成己名，則不忠。故古有自焚其草者矣。是編本無足録，竊維某起家寒素，蒙上恩忝列風憲，主臣際合，兩宫明聖，民生休戚，國家兵力，財賦盈絀，師武臣疆埸進退之得失，輒有論列，實不忍自任其湮没而無傳。吾子其擇焉。』於是，子苓讀而弁其端曰：

昔蘇明允有言，古今論諫常與諷而少直，韓魏公自敘其存稿曰：『諫以理勝。』是二説也，余嘗持以觀古今賢士大夫之以諫名者，其言語文章雖各有工拙之異，諷直之不同，要皆以理爲歸。國家懲亡明門户之禍，訓飭有司用肅言路。余生也晚，不獲親見先朝謨謀贊襄之盛，又僻處山陬，於咸豐時識王給諫蔭之於京師，迨今獲見公於潁州。給諫長身偉視，面冷於鐵，議論竦人毛骨。公被服温雅，與人粥粥自下，其言事批根見穴，婉而彌篤。方咸豐初，天下郡縣恒苦盜，山左尤甚，桴鼓之聲達於畿輔。是時，粵西亂始萌芽，給諫以謂治盜必先飭吏，吏廉且法，則盜治，而飭吏之本在任相。數露章，上心劇其言，章上輒留中，故世鮮有知者。今上沖齡，兩宫垂簾，王大臣攝行事，而粵西一隅之亂久而甫靖。江淮以北盜數起，視往者給練在官時，事彌棘矣。

是編公所嘗手訂者，余讀其請頤養聖躬、彈豫撫、請勘豫東災黎、崇儉黜華諸大疏，沛乎斐然，忠愛之藎誠、軍國之長算也。給練屢建言忤柄事者，左官衡州，崎嶇播遷，卒死於武昌之難。余嘗求其遺書未得也。公與給諫後先同官，其在先皇帝及今上，朝章數十上，既已邀特達之殊知，膺監司之重任，繡衣驄馬，惠臨敝土。烝民之詩曰：『衮職有闕，惟仲山甫補之。』言宣王中興，仲山甫能舉其職也。大車之詩曰：『大車檻檻，毳衣如菼。』周衰積弱，其大夫能以刑政自治，故詩人歌之云。公在潁州，數清逋訟，其相視宿州水利，豫、皖之民便焉。

今年春，公權臬皖中，他日政成報最，朝廷璽書褒美節鉞之頒、封圻之寄，皆公所自有之事。而余益以歎給諫之遭，而悼恨其遺書之不可以復得也。

與吴撫軍

五月十四日，子苓頓首奉書撫軍執事：

伏惟執事宏駿天挺之才，用宜古今，資兼文武。著於文章，馳騁開闔，變動奇肆，不拘故常。勳望極於封圻，寮吏于焉瞻敬。子苓，廬州賤男子耳，無材能以自樹，無交遊權力以爲援。其於執事，義則部民，分則屬吏也。昨於壽春貿貿然通謁於左右，非有先入之地，夙昔過從之故。而執事忘其蹇劣，不加訶斥，乃復進之崇階，惠以清晏，申之文字之懽，重以撰述之寄。自顧何人，謬蒙異數，中夜旁皇，未知所報。

子苓生平無他嗜尚，少讀書，愛慕古人文辭，學焉而未之能至也。軍興以來，饑走四方，舊業盡廢。然居嘗念朝廷之尊，四海之富，公卿百執事之衆且多，而賊起一隅，毒痛數稔，兵連於天下，此誠生民之奇禍，宇宙之極變。不有記録，奚以繼往哲而詒後來？顧其事重大，一人之見，道路之聽傳，都無足據。因循坐歎，遂至今兹，臨食拊膺，用益咎恨。

執事久在兵間，志勤纂述。竊聞舊著討寇紀略一書久具草，而數年來軍書郵報之寄存江西者盈箱累簏。昨承大示，並於月間專使取來，且屬子苓即赴壽春，藉便晨夕親授竅要。夫以閎駿天挺之才，出入古今，取攜文武，而又久在兵間，志勤纂述如執事者，度其爲書，思極於天人，誼炳於龜鑑，抒軍國之老謀，擅撰作之大計。子苓蓋願觀焉。而玆則有請於左右者：蓋記載之體，義法當嚴；考定之功，居恒爲暇。古之人成一書於身後，或數年，或十數年，甚者且數十年。昔涑水之作，二劉、淳父實共其役；國朝崑山書局，一時名宿多在焉。然皆寬之以歲時，優之以閒散。蓋集思廣，故儲材自多；用功勤，故收名愈遠也。伏惟執事德器遠過於崑山，志業上企於涑水。子苓學殖殊慚前哲，然生平意向之所注，因循坐歎以至於今玆，而幸有以藉手者，蓋樂與執事共襄其成焉。

和州倚江，略有山水之勝。校官秩本閒散，賤體恒痰，昨歸又發，日間未能赴皖，未審何日移節壽春？尊著並文卷果否取到？力疾布問行止，專俟手教。

跋宮中丞遺事後

語曰，君明臣直。然古之君子遭時得主，勳業炳於寰區，仕宦兼乎將相，而語言文字觸機蹈險，橫罹不測，故詩有『飄風』之歎，易有『尚口』之戒。甚矣，直道之難行也！

懷遠宫君農山以其家譜並所爲其先中丞公遺事屬爲言。夫以公之明決廉幹，其材足以自致於通顯而無難。方純廟時，朝政清明，人材輩出，不次之擢，封圻之任，豈非主臣相得千古一時者哉！然卒以場欠之款奏請之一二事蒙上譴而犯吏議。幸天子明聖，原其粗率。區區『鐵嘴』之名俚言混號上達宸聽，播之天語，而公亦藉是考終林下，豈非幸哉！

宫繫出於南宫，賢者之裔，姬周之著姓也。明初由句容遷懷遠者，爲縣丞公。縣丞公在官有稱。其譜稿吏部公創之，中丞公纂成之。縣丞、吏部生平具其譜中。中丞公歷官顛末，國史氏蓋備書之。農山有學行，敏於文詞，今佐戎秦中，仕且益進。其兄鳴周敦讓嚮古。二君者，都從余遊。余又以慶賢者子孫之能世其家業也，於是乎書。

讀易一首寄贈吴觀察

昔向長讀易至損益卦，喟然歎曰：『已知富不如貧，貴不如賤，未知死何如生耳。』遂隱去。而老聃之論道曰：『爲學日益，爲道日損。損之又損，以至於無爲。』是二言者，余嘗衷之於易，竊以歎二子者之未嘗知易也。

傳曰：『損益，盛衰之始。』蓋人事之損益，天道因之有否泰。天無否而不泰，人無損而不益，故其爲卦各不同，聖人皆繫之曰：『利有攸往。』其彖皆曰『與時偕行』者，所以教學者反躬責己，以求備夫國家天下之用，而善持於否泰之交，損之懲忿窒欲，益之遷善改過，皆以有爲也。故夫古之君子明乎損益之義，其自治倍嚴於衆人，而其精明純固之氣確然而不雜者，其深以謹天下之幾，其静以御天下之動。山澤通而雲雨興，兑艮得而問學成。損之所爲有乎元吉也。由聃之術，堅忍狙詐，傳爲楊朱，流爲申、韓，變爲鄉原。蓋聃之所謂損，非易之所謂損，而向長之徒第沾沾於貧富貴賤之迹，吾故曰二子者之未嘗知易也。

沅陵吴君彤雲高文儁望，以京秩佐戎江淮，大吏争推薦焉。而君性敏博愛，以是益自負其奇，卒齟齬以歸。去年秋，數辱過，若深相知者。春閒，來自沅陵，欷歔顧余而歎，且自訟焉，屬爲言以道其行。余時病未遑也，頃書來敦索。吁！君美才也，余言奚足以相益者？

然嘗聞之師曰：『易損之六三曰：「三人行，則損一人。一人行，則得其友。」言致一也。益之六三曰：「益之用凶事，无咎。」』夫從容中道，或出或處，或語或默，而無所容心者，上聖之功。益之用凶事者，下學之事，孟子所謂困心衡慮者也。君美才也，蓬然起，蘧然歸，歸而行自訟也，君其知所損焉已乎？損之不已，君其知所益焉已乎？君書來，余方讀易，夫由向長之説貧賤以肆意，潔身而長往，一行之上、不樂於時者類然。而余獨怪夫周、秦以來，易之道久不明，由聃之術更數千百年，而楊朱、申、韓、鄉原之學至今而未艾，宇宙之事功日益卑，天地之禍亂日益鉅。然則易其終息焉矣乎？夫易之爲道，未嘗一日之或息也，故述所聞以贈，且自儆云。

書馬先生軼事

古之大醫皆有記録以名後世。太史公傳扁鵲、倉公，陳壽傳華元化，新、舊唐書傳孫思邈、許胤宗，皆所以明授受、識方藥、著專家也。元化之爲，世多疑陳壽所録非實，甚者以爲巨怪。余嘗惑焉，夫元化，士人也，其志節卓犖與其術之神妙，壽所録彰彰如是，而猶不免於昧者之議，則甚矣醫之難爲，而知醫者之尤不易也。

太初馬先生，今之大醫也。自其高祖以逮於其身，醫五世矣。先生有異秉，少喜治儒家言。適大母有恒疾，太翁勖之曰：『爲人子者，不可不知醫，且家學也，爾其勉旃。』於是上探靈素，考明堂之原委，搜外臺之閎富，旁稽唐、宋，下逮金、元。蓋自是大母之疾就痊，而謁醫者屨滿户外矣。山西人張太清賈於三河鎮，淋踰稔，求診，先生曰：『病得之多鬱而酒，非參苓所能爲也。』刀披其陰，出小石大如珠，遂瘉。廬州人劉某患臁痛且三年，先生診之，曰：『是有多骨，結自胎元，風淫寒毒，久將爲變。變則正骨傷，卒成廢痼矣。』以利匕劃痛處，骨稜稜應手出，痛如失。梁園，故慎縣地，童爲著姓。有名汝芬者，家素饒，性喜吟誦，脣缺然，弗樂也，尋醫三吳，悵惘歸，遇先生於中道，膝行求治。先生治如法，合以大藥，未浹日吟誦琅琅，脣完好儼成人也。梁園人至今稱之。巢縣庠生洪宗适女，周歲矣，晡時熱，日夜啼，不乳者久之，羣醫瞪視，罔知所厝。先生診之曰：『審聲參色，證以指文，法無病。』乃爲脱褓弛襦，再四推尋，比抵脅下，啼益亟。因得針盡處，鉗出之，自是乳如常。鄰人沈吉伍早殁，其妻吴抱其遺孤跪泣於中庭，曰：『未亡人忍死至今，冀此一塊肉觕延沈氏嗣。歲饑，死無足惜，奈此呱呱何？請爲傭以活兒命。』先生嘉許之，爰授以功，以食以衣。孤長矣，厚賜其母子而歸之。醫士張松軒，泛交也。歲大疫，松軒死，既而祖母、兄弟相繼死，遺棺纍纍。先生聞之惻然，助資營葬焉。無爲州戴氏子被水，挈其妻來肥，有兄弟，弗顧也，將鬻妻，絮泣不忍絶。先生聞而憐之，招之來，各授以業。既有年，夫妻完好以歸。蓋先生素孝友，篤於風義，多此類也。

余少多疾病，喜治方，因數與醫者游，嘗聞先生之行誼而相見莫由。頃獲晤其令子浚渠，始觕悉其梗概。夫扁鵲、倉公尚矣，元化素精方藥，尤神明於古瘍醫之術，胤宗以脉候幽隱，虚設經方，恐誤後人，故不著書。先生於醫兼明内外，要其鍼石刳割，殆傳元化之妙而特深者耶？其生平不喜著書，大略與胤宗同。余恐其久而無聞也，因次第其略以俟他日國史氏之采擇。先生本西域人，其先由皖桐遷合肥之長甯河，數世矣，今爲合肥人。浚渠喜讀書，志專而業勤，能世其家學云。

書趙母陳太恭人遺事

舒城陳太恭人，余友趙君濟川之大母也，以賢孝澤其子孫，久未有聞。今年春，君隸戎潛霍之交，瀕行，手一編，拜且前曰：『濟川少孤，鞠於大母。大母實賢且孝，濟川人微，無足以揚潛德。兹件繫其行事，其非濟川所知者，不敢坿會以諛其先，惟擇而傳之。』

案狀：太恭人姓陳氏，舒城人，父處士公諱清揚，讀書不仕。從父清越仕廣東長樂縣知縣。太恭人少嫻家訓，既來歸，内相夫子，上事舅姑，賢孝之行老而彌篤。太翁好讀書，以貧故輟業而賈。是時歲迭饑，濟川曾大父母皆在堂，太翁本儒者，秤星斗角素不習，每賈輒困，困則盡斥其田廬以償之。久乃寄帑陳氏宗祠中，祠舍穿漏將壓。太恭人耕田中，得黄豆數斗，晝夜推磨作乳，太翁肩而貨之市，藉供兩大人饘粥，暇恒紡績。嘗笑謂太翁曰：『古人馬磨一具，既聊生且名後世。今吾夫婦前推後挽，力勤而享薄，未諗古人馬磨所得其殖云何也？』是時濟川曾大父母篤老癃疾，一日曾大母病且革，太翁號籲，計無所出。太恭人私誓神前，刲股肉以進，遂瘉。是二事者，其助太翁磨豆作乳，太恭人嘗述以誡其子孫；其刲股一事，太恭人未嘗自明也，里老嫗嘗言之。

嗚乎！ 世教之壞也久矣，呰窳媮薄之習中於人心，成爲風俗，而婦人爲尤甚。傳曰：『民生在勤，勤則不匱。』語云：『至孝格天。』太恭人勤於家，孝於父母，幽感於神明而信乎於里黨，是誠足以芘賴其子孫而垂法於家乘矣。濟川又曰：『濟川少孤，鞠於大母，以至今日，三牲之養，渺焉弗逮，願有言以志吾憾。』

余謹對曰：否否，唯唯。詩不云乎『無念爾祖，聿脩厥德』，蓋古之人其爲學在於事親治生，其居業時雜出於農賈百工，初未嘗厚自逸樂如今世之士也。太封翁儒者，力賈以爲養，困則盡斥其田廬，躬肆夫齊民市井之爲，太恭人佐之以養其親而有其家。蓋乾、嘉時吾鄉習尚近古，於時黨塾之閒鮮游民而閭巷之中多賢婦。即以余兒時聞見，較今世殊異。易家人之初九曰『閑有家，悔亡』，其六二曰『无攸遂，在中饋，貞吉』。惟太封翁力苦以供子職，易所謂『閑有家』者歟？ 太恭人修其内事，服勤無怨，有貞吉之義焉。易所謂『夫夫婦婦，而家道正』者，此也。夫親有善而弗能傳，傳焉而弗能爲，皆非孝也。維太恭人平昔所述以爲訓者，念先德之維艱，思有家之匪易，則夫三牲之奉、五鼎之薦，古君子所爲汲汲者固自有在耳，君其益勉焉乎哉！

趙氏望舒城，君少讀書，從戎上海，以武功歷今官，與余好，每爲余道太恭人，輒涕泣不置云。

大學古本直解序

大學古本直解，銅陵曹學博琢之所爲。其書之次第以古本爲據，以不分經傳爲是，以格物爲知。本其大旨，主姚江致良知之説而坿以己意。又爲『或問』『雜説』總若干條，反覆辨証，以求當於陽明之言而藉以自伸其説。蓋其用力勤，故其爲書甚詳而不厭。書總四卷。往客安慶，其弟耕之以君功緒乞銘，並出視是書。余方辨歸，讀未竟別去，其書遂存余家。去年冬，耕之走函相索，屬敘以刊之。則乃復於耕之曰：

學之不講久矣，自孔、孟殁，有程、朱、陸、王之同異，更千百餘年而未定。余嘗從事於諸君子後，獲惝聞先正講學之緒言。其論姚江致良知之學者，大要有三：謂建安殁，天下之實病宜瀉；姚江殁，天下之虛病宜補者，孫蘇門述張氏蓬元之言也。謂姚江之所謂良知，即性無善無不善，而以知覺之發動爲心，景逸之澄神静坐與姚江似異實同者，平湖陸清獻辨學之言也。謂今之學者心未究程、朱之理，目不見姚江之書，乃因其學術而毀其功業，姚江功業不可輕毁者，湯文正答平湖之言也。夫程、朱尚矣，由程、朱而至於今，學愈出而愈歧，士愈趨而愈下。士大夫讀姚江之書而能求其得失者，又幾何哉？此文正之所爲歎也！今學博君閔學者之沈錮，慨然有志於姚江之學，又由姚江以求是於程、朱，而耕之汲汲焉於兵火之餘，守其亡兄之遺編既久而不肯失墜，是皆可謂特立之士者與！因書其略以歸之。若夫是書與今本異同得失之故，余不敏，請以俟後之君子。

篆香齋印譜銘 並序

常熟孫君毅生通六書之學，暇事鐵筆，筆能破石，横竪側正確有師法。捃所得若干帙，名之曰篆香齋印譜，徵文於余，於是序而銘之。銘曰：

篆刻肇基，維璽節符。秦漢唐宋，或笵而橅。王會稽冕，揮斥金玉。謂是石交，可以療俗。爰寵命筆，不律而律。心畫既通，具大神力。下洎勝明，作者代興。國朝宗匠，浙皖争鳴。浙之大師，有陳曼生。完白並起，益隆厥聲。皖浙雖殊，尚有典刑。典刑日遠，士錯其矩。或佻於文，或獷而武。嗟嗟一藝，有堂有廡。曾未百年，今不如古。孫君後來，出入二家。覃精筆先，銖累不差。視筆如錐，視石如沙。方其快意，跳虎盤蛇。如絲漾霄，如蘭孕芽。重如鼎彝，快如莫邪。洞庭之波，赤城之霞。時作狡獪，曉妝鏡花。相其筆端，百怪紛拏。是有神助，陳耶鄧耶？我有笠壺，曼生所製。亦有鄧刻，擘窠大字。兵火載更，渺焉身世。敬祝斯譜，長留天地。

含山君詩集序

去年春，余客安慶，將赴和州，武進管君才叔手其尊人含山府君詩卷拜而前曰：『先子令含山，嘗有惠稱。某少孤失記，縣人慶氏子舊隸門下，而見今權撫軍新建公檄郡縣蒐輯志書，先子事迹如已具書縣志，請並采録，俾不朽。』時余方戒途，未有應也。江行展卷，得其所爲含山春日巡行效野詩，其詞曰：『父老人人識長官，不驚呵殿把鋤看。民情愈比初來好，宦興無如近更闌。柳絮池臺憑夢到，桃花村巷憶歸難。三年略有平反獄，聊爲高堂勸夕餐。』於時風日晴美，顧瞻江干，兵火水潦，村墟零落，饑民沿途丐食，或徑濡裳烏水，攀船叫號。余亟掩卷，傾橐中錢投之。因復朗誦含山君詩，竊歎嘉、道閒海宇豐樂，山陬小邑官民相得，優游暇豫，形爲詠歌，是可歎也。

含山君之大父曰韞山先生，乾隆閒以名御史稱天下。余少讀其文詞，恒願慕其爲人，逮今獲交才叔並悉先生行事，又以歎賢者必有後，而清白吏之不可爲而可爲也。和州學署有老佐書傳照者，年五十餘，家含山。余時以校官檄上事，因詢以含山君事迹，爲言縣志無存，其地屢被賊，諸大姓轉徙流亡，記兒時其大父言縣有武進管公，數爲民興利，其折獄於文無害。既余歸道縣城，城四頹，灌莽塞路，欲問賢令君昔日題詩之處，渺不可得。

往余嘗怪太史公傳循吏多漢以前人，至於武健嚴酷之輩，時備著其首尾，豈奉職循理者無顯名，武健嚴酷以立聲稱者多令譽與？ 兩漢循吏，潁川吳公治平稱最，文翁在蜀興學勸士，而孟堅所書，里居名字都不能舉。 仇覽、劉寵吏治尤美，蔚宗止書其教戒陳元與山陰老叟齎錢相送一二事。 蓋古今記載之文，世遠從略，世近從詳，勢固然也。 含山君爲縣時，去今才二三十年閒，其治行之可見者，僅存於零編散帙與一老書佐之口，是則重可歎也。其詩若干卷，才叔將重刊而傳之。 才叔閎駿，曉吏事。 其兄敬伯，官知縣山陰。 宗給諫以奇材異能薦於朝，見佐戎秦中。 軍興來，朱門華轂之家、紈褲膏粱之子弟覆宗滅祀，指不勝屈。 自御史公至含山君，以至才叔兄弟，四世矣，才叔其益勉焉乎哉！

與劉軍門書

省三軍門麾下：

往歲上海之役，執事奮身前行，於時子苓避地皖江，立譚閒視執事質厚而氣雄，雖軀幹等夷，桀然有呼吸百川、凌跨萬夫之概，心竊壯之。 嗣是吳、越卒平，金陵底定。 伏聞軍鋒所至，首建奇功，顧盼嚄唶，坐致旄節。 甚盛，甚佩！

子苓兵火餘生，轉徙耕牧，屢欲介一書於左右，雲泥路隔，祗候無由。 然此三數年閒，賊勢聚散，諸將帥軍謀利鈍，與執事之行止進退，竊嘗旁觀而熟計之。何者？譬之於馬，其材力器量高下懸絶，馬不自知也。古有寒風氏、孫陽、九方皋之徒，名善相馬。立羣馬於四通之衢，若者日數十里，若者日百里，若者日數百里，等馬也，其形容筋骨高下懸絶之故，一寓目，銖析寸揣無或爽者，惟數子爲能。夫數子者，豈嘗有求於馬哉？誠積於隱微，而契存乎澹漠。古之相士者，蓋類然耳。抑嘗聞老聃之言曰『善爲士者不武，善戰者不怒』，又曰『功成、名立、身退，天之道』。夫退之爲義有二，法曰『鷙鳥將擊，必匿其影』，是以退爲進者也。易豫之六二曰：『介於石，不終日，貞吉。』是一於退而退焉，惟恐其不速者也。

伏惟執事以方盛之年，建不世之勳，而又奮然抱有爲之志。朝廷録功，官第一品。去年冬，聞執事新拜直隸提督之命。既成行，中道徑歸，幅巾田野，蕭然若無事者。豈久倦鞍馬，便就林下，抑退而養其全力，從容時會，將有待而後發焉否耶？子苓久棄於世，其與執事出處各途，而名相習，又居相近也，顧未嘗奉尊酒之懽以稍展平生之願。然則向之所得於執事，猶形容筋骨之閒。夫形容筋骨之可以相衆馬，而不足以相天下馬也。

頃者，子垣之喪，其孤窮不克事，乞爲言以求助於左右，因便坿道其平昔愛慕之私與今之所願聞於執事者如此。子垣家素空，去年冬倦游而歸，殁以今春四月，其棺見寄淺土。惟辱命之，謹並訃聞。

安陸胡稚楓詩序

安陸詩人胡君稚楓，老而事佛，喜治莊周氏書，有集若干卷。余讀而愛焉，乃爲敘曰：語云：兩楚多才俊之士。余所知者，今漢陽葉觀察潤臣、長沙孫侍讀芝房、武陵楊庶常彝仲。數子者，皆能詩，皆與余好。君詩既紆益妍，不雕而緻，兼有數子者之勝。吁！君之於詩，其信美矣哉！余與君無一面之素，春閒於潁州行營讀新建吴公所刻南華經解，其書成於句曲宣氏，傳之者君。君之跋曰：『余少愛觀莊周氏書，於郭象注弗善也。壯走四方，官河壖，公事簡，重理舊學，於吴門得宣氏本相印証，實爲數十年宦遊一大快事。』是時積雪夜凍，大帥方徵兵，門外征馬羣嘯。余愛其書之創獲也，又以君之言，擁鑪一再讀，不覺失聲笑曰：『怪哉！胡君竭數十年之心力事此，而重以爲快，是亦大異於今世之士哉！』昨歸訪君於壽春，讀其詩，爲留數日。

蓋君之於書好莊周氏而去其筌蹄，其於佛蓋深嗜而篤信焉。自其少時侍宦弋陽，爲文隆然有聲譽。貢試京師，得校職。棄去，改官南河，久而又棄去。中閒崎嶇吴、越，屢佐戎於大府，歷官總捕同知。新建公嘗拉之行，遂又棄去。年踰五十，蕭然羈旅，處衆人之中，履幽而行潔，朝歌夕吟，俯仰自足，故其爲詩涵濟亭滀，稱其爲人，則益信乎君之果大異於今世之士也。

君嘗論莊周之書，了生死、齊得喪，與西來大指略同。余竊以謂生可悲而死可樂者，周之恒言也。然其過惠子之墓，誦郢人之微辭，悼知音之難再，若有不勝其痛者，豈周之所謂樂者，乃其悲之隱鬱而不能以自明者耶？君，楚人也。粤西之亂，楚先受禍，次則吾皖。今者敘君之詩，俯仰舊遊，蕲焉殆盡。夫平陂之運，今昔之殊，啁噍躑躅，禽鳥猶然。設以憂生厭世如周者，際今之世當又何如耶？然則周之爲書與西來大指，其必有辨矣。敘君之詩，故申以質之。

郭贈公墓碑銘

同治七年春，淮北盜犯畿輔，天子震怒，命羣帥會師河洛之交。其年夏，元兇隕首，既論功，鳳陽郭軍門善臣戰屢最，於是朝廷宏錫類之恩，晉階易號，追崇其三代，寵榮世禄，爰及後昆。冬十有一月，善臣假歸，焚黄於其先人之兆，將伐石刻詞，傳示後來，以狀請文。余與善臣好，誼不獲辭。

案狀，贈公諱法彭，世爲鳳陽府鳳陽縣人；父懷仁，妣氏俞；大父文衆，妣氏朱：皆以善臣貴，誥贈建威將軍，晉贈光禄大夫，妣皆一品夫人。贈公之先曰營國公英，佐明太祖以兵定天下，謚威襄，侑食太廟，其子孫襲封，姻於帝室。鳳陽，明中都也，多勳戚世家。國朝既下南都，疆宇郡縣舊時勳戚之裔列編户矣，鳳陽之語著姓者咸曰郭氏云。贈公之大父、父耕讀爲業，積貲而博施，坐是盡落其家，故贈公少居窮。咸豐初，粵西賊僭據江甯，沿淮盜四起，多藉賊自重。而是時官軍單怯，民閒田廬蕩棄，多坿盜以活。潁、亳之墟，盜之有名號者以百數。贈公以謂家世著姓，大父、父仁讓清白，義不可以汙盜，故其居轉徙自晦，漁佃以生。其與人以忠義大節相訓勉，而時部署閭左以迓官軍之來。方是時，督師袁公募兵臨淮，檄鄉兵擊張隆於鳳陽，贈公久病瘳，以其衆夜赴師，半濟而歿於水，遂藁葬於其先塋之側。時咸豐九年冬十有一月也。

其年，善臣以贈公死投臨淮大營自效。明年，官軍進圍，賊隆誅，諸縣次第皆下，善臣積功得官。嗣是，國家數有事於齊、楚、秦、晉之閒，善臣輒在前行，每戰功輒最。昨者畿輔之捷顯庸褒美，天恩稠疊，距贈公之溺臨淮時歲才十稔，而人事之榮悴、天道之剥復，何前後之懸絶若斯也。夫自古功名之際會有天幸，易未濟之六三曰『未濟，征凶，不利涉大川』，贈公之謂與！善臣不忍其父之死，枕戈切齒，冀藉手以一雪其戴天之恨，卒之功成名立，雖重創而志不少挫，語所謂『人定勝天』者歟！

贈公歿年五十有四，其配朱太夫人，有賢行。去年冬，余因善臣謁於懷遠里第。被服恭儉，居嘗述贈公存時力田作苦情事，以教誡兒婦。贈公有丈夫子總五人：永昌奉親不仕；恒昌參將；熙昌記名總兵；寶昌字善臣，其季也，積功官壽春總兵、記名提督，以平畿輔功予世職騎都尉；啓昌提舉銜鹽大使。孫占宣，邑庠生；占鰲、占標、占龍、占雲幼，業儒。郭氏系自營國以下具明史，其居鳳陽者，舊有譜，咸豐間燬於兵，故自贈公大父、父以上闕如。夫爲善無不報，若贈公者，其食報誠速，而郭氏之興信未有艾，爰繫以銘。銘曰：

邱明有言，公侯子孫，必復其始。觀於郭氏，如車同軌。昔在贈公，兵火饑窮。避盜如仇，漁佃弗充。憤合閭左，一蹶而終。有高者墳，宿草科蓬。科蓬未夷，天恩載施。祁祁諸子，錦衣榮歸。焚黄告墓，割牲薦巵。贈公來享，鐃吹朱旗。吁嗟羣盜，乃自貽毒。種不留荄，棺有大僇。既臭厥宗，爰赤其族。崇侈跖壽，倏焉轉燭。維兹贈公，克膺帝祉。一門忠孝，光於前史。我銘貞石，用監來紀。

校　記

〔一〕韓愈禘祫議：『既藏之主，而復築宫以祭。』

〔二〕出韓愈改葬服議，文有異。

〔三〕侍郎　應作『侍御』。

〔四〕新唐書卷一七六韓愈傳贊：『然愈之才，自視司馬遷、揚雄，至班固以下不論也。』

〔五〕即與馮宿論文書。

〔六〕禮記檀弓下：『銘，明旌也。以死者爲不可別已，故以其旗識之。』

〔七〕逸周書克殷解原文：『王入於社，太卒之左。羣臣畢從毛叔鄭奉明水，衛叔傅禮。』

〔八〕予　尚書康誥作『汝』。

〔九〕即　疑當作『既』。

敦艮吉齋文存卷四

遺園記

郡城以園名者七，余聞而未見者李文定之宜園，見而未及遊者趙刺史之怡園，見焉而遊且數至者諸大令之褚園、黄中丞之約園、蔡徵君之趣園、吴太學之花隱園，逮今乃又得吾北垣之遺園。蓋遺園多佳石，亂後捃衆園之遺，又其地先世之故居，故曰『遺園』云。

初，君之從事於茲園也，程課於工，徵樹於鄰，羣石委積，目睨手揣，日無停晷。余適信宿園中，因以相曉曰：『凡爲園者，譬之大將之用兵，良醫之處藥，審地形之險易，度病情之虚實。故兵不必多，奇正相生於無窮；藥不必備，補瀉相劑以爲效。何君之汲汲於是園爲？』

今年秋，余復來園中，天小雨，早日初霽，緣高而登，則見其向之窪然者濬焉而深，向之童然者蔚焉以茂，陂陀綿亘，高高下下，如率然之蛇斷而續，複而益紆。而其石之臞者、皤者、洞者，或昂或俯，或蹣如黿，或踞如虎，或抵如羊，或羣如鹿，大者傑立，小者仄顧，峯巒鈎帶，天機横出。其西高柳翼然，綴以修竹，野花被徑，遠堞環列。蓋善爲學者析羣言以匯其歸，善爲園者運衆材以湊其妙，則以歎向之所見於兹園也猶淺，而君之用心蓋藉是以日進焉矣乎！

抑有感者，文定功業著於史氏，固不以園爲有無。褚園再易主，中丞仕宦中落，徵君以窮死，太學晚尤侘傺。兵火構艱，白日易逝，疇昔經過之地與夫晨夕握手之徒剷夷銷歇，都不可問。而余衰病播遷，還顧舊遊，君亦老大。然則兹園之成，微君請，余又烏能自已於言歟？

園肇工於同治某年某月，落成以今年秋八月。其爲地廣袤若干丈，室若干楹，木若干本，草若干種，因山而澗，橋其上，阻澗而邱。邱之東，爲臺爲亭各一。又東，地益砥，壘土而畦，架屋縛茅，繚以短籬，朝光夕霏，流映窗户。北垣詑余曰：『是佳處，請以爲先生之行窩焉，可乎？』余笑曰：『有是哉！』因記，俾勒諸園壁，爲後遊券。

三恥齋詩序　代

聞之曹倉有言，草之精秀者爲英，鳥之將羣者爲雄。余嘗持此求之古人，竊以謂三代而還、六經以下，若莊周氏之雄於文，項羽之雄於戰，李白、杜甫之雄於詩，數子者所詣各殊，其命世之才則同也。今之論詩者咸曰李、杜，夫詩至李、杜極矣！然試問今之爲李、杜者，果有以知其開闔變盪與其部署之精嚴、筆墨之馳驟，亦如莊周氏之爲文、項羽之爲戰焉否耶？蓋鳥之將羣者，夫人知其爲雄矣。至於處稠人之中，兼文武之殊資，負康濟之大略，而其語言之妙，詞章之閎俊，擅靈萬物而雄視乎一代，豈當吾世竟無其人？抑有之，而未之一遇焉否耶？

余少好爲詩，既服官，悤悤簿領，爰際軍興，備員戎右，中更患難，用是益究心於莊周氏之書以自廣，而時肆力於古今方略，思得一當以稍酬國家高厚之恩。蓋周之天懷浩落，達觀於生死禍福之故，故其爲文出神入天，廣譬遠喻，如風詩之比興、騷人之怨慕。三代兵制繁曲，管子一變爲簡直。羽則盡廢古人成法，軍鋒所至，當者立破，語所謂神勇者非耶？余讀南華逍遥、齊物諸篇，因以悟在谷滿谷，在阬滿阬，宇宙閒一盈一虛之皆詩境也。而太史公所記項羽鉅鹿、彭城諸戰雄絶奇偉，益以見布陣行文之妙無二致者，是以余之於詩未敢高譚李、杜也。更目之所觸、意之所至，有會於心，書之於手，其開闔變盪，部署之精嚴，筆墨之馳驟，未自知其於古之作者果有合焉否耶？要以蘄自成吾吴氏之詩焉已耳！

抑嘗聞之法曰：『善戰者取用於國，因糧於敵。』夫詩之有壇坫堂室，猶國之有疆宇貨財焉；詩之藉韻而工，猶師之待糧而濟。疊韻肇於昔賢，疊者因韻以出奇，猶戰者因敵以制勝。戰，氣也。余嘗躬桴鼓於行閒，長槍大戟，騎步並進，瞬息之交，氣壯者勝。故法曰

『勝者如以鍛投卵』，鍛實而卵虚也。余以爲疊韻之法亦然，其疊之連蜷而不能自休者，痀僂丈人所謂累三累五而不墜者耶？由是而推之，倕之指耶？庖丁之刀耶？項羽之鼎、公孫大娘之劍器渾脱耶？皆其爲之而不能自休者也夫！其爲之而不能自休者，果有法耶？抑無法耶？而惜也余未之有逮焉。

往余有三恥齋初集之刻，是編總如干首，大都直率胸臆，不自緣飾之爲。然些些者仍而存之，則以夙昔甘苦所經，不忍自置。頃者駐節偶暇，聊識簡耑，以道區區嚮慕之私，諗知我者。

新築渦陽縣城碑記 代

咸豐閒，余備員前行，因以究心輿地形勢。嘗建言國家州郡參伍互控，淮北壤闊民悍，如廬州之梁園，靈璧之固鎮，蒙、亳閒之雉河，皆宜增縣選吏，用以招徠綏輯，剗夷亂階。于時軍興，未遑也。同治二年春，僧邸軍出淮北，余適刺宿州，生俘賊酋張樂型以獻。其年夏，叛人苗沛霖圖據蒙城，余檄在前行，攻守斬馘。閱七月，叛人授首，江淮牏靖。於是，前撫者喬公、今相國曾公申前議，請即雉河設縣，而以古渦陽爲名。奏聞，報可。工甫料而難作。方是時，王師初定江甯，粵西餘賊竄連楚、豫，樂型死黨殘蘖因依媾煽，僧邸不幸陣砌，曹州賊乘勝跨河踰淮。余時駐軍潁州，念賊新集氣盛，雉河地阻而便賊老巢也，計惟我軍先據致賊，以内固本根而外合羣帥，首尾並擊，賊可聚而殲焉。遂請行。比結壘而賊至。先是，三年夏，有司經始縣城，土垣荒略，材木貨賄狼藉露牣。比圍，守事起倉卒，軍饋不繼。我軍樓櫓所資，諸將吏餼廪芻牧、各營弁賞功恤死，幸藉是而獲濟焉。方是時，賊蠭起，環河而營，我軍併力死守總四十有五日，内儲不支，外援咸絶。閏五月己未，余突圍出籲師，羣帥會軍河干。辛卯，殲賊于高鑪。六月乙未，破田家賊巢。凡三戰，賊大崩。丙申，雉河解圍。皖省歲連兵，公私罄矣。是役費不貲，而渦陽之城先奏可，其費盡入于軍，事且輟。兹工之成，余所爲欷歔反復而益樂道之者，此也。

縣隸潁州，其地截蒙、亳，均阜、宿，得里四百，得保四十有四。其官知縣、典史、校官各一。其城高廣若干丈，其衙署、學宫、壇廟若干所，肇工七年之秋，竣工八年之冬。楚南熊軍門思立實總其成，踵而繼之者知縣事薛君元起。君河南人，莅事有績，縣人便之。初議城貲無出，李軍門良臣，豪士也，立輸七萬錢爲佐，既耗於圍守之用。未幾，喬公有事秦中，余忝受代，得舊部熊君躬任其事，爲節縮公費所存約萬金付君。君親執畚爲士卒先，工不煩民，期年之閒，費省而辦。今年夏，余奉命重撫是邦，道河干，縣人請記。既嘉熊君之勞，又以渦水之名最古，且大水也。方明之季，黄河決溢，渦之源流幾不可辨。詩曰『高岸爲谷，深谷爲陵』，古之人蓋嘗歎之，獨渦云乎哉！　因書且係以銘，銘曰：

渦水曰洵，姬公所録。受沙入淮，發源鳴鹿。越百千年，蕩於大河。渦濱之山，曰狼曰駝。余嘗逐賊，于山之下。水有哀王，山則終古。渦陽舊城，肇自元魏。維兹新築，下城父地。新築峨峨，昔者賊巢。伏莽惟狐，集林惟鴞。嗟我王民，乃陷於盜。墮阬落井，天日不照。僧邸奮戈，捐軀爲國。維喬與曾，版圖式劃。新築後先，由兩軍門。薛君繼之，喣民以春。舊服既褚，新疇爰伍。塾有詩書，野無桴鼓。嗟爾令賢，民不令欺。令克有終，歌斯誦斯。我銘貞石，奉宣帝德。於萬斯年，視天罔極。

渦陽書院講堂跋　代

余既爲縣城碑記，適書院講堂落成，邑人士請爲之言，於是薛君以憂去官已踰歲矣。余聞之周子曰：『師道立則善人多。』書院之有講堂，尊師而明道也。軍興來，官離厥次，士荒於經。薛君甫下車，汲汲焉當務之是亟，其庶幾知治本者與！　余久在兵間，學殖荒落，愧無足爲諸生益。獨念往時圍城中，賊壘壓河，候火明燭天地，今諸生弦誦燕息之區，皆昔日余與諸將吏裹創躍馬、崎嶇血戰地也。語曰：『百工居肆，以成其事。』夫百工技藝皆有師，況諸生出湯火之餘，誦聖賢之籍，則所以早夜孳孳，師若弟相勉於善，求無負乎賢令君之教，當何如哉？

臨淮昭忠祠記 代

國家以武功定天下，鞭箠所指，聲靈赫然。一時名臣碩輔既已崇祀賢良，而其不幸履險致危、喪元絶脰，偏裨之將、卒伍之長，則又合祀於崇文門外之昭忠祠，春秋二仲遣官致祭。蓋其始肇於京師，後乃推行各省。堂廡之制，籩豆之數，掌之太常，頒之有司，凡所以慰忠魂而厲臣節者，仁周乎貴賤而義徹乎幽明，典至崇也，恩至渥也，於戲厚矣！

壽春鎮郭善臣軍門莅鎮之次年，戎政既修，庶務克舉，臚列所部卓勝營陣亡將士，援例乞祠。余方承乏皖疆，奏聞，制可。今年冬，祠成，徵文於余。

初，粵賊之踞江甯也，江淮州縣盗四起，兵伍不充。諸大帥募勇擊賊，而皖北民俗材武多方可用者。方是時，余治兵前行，麾下諸握兵之將犄角四布，總數軍。善臣既能軍，而其所部士都深入敢戰，故其盪皖跨晉，鏖鬥山左，聲援直東，馳驅秦隴，戰屢最。蓋今之歌招魂而賦國殤，皆昔之斬將搴旗赴金湯而蹈白刃者也。吁！亦壯矣哉！

語曰：『生而爲英，死而爲靈。』以言乎横死者精誠所鬱，不隨衆以銷滅也，法曰『以死勤事，則祀之以言』乎？報享鉅典，録死事，所以厲臣節也。仰維國家列聖承承涵濡休息二百餘年，一旦疆圉有警，踐土之儔效命捐軀，藉酬高厚，此固天地之常經、民臣之大分。顧披堅執鋭效死無憾者，諸將士報國之藎懷；而恤死問存，微勞必録者，賢鎮軍詰戎之素略。慎斯意也，居安思危，用以儲材練士，拓專閫之宏圖，揚中興之偉烈。余固知善臣畚夜孜孜，其必有在矣。然則是祠之作，夫豈徒然乎哉！祠在臨淮某隅，經始於同治癸酉正月，落成以本年冬十月某日。堂廡庖湢總若干楹。倡其事者善臣，鳩工醵材則諸寮佐之力爲多。余書其略，因繫以詩。詩曰：

人亦有言，慘惟兵死。維孝與忠，雖毁弗毁。峨峨新祠，臨淮之溯。有堂有廡，馨香式潔。馨香維何？帝曰昭忠。赫赫明命，如日再中。嗟昔之役，爲猿爲鵠。亦有蟲沙，燐飛鬼哭。猗歟新祠，爰奠厥居。靈車寓馬，既燕且娛。偉兹忠魂，蹀血六省。歲閲十周，中原烽靖。相彼逆徒，覆宗滅祀。維帝鑑忠，恩延奕世。詩美同仇，易占致命。刻詞貞石，凡百敬聽。

重修振風塔記

振風塔者，在安慶樅陽門外迎江寺，舊名萬佛塔。咸豐癸丑，賊燬寺，塔頂被焚，久且益圮。今皇帝御極之八年，江淮既平，海宇清宴，於時新建吴公由藩司權撫事，政通民和，因條列皖省善後諸事宜奏聞，報可。期年之閒，工役備舉，而塔頂亦以今秋落成。時同治九年歲在庚午秋七月二十有九日也。

皖省臨江西北，諸峯稠疊，其東南陂陀平衍，術者言宜起塔以障江流，有青龍昂首之象焉，人文所由肇興也。方明隆慶時，江西王太守鵷泉以名孝廉來莅是邦。太守精形家術，因郡人士之請，爰諏爰卜，爰建茲塔。案志並塔閒舊碑，塔之建蓋隆慶庚午云。吁！亦異矣哉！

塔總七級，高二十有四丈，廣輪共數丈有奇，表裏純石，爲其教者範金象佛於其中而祀之，環塔四周又鑿石爲大小諸佛，不可枚數。公早抱遐尚，旁覽釋典，於形家言多所參證。方茲塔之經始也，嘗進皖人士而告之曰：『灊岳之祀貳佐祝融，其象離，文明之占也。東南巽位，其德爲風，乾之餘氣也。易小畜之象曰：「風行天上，君子以懿文德。」蓋德積於中而暢於外，猶風行天上，其力足以動物而功足以行遠，振而興之，六皖庶幾同風焉矣乎！隆慶距今三百餘年矣，余鵷泉之鄉人也，嘗往返江上，又歷官斯土，幸茲塔之成而願與諸人士共瞻禮焉。』

子苓山陬小民，嘗辱公度外之契，相知較詳。公有幹濟才，長髯偉視，發聲硡龍，遇事倉卒立辦，爲文衮衮數千言，咄嗟可辦。茲塔之成，蓋公善後之一端，未足以盡其大也。鵷泉之澤，吾皖人既家誦而社祝之，其於公當更何如哉？因記且繫以銘曰：

佛在拘夷，涅槃證果。有大迦葉，爇旃檀火。得舍利子，八斛四斗。諸天龍神，各各攜取。阿育建塔，于熙連河。爰植雙樹，曰娑婆羅。婆羅香烈，遠被諸國。爰有法益，建四大塔。凡塔建處，佛光所攝。亦越東土，璨也法器。傳伽黎衣，皖江之裔。江水奔流，萬馬東下。偉哉一塔，奡然横跨。維兹巨塔，製仿西竺。拔地摩霄，神運鬼劚。素壁燿星，金輪礙日。山川炳靈，淵雲輩出。公嘗爲言，早年用壯。扁舟載酒，嘯歌江上。于時承平，乾坤無恙。萬井炊煙，一灣漁唱。倚醉登臨，孤吟惆悵。自從軍興，繁華轉燭。滄桑一塔，天留與佛。佛説三生，曰去來今。鵝泉往矣，皖山自青。昨者我來，後先接武。是誰巧歷，閲兩庚午。賤子冥頑，不識佛理。窺貝葉書，自我公始。冥冥征鴻，滔滔江水。鴻自高飛，江無倦流。皖人戴公，願公千秋。江流塔峙，公澤未已。

郭氏宗祠碑記

郭氏於濠爲望族，其先營國公佐明太祖有大勳勞，錫土分茅，配食太廟，子孫或官於四方，或歸守其塋墓。臨淮，古濠地也，故今郭氏所居，土人猶沿其舊，稱曰郭府。而其西北隅有郭氏宗祠云，歲久祠圮。今年冬，善臣軍門因其舊址作而新之，請文於余。夫莫爲之前，雖美弗彰；莫爲之後，雖盛弗傳。記曰：『君子將修宫室，宗廟爲先。』又曰：『尊祖故敬宗，敬宗故收族。』以言乎水源木本之思，同堂異室之敬。幽格於鬼神，明周乎子姓，此固仁人孝子之所當自盡者也。自軍興以來，祭法晦而廟制隳，廟制隳而尊祖敬宗收族之誼廢而不講。余是以因善臣之請而益樂乎其言之也。

抑嘗聞之傳曰：『公侯之子孫，必復其始。』方營國之隸事於太祖也，年未冠。於時，伯兄鞏昌侯宣武公興積功貴顯矣，其季驍騎舍人德成嗜酒脱略，帝雅重之，然心弗善也。獨營國年最少，以忠勇入侍左右，尤被親倚，嘗呼之曰『郭四』云。嗣是入典禁旅，出莅大藩，郭氏功名與明終始。今善臣束髮從戎，不數年擁旄建節，榮膺巨鎮，計其年齒與營國初隸事時等。而一時昆季林立，文通武達，視營國之伯仲又大略同。而善臣於兄弟行適第四，吁！從古喬木之蔭，祖德孫謀，後先輝映，若合符契如善臣者，遭際亦奇矣哉！夫源遠者流長，積厚者慶遠，嗣是本尊祖之誠以敬宗，推敬宗之心以收族，用以揚營國之遺庥，宏封大夫之令緒，而重有造於其族人者，善臣其益勉焉矣乎！

祠建以同治十二年春二月，落成於本年某月。門廡既崇，堂室加邃，庖湢之儲，餕饗之所，悉增於舊。祠故有田若干頃，善臣懼其久而不給也，以其奉入復增置四十頃，以備春秋之乏。案郭氏系出於虢，自營國以前，遭元兵火，譜牒闕如。其見於明史者，自營國以下，凡數傳。曾孫勳錫封顯名於明世宗時。至明崇禎閒，勳之曾孫培民殉國難死，故今郭氏之祠以營國爲大宗云。余與善臣有通家之誼，因書，俾刻諸石，且繫以詩，詩曰：

粵賊之焰，禍延人鬼。欒郤無存，若敖久餒。有歸者祠，郭氏所作。堂構維新，式美且廓。其廓維何？文孫之報。仰維庭訓，曰忠與孝。孝思所錫，同宗合族。爰大其門，籩豆有肅。肅肅冠裳，朱旗載張。考是新祠，神保告祥。百祥駢只，淮水瀰瀰。郭氏之澤，視彼淮水。

英太封君六十壽序　代

前代士大夫之以家法名天下者，唐則長安韓氏、華原柳氏，宋則壽陽呂氏。呂氏父子繼相埒韓氏矣，而正獻公勳德醇備，上以承申國夫人之教而繼文靖之業，而下俾其子學成行修，蔚爲巨儒，聲施至今。柳氏家法尤嚴，史稱公綽兄弟居恒被服簡素，每會食，葡瓠外，非速客不二羹胾。諸子晨昏冠帶，動止有法。故仲郢少以能文上第，歷官中外，封爵河東，節度山南西道，能世其家。夫公綽誠賢，抑其室韓夫人尤善訓子。韓夫人者，唐宰相少師文忠公之女孫也。於時言賢母者曰韓夫人、申國夫人云。夫從古子弟賢否，恒視其父母之教；而世家之興替，每與國運相始終。

往余治兵皖中，於時今撫軍西林以州縣戮力行閒，屢立功，邀特簡矣。去年夏，余視師彭城，往來河洛之閒，每戰，西林輒在前綏。余知西林久，因得詳其先代功緒與其尊人封大夫餘圃平昔之所以教西林者。自其少時，即不屑屑於世俗常兒之愛，而早督以義方之訓。其讀書嘗開示以古人行己居官之要，勉以忠孝大節，而不沾沾於生人禄利之爲。太夫人，宗室子，大學士琳公之女孫也，父兄都上仕，自歸封大夫，力貧奉姑，以儉以勤，佐右夫子，老而無閒。余既知西林久，又習聞封大夫之行誼。戎事匆匆，未得一展登堂之敬。蓋西林，滿洲世臣也。滿洲士大夫之有家法者，其在今日咸曰薩爾圖氏。薩爾圖氏在國初以武功顯名，載在史氏。其後累葉忠藎，得世職雲騎尉罔替。封大夫之尊人鎮軍公，嘉慶朝以材武雄略受知睿皇帝，由世職不次寵擢典兵雲南，擁牙建旆，功名震耀蠻夷閒。封大夫以少年愛子追隨鞭鐙，轉徙萬里外，年才十餘歲耳。方是時，天下晏安無事也。今中原久用兵，西林以儒臣重望孚於帝心，受命專征，惠撫全皖。其視鎮軍公官雲南時雖文武各途，而爲國宣勞則同。朝廷推錫類之恩，俾封大夫夫婦就養官所，父子一堂，節鉞三世，俯仰今昔，境異事同，於戲盛矣！

抑語有之：壯思施，老思教。古君子所爲汲汲也。余聞曩者封大夫承襲後供職京師，屢以正被齕於其長官，故胸所藴畜不克施於天下。今老矣，龐耇之福貽謀緒論，用以承先烈而芘其後人，傳所謂『不有於身，必有於其子孫』者非耶？太夫人恭儉有禮，既貴，布衣疏食，相對如賓，易曰『夫夫婦婦，而家道正』，其謂是歟？余益以歎爲善無不報，而薩爾圖氏之世澤方長也。

今年夏五月，西林以其兩大人六十生辰，躬率僚佐奉觴稱壽而徵言於余。余嘗謂士大夫家法之善，郡邑之風俗、朝野之人才、國脉之久長繫焉。薩爾圖氏積功累仁，傳十餘世。鎮軍公勳在邊陲，孝友之聲在天下。封大夫早承家學，以正守官，以經術訓子，其家法之嚴，余以謂似唐華原柳氏。太夫人懿聞令德，實有韓夫人、申國夫人之風焉。故因西林之請推本其家法所自，俾爲侑觴之獻，且告衆賓。若夫百年之期，岡陵之頌，子孫衆多之祥，顯庸褒大，傳爵茆土，如仲郢河東之封，皖人士與其部下吏備言之矣。

語云『孝子愛日』，言養志與顯名之宜及時也。孟軻氏曰：所謂故國者，非謂有喬木之謂也，謂其有世臣也。西林，滿洲世臣也，深維夫庭闈之訓，仰念國家數百年高厚之恩，而兹者全皖之寄、九重宵旰之切，視仲郢節度山南西道，其負荷又何如耶？西林其益勉焉乎哉！

黄氏宗祠碑記 代

東流黄軍門蓋臣宗祠落成，乞爲言。君有將略，以材武勤慎久在行閒，積功至今官，朝廷推恩，封及三代，而其先世循良、文學侍從之士與夫忠臣、烈婦後先相望，輝映史册，此誠賢士大夫所樂爲稱道於無窮者也。兹重辱君請，余奚以辭？

聞之記曰『尊祖故敬宗，敬宗故收族』；又曰：『君子將營宫室，宗廟爲先。』説者謂封建廢，宗法不行於天下，先王廟制之精意亦浸以俱失。余竊以爲不然。蓋宗法弊，惟宗祠得以維之。夫禮緣義起，今世宗祠之制，其疏數之數於古不同，然合一姓之親疏長幼，羣對越於馨香籩豆之閒，昭穆以序，貴賤以别，記所謂上治祖禰，下治孫子，旁治昆弟者，究無以異焉。余故曰，宗祠者，所以維宗法於不弊者也。

黄系出於嬴，見於春秋，著於世本，爰歷秦、漢。在晉有官新安太守曰積者，愛其風土而家焉。在唐有進士舉曰儀者，天寶閒春秋射策高第。由宋至明則有廷試第一人曰觀，官侍中，謚忠節，與其配翁夫人同死建文之難。觀之弟曰覲，匿其幼子於貴池。而其從父忠避地東流，是爲東流黄氏始遷之祖。東流舊有祠祀新安太守而下，其祠西偏别爲室，專祀忠節，以翁夫人祔禮也。軍興以來，燼於火。君之尊甫封大夫，與族老之賢者，荒度經營，久而未逮。方是時，全皖日連兵，封大夫流轉山谷，太夫人又早世，而君孑身應募，每戰冠軍，既余數有事於江淮、河朔之交，君輒以所部當一面。蓋自蒙城之役，君屢奏殊績。昨者畿輔告平，論功階一品，於是歸而焚黄於其先人之兆。

仰維先世，世德相承，歷千百祀，逮於藐躬，堂構弗承，罷牲無所，其何以揚祖烈而光令緒？爰出私橐，俾其族老之賢者鳩工合材，因舊祠之規而加拓焉。又買田若干畝，以供時祭之乏。七年經始，八年告成。余既嘉君之績，又喜兹役之有終也。因書其概，並繫以詩以慰其封大夫之靈，以勉其族人。詩曰：

宗誼之薄，自一人始。宗誼之厚，自一人啓。誼之厚薄，粤惟祖德。譬如江河，源源不竭。相彼東流，黄氏宗祠。昔遭兵火，荆榛塞馗。荆榛是除，輪奂斯崇。峨峨飛檐，仡仡高墉。粢盛告充，庖湢式潔。穆穆棣棣，享祀不忒，咸曰惟先祖之澤。先祖之澤，其澤孔長。春蔬薦馨，秋黍載嘗。綿綿翼翼，神保降康，咸曰惟軍門之祥。軍門孝思，不忘所自。恪恭明禋，克紹先志。刻詞貞石，以詔奕世。

黃氏族譜序 代

去年春，藎臣軍門倡修宗祠，余既爲之記，頃復有宗譜之刻，屬爲言。余既嘉藎臣之孝思，又以幸黃氏之多賢。其族人士於兵燹之餘而不忘其所自，其庶幾知本務者歟！爰書其耑曰：

先儒有言，宗法廢而譜學興。譜學者，所以濟宗法之窮者也。蓋古者公卿大夫有廟以祀其先，有采地以養其子孫而贍其族人，故爲其族者異宮而同財，有餘則歸之宗，不足則資之宗，其子弟有歸器者則獻之宗，義嚴而恩洽也。自世爵世禄之制廢而宗法不行，仁人君子推原本始，懼其族之散而無歸也，譜以聚之；憂其族之久而益疏也，譜以聯之。由是制輕重之服，辨貴賤之等，有無相通，吉凶相赴，用以尊祖睦族而宗法即行乎其中。故曰，譜學者，所以濟宗法窮者，此也。

以余所見近世譜學，蓋有三弊：或遠引旁徵，案之史傳，前後舛隔，一弊也；或取資郡望，簡斥近枝，扶同遠葉，二弊也；甚且厚殖自封，剪其族類，角弓所歎，自古而然，三弊也。黃氏，東流舊族也，自新安太守至進士公遷于祁門之左田，又數傳，而教授公卜居貴池。前明官侍中、謚忠節、諱觀者死於建文之難，侍中之叔忠奉先祀以避居東流。余嘗因藎臣獲讀其宗譜而稱善焉。黄爲柏翳之後，春秋時有黄國，周、秦代有傳人，譜以新安爲斷者，慎而不誣，善一。黄氏舊譜以漢丞相霸與尚書令香次第爲世，今譜自晉、唐以下則闕其所疑，自祁門之左田則明著其繫，信而可徵，善二。是編刻於康熙初年，重修於嘉慶時，迨今而君之族老與諸文學之士守缺抱殘，甫脱兵戈，相與汲汲焉講求先人之功緒，整齊而纂輯之。藎臣身在兵間，至乃屢節省其奉入，以佽助而贊成焉，則益信乎黄氏多賢，而藎臣克紹先人之志，事之尤不可及也。觀斯譜者，孝弟之心油然而生矣乎，善三。

抑余竊有願焉。傳曰：『太上立德，次立功，次立言。』又曰：『公侯之子孫，必復其始。』黄氏世以循良儒雅起家，以忠孝大節著名前代。國初有官江夏令者，多惠政，楚北人至今猶能道之。其他以諸生貢太學、官鄉校者代不乏人。今藎臣崛然以武功奮興，階弟一品，嗣是而戮力宣猷，載光前烈，他日列壤之封、五等之襲，如古世官世禄，而藎臣藉是以亢其宗而贍其族人，黄氏之宗將益大。藎臣，余往者麾下所拔士；而東流，皖屬也。余久莅皖，聞池陽山水幽邃，其故家喬木之遺，先代絲綸之美，猶有存者。語曰：『一家仁，一國興仁。』詩云：『無念爾祖，聿修厥德。』藎臣其益勉焉乎哉！

忠節紀略序

忠節紀略，貴池人柯自遂所輯，總八卷，續編一卷，所以表章其鄉先正黄侍中與其夫人同死建文之難。其曰忠節者，謂夫死忠、婦死節云。其書四庫全書不著録，池州志、江南通誌所録，都無卷數，蓋不幸而湮没者久矣。今年秋，侍中之裔孫黄君藎臣從其家祠得先世藏本，將刊而布之，乞爲言，余受而讀焉。其爲書大都薈萃遜國、闡幽、顯忠諸録，坿以己説。經之以遺文，緯之以傳記，自前明以至國朝，疏、辨、贊、誄、詩、賦與侍中之死相發明者，舉次録焉，用以考祠祭之廢興，著子姓之存續。

計是書初屬藁時，明史甫開局，而遜國、闡幽、顯忠諸録已佚不存，故其爲書援引博而用心尤勤，此作者之大指也。今夫秉彝之好有生所同，文字之傳藉人而永。方靖難時，侍中不忍其舊君之思以自效于一死，而其夫人二女愴懷於國破家亡，湛身罔顧，夫祇以行其心之所安，豈有求白於後人之意哉！迹柯氏之爲是書，距靖難之際三百餘年矣，世已再更，痛非切己，顧乃抱遺訂墜以自力於深山窮谷之中，而若有餘痛者；况夫爲人子孫，于其先代懿行大節，忍坐聽其久而湮没焉可乎？余是以誦柯氏之書，既嘉其用心之勤，而於藎臣校刊之役尤樂爲稱道於無窮者，此也。

柯氏生平，以序徵之，知其字良士，以其與同里人祀黄侍中詩徵之，知其爲諸生。蓋池州志成於康熙五十年，是書自序在三十一年，豈修志時柯尚無恙，故志不及載，抑舊志殘脱軼見於他説焉否耶？微蓋臣，夫孰知大江之濱，蘄岩之下，有苦心著書如良士其人者？是又重可歎也。余嘗爲蓋臣序其東流宗譜矣。其系自新安太守而下家新安，至前明侍中之父贅許，故侍中冒許姓。比死，成祖怒，族其家。弟覲有幼子，匿于婦家畢氏。事平，出嗣。觀後居貴池〔一〕，而其從父忠避地東流，故今東流有祠祀。新安而下，别室祀侍中與翁夫人。考其言多與史合。余又以歎柯氏所謂仲弟遺孤匿于畢姓者，猶語焉而未詳。蓋考訂之難也如此，因書以補柯氏之缺。侍中初謚文貞，乾隆閒追謚忠節。其立身行事與其死事始末，是書與明史備之矣，故不論次。

英太夫人七十壽序 代

古世臣之興論先德尤論壼教。詩既醉之篇曰『君子萬年，景命有僕』，又曰『釐爾女士，從以孫子』。説者謂成周盛時，化起宫闈，壽考之庥，延於臣庶，故既醉而樂太平也。仰維聖祖重熙累洽，如古成周之世。某備員侍從，嘗聞康熙閒陳尚書文簡奉母在籍，方南巡，有參扇御書之賜。臺灣平，藍鎮軍以功入覲，御書『晝錦萱榮』以賜其母蘇氏。而徐太傅文定巡撫浙江，入參大政，其母尤老壽，屢朝於皇太后慈甯宮。夫此數公者，文武大節炳耀宇内，一時敦崇耆彦，君臣告語，歡若家人，仁厚之風度越前古，於戲盛矣！

余友西林中丞有文武才，滿洲世臣，其先有大勳，膺世封，鎮軍繼起，光録嘉遯。太夫人屬籍宗室，其大父、父世貴顯。方在京師，余與西林總角生同齒，居同里，余事西林如兄，西林亦視余猶弟也。每過從，招要竹馬，太夫人恒出瓜果相啖以爲笑樂。未幾，余與西林同舉於鄉，又數年别去。傳曰：『太上立德，次立功，次立言。』夫傳之所謂立者，遭際無常，大丈夫要能早自奮發耳。西林以一書生起州縣，忠憤所鬱，致身前行。年甫三十，擁旄建節，赫然立功名於數千里外。方其戡淮南，蹀淮北，受降灊霍，振旅京畿，崎嶇烽火，太夫人脱珥犒軍，倚閭待捷，險阻艱辛，氣不少挫。余每聞聲起舞，撫髀羡歎。日月幾何，余與西林都漸老大，屈指計之，太夫人春秋七十矣。往歲，西林曾奉版輿一來京師，余數上謁，太夫人縷話疇昔，忽忽猶前日事耳。

兹值壽母設帨之辰，而余羈於部掌不得躬奉一觴，既大歎於中，又以羡西林之能及時而養也，西林其益勉焉乎哉！抑聞之經曰『以孝事君則忠』，又曰『夙夜匪懈，以事一人』，卿大夫之孝也。今上宵旰，敬紹祖德；兩宫雍睦，化宇熙熙。西林年力方盛，他日歸朝策勳，爰協枚卜，於斯時也，太夫人錦衣繡節，入覲兩宫，用以踵文定之故事，飭中興之上儀，余小子搢笏垂紳，載仰德輝，佐襄盛典，其爲榮幸，夫豈有既哉！　昨有自南中來者，爲言夏五月西林舉一子，抱中瞭視偉然。　夫將門出將，相門出相，石麟之賜，天之所以壽太夫人者亦厚矣哉！　則益信乎爲善無不報，而期頤之慶、瓜瓞之徵，蓋自是而未有艾焉。　既書其略，爰繫以詞，詞曰：

鶴觴之晉兮，路迢遥而未遑。　聞佳兒之初誕兮，其聲駪駪。　壽母摩頂而宣佛兮，曰是薩爾圖氏之嘉祥。　嘉祥兮戩穀，倚閶闔兮致遐祝。　羣仙翮其延望兮，指綸扉以相屬。　補袞職兮飫鼎餗，康壽母兮愛佳日。　載稱曰佳日兮婆娑，諶恩綸兮滂沱。　舞萊采兮鳴玉珂，奉萱庭兮奏靈和。　靈和奏兮慈顔開，皖人樂兮登春臺。　命青鳥兮致詞，祝壽母兮歸來，婻宿耀采兮明三台。

名震兒説

撫軍建節之次年，歲丁卯春三月，盜入楚北，皖人大恐，公視師灊霍之交。　比歸，長公子生，取大易之卦，名之曰『震』。　余來潁州，甫卸裝，匆匆未修賀，撫軍爲言：『兒昨病風劇，瞀而幸瘉。　子知我，曷爲言，以爲是兒光寵焉，可乎？』余唯唯。　退而自維：余之知撫軍也，既久而益深，未敢以尋人頌禱之言進。　而易之爲書，明陰陽之消息；陰陽之消息，視乎人事之失得。今夫震卦，陽而數奇，於時爲春，於物爲龍爲雷，孕於重壤，父乾母坤，執帝之符，爲雨爲霖，發聾出蟄，隆隆厥聲，此震之行於天者也，包羲氏之所畫，文王、周公之所繫。易曰『震亨』，震而亨者，天道也，今撫軍之名其子也。八卦皆恒德，顧有取於震，傳曰：『名有信、有義、有象。』震，東方卦也。其在天，廓清之功比於武事。且長男也，維薩爾圖氏代有武勳，撫軍繩之，奠我皖人，潛霍之役，凱旋在門，天酢蓋衷，哲祠以生，盛德在春，紀時信也，旌伐義也。雷騰龍驤，神奇變化，狀魁磊而異常，形色惟肖，嘉名用彰象也。蓋一名也，傳所謂信、義、象，其備舉焉矣乎！

雖然，天道不能有息而無消，斯世會不能有治而無亂。震亨者天道，君子於震之來，恐懼修省者，盡人事所以答天眷也。是以震之初九曰：『震來虩虩，後笑言啞啞，吉。』其六五曰：『震往來，厲；億无喪，有事。』古者大祭祀曰事。傳曰『國之大事，在祀與戎』是也。无喪有事，象所謂『不喪匕鬯』者也。其在詩曰『釐爾圭瓚，秬鬯一卣』。序詩者以謂召穆公既平淮南，周宣王策命其廟祭之詞。初九穉陽，虩虩恐懼，曰震來者，人心之精微，夫震豈外來哉！方長公子生未彌月而病於時，撫軍有戒心焉，瞀而後痡，信乎其先虩虩而後啞啞，象所謂『恐致福也』，其較然與？夫福莫大於保世。禮，非公侯卿大夫之世不立廟。撫軍之秩與古侯伯等，且勳裔也，法當廟。又時方用兵，今使節所臨，江淮之舊墟焉，而長公子之生適際兩大人介觴之慶，蓋天之所以貺吾撫軍者，逮是而極盛焉矣乎！　夫居極盛之遭而持之以小心，古君子所爲汲汲焉以求盡於早夜者，此其故文王、周公蓋嘗言之，而於震明著其大凡。　抑聞易噬嗑之象曰『雷電，噬嗑，先王以明罰敕法』。　蓋雷電以去天地之梗，猶噬嗑以去飲食之梗。　凡物之梗，大者易見，細者難防，其難可知，其易多忽也。　能威且明，夫是以法令修而事功舉，古君子修省之實驗震之極致也，而其要，則自恐懼始。

抑又聞之：震、坎、艮皆有乾之一體，震陽在下也，艮陽在上也，坎陽在中也。　震與艮偏乎陽者也。　坎中子有嫡之象焉。　公夫人仁孝有禮，賢者必有後。　嗣是而坎耶？　艮耶？　撫軍次第以名其子者，請執筆俟之。

仁哥讓乳説

讓，盛德事也，成人且難之。　孟子曰：『好名之人，能讓千乘之國；苟非其人，簞食豆羹見於色。』又曰：『大人者，不失其赤子之心者也。』夫讓千乘之國而不忘於簞豆之細，是僞於讓者也，是失其赤子之心者也。　何者？　赤子者，純於天而無人之見存者也。

仁哥者，西林撫軍之弱弟。　今年春，余來潁州，撫軍舉一子，曰震兒，余既爲之説。　於是乎仁哥生周歲矣，有傳其讓乳之事者，曰：日者仁哥方就乳，母保抱震兒侍封大夫側。

封大夫嚄唶曰：『震兒饑且啼，奈何？』則乃矍然昂視，亟吐其乳，推其母俾乳兒。家人皆大笑，則又徐徐注視兒，若重閔其饑者。吁！彼赤子也，惟乳之是知，其於乳嗜專而愛篤，若夸者之於名，貪者之於利，雖天地之高厚，萬物之美備，舉無足以易其乳。乳而讓，讓之巨者。乳子而讓乳，讓之純於天而無人之見者也。吁！亦異矣哉！此仁哥之所以名『仁』也歟！蓋仁、義、禮、智之在人，猶元亨利貞之在天。仁，人心也，天理也。元之所以長，衆善也。余又以歎封大夫命名之義，至深遠也夫！抑嘗聞唐勳臣司徒北平王家，猫有生子同日相乳者，昌黎韓愈以爲王有巨功於唐室，其忠愛慈惠感於物類，以是爲馬氏之祥。吁！薩爾圖氏之爲勳臣舊矣，其忠愛慈惠之流於人者遠矣，以是而言祥，祥乃益大也歟！

抑余於是重有感焉，方仁哥生時，余客使館西廡，湯餅之賜，余先嘗之。其既彌月而見客也，余嘗撫摩而抱持之，故仁哥每見余，恒啞啞騰笑而就余嬉。而封大夫每與余談，恒坐着膝上，余以其瞻矚之異常兒也，嘗戲授以案上文字，或指示壁間所懸書若畫，手且眴，意了了可愛也。語曰：『後生可畏。』從古賢俊之生其稟受實異尋人，而撫軍與余實有兄弟之好，計仁哥他日成立，余老且病，於是説以道之。

寄題吴方伯維摩示疾圖

僊説長生，佛説無生。奈何衆生，自墮劫塵。猗歟維摩，佛大弟子。具悲閔心，病緣衆起。衆生蚩蚩，水深火熱。髯公老僊，而宏佛力。見宰官身，六通四闢。設圖寄意，念兹民瘼。我實凡夫，善病嗜睡。時觀衆生，如幻如寱。往從皖江，忝竊座首。聽公説法，得未曾有。佛門廣大，金鐵同鑄。我之知佛，公導先路。自與公别，暑來寒過。於夢寐閒，見獅子座。公常促我，早赴南舟。我實憶公，猿鶴相留。公病衆生，天人扶持。我衆生病，鍼石弗治。靄靄慈雲，浩浩江水。公壽無量，衆生懽喜。

先得月榭跋

閒閒園曩有此榭，燬於兵火者蓋十餘年。昨冬，縛茆數椽於舍之西偏，鑿牆而疏其檽，以受山月。山無名，土人曰横山，蓋浮槎之支麓也。嘻！月猶是耳！『高岸爲谷，深谷爲陵』，古詩人先我而歎之矣，獨兹榭焉乎哉！

同治五年歲次丙寅冬十有二月，龍泉老牧時歸自潁州，除夕前四日雪初霽，林光皓然，凍禽微鳴，讀陶公歸去來兮辭，憮然長喟也。

陸氏先德録序

禮詳於喪祭之儀，後世人子畫象以祭，禮無明文，故議禮者多異同焉。余以謂禮緣義起，苟其事放乎人心而皆同，準之天理而克當，雖古人之所無，後之人可義起焉。況設象著於楚辭，御容肇自唐代，古今異宜，文質互用，畫象而祭，蓋變禮之一事耳！

抑嘗聞之，古君子之事其親也，生則敬養，死則敬享。是以齊之日思其居處，思其笑語；祭之日僾然必有見乎其位，周旋出户，肅然必有聞乎其容聲。夫其所以如見如聞者，何也？天屬之愛，杯棬手澤之思，天理之同，符人心之所不能自恝者也。畫象之事興，先人之笑語容聲在焉，則凡仁人孝子之僾然、肅然者，乃真如見焉、如聞焉矣。語所謂禮緣義起者，此也。

陸氏先德録，蘇州陸觀察秋丞嘗手定者。自其封大夫暨太恭人以上，就其家藏遺象臨撫裝潢，總爲一册，又各件繫其生平行事與其遺文撰著而爲之贊。今年秋九月，君盛服肅使者再拜而進曰：『余，羈人也。少橐筆於四方，中歲宦游，崎嶇戎馬，不得歸望松楸，親省祠墓。是圖都重臨縮本，藉便舟車。每歲時伏臘，犓具牲醴，躬率妻子一展拜於寓所。仰維先氏受姓以來，譜系闕略，謹就見聞捃拾采輯，用示後人。而畫象之事爰稽先古，經無文焉，願有言以祛吾惑。』

余謹謝曰唯唯否否。夫居今日以上溯成周，其繁文縟節，禮之不可行於今者，豈一事哉！由成周以下觀今日，其因時制宜，禮之不必合於古者，豈一事哉！鄙人非知禮者，往居憂嘗肄業，及之今即以士禮論，古者親始喪，置銘與重以録神也。既葬，内銘於壙中、瘞重於廟門之左，以明敬也。乃古者銘以布，今者銘以石，而重之制，則無行之者矣。古者大夫士皆有廟，廟祭明，故宗法詳。而且未祭，筮尸；將祭，迎尸；既祭，送尸。記曰『孫爲王父尸』，詩曰『神保聿歸』是也。秦、漢以來，墓祭盛而廟制益疏，淫祠作而巫覡肆起。祭之廢尸也久矣。尸廢而畫象興，禮之窮而必變者也。昔司馬温公以畫象之非古，其作書儀載魂帛依神，蓋猶古者置銘與重之遺意耳。朱子家禮仍之。國朝萬處士、徐尚書辨之詳矣。觀察所録，靄然仁孝之言也，且有志於古禮之興廢，因述所聞以告，遂書其簡端。

陸氏傳家集序 代

昔穆叔與范宣子論三不朽，推本于立德、立功、立言，而謂『保姓受氏，以守宗祊，世不絶祀』之謂，世禄初無與於不朽之業者。夫德與功尚矣，士不幸不克自見於時，垂空文以詔來祀，而後之人誦其言以崇其報，名山之藏，俎豆之薦，雖以公侯卿相之尊，若無足以相易焉，則信乎立言之可貴也如此。然古今以來，號爲能言者代不數人，人不數卷，蓋立言又若斯之難也。

蘇州陸觀察秋丞被服儒雅，好學有文，嘗與余共事兵閒。去年冬，有先德録之刻。頃者，復次第其先世遺文若干卷，總名之曰陸氏傳家集，既卒業，徵言於余，余受而讀之。自吴川公父子藴沖履素，身隱無文，大易所謂『吉人之辭寡』者耶？中台公以家學爲官，常在天啓、崇禎閒斥璫祠，排撫局，大節犖然。入國朝，杜門戢影，論撰所及，愁然若有深憂者。余讀其言，悲其志云。夫『莫爲之前，雖美弗彰；莫爲之後，雖盛弗傳』。是集所載，中台公而下，荻存公以至藝香贈君，其見於編録，曰詩、曰古文、曰雜著，大都根據經訓，揚扢風雅，彬彬然作者之遺風，立言之高矩也。於戲盛矣！

抑余讀是集而重有感焉。書曰：『若考作室，既底法，厥子乃弗肯堂，矧肯構？』詩曰『君子有穀，宜孫子』，以言祖父之遺留賴乎後嗣之象賢也，陸氏爲吴中舊姓，簪笏之庥，文藻詞章之富，自明嘉靖以逮今，兹歷世九傳，閱年數百，而觀察懃懃焉，於兵火煨燼之餘，能守其祖父之遺書，排纂而刊布之。余益以歎陸氏之世澤方長，而觀察之孝思將錫類於無窮也，故爲誦穆叔之言以道之。

結歲寒緣館賦 並序

館在皖江撫署安園之東北隅，旁植四松，翼以修篁，老梅離立於松竹閒。時維春仲，雜花繽繙，眷兹三友，冷香高黛，古姿郁然。牓書總五字，隸筆鎔鐵，觀者凜然有寒意，稱是館矣。其額則撫軍新建公半畝園曩昔之舊題也。先是，公白衣起家，佐今相國湘鄉公扶義楚南。於時賊剽起，軍饋屢闕，公以勇略最諸將，爲軍鋒祭酒，湘鄉公恒倚賴之。既進矣，齗於柄事者，退而卜築於章貢之濱，牓其所居館曰『結歲寒緣』，盟素心、貞初服也。未幾，治軍鳩兹，旋陳臬是邦，開藩建節，所歷雖殊，牓都其舊，蓋即是而公之志可見矣。子苓獲侍宇下，感戎馬之蹉跎，喜昇平之再見，懼後來者無以諗公之志，因爲賦之。其辭曰：

皖江春兮春正闌，芳草緑兮江干。有美人兮羅袖單，蹇獨立兮愁余，締皋諾兮歲寒。寒閲歲兮方新，緣並寒兮益苦。茍余情兮信芳，夫何靳兮兹土。故斯館也，地僅一廛，名兼三楚。流水自今，片雲終古。長物則松竹梅花，其人是湖山賓主。洞壑玲瓏，花亞欄紅。欞嵌四照，檐俯衆峯。蘭靚朝以泫露，柳眠午而罥風。橋迴度鶴，湫泠吟龍。時也屈宋對衡，機雲並駕。刳鶻玉以豔日，握驪珠而朗夜。遂乃笈采三茆，碑樵兩峯；吴琛越彦相與騁秘叩元，咸輻輳於斯館之下。况復劫换恒河，煖回大地？家有龍孫，門無鳳字。纘以挾而皆温，廈何廣而不被？故爾名繫南弧，氣吞西竃。羅杞梓兮程衆材，集冠裳兮肇嘉會。

客有拏舟而來，適考室之上辰，忝授簡於前席。主人觴客，爰舉大白。曰斯館也，不有佳作，飲以金壺之墨。客醉而酡，酢主人以金叵羅。賤子揚觶，爲歲寒之歌。歌曰：『章貢之水何悠悠，松門石鏡懸清秋。請公莫漫賦歸去，多少蒼生要大裘。』載歌曰：『有鱗兮松，有籜兮竹。有馨兮梅，隸公之宇兮，維公之鞠。願公之鞠吾皖人兮，如公園之草木。公心自冰，皖人斯燠。更億歲兮千齡，熙春陽兮介福。』

周太夫人七十壽序

古之名將多出於賢母之教。然賢矣，不必其皆壽；壽矣，不必其子孫之衆多；賢而壽，子孫衆多矣，而錫類之恩、顯榮褒大之美不必其皆親見之而躬享之。何者？五福之應存於人者可徵，存於天者難必耳！夫名將如陳嬰、王陵、陶侃、董昌齡、虞潭可矣，其母夫人皆以賢名。然陵母效節於漢室初興之日；嬰與侃其母氏之賢，史氏第著其一二事，而不詳其始末；董母行誼大略與陳嬰母同；惜昌齡之仕不顯於時；惟虞潭母孫氏事迹具於晉史列女傳。潭既以功佐晉中興，而其母年登大耋，金章紫綬，自大丞相王導以下皆拜謁焉。語所謂國恩家慶，曠代之奇遭而宇宙不可必得之異數也，乃今者於海舲鎮軍見之。

鎮軍，今之名將也，其封君栗太夫人生長通門，少嫻姆訓，自于歸後，佐封公屏當家政，族黨姻串中外之戚共稱其賢。未幾，封公捐館舍，太夫人教督諸子，以耕以讀，實有義方之訓。自粤西倡變，江淮南北日搆兵而廬州屢被賊，鎮軍昆弟倡集義兵，捍衛桑梓。方是時，軍符遙午，枹鼓之聲絡繹於道。四方賓客輻輳，歲數不登。太夫人躬率諸婦糝藜蒸藿，節省衣食，用以抒閭左之急，而供賓客之乏。凡鎮軍昆弟所以修於家，信於友朋，戮力於軍旅，以克成大功者，太夫人之教爲多云。上海之役，大吏以鎮軍屢積功，迭聞於朝，膺睿賞矣。去年夏，今相國湘鄉曾公視師彭城，檄部前行，轉戰河洛之交，數上功，帝心載簡，絲綸殊賚稠疊而至，鸞誥之封追崇三代。太夫人以桑榆之暮景，被蕃釐之巨慶，樂林下之寬閒，極含飴之樂事。雙旌列駟，萃於一門。朝廷錫類之恩與夫人世錫庸褒大之美，太夫人蓋親見之而躬享之。於戲盛矣！

今年冬某月，爲太夫人七十設帨之辰，鎮軍昆弟求所以爲太夫人娱者，屬爲言，以當侑觴之祝。蓋五福之徵，各以類應；天人感召之符，雖古今事勢各殊，而積善必昌，後先一轍。嘗考虞潭在晉，杜弢之役，其母傾産餽士；征蘇峻時，母勉以忠義，盡遣家僮助戰，又質其環佩資軍。潭既拜武昌侯，爲其母立養堂於家。史臣備著其事，以爲美譚。今太夫人躬節儉，履危如安，處盛不驕，居嘗所以勉勖鎮軍昆弟者，其賢視潭母豈有異耶？而鎮軍年力方盛；仲兄某太守，家居修園林奉母之樂；其季盛傳軍門尤驍勇，每戰嘗冠諸軍，湘鄉相公所嘗推轂而樂道之者也，五等之封，河山帶礪之賜，有加而未已。而太夫人神明矍鑠，起居甚健，諸孫頭角軒舉，百齡之祥，岡陵崇邱之頌，自是而未有艾。子苓雖不文，他日猶能執簡載筆，恭廁於衆賓之末，爲太夫人大書特書，不一書之也。

説酒贈裕朗西觀察

古無以酒名者。其能自廢於酒而名天下後世，余於衰周之際得一人焉，曰魏公子無忌；於魏晉之際得三人焉，曰阮步兵籍、劉伯倫伶、陶靖節潛；於唐得二人焉，曰王東皋績、李翰林太白。之數子者，負瓌逸之姿，抱有爲之志，迹其初意，夫豈欲以酒人終哉！惟其不幸而決然以自廢於酒，其樂也乃所以寄其憂，其死也乃所以善其生。故自魏公子而下，雖其人所遭各殊，考其年無踰中壽者，余又以歎古酒人之不幸。而凡無其實以坿其名者之舉，不足以言酒也。

余少蹇多故，喜爲酒人之遊。於時，同里蔡子秋白窮於詩，郭子仰林隱於俠。二子者，飲恒倍余。余每飲恒病，病已恒飲，坐是日困。既遭亂，憂不自聊，念兩酒人都前死，則益自祈於酒，而病且益殆，久乃斷去。同治初，避兵安慶，識同年生雁門馮君魯川，因魯川以識朗西。二君者，皆雄於酒。魯川以部郎守大郡，歷監司，仕通顯矣，而沈飲不節。余數相規。魯川每爲余道其生平坎壈與其痛切難言之故，恒泣，余固以歎魯川之終不能自已於酒也。昨來安慶，思魯川而不可見，見嘗朝夕與魯川同飲酒之人，如吾朗西者幸矣。然朗西年日富，才日進，宦日以達，而其飲日益以豪。余每見，嘗以規魯川者規之，卒未有易焉。故兹者復以古酒人之説進。

今夫酒，古以爲禮，今以造禍。余嘗見夫今之彝酒者矣，殫水陸之腴，竭日夜之力，分曹角勝。其交也若市，其爭也若仇，沈湎之風盛於上，獄訟之原繁於下，而猶羣然以號於衆，曰酒人酒人，此酒禍之所由日烈與？夫數千年之積弊，介然違流俗而反之正，惟曉大略而明治體者爲能。朗西有吏才，器閎而力駿。他日得尺寸之柄，由吾説以廣之，崇衛武賓筵之戒，申成周孝養洗腆之訓，所以靖生民之禍，其次第設施，將蚤夜講求之不暇，奈之何其沾沾焉自喜於酒爲哉！

說相贈陸秋丞

余少喜讀相人書，陰以決人賢愚修短貴賤，十嘗得其四五。因旁及於星禽禄命之說，以求廣吾相人之術。既觀北宋人所録張尚書方平、李給事徽之、王秘監端，皆生同丁未，尚書酉時，給事卯時，秘監戌時。三人者後皆同執政，同享大年。而洛中老儒張起宗與文潞公生同丙午，卒至通塞懸隔如瞽人者之所云云。然則禄命之說果有據耶？抑無據耶？乃今者於吾友陸觀察秋丞益信乎禄命之説之不誣，而昔人所爲據年月日時以言命者，其爲術愈密，故其爲驗尤著焉。

觀察，蘇州之震澤人，自其先方伯公直聲藎節著迹前明，嗣是鼎彝鉛槧，代有傳人。君淵源家學，爲人汎愛博通，尤長於公牘文字，其理財敏於會計而能致謹於出入之度。咸豐間，江淮、河洛迭用兵，君佐戎大府，大府爭傳客之，積功至今官，晉階得正二品。余初識君於廬州，君清臞鶴立，與人語謙抑善下。余固知其非風塵士也。未幾，君由河南任所調入皖撫行營，遂獲數相見。去年冬，過君邸舍。時君將告歸，夜闌燭跋，陳説平生。君欷歔顧嘆，曰：『吾鄉去廬州水陸遼絶，然吾與子生同壬申，既同歲，且同月，又同日也。其不同者，吾墮地時先吾子廿餘刻閒。今吾子翛然物外，章紱不以牿其身，榮瘁不以關其志。吾髮星星，病幾憊，簿領羈遲。昨乞歸，大吏遮留，不得行。頃者，同人將具觴以預爲吾六十生辰之慶，吾滋懼焉。曷爲言以抒吾思焉，可乎？』

余因復於君曰：『劉彦和有言，凡人有相有命，相、命定，聖智不能回，鬼神不能奪。古之言禄命者，有珞琭子三命一卷。宋林開廣爲五命，其大指謂年、月、日猶舟，然胎則舟之所自來，而時則風之運舟以必行者也，故曰五命。云五命之用時爲大，其法曰金堅、木直、水潤、火燥、土濕。是以人之生也，得金、水之氣者壽。蓋金與水相生而互爲之宅。金決而沈，水内景，故其在人爲智、爲斷、爲多謀而善鑑。雖然，金王於秋，水王於冬，萬物成於秋而藏於冬。秋冬者，金、水之府，凡物之藏也深，則其發之也遠。故木直而僵，火燥而燼，土濕而垢，惟金、水之氣至清，其爲用也無窮，而其爲壽也最永。余頑鈍，無足比數。顧惟才具如君，蕃慶之錫、純嘏之徵，夫豈有艾？蘇州，大郡也。其花木、魚鳥、泉石、圖史之勝，君與余所好大略同，而君之力又恒足以致之。他日宦成而歸，築室於鄧嶺、胥塘之閒，俾余得以素箏濁酒從事於衆賓之末，如往者起宗與潞公故事，其可乎？』君欣然而笑曰：『有是哉？請以爲不佞壽。』

邇者，余歸山中，因憶前語，遂書寄且稱祝曰：

我生之歲，金水會局。其月建子，日臨戊戌。君於其時，攬揆以降。時則加丑，陽孶陰壯。觜宿儲精，得壽者相。夫惟壽者，而兼宰官。繡衣巨斧，獬豸其冠。君之決事，風行水到。滾滾千言，健若年少。我生懶散，甘落人後。咄哉樗年，而同芝壽。壽筵峨峨，壽星有喜。鴻案鹿車，輝映金紫。仰承先德，以施孫子。相彼耆英，載瞻會節。是有命焉，徵諸往牒。賤子載稱，以訂後約。

昭忠祠碑記 代

古者無非禮之祭。禮曰：『以死勤事則祭之。』夫憯莫甚於兵，死節莫大於效忠。古昔聖王酬庸録勳，爰舉明禋，用褒死節，厚之至也。自淫祀繁興，教忠之典闕如，蓋祭法之不講也久矣。

國家龍興，肇造區夏，羣策羣力，師武臣之烈爲多。一時股肱心膂贊帷幄而襄密勿者既已銘功册府，秩祀賢良。其不幸捐軀隕首，戮力疆埸，八州之督，千金之客，羽林佽飛之孤兒，橐筆抱簡之羈士，藁骨無歸，綸音載錫，廟食千齡，吉諏二仲，此昭忠祠之所由作也。其始建於京師，既乃推行各省，牲牢籩豆，頒自太常，垂爲功令。法美而制詳，仁周而義盡。於戲厚矣！

自粵醜犯順，兵連數稔，今皇嗣服，爰奮天討。某猥以菲才，隸事前行，幸仗天子威靈，部曲效命，用以屢當大敵，所向克捷。謬蒙高厚，叨據顯爵。昨者假歸林下，追愴疇昔，諸部曲死亡殆半。爰出奉餘，擇地建祠，凡以慰忠魂而宣上德云。自維駑鈍，起家儒素。首倡義旗，自皖而滬。懸軍虎口，誓不反顧。乘勝出奇，鯨波飛渡。常州大捷，賊魁駢縛。連拔名城，人馬皆血，楚北之敗，我軍不戒，蹴齊盪燕，賊徒盡殲，蹀血數省，轉戰七年。計今之君蒿悽愴，列几筵以飫牲牢，皆昔之衝鋒陷陣、蹈湯火而糜肝腦者也。吁！是亦可悲矣夫！

祠在郡城之西北隅，爲堂若干楹，室若干間，經始於同治某年某月，落成以某年某月。究國有言：生而爲英，死而爲靈。余固以知是祠之爲靈昭昭也，爰繫以詞，以當楚些。

詞曰：

百戰兮功高，身橫死兮蓬蒿。維聖主之憫忠兮，考新祠兮荐牲牢。乘靈車兮佩寶刀，魂歸來兮風蕭騷。巢湖濱兮蜀山側，秋草淒兮凝碧，鬼馬嗁兮日將夕。麒麐狐狢兮一邱，山中人兮跨牛。萬骨枯兮一劍留，劚松脂兮行夷猶。帓首兮擐甲，鼓角鳴兮雷電發。嗟死者兮不作，歌楚些兮淚橫落。割鮮兮荐馥，美輪奐兮夏屋，魂歸來兮介福。

皇清旌表殉難朱母費太恭人墓表 代

堯峯汪郎中有言：禮，婦從夫，祭曰祔食，葬曰祔葬，行事始末皆附於夫之碑志中。古人之有行狀，上諸史官，請立傳也；升於太常，請立謚也。婦人無傳無謚。奚以狀爲？惟夫歿且葬，爲時已久，而其行事不及附見於夫之碑志，或其懿聞大節卓然可傳，有賢子孫懼其久而無聞，則爲之狀，以請於當代能文章者爲之志銘，以瘞諸幽。志銘之不及，於是乎有表焉以顯揭於阡。蓋表者所以補志銘之闕，義法各殊。後之爲文者不識古人義法所在，有揭志銘於墓前者，有碑碣篆蓋志文首行題云『某府君暨元配某』者，蓋古文義法之亡也久矣。

若余所見，近世朱母費太恭人懿聞大節卓然可傳如是，又其殁也距其夫迪莊贈君殁且葬爲時已久，且粵賊之難，家人播遷，志銘闕矣。頃，其孫炳麟以其尊人光溥所爲狀請表。而余適承乏皖疆，表奚以辭？

案狀，太恭人姓費氏，與贈君同爲蘇州之震澤人。父諱蘭墀，翰林院編修。大父諱林，刑科給事中，廣西學政。其在室，事其母與大母均以孝聞；其歸於迪莊贈君，事其舅姑亦如事其母與大母。時朱氏饒於貲，太恭人相夫以學，賙物以施，治家以儉。贈君卒以有名庠序閒。贈君殁而家難作，太恭人權而克靖，遺孤用安。未幾，粤賊據金陵，鋒四出。是時光溥需次浙江，聞警歸，梗於路。其弟光瑩爲季父後，奉其嗣母徙他所。變起倉卒，太恭人攜其幼孫與一寡女避地韭溪。賊奄至，其孫負而走。太恭人揮之去，駡賊，創死，時咸豐庚申年夏五月十日也。

易家人之六二曰：『无攸遂，在中饋，貞吉。』詩曰：『釐爾女士。』夫中饋者，凡婦人之恒職，中材可勉焉自盡。女而曰士，是必體明用達，卓然有士君子之行，而非凡婦人所可方比者。迹太恭人生平行事，蓋女而有士行者歟？其駡賊不屈，視死如歸，抑其素定者然耳！余是以誦賢母之行事，而益不能自已於辭者此也。

震澤費延釐，太恭人外家子也，嘗爲傳曰，太恭人既嫁，常聞其曾王母與其先大父疾劇，兩刲臂肉以進。自粤賊圍金陵，輒素食，飭家人曰：『東南劫盛，吾思少割一臠即爲物延一命耳。』其寡女名静媛，繼室於陸應龍，逾月應龍殁。静媛隨太恭人避賊，太恭人駡賊死，静媛同里中嫗環泣母旁，荐以積薪。俄賊至，被掠。其明日，里嫗逸出者具言烈婦於其夕乘閒刺賊，賊死，遂自剄死矣。其仲兄光瑩展轉尋詰，久而益明。事聞，與太恭人同被旌。

太恭人殁年六十有二，距贈君之葬又數年矣。賊平，以丙寅年九月祔於贈君之兆。光溥官浙江縣丞，後太恭人數年而卒。孫炳麟者，常佐余軍，積勞得今官，即狀中所云幼孫倉卒負太恭人以走者也。嗚呼！太恭人行事當特書；而陸烈婦者，於法當附書。余故援堯峯之説爲表，俾揭諸阡而並詳其世系與其生卒年月，以補志銘之闕，且繫以詩曰：

朱張顧陸，系望吴中。奕奕冠裳，閲世載庸。閨門之化，厥由母教。母教克嫻，一氣維肖。
相彼韭溪，母女完節。勁柏高張，貞玉不涅。有司旌門，雙楔相望。式者敬恭，秉彝攸尚。
峨峨佳城，體魄所祔。伐石刻詞，昭示來祜。

鶴寮銘 並序

先得月樹之東垠有隙地，廣袤盈丈，藤交瓜蔓，蕪棄弗治。頃者鶴來余家，露宿信夕。既失偶，酸吟寒唳，戚然有羈旅之悲。爰命版築，既塗既茨，中扉旁牖，亭午而竣。儲泉於罌，實粟於缶。羣鶴告安，童稚咸賀。蒼雅：『寮，小窗也。』傳曰：『同官爲寮。』是鶴也，敖於江湖，陷於羅網，又不幸而辱於鄙人，以同寓食於兹土，因顔其額且繫以銘。銘曰：

雲漢雖高，汝飛曷歸？土窟雖隘，我居自如。象死以齒，犧斷厥尾。嗟乘軒之多危，彼焚巢者已矣。維兹新寮，宅幽面吉。前邇牛宫，旁毗書室。渟渟清泉，巖巖白石。祝滄海之不波，幸干戈之甫戢。秋稼既升，征車乍息。一椽之安，同荷帝力。飲斯啄斯，永言無斁。

震兒壙記

殤子震兒，滿洲正紅旂人，其姓薩爾圖，其名震，今撫軍西林之愛子也。生於潁州之行轅，殤於安慶之官舍，瘞於玉虹門外地藏庵之西偏。兒生四年矣，記所謂『無服之殤』者也。撫軍以其姿稟殊異，恒哀念之。而安慶去京師二千餘里，羈棺客土，戚焉余懷。歲孟冬，犻即其瘞所而經紀焉，乃抆淚以誌曰：

壙故菴地，燬於兵，僧架屋以棲。兒患痢，數日而劇，殤於秋八月二日夜。其翌日黎明，天驟雨，倉卒斂送。其父泣而泐諸石，曰『禿兒之墓』以揭之。兒生逾期，胎髮被額，其父母用浮屠法以祝之，故曰『禿』云。

先是，合肥數被兵，余流竄山谷，撫軍書相招，遂往客焉。余既迭有疾病死亡之戚，益自戕於酒。而撫軍崎嶇孤宦，每中夜絮語，嘗慨然於其似續之多艱。比兒生，余來潁州，既謁賀於封大夫，遂視兒抱中。封大夫目兒笑，顧謂余曰：『吾固知吾西林必有後，西林實能善事吾。是兒生，吾日進餐，湯餅滿廚儘飽啖，不汝靳也。』因共鼓掌大噱。兒從抱中亦軒眉昂睇，如欲語者，於是左右皆大笑。吁！湯餅之約猶前日事，封大夫已棄養，而余益衰病，念修短之靡常，悲人生之多故，每欲爲數言，藉以紓撫軍之痛而慰兒之幽，伸紙磨墨，即余亦不自知其涕之何從出也。

兒骨相無夭法，凡法所謂夭不救者，鼻曷晴露，囟四開，耳骨坍塌，肩魋聲嘶，踵不著地。兒犀頂玉立，顧盼深穩，氣清而神完，視明而記强，能伺其大母與其父母之喜怒，無羣小兒之過。余久客撫軍所，兒每嬉戲，見余輒輟其弄具，起居惟謹。余每戲摩其頂，大呼曰『秃兒』，輒唯唯。撫軍時分曹較射，兒左右釋算，輒能陰識其獲之勝負與其耦之誰何。撫軍時口授漢唐人小詩，兒上口輒能背誦。余以是益奇兒，恒屬撫軍多聚書以遺之。兒既早惠，其骨相端好，自其曾大父鎮軍公與封大夫暨今撫軍，三世寬仁孝友聞天下。方兒患劇時，余數語撫軍兒無夭法，但時其饑飽以謹其出入之度，無崇藥石，重損沖氣。比兒殤，余病暑且瘧，不得走視兒，然私心至今念兒不置也。

兒殤三月矣，其斂送匆匆，撫軍以太夫人命，酌於下殤之制而稍殺焉。夫禮莫謹於喪服，上殺、旁殺，其爲義至嚴；而獨於殤，先王略其文於經，而寬其例於傳，其義多發明於記禮者之言。傳：大功之殤，中從上；小功之殤，中從下。説者謂大功、小功皆以成人服也。記曰：『殤與無後者，從祖祔食。』説者謂其祔也。祝辭曰『殤童某甫』，而不名，所以神之也。又曰：『祭觴必厭。』説者謂祭以特豚。其曰厭者，祭於祖廟陰暗之處，故云厭也。蓋先王制禮既詳於五服之宜，旁逮於三殤之服，又推極於殤之無服者，而祔祖立字葬園祭廟若備致其委悉而慎重焉者，則何也？誠以天民之窮凶短折惟尤甚，而血氣之屬、失子之痛，尤凡爲父母者之情之所不能自已，是以聖人制三殤之服，既寬其例，以聽夫凡爲父母者之自擇所從焉。而於殤之無服者，特明著其祔祖立字與夫葬園祭廟之文，所以濟人道之窮而曲致其哀傷惻怛之意焉爾已矣。

壙廣數十步，輪數十餘步，冢高二尺有奇。壙半之上有土阜隆然，四圻雨水激注，冢當其衝，頃用堪輿法壘土以流。僧，昌順菴主也。撫軍以太夫人命置田若干畝，俾僧歲息以事。其略別有記，刻於碑陰。吁！殤服之制不明，父子之恩以薄，余既誌兒壙，因爲銘曰：

前面清溪，後奠崇阜。翼然佛廬，有僧相守。是惟貞宅，跖也徒壽。

胡氏重修宗譜序

同里胡君厚甫以其重修宗譜問序于余，曰：『胡氏之有譜也，先曾祖峽雲學博溯自鄱陽，因創爲之。道光閒重修於從兄毓生茂才，兹者冠賢之嗣芷香實共事焉。譜舊繫安定、文定諸公於卷首，兹與芷香議從節省，願爲言以志兹役之有成焉。』

案：胡氏受姓，或曰系出於春秋陳胡公之後，或曰胡子國也。是二説者，談譜學者未有定焉。余讀史，衛有胡衍，秦有客卿胡陽，皆以才辨著聞。其在兩漢，則有胡常、胡建。三國之世，蜀有胡濟，魏有胡質，節行政事有足稱者。唐則有酒人胡楚賓者，以能詩名於高宗之季。宋則安定、文定諸公，學業文章蔚然相望。此固談譜學者所指爲標幟者也。然而郡望各殊，時代懸隔，必欲萃千古之名人以光一家之志録，遥遥華胄，貽笑通人矣。夫知尊祖，而坿他人之祖以自瀆其祖；思敬宗，而援他人之宗以自亂其宗：烏在其爲尊且敬哉？蓋修譜者之通弊類然耳。然則如厚甫之所云云，其庶幾卓然不惑於流俗者與？

抑嘗聞之：譜以紀世，不以紀貴；譜以傳信，不以傳疑。昔廬陵歐陽氏、眉山蘇氏以其先世遭五季之亂，家譜散失，因創爲體例，斷自可見之世即爲高祖，而一切牽引閥閲、臚列傳贊削而不録，故二家之譜有識者嘗取則焉。今厚甫悼末流之無稽，慨然思以釐正其弊，而芷香又能纘其父業，用佐厥成。余是以歎二君之賢，而其用心深有得於歐、蘇之遺意者此也。

學博公乾、嘉閒以名經高第得校官，所至有賢聲，解組後逍遥林下，老而好學，著有遜志堂文集，世所稱龐耆福壽博聞君子也。嘗印行濡須人所輯廬陽名勝若干卷，以惠來學，余兒時猶及見之。茂才君績學早世。芷香自拔於孤寒之中，以文學世家。厚甫窮而授經，彬彬孝友。諸族姓服先疇而守世業，耕讀之風郁焉近古。余與厚甫有通家之好，故於兹役之成而益有樂乎其言之也。語云：『三十年爲一世。』自學博公以至厚甫與芷香，世歷數傳。軍興來，士大夫覆宗殞祀，指不勝屈。而二君者兵火煨燼之餘，勤勤焉能恪守其先人之籍，蓋學博公之澤方長而胡氏之興其未有艾乎！

是役也，鳩材醵資，胡氏族老之賢實左右焉。記曰『尊祖故敬宗，敬宗故收族』，後之覽是譜者，可深長思矣。

虢盤序 代

聞之：竹簡之壽不如金石。夫金石誠壽矣，然其閒升沉同異之故，又自有幸有不幸焉。余早事戎馬，金石之業未遑究心，第就見聞所逮，犖然表著如周宣王石鼓文、仲山甫鼎銘，近世劉省三軍門所得虢季子白盤，之三器者，皆西周物，又皆出於宣王之世。石鼓文，唐以前無記録，元和閒張籍、韓愈共張大之，始顯於時。而章樵、薛尚功、潘迪諸家又遞爲音訓，其迹益著。仲山甫鼎銘，僅一見於竇憲傳中。憲之北征，班固實從事焉。夫以仲山甫之賢，其鼎銘所留既已不幸沈薶於窮荒甌脱之中，一時贈自戎王，上之册府。才若孟堅，鼎之記録闕如，而范蔚宗又割截銘詞，至使盛君賢相功伐不彰，論古者所爲有憾於斯文也。虢盤晚出，其遭兵燹而溷於賊，徒以視石鼓文散落民間、仲山甫鼎銘播越於南單于也大略同。

余未見虢盤，讀省三所録，於其形製斤兩並其音釋詳哉其言之矣。雖然，竊有説。夫古之君子不得志於時，大都放意於山巔水涯之閒，寄興於鼎彝文字之好。今國家中興，媲美成周，省三以傑然特出之才，身經百戰，爲世名將，既已膺崇封、專閫寄矣，乃功成身退，蕭然儒素，以自託於古窮愁著書者之爲。余又以歎兹盤之遇，而省三之不遇也。君來訪余，未浹旬而有東南之遊。時維仲春，扣舷而别，覽江山之雄勝，聽風濤之悲壯，發爲歌詩，存之篋衍，他日所録，必有進於是者。余不敏，猶能爲君一一序之。

盤亭記

劉軍門省三既告歸，於其所居大潛山房之西偏，壘土築屋，爲亭若干楹，庋其克常州時所得虢盤於其中，牓曰『盤亭』。余時訪君山中。

案，歸安吳觀察虢盤記，其略云：盤故在陝西鳳翔府寶鷄縣之虢川司，道光閒，常州人徐燮鈞知郿縣時所得者。盤之形制、尺寸、斤兩與其銘文記備詳之。又歷引賈逵、韋昭、杜預、班固與夫近賢之説，定以今寶鷄縣爲古西虢地，又引渾源張十洲四分周術之説，定以是盤作於周宣王十有二年正月三日。其言甚辨而有徵。蓋常州之陷，咸豐庚申之夏；君之得是盤以歸，同治甲子四月。而吴氏虢盤記成於同治乙丑，距君克常州時才一年，宜其有『亂後是盤杳無蹤迹』云云也。夫物之顯晦無常，從古瓌奇偉特之寶，其出也，恒因乎其時。有其時矣，而其位置之得失，又恒視乎其所依託之人。非其人，雖顯矣，猶弗遇也。方乾、嘉時，海宇晏安，士大夫崇尚金石，捃集閎富。巨而函牛之鼎，剸犀之劍；細則戈頭帶銙，弩牙頷貝，寵之詠歌，臚以圖志。自粤賊犯順，連雲之第、充棟之藏化爲泠煙，夷於朽壤。而是盤也，炳麟湮鬱，弢秦跨漢，出入兵火，歷數千百年一露光怪，放而休乎大灊之山，天乎？人耶？余又烏得而臆其然耶？吁！亦異矣哉！

亭構於同治壬申之春，其年秋八月落成。蓋君所居在衆山之間，亭高而敞，四時之美悉領其要。昨者與君徘徊亭上，思乾、嘉全盛之庥，緬周宣中興之烈，覽昔賢銘功之偉詞，慨想乎方叔、召虎、尹吉甫之流風而都不可見，相與扣盤而歌，倚楹而嘯，白雲東來，欷歔泣下。然則兹亭之作，余豈可以無言矣乎？既書其概，爰繫以詩。詩曰：

猗與虢盤，策動刻詞。至寶晚出，著録闕如。郿令創獲，珍逾瓊玖。曾幾何時，而落賊手。賊徒瞶盲，謂猶巨鐺。腥臊雜投，盤兮遭殃。匪惟盤殃，東南塗炭。桓桓劉君，奮削大難。

常州之戰，人馬皆血。天與寶盤，兆符子白。軍鋒所指，氣聯楚越。轉戰畿輔，盜首咸折。維帝錫封，湛恩滂濩。拜爵而歸，盤則如故。大灊之山，林石青峭。池深魚肥，可耕可釣。君曰樂哉，盤亦得所。我銘君亭，與盤終古。

忠節祠碑記 代

忠節祠者，合肥劉君朝煦字協臣與其妻方氏敕建之專祠也。其捐資以落成之者，余友今軍門劉君省三云往粵西之變，余權合肥，省三扶義閭左，起鄉兵以衛里黨。一時，族中子弟左右先後多一時之傑。未幾，省三立功滬上，擁旄佩印，建旗鼓於楚豫之交。而摧鋒陷陣，朝煦之功最。又數年，余承乏皖疆，聞朝煦夫婦一門忠節事，爲歎異者久之。頃祠成，省三以狀來，屬文其麗牲之碑，誼奚敢以不文辭？

案狀，君少讀書，穎悟過人，性權奇，不事俗儒邊幅。省三，其大父行也，深器異之。既冠，喜覽古將帥攻守行陣之略。其從省三擊賊滬上，既屢捷，而賊魁之據常熟者以城就撫。我軍新集，僞忠王悉兵圍攻。賊兵號數十萬，衆議棄城去。省三以謂常熟福山綰轂江南〔二〕，棄常熟是無江南也。以君援，圍遂解。方是時，官軍久頓兵於金陵城下，賊鋒四出，大江南北盜數起，勢岌岌無安堵，常州賊尤死守，時出奇以擾我軍。後省三以謂不拔常州，金陵賊援不斷。乃進軍，君血戰，遂拔常州。積功得副總兵，君益奮厲圖報，省三亦籍君如臂指。楚北之役，我師與賊距河而軍。前軍小卻，君直前搏賊，殁於陣，時同治六年正月十五日也。於時，君繼室方氏家居，聞訃遂絶粒以殉焉。其明年春，今相國李肅毅伯奏准得旨，敕於本籍建祠以昭旌恤。

夫死有輕於鴻毛，有重於泰山。若朝眴夫婦之死，天子推恩錫類，享以大蒸，錫之綸綍，夫亦何憾！而省三所爲欷歔悼歎，既久而不忘者，則以子姓之愛，患難遊處之戚，世方需才而良將之易失而難得也。吁！是亦可悲矣夫！記曰：『以死勤事則祀之。』志曰合肥風俗醇質，喪祭婚姻率漸於禮。夫將死綏，婦死節，古今通義，禮之大經也。然則是祠之作，國家崇報之典固然，而豈第劉氏一門之光寵云爾哉！祠在縣城内之西隅，爲屋總若干楹，經始以某年某月，竣工於某年某月，鳩材庀工，省三實總其成。余既書其略，因繫以詞，詞曰：

先哲有言，將才天授。邈矣韓彭，曷云多覯！吁嗟劉君，驍勇健鬭。捐軀爲國，不朽爲壽。偉哉令室，女而曰士。誓心磐石，以殉夫子。絶粒逾旬，從容就死。事聞於朝，帝曰嘉只。爰旌其閭，爰新其宇。莪莪者祠〔三〕，有堂有廡。賢夫賢婦，同牢共俎。牓揭天章，萬目争覩。高高蜀峯，悠悠肥津。煌煌忠節，輝映千春。秩稽二仲，曰有司存。勒詞於石，昭示後人。

通奉公遺詩序 代

廬州守李君秋槎久官皖，政聲卓然，余所嘗推許，以謂今之循吏者也。今年秋，將以其先通奉公遺詩付梓而屬爲之序。通奉公精於醫，有名道光間。余久知秋槎，又嘗耳通奉之爲人，因弁其端曰：

古之詩人多旁通於醫藥之事。詩三百篇，采蝱食薁，覽物興懷，實本草之權輿。嗣是以來，老萊、四皓、龐公皆善采藥，其歌詩往往流傳人間。至乃見於論述，勒爲成書，如東坡之醫藥雜論，少游之十二經表裏名義，放翁之録方，其於醫旁通曲會，洞中肯綮，雖專家之學弗能過也。然東坡、少游、放翁之不以醫名者，醫爲詩掩也。東坡之詩奇蕩變化，爲北宋大宗；少游清婉俊麗，荆公以爲有鮑、謝之風，其過嶺諸作高古嚴重，不減東坡；而放翁詩律深穩，老尤精熟云。

通奉公，詩人也，早工帖括，有名黌序間。性通敏，務博覽，旁肆於岐黄之術，其生平尤喜爲詩。既數奇，遂渡黄河，尋太行盤谷之勝，遍遊吴、越佳山水間。其詩日益工，而足迹所至，謁醫者日益衆。比入都，以大臣薦供職内廷，成皇帝嘗褒獎之。今集中所存東藥房入直、醫學館即事諸篇是也。遺詩總一卷，余受而讀之，竊以謂其五七言歌行出入東坡而能自謹於繩尺，不馳騁以爲豪；近體似少游；五七絶句，興會所至，如水赴壑，如丸脱手，則又兼有放翁之勝焉。而世之稱者，稱其醫焉已耳。余又以惜通奉公之詩之以醫掩也。

抑聞之，通奉公爲秀才時，嘗誦范文正『不爲良相，必爲良醫』之語以自厲，而卒困於場屋，不得一舒其藴抱，其獲存於今者，遺詩若干首耳。今秋槎承名父之餘資，屢典大郡，其仕方日進，則所以顯揚令緒，繼通奉公之志，事傳之永永，度必有在。秋槎其益勉焉乎哉！通奉喜著書，兵火後多佚去，其存者有醫學困勉録，總若干卷。他日秋槎刊而公之於海内，余不敏，請執筆以俟之。

通奉公遺詩跋

山陽汪文端公之論醫曰：『醫者，賢聖之事，非淳篤博雅之君子不足以爲。』後世列之於方伎，流而爲市井，醫學幾中絶矣。方乾、嘉時，庶事綜練，一時，大醫吴江葉天士通兩漢書，洄溪老人喜歌詩，尤曉水利。高宗嘗優禮焉。其與通奉公同時以良醫而兼良吏，則有陽湖張翰風先生，善著書，工詩、古文。其莅官，興利除害，歲疫則躬自處方而施藥焉。梅伯言郎中志其墓，所謂館陶君也。余讀通奉遺詩，覽其名醫十贊、遊處贈答諸作，信乎其爲淳篤博雅君子也。遭際大略與洄溪同，其詩序言備之矣，兹故不贅。謹識以道佩，兼以告世之爲醫者。

循陔録自序 代

循陔録者，諸君子爲葆森本生母柏太恭人旌表節孝所作也。其辭則啓、頌、序、贊、樂府、五七言古近體詩，其人則鉅公長德、薦紳之儒、副墨之士，其文則準今榷古、彬彬郁郁，籥漢、唐而駕宋、元，於戲懿哉！余何人斯，而獲覙於諸君子若此哉！簿書有暇，觕事整比，但據所得先後離爲二卷，乃僭識其耑曰：

聞之記曰：『親無美而稱之，是誣也；親有美而弗知，是不明也；知而弗稱，是不仁也。』語曰『孝子愛日』，以言乎養志與顯名之宜及時而恐後也。是以人無聖愚，闡揚之願不介而符；文無古今，記載之詞貴徵諸實。是編之輯，閱三稔矣。自維下劣，無足稱數，而太恭人嘉言碩德，生平窮酷慘烈之遭，與夫堅苦卓絶、百折不回之志，誼其大略藉是編而益詳。葆森所爲早夜孜孜、迴環雒誦而益有感於斯文者，此也。

先是，太恭人于歸時，曾大母正淹病，家故窶，伯父久析居。方是時，贈公落拓喜遊。太恭人内治家事，奉曾大母以孝聞。比贈公遘危病，太恭人夜籲天，刲臂進，尋起。適有上海之役，贈公殁於陣。訃至，太恭人以堂上兩世都老病，葆森兄弟幼，仰事俯畜，薄田外，藉針黹以濟。既曾大母棄世，拊膺泣血，負土以葬。亡伯無嗣，葆森出繼，而仲弟旋殤，葆森承亡伯後，故於太恭人曰本生母云。昔賢有言，死節易，全孤難。自維藐躬，微太恭人，奚以至今日？然則是編之存，固太恭人素行所孚，而諸君子卷卷樂善之忱，其閒錦繡錯投，珠貝齊耀，所貴於當世之知言者共賞之耳。

抑嘗聞之，古賢母之行事，或見於圖書，鐫之金石。然金石圖畫久而或毀或泐，惟文字之壽可以不朽而長存。第以葆森聞見所及，如前明馮恭定公之旌節録、國朝楊宫保節婦傳論，而近世湯將軍雨生校刊其太夫人斷釵吟題詞、黄太史彭年自編其賢母録，鴻章巨製，後先相望。然則是編之存，其獲貺於諸君子者豈淺鮮哉！易曰：『同心之言，其臭如蘭。』夫蘭，香草也，古之人以比君子。束晳補亡詩曰：『循彼南陔，言采其蘭。眷戀庭闈，心不遑安。』葆森不敏，是編也，願終身誦之。

兩廣制軍英翰公去思碑　代

古者有大事銘以金，秦、漢以石，其以『去思』名碑則始於漢，盛於晉、唐，凡以紀德述功而永遺愛焉。其著之史傳，載於集録，赫然在人耳目閒者，漢太尉故吏李謙等所立之劉寬碑，晉南鄉守將吏所立司馬穆王碑，唐宣宗詔立劍南西川節度韋丹碑，陳翃撰次郭汾陽將佐略碑。太尉、汾陽勳在史氏，而其時門生、故吏以及諸將佐姓名、官閥猶幸賴集録以傳。故茲者禄等於今制軍英翰公之去皖江，一時諸將佐之士所常隸事於公者咸有感於斯文也。

公有文武大略，禄等廁官前列，均被殊知，故於公之大節尤詳。蓋嘗總其生平，竊以謂公之興學課士，宅心仁恕，似劉太尉；其孝友素孚，庭闈雍睦，似司馬南鄉；其振窮恤孤，植良鋤莠，功被於八州，澤流乎奕世，似韋劍南。而其嚴於治軍，惠以撫士，一時材智輻輳，佐襄中興，爲公所煦植而成就者，後先林立。昔陳翃有言，方安史亂，汾陽之烈，唐室再光，隸麾下者文通武達，藉以縮旄節，鎮巖疆，有名於時而得具書者，總六十餘人。以今例古，豈有讓耶？夫『莫爲之前，雖美弗章；莫爲之後，雖盛弗傳』，故古今來非常之功必有不朽之報，而物之不朽以常存於天地者，金石是已。然則是碑之刻，夫豈可以或緩乎哉？

公滿洲人，姓薩爾圖氏，其先有大勳。公以名孝廉起家州縣，其刺宿州，降巨盜數萬，州人立碑頌德。比歷監司，遂撫皖，屢平劇賊，奠安京輔。他日史氏當具書，茲故不贅。其在皖總八年，上懋嘉，移制兩廣，公行有期矣。昔召南甘棠之篇，説者以謂古詩人去思之作。是碑抑甘棠之遺意耶？碑窿然高七尺有奇，浹旬而工竣。董其成者，張軍門凱臣、方觀察棣生，而鳩材課力，李捷三、吴崇菴、黄琴軒三軍門實襄其事。禄等戔學無文，既書公之行誼，因具列諸將佐姓名官爵於碑陰，爰繫以詩。詩曰：

皖山蒼蒼，皖水洋洋。公不我留，道阻且長。公覲於朝，天語載褒。駕言兩粤，山風海濤。

衮衣莅止，粤人燕喜。皖人之思，曷其有已？穹窿之石，大書深刻。祝公壽考，載瞻旌節。

大濳墓表

大濳山之西隅，望之有隱然窿起、蟠屈而深秀者，是爲吾友劉軍門省三之贈公與其太夫人合葬之阡。其地曰黄泥山，蓋大濳支麓云。曩余避兵山閒，既交省三，省三與余善，每道贈公與太夫人恒泣，頃以表墓之文相屬。謹爲表曰：

劉氏興於夏、商之閒，位列侯服，族巨而蕃，散布州郡。自元之季，由紫溪卜大濳而居焉。贈公諱惠，字懷剛，性仁厚樂施。每歲暮寒沍，飦粥之資、衣褐之費，待公而具者數百家。守田奴獲盗樹者，公酹奴以酒而釋盗。其生平慈祥而恢闊，多此類也。太夫人周氏，賢明慈惠，以耕織勤儉佐其夫，以孝友任恤勉其子。贈公卒，太夫人拮据家事。於時適有官亭飛語之禍。劉氏家素饒，歲大歉，鄰富人閉糴，羣無藉者聚而譁。比閉糴者家被劫，衆指目君。官索貲不得，遂火其居。方是時，省三讀書山寺中，太夫人就養伯子家，亟歸視，仰而號呼曰：『市有虎，曾參殺人；惡馬踶羣，酷吏滅門：冤乎哉！余又何云？』時咸豐六年七月廿一日也。

居無何，江淮賊四梗。省三以謂大潛險可扼，歸而力耕，合徒擊賊，日益有名，由是士多歸者。方賊之初起也，跨粤西，踞江甯，游奕於吴、越、楚、豫之閒，淮北盜互相犄，勢大張。同治元年，湘鄉曾公督兩江兵，既拔安慶，吴人士合詞籲師，公臨食太息，以謂將帥之難其人。比奏，起今相國李出撫吴中〔四〕，君亦感痛太夫人疇昔相勖之言，椎心誓死，躬率精卒數千人推鋒直前，遂平三吴，盪楚蹙豫，爰奠京畿。帝用策功，晉爵五等。

吁！觀於此，贈公之所以刑於家，太夫人之所以教其子，省三之孝於親而忠於國者，積善必昌，天人感符之速，蓋即是而均可見矣！贈公有子六人，長銘翠，次銘玉、銘盤早卒，又次銘鼎、銘彝，皆後太夫人卒，省三其季也。諸孫總若干人。贈公之先世名位具其家牒。三代皆以省三貴，贈建威將軍，妣皆贈一品夫人。贈公卒年五十有八，太夫人年六十有一，追贈皆如例。先是，贈公洎太夫人之葬時日卒卒，瘞壙之文闕焉未備，兹撮其大者揭之阡而繫以詩。詩曰：

語云陰德，猶人耳鳴。耳鳴孰知？天聽維馨。猗歟贈公，世業承承。篤生傑嗣，佐揚中興。在昔名將，多由閫訓。嬰母陵母，於古亦僅。維太夫人，履險以正。生有義方，歿有令聞。豐碑穹隆，璽書載崇。帝曰教孝，亦以勸忠。刻詞示後，過者敬恭。

張光禄墓表

嗚呼！人生友朋生死聚散之感，可勝道哉？自余束髮以逮壯老，海内交遊死亡殆盡。每欲次第其行事，輯爲成書，兵戈阻隔；幸而居相近矣，其子孫或賢或否；幸賢矣，或宦游懸絶，榮瘁異形。而余傫然一老，繭足荒山，於此即欲求其生卒時日，都無從相質。此余之所爲歎也。

亡友張君藍畦，道光九年與同里人高君謝塵暨余同隸學官弟子籍。高君學博行狷，君深沈多智略，余放不自撿，三人者趨向各殊，每一聚首，言笑論説猶一人也。高君少許可，嘗謂余曰：張君循循似其家子房云。咸豐元年，粤西賊大起，余流落幾不自存。比聞君破家起義兵，竊歎向之知君淺，信高君之不可及，愾然而悲者久之。又數年，其伯子以諸生立功建節江左。季子死前綏，而君亦寢疾死矣。

君娶孫夫人，繼魯，再繼李。孫夫人早殁，葬於周公山之東北原。君卒，諸子啓孫夫人之殯成禮而葬焉。長子樹聲，孫雲瑞、雲林、雲鵠。次樹珊陣亡，謚勇烈，贈少保，敕建祠，孫雲逵。次爾蓋，孫雲錦、雲路、雲春。次樹棠，孫雲森。次樹屏，孫雲官、雲翔。次樹玉，孫雲鴻。次樹培，幼。傳曰：『有陰德者，必享其樂，以及其子孫。』況君之子孫衆多若是耶！自光禄與原配上溯其三世，皆以樹珊兄弟得正一品封。吁！亦盛矣哉！

頃者，爾藎述光禄之行事，彙諸貴遊之言請爲之表。余因正告之曰：光禄禔躬植節，非語言之所能彷彿，第即余言與高君平昔之所嘗推許者大書而深刻之，光禄自千古矣。一切揄揚之詞與諸子之文章勳望，舉無足以爲光禄重。則甚矣，世德之難承也，爾藎兄弟其益勉焉乎哉！

高君者，諱凌雲，謝塵其字也，世居郡城外北關。往年餓死於巢湖之姥山中，門人醵金以歸其拏。越一歲，少子又殤。光禄每相念，爲位余家，哭盡哀而去，故附書，亦光禄志也。光禄諱蔭穀。卒年五十有八。其狀亭亭，眉目清穩。二子尤神似，爾藎得其沖，樹棠肖其俊。余每晤言輒哽，噫不自休，因爲撮其大凡而繫以銘。銘曰：

在昔平世，庠序潭潭。君與高君，逮余而三。高冠大掖，爲衆笑姍。高君之潔，惜後孔聖。光禄令德，積善多慶。劫運既除，中興再覯。詩書戈甲，一門堂構。方山有蕨，姥山欠碑。刻詞貽後，余言不欺。

精神凝結而成，故其言旁薄噴迅，如雲龍，如怒濤，靈幻奇特，盡集秦、漢、唐、宋諸家筆法、句法。其神妙處當與南華翁、司馬子長論高下。肉眼讀不得，世眼讀不得。肉眼者，衆生眼；世眼者，飽閱林西仲輩諸刻本，究其知識，更在衆生下，以其多一層文字障也。文凡閱四晝夜。稿五易，以此報吾兩死友。淚爲枯，眼爲腫，膺爲塞矣。祐三兄弟永珍藏之。自記

張軍門墓志銘

余既表光禄之墓，遂銘其仲子軍門之碑。吁！兵火荐仍，上下才二十餘稔，而余朽病餘生，文其兩世之藏，是可悲也夫！

軍門諱樹珊，少愛武事，喜聞古將帥大略。咸豐三年，賊入皖，光禄奉檄聯鄉兵擊賊，軍門雄猛善鬬，賊多憚之。九年進平霍、六，迭授官。同治元年，復廬州之三河鎮，補都司，换花翎。上海之役，巡撫李初莅軍〔五〕，賊方張，我軍營壁未立，賊酋李秀成頗能兵，阻江爲固。軍門進曰：『賊扼險迫我，我出奇爲營，法曰「得戰地者生」。』撫軍善其計，其夕出賊旁，竟夜而營成。我兵合力奮擊，連破賊壘二十餘，賊大崩。奏聞，加賞勇號，補參將。自軍門起義以逮從官軍，攻城奪地，大小百餘戰，每戰馬必創，刀必血，部下士體必瘢。性孝友不伐，每勝必曰大帥之指縱、賢兄平日之教益、諸賢將帥之匡救。是以劉提督銘傳、周軍門盛波等争交愛之，不第戰功最一時也。

同治四年冬，賊之乘閒北竄者結盜首張任之衆，回擾楚、豫以牽我師。朝命湘鄉曾公駐徐州。曾公奏言，周家口地形便當，亟防賊據地突起，具請以撫軍李駐徐州〔六〕。蓋諸軍多李之舊部，調請尤易爲力，所謂逸待勞、静待動者此也。朝議允之。因奏劉軍善戰，其帥多智謀，張軍宜戰守，其帥堅忍而不移，遂以劉銘傳一軍逐鄂、豫之賊，以張樹珊一軍守周家口以應劉軍，兼顧徐州。軍門功尤最，故公於軍門之殁既奏請專祠於其鄉，復請立祠於周家口，所以痛孤忠，抑以釋隱憾也。

所謂『釋隱憾』者何也？楚撫者某，湘鄉有連，功成而殁，湘鄉優畜之，徐州帥亦卑下之。粤賊賴文光狡而狠，百戰劇盜也；任柱善鬭而耐苦，皆百戰之健者。方是時，文光殪於陣，獨任柱出入數千里，誘叛將逃兵及惡少年謀大逞，且集於京畿矣。軍門謂殘賊不除，兵端不止，是天下永無喘息時也。楚帥某惽不能軍，軍門新立大功，且訥於口，士大夫嘗輕笑之，帥某又故軒輊之。既諜知爲任柱也，楚中山邃而穢阻，以所部數百馳而入。帥某不益軍，又故弛其後援，柱甫就禽，軍門一日中伏死，軍衆悲泣，哀聲動地。又數年，張、任之餘黨聚殲於畿輔。湘鄉之所爲隱恨於兹役也。微余言，夫孰知軍門之殁所繫者遠？而好呰議者且以軍門之恃勇深入之非計哉！嗚呼痛哉！

軍門兒時，其父常不愛。余過飲，恒以奴僕遇之，豈意其能自立如此！因揮淚而銘之。夫褒功、封爵、祠祭、蔭子，朝命踰常格，書之亦以著湘鄉公之平恕，而惜其功名之不能如其素志也。嗚呼痛哉！銘曰：

天生偉人，壯我淮軍。一蹶不起，壞我長城。帝命褒恤，利我後昆。豈弟後昆，克光前型。罣然高冢，華表峥嶸。銘祠煌煌，雲漢輝揚。軍門兒時，余嘗蔑視。試刻佳文，冀贖前戾。欝欝佳宫，以植以封。英靈未泯，嘯虎吟龍。時猶多事，急需良將。慟非爲君，臨風惆悵。後有知者，信史是尚。

校記

〔一〕覩　前作『覯』，疑有誤。

〔二〕穀　當作『轂』。

〔三〕莪莪　當作『峩峩』。

〔四〕李　集虛草堂本作『李公』。

〔五〕巡撫李　集虛草堂本作『巡撫李公』。

〔六〕撫軍李　集虛集堂本作『巡撫』。

敦艮吉齋詩存

序

余既刻徐君易甫之詩，比竣事，適君自合肥來，於是與君別且七年矣。君文士，居恒韜晦，雅不欲以詞章自名。余懼其久而散佚，因刻而傳之。其志行之確乎不苟，與其詩之深造自得卓然成一家之言，以上躋於古作者之林而不朽於後世。代州馮君魯川既揭其大凡，而一時士大夫之知言者咸交口推服無異辭。余久在兵間，爰學而無文，誠無足以序君之詩。然獨念數年來戎馬奔波，與君合離分並之故，且君所嘗勖望於鄙人者尤切。日月不居，事變日劇，君既老病，余亦備員前行，無尺寸之建，是則可感也夫。

余初不知君，咸豐十年，權合肥，駐兵紫蓬山側。紫蓬山者，水經所謂連枷山也。其地志曰李陵山，謂其上有魏將李典墓云。方是時，官軍未下金陵，安慶、廬州皆賊巢，淮北盜迭起。撫軍自定遠徙軍壽州，合肥所轄只西偏一隅。或謂余，邑有狂人徐君，耕牧山中，恢奇曉大略，然其人非可咄嗟致。余亟走書幣問計，君惠然閒道來，留一月，賦詩別去。今其集中紫蓬行營別余句云：『慘澹荒山酒，相看淚轉無。風雲故蕭瑟，天日共踟躕。』蓋記實也。君爲人外夷中介，與之處，漠然若無所經意者。及叩以天下利病得失與人之是非邪正，洞然若視文於掌，觀物於火。意有不可，拂衣去，雖千駟弗顧也。性嗜酒，健啖，眉宇似河朔閒人。

其上翁撫軍書之前日，顧余笑曰：『吾偶欲綴文，氣奄奄未定草，若能爲我營清釀一罌，水不托數十枚，俾得飽啖極醉，吾文且立辦。』時天久雨，夜大雷電，余隔牆臥，聞君欷歔獨酌，酸吟往復，若泣下者。已而振衣起，擲杯於地，繞屋長嘆，頃復呼酒滿引仰天，誦聲揚揚，鏗裂金石。余亟起，視其書，前後滚滚，總數萬言，朱闌蜷摺，淚痕墨暈，燭光照耀，横溢天表，爲稱快者久之。君書直切無諱，既驛上，或咎余，且爲君危。而撫軍讀書嗟異，敦相迓，且懸金以招。君感撫軍意，一通謁，謝去。或又以是賢撫軍，且益賢君。

君文章閎深駿邁，不屑屑於尋常繩尺。其於友朋拳拳善道，有直諒之誼。自合肥之别，余叨竊逾分。每進階，君輒手書規勉，反復於天人禍亂之原，而推本古君子勞謙有終、所以處患難而無咎者，其言尤感喟而深長。余嘗心誦其言，未之能逮也。君少有泉石之好，其客皖，湘鄉曾公屢欲起之，不能奪。余嘗謂君之倜儻重氣、慷慨好議論似魯仲連、陳同甫，其孤行深識、澹然物外有其家孺子之風。然則君之自待與後之人所以論君者，夫豈第詩云爾哉！然第即其詩以觀其意興之所寄、語言之妙與其生平去就出處之節，夫亦可以得其槩矣。

同治丙寅孟夏，滿洲英翰。

序

得佳山水，有屋數間，牗以庇風雨；有田若干畝，時脩其陂堰溝洫，備旱潦；畜鷄豚，以供歲時膢臘祭祀；有書數十簏，足備蒐討；又博識能文章，時纂輯文獻，勒成一書，以質古人而惠來學；暇則出其緒餘，自道所得以求有見於後世，其樂豈萬鍾千駟可易哉？之數者，吾友徐君易甫蓋皆嘗有之。兵火後，蕩失俱盡。督師相國湘鄉曾公嘗資之，略可不凍餒。然易甫嘗言，它無足惜，獨平生師友文字之未傳刻者，既無它本，又不能記憶，爲可恨耳。自其遭亂後，詩古文益奇宕，纂述之志老而彌篤。

今年冬，道壽州，將自陳於撫軍，援例求校職。余竊訝君，曰：『方君壯年，不應試，不求官，其客皖，湘鄉公固知君而君不求薦。今老矣，何汲汲焉爲者？』君顧笑曰：『士莫恥於干人。凡君所謂佳山水與夫田園圖史之奉，吾曩者嘗鬻文以獲之。今天下日多故，吾鬻文之技窮，而力耕又數歉，且吾嘗有必欲遂之志，今老矣，鄉邦文獻與吾平生師友懿行善言，其幸存而就湮者藐焉安待？孟子曰：「仕非爲貧也，而有時乎爲貧。」校官，吾分也。其賤與抱關擊柝者等，度其終歲之入，當倍於下農夫。循吾分以爲之，計此以往，竭二十年心力，蘄之於古，雖老而或有得焉。然則君曩者所見吾詩古文，吾志豈爾耶！』

居頃之，君故人今方伯英公自潁州來，謀刻君詩而屬余爲之序。余譾陋，久荒於吏事，不足以序君之詩，而君自其少年以詩古文名海内，士大夫知君者都能道之。余故揭君之言於簡端，以著其志而悲其遭云。

同治乙丑仲冬月，代州馮志沂。

序

國松既校刻徐毅甫先生文成，復取其敦艮吉齋詩存二卷重刻之。詩存爲先生所自定稾，同治五年果敏公英翰刻於潁州，十年再刊於皖。光緒十二年，其嗣君源伯復合文存四卷鋟版於家，至是凡四刻矣。

往仁和譚仲修大令宰吾邑時，最録先生詩暨戴子瑞學博家麟、王謙齋典簿尚辰所作，爲合肥三家詩鈔，嘗鼎一臠，固未足饜來者意也。國松嘗竊疑吾縣自國初龔端毅、李文定父子皆以詩名天下，鄉里後進必多漸染成就於風雅之塗者。徵之故家，殆罕傳集，獨先生崛起道、咸之季，與戴、王二老狎主壇坫，聲譽流聞。論者謂先生詩與文兼勝，而詩尤極其詣，力足以上繼龔、李，稱後勁焉。豈前此無其人邪？抑雖有之，而文字零落，世不知邪？然則刊布遺編以永其傳，是誠後起者之責也。

光緒三十一年秋八月癸卯，鄉後學李國松謹記。

題詞

尊詩包羅衆有，凌厲百出，才甚奇，志甚高，學甚博，思甚沈，兼此四者，故能如是。夫文章之事，屢變而愈上，擅諸家之長而爲一代作者。知易甫他日猶將有進乎此，則以前所云四者之皆非恒人所可及也。道光二十七年四月四日，元和陳克家識於都門寓館。

昔太史公言程不識與李將軍治兵不同，同爲名將。近日，大江南北詩人，魯通甫之精整似程不識，易甫之雄奇似李將軍，而余尤嘆服于易甫。何者？易甫縱横變化若破廢古法，而天機所至，動與古會，是蓋神明于法者耶？善化孫鼎臣題。

獨得雄直氣，發爲古文章。錘錬精堅，當以五古爲尤勝。至其筆無旁鋒，語惟莊論，必有廉頑立懦之功，是之謂文不虚作。同年生何紹基獲讀因記。

奇俊宕逸之氣足以俯視流輩，讀之如當大敵，是謂神勇。其懷人、贈友、行役諸作原本性情，故激昂披露，正復紆餘深摯也。時丁未四月十三日，讀於宣南之蓮花寺，愛賞不忍釋手，人事匆匆，㮕加標識於其簡端云爾。山陽魯一同謹識。

古直渾堅，其源自漢、魏來。皮相者以爲山谷之學杜陵矣。五七言近體體潔思清，時

獲妙緒，佳者在高、岑、王、孟之閒。道光庚戌十月，姚瑩識於潯陽官廨。

余少學爲詩，踽守一説，視漢、魏後人蔑如也。里曲之儒或聞而笑之。既出遊四方，交粵東馮展雲、郭薌杠，粵西朱伯韓，楚北王子壽、徐仲偉，數君子者，皆一時之傑。今又得交合肥徐君易甫，因得讀其舊作，未竟而易甫將有固始之行。君詩古文稾總若干卷，都完好。而余自甲寅、己未兩遇寇，舊稿遺失者再，獨怪君崎嶇豺窟，長鑱託命，而其文章之存若有默相之者，豈天之欲傳斯人與其人之自傳其文，皆非偶然事耶？

易甫行將别去，而數君子者遠在天末，倥偬戎馬，追數舊遊，渺焉隔世。時維夏仲，尊酒敘行，綱羅漫天，冥鴻自逸。嗟乎易甫，余復何言？咸豐庚申五月，昭文言南金識於壽春戎莫。

本朝詩學屢變，至咸豐年閒，又瓣香涪翁矣。此卷一味樸古，終始以少陵爲宗。東坡云：『天下幾人學杜甫，孰得其皮與其骨？』此可謂得其骨矣！然亦非專從杜詩討消息

也，願更質之作者。同治戊辰四月，胡稚楓識。

吴竹莊中丞云，閲近人詩集，不必論其詩也。觀其題而詩之可存與否，蓋十得六七焉。至哉言乎！此卷即製題一端，已非近代所及。稚楓又識。

敦艮吉齋詩存目録

第一卷
己丑至丙午古近體詩二百七十五首
第二卷
丁未至癸酉古近體詩二百六十三首

敦艮吉齋詩存總二卷，爲詩若干首。其曰『存』之云者，非謂此區區者足存於千百世後，謂余自束髮迨於今兹，孤露流轉，重以疾病死亡，其幸而獲存於兵火煨燼之餘，第此而已耶！抑他日或有少進於此者，而此固與夫蟲鳥之鳴號、糠秕瓦礫之形質蕩於烈飆、夷爲朽壞，同其無足等數於天地間焉不耶？

老氏曰：『多言數窮。』易曰『吉人之辭寡』，又曰『修辭立其誠』，然則是編之存，違大易自明訓，犯老氏之切戒。而中閒往來酬贈，行役告勞，古心既雕，凡骨不振，好奇則瓌譎自多，敘悲則繁促無節，固宜取詬宗工，貽姍來智。頃患腸澼，呻臥彌月，手民適竣工，偶一過眼，子雲悔其少作，陶公慨於徂年，牏事整比，書以志媿，簡同志者。

時同治丙寅七月望後，龍泉老牧自識於潁州寓所。

敦艮吉齋詩存卷一

出南門行 道光己丑

朝出郭南門，朔風頓長轡。道逢游俠兒，露刃血相視。郡縣守簿書，摘發但微細。釿鑿雖云嚴，三尺難遠志。斷虺須及早，投鼠豈曰易。栽桑勝栽棘，棘刺使人畏。桑樹結子甜，子甜鴟鴞醉。作歌告司牧，何以勤撫字？

派　河

騎驢下斷坂，雨脚亞天際。曖曖秋陽昏，早月菰蒲細。顢蒙坐天譴，蕩析骨肉瘁。望雲淚頻滴，顛倒失鞭轡。躑躅尋前塗，勞鞅此焉憩？

春晚歸自西岡田舍

松梢一痕月，迢遞遠山青。灌莽出人語，深溝聚亂星。風燈驛亭暗，野草露華馨。斗覺鐘聲動，山門應未扃。

戲題石佛寺壁

朝授牧兒書，暮依石佛居。長杉霽春雨，晴翠落階除。習静安元牝，狂吟打木魚。不曾愁寂寞，來往有樵漁。

白玉篇呈劉安邱先生

白玉匿奇采，穴居崑山陽。幸承哲工眄，得登夫子堂。拔士自隗始，旁觀爲激昂。洛陽方少年，王粲姿不揚。浮筠俟追琢，内美任行藏。知音世所難，誦古思頡頏。

田氏園夜坐懷嘯公 庚寅

滅燭聽鴻過，數聲霄漢閒。罏香釀花氣，窗月浸盆山。好句斷中續，奇文愛處删。欲尋道林語，多恐掩柴關。

寶劍歌贈郭仰林

噫吁嘻！龍泉太阿本神物，薛燭風胡坐超忽。風雲際會若相待，二子風流今安在？君家壁上白龍子，秋水澄澄吹不起。刻玉範金裝作柄，飾以寶珠光若鏡。北斗七星芒角正，海内幾人足持贈？希世之珍識者少，市兒都説鉛刀好。勁鋼還防寸寸折，白日青天見毫髮，莫教浪飲仇人血。張華雷煥皆世儒，專諸聶政非吾徒，但願年豐歲稔兵革無。劍兮劍兮，吾願與子蟠屈於泥塗。

阿芙蓉行

藥有阿芙蓉，流傳自海裔。中土盛服吸，貨者儼列肆。熒熒一星火，毒焰燔天地。是應名食妖，開關無此祟。國家務通商，漏出轉數倍。舊市北地硝，熟習中華字。滄溟積水闊，關塞諳形勢。羣飲峻周典，游博嚴漢制。有明絶番香，龜鏡在前世。輶軒儻下采，蒭菲參末議。

暑霽同嘯公晚憩北原有懷郭四仰林王大伯筠

斷雲天半著，横絶如崩厓。朱霞翼太陽，餘光鬱徘徊。大師發高詠，逸興凌蓬萊。時平盛文物，空門亦多才。有誰知惠遠，可以方鄒枚。浩歌信所適，穿林窮水涯。嘆與萬象俱，惜少二妙偕。林壑要主張，後會毋當乖。

余忠宣公祠下作

元綱蹶長駕，羣盜紛如麻。公也起苫廬，誓衆開高牙。儲糧寘屯田，卻敵懸飛車。幽冀借聲援，江淮資蔽遮。譚經虎帳下，貔貅静不譁。孤拳支六周，碧血埋一家。鐵木起沙漠，殺運開中華。薄祚無壽君，晚政尤紛拏。秦廷盡指鹿，晉帝惟聞蛙。英賢際末流，横死殊堪嗟。遺文輝萬古，理窟揚天葩。慙無靈酯薦，悲歌擊馬檛。

惱蠅

拔劍逐不去，緣灰死復蘇。慣嘗中尉糞，愛拂大參鬚。積矢終成兆，奇珍翻見汙。也能隨赤驥，衮衮上雲衢。

六安城樓呈安邱先生

負笈龍門峻，馮欄雉堞開。地連廬子國，山峙漢皇臺。獨客驚秋早，長風挾雨來。蒼茫望潛霍，高處一徘徊。

贈伯筠 辛卯

白石生來潔，白雲無古今。須知車笠誓，不入向禽心。五嶽從君老，雙聲伴我吟。今宵花樹下，濁酒莫辭斟。

啄木

萬物各有蠹，蠹深傷木心。翩飛殊不惡，叵測總成擒。斑褐懸長喙，紅裳映禿襟。鳳凰雖大聖，應亦愛微禽。

棗樹

道旁老棗樹，秋熟子離離。角鋭心全赤，肌多味比飴。山中千户奉，海上百年期。勁質無斜理，爲輪用最宜。

包公墩謁孝肅遺像遂尋馬忠肅祠堂故址

賢俊關天地，修舉賴有司。孰謂古人遠，典型方在兹。慶曆多君子，一德開良時。屈軼當堯階，百工懍素絲。直異汲家戇，政有公孫慈。棱棱秋岳骨，藹藹春雲姿。薦紳説閻羅，險怪殊堪嗤。豈有曾閔徒，而爲酷吏師？幽幽菱芰香，亭亭新荷枝。中流叩漁榔，高詠郡齋詩。我欲薦溪毛，坐惜丹臒敧。披榛歷崇岡，顧瞻馬家祠。低徊問古老，夷削無人知。少保鬱經濟，父子皆魁奇。草萊識公輔，談笑清邊陲。淮甸阻大江，旁薄英靈滋。死者不可作，怛然念烝黎。

獅子井尋閻處士

茅蓋枕積土，繚之黄泥牆。荒城環其西，孤驛臨其陽。上有碨礧木，白雲横青蒼。下有幽人廬，繙經坐繩牀。幽人長苦饑，井水清琅琅。斷肘石狻猊，卻據眢井旁。周遑阻良覿，迂回陟陰岡。朦朧西隤日，槿籬斂殘光。有馬帶官印，悲吟飲寒塘。駿足苦羈絆，毛焦神自昂。志士蟠泥塗，身素名亦藏。從來瓌逸姿，多在冥冥鄉。

石榴樹歌

我家庭前石榴樹，怪如老梅顛於松。兩榦一死一猶活，粗皮剥蝕根生蟲。孤柯飄揺歷西域，異味醞釀傳南中。柴門幽阻免薪伐，赤心不媚蜂蝶慵。驕陽苦雨煉成實，絶無酸態羞天公。君不見，春蘭遭焚桂蒙蠹，榴兮結子青如故。

惠政橋行爲王伯筠作

惠政橋頭石齒齒，惠政橋邊一窪水。道光辛卯孟夏交，陰雨騎月鬼晝號，橋頭水斗千尺高。霜寒木落秋潦降，斷隄淺月光摇摇。城東王生載斗酒，醉踏長橋問秋柳。呦呦搣搣復唧唧，旋風撲人毛髮立。快哉王生身手健，背負一物躍如電，兩岸昏黑不見面。索火燭之沃以水，白髮老嫗忽生矣。作糜餔之贐以米，布衣之力止於此。噫吁嘻！布衣之力止於此，作歌之人徐叔子。

三鰥草廬歌贈蔡守愚

荒城一角紅葉枯，天王寺裏響木魚。青溝水疾流嗚嗚，落日正照三鰥廬。老鰥詩筆秋天鷹，兩季灑落以酒名，酒酣邀我爲作三鰥行。君不見，守宫之狗耕田牛，雲中鳳凰桑中鳩。龍蛇虎豹以匹儔，頸交尾接中情柔。相親相愛相綢繆，一日不見鳴相求。君不見，姤壟護疆羣野鷄，一雄驅使八九雌。倮蟲之長有定配，合佩同綿原古制。君年五十頭總白，手抱枯桐但沈醉。夏無帷帳冬無被，弟兄縱横草中睡。時平詞賦不值錢，蓬中槁死誰人憐？爲君三嘆書問天！

謝王太學惠書帶草 壬辰

有草青連蜷，形狀儼如帶。通中白理直，長者數尺大。故人持惠我，珍重比金薤。此非場圃物，植之茅齋外。叢聚延秋陰，摇曳散春靄。實異邵侯瓜，名齊諸葛菜。漢氏學近古，鄭公儒者最。嘉玩自昔賢，誰能不相愛？青衿嬉城闕，澤宫典型壞。傷心尊經閣，灌莽雜蒿艾。因君貽芳草，覽物一悲嘅。

贈地師蔡恬安

司空辨國邑，兆域有常制。執度相原隰，水泉分向背。雖嚴請墓文，實具前民志。井田綴廬舍，豪奪亦無地。土膚氣上升，三代重廟祭。青烏仙者流，相冢創凡例。乃以枯髑髏，種出子孫利。望氣識連繖，決脉知斷臂。流染雜譌種，靈或假卜筮。蔡子仙之徒，方矑抉膜翳。日瞰萬鬼穴，夜算九州勢。乾坤分兩戒，邱隴若鱗次。纍纍古道旁，大篆青石膩。一過再過閒，翁仲草閒睡。珠襦帝子陵，阜衣鐘鼎系。祖龍涸重淵，傳祚僅二世。茫茫大瀛海，奧宇天所秘。宇宙三不朽，聖賢每絶嗣。裸葬達士懷，裹革吾曹志。一事還笑君，幾兩屐徒費。

哭阿健五首

我歸爾在牀，面垢蝨滿頭。勸爾進勺水，舌撟雙淚流。辛勤肆瓦卦，荒唐陳秦篝。巫咸不下招，廬醫亦倦投。驅車舍爾去，去去懷百憂。昨者復來歸，問言爾已瘳。漸漸扶牀起，老米蒸浮浮。咄咄旦夕閒，人鬼長悠悠。啓行待明發，瘞爾南山邱。

爾父病久廢，脚攣腰反檠。竭者聞爾死，氣塞雙目瞠。孟夏苦淫潦，檐溜無時停。屋漏四壁穿，一縷燈光青。塊然窮獨叟，白髮垂鬅鬡。有氣僅絲絲，憶爾猶咿嚶。咿嚶亦何極，眼枯血淚零。魂兮爾有知，涕泗應縱横。

爾有同懷姊，煢煢隔遐方。爾弟拙生計，行役靡獲康。爾病果伊何？習苦筋力傷。風雪犯爾膚，愁毒煎爾腸。如樹根已撥，暫榮必速僵。悠悠夜臺路，行者不裹糧。游戲隨青煙，飄摇覽大荒。亦無冰雪寒，那用衣與裳？生兮悲無極，死兮樂未央。鳶兮爾何仇，蟻兮爾何親？豈無白石棺，肌骨終灰塵。編蘆薦爾尸，寫位妥爾魂。麥飯堆滿盂，苜蓿垂闌干。奠爾一觴酒，爲爾歌路難。死者長已矣，生者摧肺肝。我生髮未燥，爾長負戴之。既長就傅學，黽勉供瓜梨。飄風蕩覆巢，孤雛無安棲。徬徨走四野，獨爾長追隨。朝餐斧堅冰，夕臥棖破扉。低頭執百役，踉蹌無後時。勸我早力學，毋爲悲流離。流離尚依然，爾行永不歸。投筆呼蒼蒼，淚下如連絲。

西原嘆

琉璃八角銀作臺，隱囊臥褥相對開。海外靈膏老鴉翅，象牙小合蘭麝味。錦衣兒郎貴家子，愛逐秦宮同臥起。東輪西魄出復藏，短檠巧奪日月光，摴蒱弦索未遽央。君不見，街頭昨日拆大屋，高棟長甍一齊鬻。金釵賣盡奴婢去，小妻怒傍人家哭。草頭富貴能幾何，西原風疾青燐多。

官媒婆詞

夜叉弄狡獪，幻作美人妝。野狐銜媚珠，欬唾春風香。灼灼官媒婆，羅衫繡裲襠。媒婆年幾何，卻老有秘方。媒婆家何許，曲巷雙垂楊。媒婆夜召客，咄嗟華筵張。白馬珊瑚鞭，翩翩游冶郎。寄語緹縈女，毋爲來公堂。

飯樹謡 癸巳

大婦作人婢，大男作人僕。提攜二齡孫，日仰粥廠粥。粥冷冷於冰，粥稀不見粟。官吏揚鞭箠，威嚴那敢觸？不如道旁樹，盡飽無拘束。朝飯樹皮枯，暮飯樹頂秃。使君儻垂照，流恩及草木。

饑婦詞

秸稊嬉春風，雌雄相對飛。啄蟲不自食，哺子桑樹枝。桑枝青婀娜，黄口日以肥。同生堯舜世，我獨非烝黎。輿夫夜在門，月瘦燈光低。嬌兒故憨跳，索乳懷中啼。亦知就乖張，且復相抱持。抱持聲暗吞，去去天一涯。淫水屢降割，誰道皇穹慈。母在兒共死，母去耶不饑。牀頭絮敗襤，架有青臂衣。眠食順耶意，冷暖毋嬌嬉。地下即黄泉，見汝當有期。毋爲苦相憶，掩泣從此辭。

郭仰林壁上潯陽圖歌

朝卻襄陽使，暮贖魏徵宅。三台星隕天柱拆〔一〕，宫臣言事職匪越。元和聖主容諫鍼，九重愛讀秦中吟。井水特地波瀾生，一朝貶向江州行。是圖畫手不草草，楓葉蘆花筆俱老。潯陽賈婦白髮新，四絃亦自名千春。鸞臺鳳閣爾何人，狺狺赤舌天所聞。

醉歌三首贈子固

銅龍瀉酒如天漿，玉壺錦瑟歌揚揚。繞牀大叫催行炙，黄鸝對語春風香。金谷樓臺付塵土，元家胡椒竟何補？鯤鵬蚯蚓各有適，白璧明珠遑論直，臣也真堪飲一石。

在天願爲絪緼使，在地願爲諫議官。丈夫安能學狐媚，一言既合披心肝。大開閶闔驅虎豹，糞壤爬剔登椒蘭。詠歌熙熙三代上，四海老壽無饑寒。酒闌頓足拂衣舞，零落棲遲淚如雨。獸能觸邪草指佞，我獨何爲守環堵？

連日南風刮人屋，滂沱一雨窪膝足。緇泥盤盤没我骭，農夫笑歌行子嘆。甘羅一攬轡，唾欻生長風。馮衍晚放歸，尋常一老翁。鳳凰饑不啄腐鼠，野蛟有角居然龍。北斗酌元氣，兩丸跳盪西復東。五嶽四海蟠其中，劉伶已死吾焉從？

白鶴觀謁老子像

宇宙日多故，達者珍其生。遂使山澤閒，别有神仙名。古觀薄層霄，鐘磬朝百靈。雲荒鶴亦去，曉日松杉青。真人踞高座，玉色方矑晶。犀簪綰素髮，參牛横天庭。依然隱君子，足見古性情。由來昏濁朝，志士甘沈冥。官繫周柱史，書約蒙莊經。矯掌望螭駕，歔噏思飛騰。婚嫁苦難畢，衣食紛多營。小蛾甘促景，神龜綿修齡。行當謝塵事，試鍊區中形。

黄山歌送張蘇門還濡須

蘇門先生黄山來，解裝示我黄山圖，云將别我還舊廬。我聞黄山奇峯三十六，下流匯長江〔二〕，舉足便可凌天目，中有神湯勝紅玉。浮邱仙去丹竈空，今之游者蘇門翁。先生嗜山入骨髓，將身寫著懸崖裏。袖把白鵝頂上雲，笑指朝霞寺前水。準向江頭别妻子，五嶽之游浩方始。黄山歌，送君去。風帆料峭江天樹，他日相逢定何處？

燈花二首

風輪運大塊，散作花萬種。蕭然老木槃，繁葩忽紛氄。烈焰燒愈開，閃爍珠躍蚌。是孰使之然？有物默相總。龍從火中出，此語非鑿空。

斗閒有七曜，南北判生殺。生殺無停機，元精禪不歇。大千一火傳，金石有時裂。太陽疲久照，烏兔互出没。渾沌無象中，中有不死訣。

贈高謝塵

洙泗三千徒，閔氏以孝聞。悠悠百代下，夫子今其人。大文鬱逾耀，精鋼鍊彌純。履霜切遐慕，滌牏先羣昆。常嚴一介義，闇行不辱身。用子作黼黻，百寮肅垂紳。坐子端委旁，可使風俗醇。羲軒執一術，周典崇三升。吉士藹王朝，鳳凰鳴朝暾。鳳鳴萬物樂，吉士宜兆民。邱園曠蒲帛，潛德氣不伸。富貴亦多塗，憐子長賤貧。贈言溯高軌，茹嘆頻酸辛。

志夢二首

饑魂躡愁雲，飛墮泰山頂。仙人垂素手，流眸電光炯。獵獵罡風鳴，笑言雜悲哽。

天鷄海上啼，游子夢中哭。袖閒一札書，三閲原上緑。黄鵠期不來，封淚貯魚腹。

獨酌簡郭處士

質衣市斗酒，爲此庭樹芳。頽然就花下，獨酌邀流光。句芒煽大爐，雷雨争騰驤。軒軒桃李顔，朱萼郁相當。綴華復結實，流輝媚朝陽。而我何爲者，俯首甘秕穅。愛子青兕姿，勁氣森干將。拳曲書案側，怒馬初縛繮。垂涎意鄰釀，誰與一瓢嘗？玉瓶潑新醅，黄鳥鳴我旁。停杯重相憶，繞樹歌清商。

中秋後十日夜書嘯和尚水災詩後

貂衣肉食何爲者，荒山老僧淚盈把。手持一編要我讀，白日銜山繼以燭，檐花熒熒燭花緑。前篇水災詩，後篇水災詩。中篇棄婦鬻兒詞，雲愁雷嘆天爲悲。僧也學佛斷頭髮，禿頂童童盡成雪。錦囊一串鮫人珠，胸中磊塊眼中血。桑門事鬼言多誣，僧也獨與羣髡殊。殺青試寫千萬本，持問中朝賢士夫。

鎮淮樓送黄茂才之廣東

黄生眼大空九州，棄家將爲海上游。霜威皚皚慘欲雪，隆冬風烈無時休。蒯緱一劍鏽全澀，蒙茸氈笠羊皮裘。麗譙星稀曉角動，客心浩蕩難爲留。五羊山川控百粤，海濱巨浪顛蛟虯。任郎擢息甘遁國，梁竦悒鬱思封侯。況君慷慨負磊抱，闊步趫捷猿猱侔。此行曠觀得奇壯，定窮勾漏登羅浮。尉佗墓荒寶氣盡，葛洪丹訣猶堪求。桑弧蓬矢男子事，炎風瘴雨慈幃憂。行行馬頭白雲暗，君儻回首應淚流。

風雷引

道光癸巳月仲冬，亭午大雲來天東。須臾一氣四海黑，飛火焰疾金蛇紅。揚沙拔木箕伯怒，瓦檐唧唧啼癡龍。雄雷狂奔雌雷嘯，雷部萬鬼争驅風。一聲霹靂衆雷啞，凍雨墜砌鳴琤瑽。白藏已過羣動閟，戰乾息坎收元功。六子分職帝所命，竊發毋乃驚愚蒙。酒徒不熟五行志，罏灰坐撥心鬱忡。作歌紀之獻太史，老蟾倚樹光朦朧。

元夕郭四宅會飲即席奉酬兼示秋伯兄弟 甲午

生不願封萬户侯，但願一識韓荊州。我嘗誦此輒神王，對面茫茫竟誰向？郭夫子，磊落人，終日酩酊銜金尊。刲羊炰牛作元夕，小槽酒泛春江碧。座中蔡家兩兄弟，文采風流冠當世。人生得一知己可無恨，何況數子皆奇儁。主人長歌客請和，病心禁酒惟耽臥。醉裏歡呼醒更悲，太白高高月將墮。

伏羲山謁三皇遺像

人事幾開闢，茲山猶鴻濛。不知渾敦日，何自佇靈蹤。重關土戴石，幽澗松鳴風。牛蛇固荒怪，約略天人容。曠思天地始，永懷肇造功。草衣蝕鬼雨，泥肘穿山蟲。齋房一道人，手語知耳聾。寂歷丹竈頹，草花開茸茸。噩夢兆漢皇，異教尊大雄。堆金構廬舍，土木人心窮。浩歌下山去，去去隨飄蓬。

閻生行

鄭虔三絶世所稱，今之妙手數閻生。右軍肥瘦本失真，生也下筆多師承。有時忍俊禁不得，風流貌得簪花格。數椽屋在窮巷裏，夜寒抱犬饑吞紙。金徽玉軫朱絲琴，閉門自彈復自吟。短檐風雨愁春陰，蟹行魚嘆無知音。塵埃千鈞久乃見，今人唾笑後人羡。憂樂莫隨凍餓變，得閒還來共筆硯。

留晉江墨龍歌贈東山道人

晉江畫龍不求似，怪墨潑走雲雷風。雙睛睒睒電光繞，鱗爪出没虚無中。道人百錢買得此，高挂素壁銀濤空。歲方大旱要霖雨，神物不合潛蒿蓬。時來便爾破壁去，慎勿持之示葉公。

養魚

養魚勤注水，水滿健魚神。漫道盆盎小，能藏天地春。踏空迎月上，覓食唼花頻。但得濠梁意，何須下釣綸？

種菊

種菊一百本，隨他爛漫生。狂花不收拾，野意自縱横。駐得千春壽，洗教雙眼明。膽瓶安小朵，弄影有餘清。

苔

幽棲由命定，秋意不嫌深。卑任牛羊躪，高緣松柏陰。荒淫分雨澤，轉折逗冬心。尚冀陽和德，迴光鑑陸沈。

懷仰林

仗劍忽然去，峥嵘歲載陰。羸衣非避地，殺馬竟何心？金盡交都歇，雪多山更深。高堂念游子，知否淚沾襟？

索逋詞

門外何諠阗，索逋聲如雷。入門疾風霆，拉雜瓻甕摧。婦嘆不絶響，急典頭上釵。老婢更癡絶，走匿呼不來。時夜漏三下，明星爛如銀。亟亟整巾帶，欲前足逡巡。故人堂上坐，餘氣猶怒瞋。再拜重引咎，賤子請具陳。賤子拙自營，牛馬走埃塵。瓶中無儲粟，竈下無宿薪。黄金不在手，低顔向何人？食蘗敢言苦？食蔓敢言辛？甚知故人厚，甚媿賤子貧。

故人聞我言，仰屋長吁嗟。東鄰白晳郎，交游多聲華。一舉擢高第，前榮諠鳴笳。指日得顯宦，豔若錦上花。西鄰大賈兒，伶俐千人誇。得勢鼠變虎，失勢龍爲蛇。爾何甘碌碌，縮頸如老鴉？拱立道唯唯，故人言之良。故人且勿瞋，賤子攄肝腸。請今即發憤，勠力爲文章。二十通朝籍，出守司巖疆。三十躋卿相，四十還故鄉。故鄉日優游，結屋東山幽。不知賢故人，還來索逋不？仰天笑不絶，卿言何太癡！居官勝居賈，金珠恣取攜。一錢不持歸，作官持底爲？卿言殊太癡，卿言更荒唐。二十通朝籍，出守司巖疆。三十躋鄉相，四十還故鄉。古來有幾人，卿何不自量？卿頭自嶽嶽，傴僂聳兩眉。龐眉大牙齒，鼻亢頰骨拳。蹣跚肉詹諸，那解飛青天？鄙人雖不文，竊聞長者言。文章與時務，同條共貫然。青紅赤白黑，骨癡皮要妍。依樣畫胡盧，盂圓水亦圓。聞卿好吟哦，孟浪揮大篇。拗眼昆侖外，張吻盤古先。顛倒弄光怪，自詑元又元。事事迕人意，翻道師前賢。烏有頭白日，馬有生角年。世閒如卿輩，死去溝壑填。故人言未已，鬢眉一齊張。拂衣徑起去，來者忽登堂。聊爲索逋詞，倚户歌琅琅。

渡江望石頭城

星稀殘月墮，雲木澹相亞。晴蘆雙雁鳴，遥天一飄卸。石頭瞰大江，奮掉欲騰跨〔三〕。青山閲人代，中原幾王霸。觀方南瀆始，試及秋律乍。槖中屐久蠟，料理探幽駕。

蟋蟀行

闈中聞蟋蟀聲，悲其意，作歌。

郎當號舍低打頭，黄油簾子燈幽幽。東舍咿唔西舍睡，坐聽蟲聲不能寐。是蟲雖小軀幹强，能與烈士同肝腸。市上王孫争豢養，一擲千金如反掌。鎖院牆高人迹少，斷瓦横斜掩衰草。索莫何來國士知，陸沈空使英雄老。一粒粟，一滴水，受人之恩爲人死，蟲兮蟲兮有如此！

江上同吴丈夜話

天漢斜明七曜彎，夜寒虎豹守重關。螣蛇嘘霧疑成雨，病鶴禁風念故山。遥望蓬壺隔瀛海，並無管樂在人間。華陽仙去丹厓迴，明日從翁試共攀。

采石弔李翰林二首

李唐政淫亂，牝鷄生禍胎。夫子歌古風，託響何其哀！天子重文章，視作詞賦才。跌宕萬乘前，矯首思蓬萊。惟有糟邱人，可以知所懷。

魯連不可作，繼者羊裘翁。投竿釣大澤，高步天地中。夫子曠代姿，磊磊萬夫雄。明珠落風沙，白首猶羈窮。精靈儻不死，應念匡山峯。

天門山

鬼斧劈中斷，匽㡪相對開。山川工設險，游覽亦須才。浪掣烏江過，雲連建業來。泬寥津鼓歇，估唱使人哀。

巢湖舟中聽客談金庭之勝詩以記之

過江連日逢順風，歸帆飛落巢湖中。巢湖淼淼秋水闊，兩岸銀濤漾秋月。孤篷夜泊風泠泠，擁衾聽客談金庭。金庭山中多黃精，仙人服之毛羽生。石洞門封萬古緑，泉甘遠勝康王谷。星壇陰森聚精怪，雪白神芝比鴉大。王喬洪厓去不返，會稽道人來獨晚。梟饑鶴羸幾千年，紫薇碑紀咸康前。空山長松多結實，山下人家好春色。客譚未竟鄰鷄鳴，微茫湖水摇空青。推篷一笑白鷗起，萬丈明霞掠船尾。

蔡徵士園林

城西僻稱徵君宅，雲鳥無心日日來。列岫嵐浮松影亂，一池香細藕花開。茫茫軒冕看流水，落落羊求共酒杯。爲説乾嘉全盛日，黄金親見市龍媒。

病起同仰林登鎮淮樓

風塵多病强登臨，斜日陰陰落木深。極目江淮仍浩蕩，異時吴楚總銷沈。百身難了古今事，九死誰知天地心。賴汝狂歌破愁絶，笛聲響裂水龍吟。

悲秋一首酬嘯公

悲哉秋氣最無聊，閶闔風來萬里遥。自古聖賢同寂寞，即看草木也飄摇。沈憂抑抑隨淫潦，長夜昏昏信斗杓。讀罷九歌更九辨，迷魂滿地若爲招。

雜詩四首 乙未

百川仰大海，砥柱争中流。孤鶴鳴空山，鳳凰以爲儔。造化挺靈秀，旁薄無不周。寒暑相代征，二氣同悠悠。泰岱極其高，武夷極其幽。英雄與聖賢，所争各千秋。

我生果何爲，長此勞勞者。屏營顧親交，臨訣不忍舍。東家老翁殁，西家新婦寡。雖非相識人，聞之淚盈把。拔劍出門去，悲風動蒼野。禍患集如蝟，日月去如馬。憂來無奈何，晤言愁獨寫。

釀酒須挫糟，種豆翻成萁。同牀不同夢，巧匠無成規。五嶽誰鼓鑄，兩曜誰設施？好鳥不同聲，好花不同姿。至道在溲溺，羣言多糠秕。古人悵已矣，輪扁真吾師。

夏蟲競熱響，寒蛩警衰英。肖翹感時運，得氣争先鳴。蠕蠕筯上蠶，寸心萬縷縈。功成不言勞，塊然齊死生。

五高士詠

嚴光

黄虞日以降，三公無其人。兩漢用秦法，尊君而卑臣。富陽一釣竿，自奉巖穴身。高風灑八極，百代有餘芬。豹文潛自澤，龍性饑難馴。不見閔仲叔，投劾走逡逡。

梁　鴻

伯鸞狷介人，志與羲農期。出關觀皇風，乃遂歌五噫。西狩絶筆久，齊魯事亦非。九州競作讒，異國安足依？寫心有良友，偕遁有賢妻。廡下一編書，不冀千秋知。

徐　穉

往讀伐檀詩，掩卷輒惆悵。嗚呼盛王没，志士迹彌抗。人事有替興，昊天垂厥象。大廈方就傾，一繩安足仗？豫章山水幽，斯人抱孤尚。寂寞耕稼身，名繫斗南上。

申屠蟠

赤手捋虎鬚，横死百無濟。峨冠佩衆香，盛名翻爲累。達人炳先幾，晚節尤不易。英英申屠生，早蔚青雲器。周身蛛善隱，斷尾雞能避。中郎信逸才，囊頭獄中繫。

管　甯

大亂人心愚，釜中方羣游。皇穹未厭禍，草竊無時休。公孫不可依，華歆豈足儔？去來戎馬閒，飄若海上鷗。乾坤一木榻，高並首陽邱。首陽邈難攀，滄海無安流。

羅漢寺銀杏樹歌贈嘯長老

羅漢寺裏兩株銀杏樹，虎踞龍拏屹相顧。一株俯垂一株仰，真宰淋漓氣高爽。古來材大多捐棄，梵宇琳宫任幽閟。磈礨瘿懸鬼母臉，槎枒榦斷羅刹臂。禪房清閒絶倚傍，林泉福大衆材讓。老僧比樹更奇古，拄杖方袍覓句苦。偶然得句喜欲狂，招邀樹底同追涼。棲禽争巢暗撲簌，時有墜果敲茶鐺。卓午銀蟾下天井，正照維摩雪白頂。夜闌相對起悲歌，河漢西流衆星耿。

秦淮水榭即事

鈿閣新秋爽，晴波拂露華。履迴纖瓣小，喉轉撥弦斜。白玉桓伊笛，青油衛玠車。野人愛杯酒，默坐看飛霞。

謝公墩

千載兩安石，墩終屬謝公。桓温無遠略，北府亦英雄。絲竹風流甚，功名笑傲中。淒涼白鷄夢，貝錦恨何窮！

九月十五日夜同嘯長老茶話

寒夜覓君語，孤吟句未成。故人知我至，童子遠相迎。樹密月無影，霜高鷄亂鳴。塞翁愁得馬，況乃是浮名。

泗州官廨守歲酬陳八寅甫韓大俊民

官舍山中寺，宫真定裏僧。屠蘇聚尊酒，風雪鍊孤燈。白鹿知春駕，青牛卜歲登。分題破岑寂，呵徹硯池冰。

釋迦寺夜歸 丙申

寺樓耽夜静，坐雨忘歸遲。偶過前溪上，翛然自詠詩。野桃窺淺水，高柳映茅茨。山月勞相送，娟娟欲墮時。

泗州呈劉安邱先生

民生稟五常，耕桑性情厚。自從刀鋸張，俗弊習彌醜。淮平濱湖居，荒城大如斗。屢遭巨浸凶，鷄狗亦希有。先生悃樸人，循聲徧童叟。我昨經訟庭，略識風化首。吏舍春草青，書聲出高柳。皁隸習敬恭，植立儼木偶。因知學道心，不落昔賢後。爲政有大綱，王道始隴畝。姑息菩提心，險切霹靂手。補苴但眼前，何從致仁壽？賤子辱收羅，春風坐來久。感激發狂言，期公以不朽。

廢　寺

廢寺無人過，幢頽亂草交。僧廚腥虎氣，佛頂穩鳩巢。鐘臥鏽全啞，杉長枯到梢。棲皇行客意，迷路認花鈔。

盱山試玻璃泉贈韓俊民

金鼇百尺勢峥嶸，雲影泉光結伴行。我似雲飛無定所，君如泉水在山清。依人轉覺他鄉好，懷古誰知逝者情？後之視今今視昔，不妨高處共題名。

沙澗早發

殘月乍辭樹，轆轤起曙鴉。橋崩樽亂石，溜淺渡征車。遠寺赤銜日，長峯青褪霞。山谿鳴濊濊，流出澗中花。

許烈婦詞呈安邱先生時先生再權廬州

北門楊烈女，其夫籍黌門。東門王烈女，其夫貢成均。有司旌其廬，風義光八垠。悲哉許烈婦，奇冤誰爲伸？　邑有賢宰父，決事稱神君。烈婦有長兄，詣神君自陳。暴屍烈日中，青蠅弔孤魂。烈婦農家女，嫁與耕田民。夫死翁獨處，青天雄狐奔。朝出把犁鉏，莫歸牧鷄豚。朝莫視兩雛，淚溼手中巾。青廬升中堂，盛粧作新人。神龍一掉尾，出没風雷雲。毅然偉丈夫，就義或逡巡。蹈死有遲速，殺身乃成仁。刺史東海彦，匹婦悲覆盆。我吹鄒生律，冀回幽谷春。

中秋後六日抵夏邱書院韓山人攜酒見過席閒爲誦新詩喜而成醉

笑把黄金蕊，聽君白雪詞。幾回狂擊節，不覺倒深巵。水市盤餐膩，涼宵更柝遲。異鄉渾忘卻，粉壁可留詩。

新　涼

新涼人意爽，攤帙忘眠遲。攫食鼠投地，就燈蟲撲帷。賞幽成獨笑，境往佇空悲。坐覺流光换，長歌欲寄誰？

泗州贈許寅

洪澤波凶惡，魚頭萬姓殃。版圖隨地改，水旱逼天荒。冷月識隋柳，村農賽憒王。惟餘老翁子，潦倒負薪忙。

釋迦寺退寮同馨和尚看大外子作畫

盤礴一老叟，虬髯雙白睛。風雲足揮霍，泉石最分明。旛頂鐘初落，毫端劍有聲。懸崖趺坐者，可是頌無生？

夜坐酬韓山人

風息空光定，夜色在庭樹。寒鐘將雁聲，宛轉自來去。山人念清暉，款款道中素。新知豈不樂，怛焉思親故。

泗州得劉安邱手書云過廬州爲留買米錢

落落數行字，言留買米錢。窮甘山鬼笑，狂得使君憐。準擬塵生釜，欣知突有煙。楊朱苦歧路，何日拜旌前？

泗州城上

返照亂山赤，蒼茫看鳥飛。荒村微火動，野渡一僧歸。吟嘯倚長劍，風塵慣短衣。故園好秋色，閒殺釣魚磯。

小滄園同劉使君誦嘯長老詩率成四韻 丁酉

怪道頭陀好，使君亦見憐。人原雲外鶴，詩是澗中泉。陶令閒隨社，韓公喜薦賢。有才偏濩落，白首伴金仙。

題汪明經枯竹居册子

澹墨寫枯竹，亭開陗石邊。四山白無盡，一髮青相連。落葉没行徑，遥天不繫船。臥遊如可假，同證畫中禪。

別鄧薌甫

清潁亭邊路，桃花映酒壚。東風吹柳絮，一夜滿西湖。暫繫青驄馬，同傾白玉壺。歸與囊已罄，袖底有陰符。

淠河舟次

春夢無次第，已斷復還續。櫓聲摇宕人，推篷豁遠目。羣山放嫩晴，天與水俱緑。趁虚帆影多，近鄉人語熟。篙師喜便風，鄰榜歌相逐。暝色從西來，新水月可掬。高吟興未終，青蘆鳥呼宿。

五月六日抵浮槎山館

歸客落春後，庭荒奥草披。書牀留鼠迹，苔鉎蜕蛇皮。汲水村童捷，移尊山鳥窺。老農感離別，醉起舞花枝。

夜坐自遣

土室夜空闊，一燈青向晨。草深蟲弔月，壁暗鼠窺人。暫脱輪蹄苦，便與樵牧親。未知高厚内，何地著閒身？

慈雲菴同郭處士晚眺

解帶涼風至，看雲細雨迴。僧寮容客坐，藥圃送香來。牛背明殘照，虹邊轉怒雷。試緣東澗去，桑下可銜杯。

憶大外子四首

崖岸斮不破，狂來世眼驚。人疑甯封子，或是李長庚。巨額連山聳，方瞳夾電明。醉披黑袴褶，將鶴市中行。

玉篆懸腰品，胡盧五尺長。談諧敵曼倩，姿狀類文康。天外三青鳥，山中一白羊。自言有奇術，可以佐軒皇。

淮鎮開高宴，花前向我歌。淋漓濡醉墨，瀟灑舞漁蓑。疊嶂排胸出，飛流應手拕。寫山寫泰華，寫水寫黄河。

聞説錢唐上，潮從天際來。連雲狀奔馬，對月稱揮杯。君老竟行矣，曠觀何壯哉！歸來應有述，枚叟直凡才。

東山田家二首

首夏林塘幽，新秧緑於綺。長瓢引遠風，鰕肥魚更美。鄰翁譚稗官，酒闌頭髮指。呶呶辨貞佞，交鉤不能已。請翁聽我歌，振古都如此。前山雲未落，後山雲又起。但得杯中趣，萬事東流水。

望望東山下，方塘浴黄牛。野花不知名，紅徧東西溝。村婦學高髻，摘花簪滿頭。揮杯問田父，此閒頗樂不？田父仰太息，三歲兩不收。連天打蛹子，租吏頻徵求。但願禾稼登，免作公家囚。

贈相者丁山人

城北山人萬事懶，日倚書堆睡到晚。科頭赤脚衣蒙茸，兒童呼我爲泥龍。曾詣圖南見白閣，道我神仙作不得。江之裔，海之湑，風濤杳靄蛟龍馴。看余挈著漁竿去，可似丹山碧水人？

北峽關弔黄將軍

北峽關頭霜似雪，北峽關前石頭滑。夜深停車倚枯樹，馮弔將軍殺賊處。天下傾危注意將，將軍喑嗚氣殊壯。君猜相墨鼎足折，豎子奄兒弄旌節。北平終嫌對簿恥，鐵槍不惜捐軀死。我生何幸際平康，重熙累洽幅員長。里門夜開枹鼓息，鈴馱犯曉嬉村尨。桐山微茫皖公近，側身東祝海氛靖。

皖中别汪果

羣峭霽殘雪，林木森將曙。踟躕對濁酒，苦語不厭絮。勢交浩無常，貴者故廉倨。挾策干摩人，安能怨歧路。朱門森畫戟，列鼎倦投箸。誰肯堆白璧，一買驊騮顧。小草不耐霜，祥金豈辭鑄？勉旃副腰腹，吾道在韋布。

將赴都門前一夕述懷 戊戌

獻策金門遠，高堂色笑違。苦無含菽養，敢説貢身非？鸞鎩愁塵網，騶鳴感暮暉。哀親憫行役，重補舊征衣。

荒村

荒村猶古意，笳鼓入年新。墓久靈翁仲，窑空妥社神。辛盤争召客，采帖最宜春。獨有天涯客，蒼黄此問津。

晚過舊縣

夕陽沈斷堠，牢落萬峯愁。吹角盤鵰疾，鳴鞭怒馬遒。風威連絶塞，地氣近幽州。倚醉問郵卒，山南有虎不？

魁星歌寄王鍊師

彼何人哉跣而跛，繡帶朱褌兩臂裸。頂𡉁腹彭肌骨青，筆橋不下手黄金。山魈其狀魁其名，血食天下罔不馨。我聞三十六天上有三十六大帝，北斗蟠挐酌元氣。魁兮小臣司天梁，鰲饞狗很紛相將。天鷄失其杵，奎壁不能光，織女低頭弄七襄。巴虹糾結烏不翔，誰挽雲漢分天章。道人持畫請我歌，人生由命匪由他。土苴木偶訛傳訛，魁兮魁兮何其多！

駱駝行贈王子原大令

長安二月風怒號，長安街上駱駝高。磊磊巍巍意殊暇，長驅闊步天衢下。前者卻立後者跪，多少行人道旁避。況是相逢狹路間，縱有騏驥安能前？君獨何爲悲迍邅？葡萄酒泛春波緑，趙女燕姬色如玉。男兒行樂須及時，闍道之謠殊刺促。

將出甎門題壁

曉柝甎門啓，燭花紅欲翻。百年承養士，五策亦空言。余本山林客，偶隨髦俊奔。釣竿浪拋卻，心事向誰論？

贈喜兒

的的口脂鮮，春藏畫燭邊。臉潮通酒漫，眉月照人偏。袖闊嬌鳴釧，簾鉤誤墜鈿。玉釵斜插處，花餅穩金蟬。

自徐州經小桃林路渴無水輖饑殊甚村嫗以泥漿見餽喜而有作

屼屼四山禿，滄涼日一丸。石摶村舍小，沙壓野田乾。瘠地居民古，荒年水火難。幸叨杯酌惠，那敢望盤餐？

臨淮阻雨

淹滯隨吾分，湖鄉睡亦宜。支牀鄰馬廄，市藥問牛醫。豈怨梁園逐，空懸勾漏期。風雲殊草草，何處是安枝？

長夏雜興四首

觸熱性難耐，林居手脚便。糧虛思石髓，雨過算荷錢。寂寂蛛捎蝶，恇恇雀捕蟬。白雲知我意，鎮日伴幽眠。

大暑亦何酷，居然酷吏嚴。蜩鳴殊聒耳，蠅集只趨炎。在竹願爲扇，甘瓜莫變甜。涼颸如有意，望澤徧窮檐。

鬱煙蒸夕照，園小月來遲。忙笑嵇生鍛，涼思鄭老巵。螢光酣露葉，鵲意警風枝。試驗蕤賓律，成虧理可知。

河朔炎蒸早，還轅欣在今。藝蕉深貯月，循澗儼搊琴。醉逐王戎舞，閒酬粲可吟。温風沙磧暗，猶有未歸禽。

西山驛

驢倦戀秋草，山橋蟬亂吟。鷄蹲桑樹矮，犬吠稻花深。湖氣白成雨，炊煙青出林。客愁渾不覺，日落衆峯陰。

焚香

瓦鼎樸逾古，雜香幽可焚。風高馮作篆，山小爲添雲。自適静者性，不煩君輩聞。兒郎買鷄舌，辛苦媚紅裙。

送嘯公之治父

大師淮上來，杖錫探奇秘。方瞳孕秋碧，手定袈裟地。壯懷不收拾，望古迸幽涕。我才媿夷吾，低顔就窮躓。不意老叔牙，得之自方外。師本儒家子，讀書洞四櫃。緇流勤論述，可以風有位。炎風吹火雲，柴車欻將逝。閒雲信所之，孤芳鬱彌穎。鬱律青厓顛，一椽試相遲。

檢故紙得左忠毅詩數首泫然有述

野狐弄斗柄，殺運盡冠裳。北寺刀鉗毒，東林枷鎖香。殘編珍錦衺，浩氣壯桐鄉。孟博遺言在，頻教來者傷。

漕川薛氏樓夜坐二首 時泗州許生書來，要爲睢陵之行。

高齋敞夜色，屋角星可數。蟲聲排户來，淒清共誰語？征鴻飛且鳴，似説雲路苦。故園秋海棠，别來纔幾許。零落塵土中，誰人憐惜汝？

久客脱風沙，頗樂青燈味。河漢澹不收，几案生秋氣。大江噫餘怒，虚濤落檐際。春色無端來，燈頭一花膩。俯仰惜徂年，拂衣余將逝。

畫松歌送吴引之還巢湖

江北久無畫松手，作者昔數留晉江。盛名早時動海外，晚年流落偏佯狂。日抱長松换米喫，枯根敗鬣愁荒唐。餘技兼能寫風雨，到今尺素垂琳瑯。昨見宋家兩株樹，張在蘆簾最深處。一樹拔地生狻猊，一樹盤攫蛟龍垂。波濤颯沓涼風颸，使我坐久看移時。晉江畫松得松骨，此筆韻遠將過之。廬陽城中一尺雪，昨夜吴生幾凍殺。扁舟襆被意態雄，歸帆笑指巢湖東。便好相從理釣篷，四頂山前楓葉紅。

餉軍瓶梅花歌懷韓山人

上鋭下削長徑尺，腹大耳皷色微黑。多年老窑火氣退，畜水猶能助花力。此瓶得自韓山人，山人贈我長淮濱。雖亡姬刎三户盡，劫灰屢换瓶獨存。薦之檀牀素凴几，伴以玉滴瘦木尊。狂花膩葉入采擷，案頭留得吾家春。敝帚自貴金自賤，此瓶費殺豪家羡。一從我自徐州歸，數年不見山人面。王家園裏好梅花，拗來不問横與斜。空梁沈沈月漸落，每聞翠羽長咨嗟。重簾昨被風吹透，凍裏一枝開更秀。金鴨香温更漏稀，草堂門掩燈如豆。

氄遺芳軒曉起即事

穉子折花至，枝長花更馨。小鬟汲金井，引水注銅瓶。殘月白辭樹，修篁青滿櫺。道書行可把，不羨子雲亭。

冬晚同子固飲酒

歲宴人事艱，百貨日翔貴。今宵一斗春，君向誰家貰？城中十日雪，流民凍俱斃。即此觴豆微，了卻數口費。粤南早瘡痍，江東又烽燧。假君席前箸，請君畫大計。勿謂肉食鄙，建豎本不易。油燈凍虛壁，朔風吼平地。已矣復何言，浩歌徑成醉。

嘯公自治父來旋去賦贈三首

故人山中來，不知人閒事。江南疊歲水，狼煙照海裔。鬱鬱牛斗閒，君應識奇氣。

故人山中來，盛言山中好。山中有奇葩，其名人不曉。田家采作薪，奄忽隨百草。

故人山中來，又向山中去。鷄鳴向我別，僕夫戒長路。槧無裘褐魄，前塗慎霜露。

寄許寅獄中

河勢南來盛，淮流日夜奔。草茅排衆議，圜土靖狂言。穴壁螻蛄死，囊頭狴犴尊。槧承賦窮鳥，無力拯燎原。

懷高隱居姥山

高生性谿刻，清苦似桃椎。逕自將妻去，常聞數米炊。覩巖忘反駕，徂歲繫相思。便弄焦門棹，拏舟一問之。

贈胖行者

和尚自海外來，與予相遇於興國山門，爲談五岳之勝，了了可聽。問其名，笑而不答，詩以志之。

西竺繙經後，中原象教尊。遂令魁岸士，多半託空門。鉢咒滄江曉，槎浮大海渾。乾坤莽無極，孤鶴自飛鶱。

早　春 己亥

早春殘雪在，春意静中知。鳥路紅將鬬，魚牀緑漸滋。攤書欣日煖，枕石愛雲遲。吟罷攀庭樹，因之感别離。

示莊子偉二首

賈生方少年，痛哭天下事。子由上書時，比汝長兩歲。延平倡正學，年纔二十四。觥觥鸞鳳雛，飲啄有奇氣。龍子生魚中，不入羣魚隊。鉛槧與鐘彝，人生各有志。

我窮早奔忙，革囊攜一匕。所至喜借書，既夜讀數紙。鞍馬舟車閒，未竟輒中止。礧砢桐翼雲，潑剌魚躍水。朝旭射罘罳，照汝讀書几。勞鞅夫何爲，峭帆歸去矣。

釋迦寺

七雄裂恒産，俎豆亦虚器。金仙入中國，儒術日凋敝。荒涼淮平城，浮蹤已三至。昔時破僧廚，今作布金地。淫水蕩城邑，環堵萬家碎。嗚乎大法王，何不伸一臂？層臺翠題竦，疊閣慈燈閟。燦燦青蓮花，曼衍天龍戲。露山豈湧出，珠蓋不虚被。未滿三峯願，已罄十室費。珠眉珊瑚舌，端拱儼列帝。聽法羣神朝，立仗百怪衛。老僧雪白頂，趺坐長松翳。一笑問世尊，西來了何事？

泗州喜晤曹大蜀漁莊四篤生

風騷久頹激，正聲墮幽渺。孤蒙閔廢墜，不揣思遠紹。悠悠千載事，箴石仗朋好。嘯歌天地閒，聚散每草草。文章如五穀，至味俾人飽。窮居心力窄，流離日月老。揮手渺煙波，報章遲三鳥。

濤雪軒聽雨示韓山人

篆影差池夜漏遲，碧磁小碗試槍旗。寂寥檐溜空庭落，恰似秋江轉舵時。

黄泥坂午憩

孤樹亂雲擁，柴扉逐澗斜。鍊丸蜣轉糞，掠食蝶窺花。牧豎排棋局，村翁弄紡車。山家風味古，槐葉當新茶。

丹厓子畫蘭

古墨荒愁妙入神，全從爛漫見天真。批風抹月無拘束，似汝蓬頭赤脚人。

謝吴引之贈山水障子

新粉西偏雪色壁，能養燈光通月夕。護惜常防惡手疥，嗔喝不許兒童刺。巢湖墨精吴引之，贈我山水多清奇。冰絃彈徹枕書卧，嘹唳長雲雁度遲。

贈昺道人

道人四明至，眼似曉天星。鑱劚青牛髓，囊攜白馬經。招雲愁獨嘯，醉月臥忘醒。借問甬江上，烽煙幾日停。

贈厚兒

一代詩中霸，君家曹子龍。而翁振奇士，説劍吐長鋒。修學惟須早，文章有大宗。唐兒好頭角，汝更翠眉濃。

守歲作

長物雖無幾，也隨人照虚。謀生餘石米，饌客仗園蔬。爛醉椒花酒，關心索債車。重閏燈火浄，補讀未完書。

安慶送安邱先生觀察閩中

海門控吴楚，山勢過江雄。盛代多循吏，憐才屬此公。捍城猶舊治，築館有高風。不藉司元石，碑鐫萬口中。

王莊晚行示僕 庚子

久役識驢性，泥深緩轡行。争先妨再蹶，入險要持平。水闊村俱没，燐高焰不明。汝曹飽喫飯，那識道塗情？

南沙聞歌

兔走烏飛老不休，河中之水向東流。二分春色三分月，若箇歡娱若箇愁。

琵琶女子

鵾絃嗚咽泣春風，一朵宫花插鬢紅。不比潯陽江上婦，綺羅隊隊是哀鴻。

仙風坡書懷二首

四馬尾一驢，驢馬同一槽。馬饕使驢饑，驢怒仰天號。檐雀驚亂飛，匝樹相啾嘈。鄰貓意捕雀，踏折枯樹梢。殺機伏宇宙，禍患陰相招。士生戀微名，坎壈誰能逃？淮海有奇士，抗志輕雲霄。毅然斷頭髮，放若不繫舠。趺坐説無生，笑我長勞勞。思量林下盟，塵狀慙漁樵。

地下有酒泉，天上有酒星。劉伶與阮籍，没世以酒名。酒人有何樂，以酒全其生。奈何吾黨士，嗜飲翻自刑。浮雲翳大野，飄風過中庭。我友中酒疾，長醉無時醒。北人善釀法，有酒甘且清。吴歈獻妙舞，趙瑟調新聲。娟娟雲中月，照我金巵明。後車監前車，歌詩兼自懲。

病起同余荆南登陶然亭

騁馬蹴踏車訇訇，黄沙如山空中横。北人慣向沙中行，好雨逢時炕氣平。病心摇蕩春衫輕，出門鳩語歡新晴。窑臺日夕山氣清，陶然亭上酒肉腥。窮途悔輟東山耕，君才倍我猶飄零。抗聲羊陟吾不能，白雲杳靄鴻冥冥。

任邱縣過藥王祠感憤述懷

毒婦蜜在口，説士劍在舌。庸醫日殺人，手不持寸鐵。孟浪索酬賽，誰能辨工拙。遂使丹橘林，化作黄金穴。繫余病都中，醫者誤投熱。飛翻毛骨焦，摧陷腸胃裂。共工觸不周，天柱忽然折。又如咸陽厄，飛鳥不得脱。殘生託微喘，千鈞繫一髮。展轉藁薦中，酸辛難具説。皋城碧眼翁，一劑使我活。銜恩膝當屈，圖報草應結。神農古天人，萬世食其烈。繼起有岐伯，親受黄帝訣。淫祠布天下，數子祀幾絶。飲水不尋源，生民禮數缺。上古氣清淑，疹疫無閒發。衰薄婚嫁苦，兵凶饑凍切。安得數子出，爲世祛天札。長桑診五會，周官戒十失。古之名德人，輔世有鴻術。

河閒懷古二首

漢代重經術，繼體多賢王。煌煌三雍對，巨制垂琳瑯。崢嶸日華宫，髦士争翺翔。高風悵已矣，邱隴登牛羊。

桓侯方暮年，内蠱日交錯。尸居藉餘氣，骨髓病根著。豈無起死手，難進苦口藥。鍼熨有良方，何代無扁鵲？

雄縣

林迴山脊聳，匹馬下孤光。峭壁雲雙縷，晴天雁一行。峯巒開上谷，關塞峙高陽。見説陰崖上，泉流石乳香。

徐州渡黄河作歌

草堂花謝梁燕語，零落春光浩無主。東鄰老漁念羈旅，手寄雙魚剛尺五，浪迹天涯奈何許！河水淼淼高泊天〔四〕，魚龍波暖貪晝眠。蒲帆安穩風力便，擊楫中流催放船。

臨淮橋上歌

疾風渴欲捲水去，百丈鐵鎖鎖不住。天際飛來雙白鷺，浪花如雪壓枯樹，記是當年泊舟處。淮水鱗鱗碧似油，緑楊深處明朱樓。敝車羸馬頹唐甚，又過淮南古渡頭。

哀王生

哀哉王生窮欲死，天耶人耶吾烏知！子之所以至於此，連理枝摧郭北墓，北門即是傷心路。芒鞋席帽竄窮鄉，兒呻女吟不得顧。靈前九飯呼呵呵，麻衣淚血翻江河。青陵蝴蝶桓山鳥，不及王生哀怨多！昔者依君廡下居，君家煙斷絶，我家瓶無儲，饕風作雪愁霖俱。前門後門索債車，債券疾於徵兵符。十字街頭泥滑滑，相將逃匿牽衣裾。我醉發狂倚樹嘯，燈前脱帽君長吁。東蕩南奔無定止，結鄰仍在窮巷裏。籬豆花好秋更肥，滿地青青茁馬齒。不獨饑寒兩共之，茅檐風景真相似。獻歲春風生，别子東北征。到家亟問訊，家人言子府試充前名。攬衣提榼走相賀，鹿馬蒲脯告者過。修德獲報古有之，昔者則信今翻疑。惠政橋頭舊游處，一事惟我與天知。老屋沈沈燈似雪，記得當年重九節，檐溜蟲吟共嗚咽。我來卻立燈影外，口噤不開心斷折。饑兒索乳夜中吼，坐兒於腹書在手，屋漏四迸燈烏有。席棺昨向城南送，看君又抱西河痛。石闕在口刺在眼，恩怨如山白日短。靡草可榮灰可熱，噫吁嘻！王生四十窮到骨。

白衣菴哭問渠

燕臺饑魄慘風煙，直下黄河浪拍天。歸櫬無家依古佛，寡妻抱子設齋筵。絶交久已聞劉峻，故里憑誰葬董傳？同是中郎門下士，新詩和淚寄重泉。

養菊

養菊不用糞，恐傷花性情。井泉寒倍洌，秋氣晚來清。籬碎懸金盞，霜酣擢紫莖。雖然身似薏，甘苦本分明。

寄酬余三都中

魚雁天寒信渺茫，燕山草樹幾經霜。劉蕡祠畔秋號鬼，郭隗臺邊晚牧羊。客邸薪炊應索莫，侯門禮數莫疏狂。故人近狀差堪告，蓑笠兼旬種菜忙。

人日簡張處士季西處士善卜因賦問

海澨有長鯨，我欲屠作肪。羣蛙鳴闇水，驪龍爲徬徨。我昔逢孫公，心銜紵衣德。自慙口齒改，鹽坂膝屢折。風煙暗雲海，欲往音書隔。辱金不作刀，斷韋不作弦。我其散木歟，夫何怨迍邅？我有青銅鏡，土花結重暈。陽烏期不來，何由照蟬鬢？我有赤支紱，迴環十二幅。閉置麈笥中，歲久色幽郁。客有太阿劍，謬用以屠狗。跳梁草澤間，使我嗟嘆久。巢林期一枝，飲水期滿腹。器攲注必傾，鼎折餗乃覆。我本猿鵠姿，畏犧復忌鵬。新春王正月，句芒德在木。人日大吉祥，請下一局卜。擿塗敢忘杖，冀以聆忠告。

彭城四詠

白日天上來，黄河地下去。抱琴向雍門，風大不可渡。

一龍飛上天，一蛇死道旁。龍蛇都已矣，溝草青茫茫。

此翁愛獨睡，唾起汲井水。井水清琅琅，此翁骨已死。

趙宋多君子，厄與陳蔡比。峥嶸郊天壇，凍殺陳無已。

憶昔行贈周雲先

憶昔驅車適京國，君先駐馬張橋側。火色鳶肩緑綺裘，道旁看殺金閶客。一見驚呼覓斗酒，片語開心成莫逆。班馬潘張並載來，意氣全空大河北。渡河攬雄風，五雲高擁蓬萊宫，羣賢濟濟趨辟雍。丈夫青雲須自致，驊騮一蹶偶然事。盧溝橋外草黏天，笑擁吴姬逐君醉。廢壘雄關並轡過，兩家詩帶幽燕氣。幽燕歸來各倦游，誅茅準卜青山幽。可憐一勺寒泉水，仍自東西南北流。彭城山下題詩處，腸斷春風燕子樓。燕子樓邊秋水生，思君幾度若爲情。燕雲岱雨傳消息，又結鈴馱冀北行。冀北天高積霜雪，我經雄山夜嘔血。都門疫大不可觸，君病欲死搶地哭。鷄狗陳言竟何有，雨絶雲收事反覆。反覆交情劇可悲，烏頭馬角放君歸。那知今夕尊前酒，相對悲歌淚滿衣。

謝李明經惠筆

李侯贈我筆一束，價比兼金珍似玉。筠管磨礲湖水清，刻畫蠅頭巧蓄縮。我書惡劣百無擇，鷄毛鴛鈍今更禿。草窗風雨閟陶泓，那有銅錢買虎僕？辱贈枝枝瓊樹新，助我行間一張目。草元擬論强曉事，留取揮灑三千牘。

茌平即事〔五〕

廉纖細雨浄浮埃，泰岱春寒花未開。恰值秦宫攜妓過，又逢卜式拜官來。平沙日浸千峯赤，大壑風號萬馬哀。天地悠悠一杯酒，悲歌直上魯連臺。

山東道上

馬首塵高日又曛，郵亭花撲雪紛紛。崑崙萬派全歸海，泰岱千峯有片雲。草莽何堪陳大計，名山終古託空文。東皋營得誅茆地，便逐丹崖鸞鶴羣。

蚊

炎夏煩燠，螫人之物充牣庭户。故夫炳處之士迴翔容與，怵於作緣。不此之慎，腹背竊發，迫於燎檐薰壁，憤於一決，抑又悖焉。爰賦四韻，以當耳提。

猛虎幸無翅，汝能黑夜飛。伏鱗愁染毒，逐肉劇難揮。自占青蠅市，能逃丹鳥饑。紗絇觸煙損，今悟火攻非。

贈黑奴

主人愛夜飲，月黑始還家。破户勞相守，秋來菊有花。眠依苔磴暖，吠訝竹風斜。好待丹成日，相將試絳砂。

施口阻風 辛丑

巢湖一水耳，三日行猶遠。颿脚戀故鄉，萬牛不能挽。春雪爾何來，緑楊絲婉婉。顧聞野哭聲，憂來客腸斷。登高望洪濤，白浪自舒卷。誰歟奠坤維，手掣乖龍返。浩浩施水流，沈沈姥山晚。長嘯獨歸來，船頭共漁飯。

清明日泊舟中廟遂登姥山訪高隱君故居不得是夕大雨有趙生名錫恩者飯余遂宿山中得詩三首因贈趙生

回飆駕逆浪，掀舞蛟鼉怒。飄然一葉舟，逕犯中流去。繫纜忽掉頭，飛鳥不敢度。荒崖絶徙倚，疑是鬼工鑄。我有同門友，遺世此中住。欲問舊隱廬，絜酒釃何處？

孤塔摩層霄，勢與浮雲抗。乾坤氣相搏，天地益悲壯。東風喊如虎，石頭怒欲颺。空洞巨魚腹，骯髒骨堪葬。苦乏漁樵資，虛抱山水量。悄然問歸橈，風大不敢放。

滏雲濛濛來，日色相窺映。路逢狂道士，呼之不一應。山人延我飯，樸率有殊敬。長松翳高柏，瓦濶雨聲勁。春雷驀澗過，鐙碧寒芒浄。宵涼不成寐，轉側動孤詠。

楚澤樓懷古

魚行不見水，馬行不見風。大哉堯舜民，不知岳牧功。斯樓近千載，過者生敬恭。朝廷樹耆舊，百爾秉公忠。前有范希文，後有司馬公。至今湖堧民，猶憶天章翁。我來屬春仲，四野何童童。洪波亞高壩，蕭瑟人煙空。世無神禹手，誰挽萬壑東。尚須慈静吏，坐致桑麻豐。

江上雨悶二首

江雨碎成絲，江雲暗成霧。摇摇行艓子，貼水若雁鶩。漁歌動暝色，雷盤諸嶺暮。春潮漾枕席，澎湃欲東去。出中數椽屋，棄擲久不顧。蕭然四海憂，渺矣一身慮。默數荒鷄聲，坐待篷窗曙。

一雨剛騎月，風霽見微旭。水光映天色，餘輝潤草木。故人有遺詩，緘之在行簏。偶與佳景會，臨風一披讀。生傍維摩龕，死隸泰山籙。奪我巖石侶，鬼伯亦何酷！薄游尚羈棲，中心蕴愁毒。

夜坐書懷寄劉觀察廈門

病骨貪夜涼，露坐心眼豁。迢遥天河紆，衆星水初潑。電尾東南轉，雨脚西北密。盛夏蛇龍驕，雷公不應律。江南苦卑溼，洪水屢降割。疫氣乘閒行，死亡或盡室。沿淮百萬家，頻年遭河決。官兵駐海上，帑藏方四出。婉孌灞上軍，何以總節鉞。吾師山左豪，忠赤古心骨。孤軍廈門上，兩鬢應成雪。翹首望雲海，有裾不忍絶。所希年歲登，嘯歌多暇日。優游太平氓，終焉守孤拙。

睡起讀書題寄京華故人

耽閴但慵臥，心迹就清迥。檐虚巢燕雀，簾莫日交影。鍊液百脉通，浮青罏穗耿。快意吟漸高，望遠興先騁。渺焉管葛儔，骨朽名亦冷。不意天壤閒，令人憶王猛。故人客京華，資望可臺省。兵戈久未息，澆愁獨酩酊。炯炯疇昔心，迢迢雲路永。

草菴被竊簡唐司獄晉鋙 壬寅

屢空無厚儲，不藉高墉芘。幸兹届溽暑，裘葛都已質。豈無冰雪文，罪與懷璧異。地廣游手多，俗敝民生匱。芒鞋葛單衣，古様不時世。狼藉舊春衫，酒痕涴別淚。所直能幾何，飲博一朝費。客從皖桐來，征衣猶在笥。禍類池魚殃，益增地主媿。昨者接高譚，許我託末契。請爲治奸胥，一伸處士氣。還我漁樵服，永愜吾黨志。

南京急

鎮江已不守，南京又告急。將軍晝閉城，奸民騷難戢。賊輕乘勝來，懸軍昧深入。請悉發精鋭，躡後虚可襲。陳兵石頭下，聲援共呼吸。兵機貴神速，官軍正雲集。媾敵仗多金，潰師誤長鬣。狼烽照紅粉，倡樓笛嗚唈。倉皇朱雀舫，流殍掩面泣。禍皆養癰始，事漸噬臍及。徒教裕溪口，老弱荷戈立。

夏夜唐司獄署中讀其墨妙集書後

雨霽暑新褪，涼月墮檐瓦。虚堂僮僕静，坐久燭垂灺。蒼然一卷詩，古姿澹可把。崔侯丞藍田，耗除學聾啞。可憐溧陽尉，窮殺孟東野。我非韓退之，薦士詩頻寫。踟躕仰屋嘆，撫卷不忍捨。

夜坐贈楊處士

秋霖亦何惡，擾我破茅屋。空號夜莽蕩，盆翻檐溜覆。兵家重圖志，摹寫隘邊幅。憐子肘似風，揮斥千兔禿。饑蚊如餓虎，著背那遑撲。殺人道家忌，奇功無後福。雲臺一劍勳，蟲沙萬鬼哭。況我文弱姿，豈堪佩虎竹？巨盜犯江海，中原需頗牧。愁絶負薪人，行歌傷祝衄。衛公久不作，高閣韜鈐束。虎龍蛇鳥陣，不入世儒目。與子坐通宵，苦酒咽寒蔌。眼昏且隱几，漏大難伸足。好待天鷄鳴，晴窗共朝旭。

病肺簡王太學索丹橘子

未老齒先豁，吾衰亦何早！比來飲啖減，壅滯肚腸飽。陰邪互牽引，奇瘡布手爪。是實心腹疾，方訣屢探討。豈無嚴峻劑，恐壞千金寶。嶺南丹橘嘉，流傳中土少。君子與小人，並生造物巧。攻伐元氣傷，何如相化好？藥石仗友生，艱危賴相保。

柴門不牢夏秋再被竊唐司獄枉顧賦謝

窮居絶軒蓋，野性畏官府。丈人枉高駕，褰裳踏秋雨。相迎不衣冠，翁應知我寠。方今四郊警，盜賊正蠭午。外戎大可憂，内患先宜杜。自從夏秋交，羣偷日接武。思量移家去，松菊苦無主。欲詣縣官訴，恐遭胥吏侮。平梁風俗衰，布衣賤如土。知翁持古誼，肝膈敢略吐。

六月四日檢敝篋得亡友郭處士遺詩數首愴然有述

虎頭燕頷眼如電，眼中突兀夢中見。世方好文君好武，醉死黄壚計誠便。朝來倒篋得君詩，風檐展讀坐移時。墓門夜雨青松冷，知否滄江烽火馳？

撫孤行爲李介夫作兼示吕生

呦呦嘖嘖燈模糊，臥聞學舍鼓嚨胡。嚨胡者云何？念君天寒無複襦。君家母老雪滿顱，病起尫弱無人扶。師恩耿耿久未報，願君努力讀父書。君能讀書我益喜，白米不厭君家需。東方欲動啼早烏，主人倚樹還踟躕，客有聽者攬衣起坐而長吁！君不見，末俗獧薄古道徂，東華西里何代無？到家兄弟胡爲乎？我爲撫孤行，手自書之示吕生。請生發憤從兹始，他日莫忘撫孤人姓李。

連夕大雨夜讀廬山記睡醒有作

誰挽長江置檐下，暗潮崩浪吟微風。殘燈不動衆籟静，怳惚拔宅浮空濛。匡廬煙雨秋萬重，懸流倒挂横雲松。夢登五老瞰絶頂，斷崖驚落晨天鐘。

滙泉亭同張處士曙東作

凍雲盡斂星含芒，布袍冷浸松竹光。萬瓦纏冰鬭棱角，檐月窺人人影長。樹頂棲鴉踏煙語，起弄霜華爲君舞。不知此夕更千年，誰憶亭中我與汝？

可怪行

可怪城頭大嘴鳥，啄腐餐腥腸肚飽。斗然搏擊九天上，病鵠難當怒拳壯。我勸病鵠勿浪悲，白石清泉當早歸。

可惜行

可惜君家好華屋，屋上饑烏亦蒙福。風旁雨上年代多，桷崩題脱將奈何？寄聲柱石行自愛，莫把人家棟梁壞。

臘月廿四日遣鄭僕往周雲先家迎吴四引之二首

莫作貧家僕，貧家僕最難。可憐風雪緊，短褐故單寒。送汝出門去，梅花開正闌。沿溪好攀折，留供主人看。

轉過青山脚，塘梢帶遠村。言尋吴道子，試叩孝侯門。晚飯紅豇細，匡牀稻草温。儻然訊近狀，道我舌猶存。

雪霽夜坐

素月出東壁，照我檐雪炯。庭前數竿竹，雪月争寫影。流宕窗隙閒，龍蛇波萬頃。鴻聲澹澹過，霜氣森森警。碧天如玻璃，歷劫凍應冷。高吟答蟾兔，奇趣默自領。懷往半鬼籙，鍊形欠金餅。寂寞一團蒲，嗒焉忘夜永。

喜雨 癸卯

志士拙自謀，豐年亦懷饑。春來天赤旱，灑塵見亦稀。二麥焦欲死，菜甲生不滋。長星亘西方，譌言驚烝黎。太陽熒衆聽，久照毋乃疲。禱祈亦以倦，甘霖勃然施。野人貪曉起，蒔花尋舊谿。滛雲倚疊稠，雌雷水中啼。異恩會不測，應有滂沱期。興至輒成句，鳥語如催詩。詩成歌向天，調古無人知。

鋤草示兩猿

惡草隨處有，逢時故欣欣。即此見地力，並育無異畛。吾園雖不廣，萬象同一春。邪蒿久不除，驕蔓遂難馴。少少來毒蛇，漸漸藏餓蚊。雖稱幽人居，屢煩過客瞋。今朝偶荷鋤，趁兹天未曛。鋤草莫鹵莽，恐使嘉植湮。鋤草莫因循，因循留草根。草根拔不去，經旬又當門。荆棘能刺手，亦須加斧斤。芟夷首渠魁，煦煦非吾仁。惡草雖然惡，曬乾堪作薪。持鋤語吾兒，鋤草有經綸。

癸卯夏孟有芝生於西牆之垠五莖一本家奴怪而殲之芒蘖芬起郁乎煥然比類有作使兒子誦且自警也

童童頹牆下，有芝車蓋張。翩躚五朵雲，敷采絢朝陽。獸中有麒麟，鳥中有鳳凰。芝兮生何爲，乃在瓦礫場。出土罹百辛，横被兒童戕。金風凄以厲，白露行爲霜。崩榛罥其頂，憒蟲鳴其旁。神仙曾有言，此乃不死方。我心非鐵石，亦有肺與腸。縱然得飛昇，憂來安能忘？顧瞻塵世人，奚用壽命長。奇功挺堯階，神光曜漢房。商山四老人，行遁歌煌煌。一應帝者期，一爲隱士昌。芝兮生何爲，未卜行與藏。願言守皋諾，以貽來者芳。

十月二日吴丈克俊將有六安之行過飲草堂賦此爲别

少耳丈人名，傾蓋辱青眄。相隔窮巷中，數載艱一面。同是浮雲身，昔别今還健。長髯身玉立，满引不待勸。世情厭衰老，典型重黎獻。飲闌要我歌，敢以腴詞衒？丈人少年時，揮霍手如電。通俠朱家豪，風流耆卿倩。革囊一匕首，脚迹天下半。黄金高插天，一笑頃刻散。數奇萬事灰，投老信筆硯。今時重錢刀，趨走士風變。襄陽買山贐，一擲今難見。孟冬氣凛冽，積陰天欲霰。告我將遠行，曰歸歲當宴。悲哉一老翁，流滯風塵倦。長跪酌尊酒，賦詩以當錢。

黑銀嘆

客有轉販阿芙蓉膏者，積産不貲，羣賈居奇，隱其名曰『黑銀』云。余數往來江湖間，見聞所及，次第其語，俟采風者觀焉。

隆冬一雨雪壓屋，富兒坐笑窮兒哭。長安艓子捆載來，馬載騾馱泥折軸。鄉中老叟苦窖粟，腰裹無錢飯不足。争似黑銀好，能化黄金抵白玉。黑銀者如何？買從姑蘇城，經過黄雒河。海邊洋艘横長戈，巢湖不動輕帆過。廣陌通衢争列肆，白晝傳觀光緻緻。絶徼荒陬利孔多，百般富貴隨時世。君不見，陽翟賈兒白晳郎，東抵海岱浮江湘。前日之日部牒到，車前五馬行輝煌。男兒何必入山尋五加，但得黑銀堆滿車。黑銀一車金萬斛，養兒何必耕與讀。君不見，沿江火速兵符下，連日黑銀占高價。

詠史一首贈曙東

茂陵疲遠駕，按藉算車船。籠利張湯貴，輸家卜式賢。入羊株送減，除吏武功懸。休倚高文富，東方饑可憐。

冬夜觀留晉江松樹率題

夜闌客叩門，持畫要吟詩。展卷見三松，筆筆霜中姿。根嵌虎露脊，鱗碎蛟蜕皮。老榦奮欲搏，餘怒迴虬枝。斯人多絶技，垂老窮無依。寄身佛寺中，笑贈屠沽兒。畫龍亦殊偉，溟漲翻天池。一藝足千古，坎坷頻相隨。諠闐身後名，何救生前饑？俗工好謗傷，浪矜粉與脂。棘端刻母猴，雖巧亦奚施？

高塘集翻車讓鄭甲方乙　甲辰

遠行斷六親，仗汝猶骨肉。使車如使舟，旋轉手須熟。前軒後必輊，同力濟乃速。行路無奇功，安穩即爲福。自我出門來，長途事反覆。屢怵破腦凶，難免入坎辱。天時固不臧，人謀豈云穀？誰知立仗馬，竟作僨轅犢。出險須壯夫，汝曹太碌碌。

甎門贈蔡丈佩之

甎門地偪仄，曉日明重闉。環之七校卒，鎮以王大臣。巍峨御史臺，棘垣高嶙峋。雖殊辟雍制，猶見選士勤。北風動黄埃，浩浩車馬塵。丈人殊昂然，鬚髮如爛銀。傑立稠人中，軒軒鶴在羣。賤子草閒來，欸覩公卿尊。廣堂擁高座，朱帔錦重茵。粉面珊瑚冠，逸氣熊羆蹲。丈人何爲者，高文不華身。陽和布大圜，萬物争懷春。耆闍泉漫流，巢湖魚細鱗。歸哉復歸哉，執手潸酸辛。

西山行贈子原

昨登城東賣酒樓，憑闌望見西山頭。夕陽拖紅天盡處，鳥飛不到浮雲收。連日雨大行不得，好風弄晴送春月。空山無人花自發，澗户巖扉益幽絶，陰厓鳴泉噴素雪。緑雲寺轉珠洞側，君輩屐齒誰先折？京師地大臨海隅，左龍右虎遥相趨。兹山横跨力殊偉，獨伸一臂扶神都。合吸風雲閟日月，靈皋奥宇天下無。少室山人出山久，龍門山人牛馬走。五嶽盡落漁樵手，爲君高歌重搔首。

甲辰長夏臥病都門潘舍人補之過訪出示同齒録垂問履貫因得讀江西吴太史序言喜其陳誼不苟因繫以詩即贈補之

江南乙未舉人一百三十九，鳳凰麒麟靡不有，賤子茫不省某某。戊戌庚子兩入都，短衣席帽塵鬢鬣。懷中刺字漫滅盡，掉頭一笑翩然徂。京師輻湊地，引齒敘年仍古誼。每歲醵飲開華筵，瓌歌偉舞諠沸天。毿毿野鶴骨相薄，淺水寒雲自寥廓，羣仙會中不插脚。舍人聲價鳳池頭，高軒逕造茅亭幽。袖出一本問遺漏，南豐敘筆張千秋。趙宋以來重齒録，紹興寶祐事反覆。狀元策頭附和議，白鹿老人坐匏繫。文山疊山接踵出，二甲峥嶸陸君實。中原無力奠乾坤，溟漲還教浴白日。岷江大河劃天中，二十八宿蟠蒼穹，兩録直與元氣相始終。征鴻遡風發寒哢，秋點耆闍歸心動。諸公戮力及良時，要使科名山岳重。

將出都留贈王子原

與子交數年，相晛無一言。匪關懶惰久，豈第疾病牽？念子腸百轉，萬語横胸前。低佪欲有述，授簡復默然。譬如我與我，形影同周旋。縱有累萬語，安能肖纏綿。日中黑頸鴉，月中朱額蟾。號寒身鳳凰，悲鳴空自煎。沾裀與落溷，造化何嘗偏？憐子軀幹小，兀傲眼插天。小儒亨敝帚，而子貨龍泉。昨與子論琴，頗得元中元。炎風吹青門，高槐噪秋蟬。我病倦將歸，念子心拳拳。一語持贈君，請君韜其絃。

晚經良鄉

陰霾吞日没，瞑色天東頭。霜染千山赤，砧鳴萬木秋。高田妨水潦，野渡斷行舟。負米經年久，歸心雲外流。

涿州懷古三首

朝登絶巘野，環視涿鹿城。大風揚黄沙，但見羣羊鳴。昔者蚩尤氏，方命干天刑。有熊奮義討，遂縱鴻荒兵。聖人有斧鉞，造物有雷霆。陽春變冰雪，舒慘皆生成。自從三古降，鼠偷日縱横。鼎湖悵已矣，崆峒高難升。

七雄際周僡，士風亦已衰。狗屠列上賓，天下虚無才。狼秦肆狂噬，拂經天常乖。丹也念國恥，卑禮賢豪來。阿房無尺土，驪山無遺骸。突兀千載下，猶見華陽臺。繞柱弄祖龍，驅使猶嬰孩。所惜謀不臧，未與漸離偕。

高祖起尺劍，雲礽滿天中。中山有遺苗，英偉人中龍。少事盧涿州，晚交隆中翁。淵源三代契，艱難再造功。其餘翊運勳，一一皆英雄。昊天厭赤劉，龍馭何匆匆！雖有伊吕徒，不救時命窮。兹邦神式凴，川岳猶巃嵸。徘徊問祠廟，浩歌激天風。

過東阿

縣枕荒山裏，車行斷磧中。盤沙蛇拱月，奪隘馬嘶風。負米敢言倦，苦吟仍未工。長塗頻問夜，隱約棗林紅。

贈韓山人

一别近六載，解裝榻重藉。山僮本舊識，茶尊笑相迓。明燈諠驟雨，雷電互淩跨。今年又北走，駑馬不逢駕。問塗黄河旁，取道彭城下。睢南人迹少，遊屐開一罅。昨宵偶墮水，入險氣仍霸。得失且勿論，誦詩可長夜。

泗州城下别韓山人

山人遠送客，稚子樂相從。酤酒板橋側，張燈秋葦中。疏星垂短堞，小犬吠鄰篷。遥祝歸颿駛，明朝有便風。

護城驛早發

東光轉夜色，野田白將曉。忍寒望炊煙，燈火出林小。蹇驢戀棧豆，行行齕霜草。海有赴壑水，林有倦棲鳥。悲哉遠游人，作歌問蒼昊。

夜歸二首

遠客趁夜歸，路熟行步疾。欣然望廬舍，朦朧庭樹密。環牆視數周，頹倚勢猶崛。叩門久一應，殘月淡將没。癡兒病踉蹌，向我索棗栗。老母扶杖起，怪我臉如漆。小犬念故主，銜裾戲相齕。生還獲殊創，即事興彌逸。西園菊已蕪，草深蟲唧唧。

唧唧秋方暮，庭樹萎以黄。飯驢枯樹底，絆脚瓜蔓長。持水祝驢飲，恩怨本尋常。記昨大哄山，石頭頑莫當。汝曹巧相厄，屢蹶幸不僵。妻孥閔久役，笑言具壺觴。紫薑切霜菜，味壓五鼎香。滹沱一片冰，燕山千仞霜。夜中頻坐起，愛兹燈燭光。

簡子固

去君九閲月，日如君在旁。臨風誦君語，坐起見儀光。君言可被身，裋褐氣自揚。君言可療饑，博大充我腸。夜臥獲美睡，晝行遇康莊。敢云全要領，庶幾懲面牆。歸塗閒有作，鼎鼎充一囊。積風負大翼，積水浮巨航。綺文不適道，所得皆秕糠。周處近知學，阮籍本不狂。尚賴知我者，舊業重商量。乾棗斂團紅，殘英舒嫩黄。豹皮有餘錢，沽酒亦足將。走伻瀆相迓，佇立以相望。

雲泥相忘行

浮雲隨長風，扶摇將上賓。汙泥和濁水，淺窪可容身。浮雲變幻本無根，汙泥獨漉心純仁，滋植嘉穀潛蟄鱗。雲與雲爲羣，泥與泥相親，汙泥自賤不羨雲。高天下澤本寥闊，斗酒與君重訣絶。

指月亭贈張曙東　乙巳

我家小園竹裏月，不及山僧亭上好。龕香微紅萬籟息，今夜與君看全飽。禪宫老樹多奇怪，幻作兩龍立亭外。誰言黄楊怕逢閏，地僻根深氣彌振。山僧醉眠老耽酒，征人愛月坐忘久。月落星疏天似水，一杵鐘高曙鴉起。

正月廿六日自沙澗泥行夜抵總鋪車夫余丙王丁邁往益豪余閔乃勞餉以酒食聊口號

傾囊購壯夫，阽危氣逾猛。山行借微月，仄路細如綆。憤然試孤注，忍饑語頻哽。星繁天宇闊，燈遠人煙警。車箱足牢臥，放歌興難騁。蒼黄問旅店，夜黑甑釜冷。腐儒戀微禄，生涯抵萍梗。艱辛分所甘，何辜累公等。餘勇期再鼓，薄償免後請。明朝越西峯，風沙路方迴。

到京簡潘四舍人兼送什物

黄鵠翔九霄，徘徊念其羣。延平雙神劍，會合通風雲。而況吾黨士，齒宿意常新。長安勢利交，古道今不存。愛君風領殊，感君氣誼敦。奉貽不腆資，聊以致懃懃。皋城産名茶，古味煙霞鄰。與君作午飲，退食有餘芬。光明萬字紗，白地無邪紋。與君作中衣，健兹梁棟身。摺扇來南中，製比蒲葵珍。願君揚仁風，利見當良辰。粉署接天語，撰作須龍賓。贈子以二妙，外元中含醇。願君濡大筆，吐氣摩乾坤。典則歸一家，藻采輝千春。毋徒注蟲魚，耗損壯夫神。柴車苦勞頓，腰痛脛不伸。部牒須急投，灑埽還自親。遥望南横街，玉鏡磨新痕。暇即跨驢過，讀君新著文。

楊忠愍公遺像

公之臨刑詩，兒時愛雒誦。晴霄見眉宇，氣壓邱山重。齋壇候金液，宰執青詞供。未伸請纓議，空銜積薪痛。網漏鮫鰐脱，忠褒蘋藻貢。鈐山與椒山，一鴞復一鳳。有明盛諫諍，節比兩漢衆。快付保安射，噩兆海甯夢。直木天所型，社櫟長無用。

梨園行

四座且勿諠，聽我歌梨園。梨園在何所？高高切雲煙。飛甍駕層綺，柱柱雙螭騫。梨園中何有？傾城美少年。鬻從餓殍餘，澤以膏脂妍。教翻安公子，别聘陽臺仙。鷄鳴九門啓，車蓋若流泉。卿歷退直暇，守令從公旋。藹藹王與侯，聯鑣來梨園。千金製一裝，萬錢辦一筵。鬱律金張宅，朱門多婹娟。綀日召姻婭，盛服均朱鉛。翠翹金腕闌，白馬錦鞍韉。家家領僕從，各各來梨園。亦有輿臺兒，豈少鴻都賢。長廊錯雜坐，竟坐觀梨園。歸來對虚桁，目摇口流涎。萬物各有節，先王戒流連。雄兔變作雌，家鷄飛上天。人事自乖舛，造物何嘗偏。京東多曠土，足開萬畝田。不見病坊中，枕藉屍骨駢。邦畿天下本，四方取則焉。公卿勤論思，獻替無時間。出接天下士，優伶何由前？漏巵本無當，禍水亦有源。我歌殊直拙，調古意纏綿。采風儻垂聽，聽我歌梨園。

三蟲嘆

長安氣候别，少蚊而多蠅。竊羶慣登几，入帷亦呼朋。更有臭蟲者，赤口腹彭亨。其行速如鬼，繁衍盈孫曾。掌摑翻起穢，草熏恐延焚。五行互倚伏，盛夏一陰乘。蠅蚊難究詰，臭蟲尤可憎。男兒生墮地，出門憂患攖。蛟潛水中居，蝎緣壁上騰。被髮入深山，山深虎豹行。遠游將安之，不如返柴荆。

遼陽尉歌贈永將軍

銀潢秀揭天中衢，將軍英勇雄萬夫。早師黄石晞孫吴，龍孫鳳子天馬駒。偉略欲銘狼居胥，威聲遠震醫無閭。里門拳曲壯心熱，杯酒豪談目眥裂。遼陽大盗工作賊，峻法如山索不得。海風打船浪花舞，將軍捉生如捉鼠。古人開邊重首功，白奪人頭懸腰中，將軍不殺真英雄。三尺之法定爲例，峭格崢嶸刀筆吏。可惜將軍方盛年，一般閒散頻投置。部曲銷沈賓客稀，林花峭蒨亭臺閟。騎驢學制野人裝，射虎愁逢灞陵尉。座上常容脱帽人，帳中妙選彈筝伎。金刀夜語星辰動，牀頭猶作沙場夢。葫蘆陰底勤抱甕，有時撫髀還一慟。弄粉研朱作花鳥，風流愛寫湘江草，餘技猶教十人了。去年洋船犯中國，孩獸釜魚突猖獗。誰縱長鯨入大壑？坐使中原氣全奪。黄金臺高白日莫，露車便下桑乾去，躑躅悲歌月將曙。

白溝河弔瞿都督

良將弱如奴，鷹擊常用迅。將軍將家種，忠勇一門儁。掖門功莫就，父子身同殉。於時張莊楚，小馬力尤振。高皇大殺勠，功臣付灰燼。景隆豚犬耳，媢疾事屢僨。停車古戰場，苦月繞重暈。悲風刮河水，黄沙走青粦。感激烈士心，高天不可問。

白騾嘆

悲乎哉！君不見，塵海風濤浩無際，同力一心事乃濟。王良奉策騏驥前，蹈險登高若平地。半汪之泥一溝水，咄哉汝曹乃至此！外驂中轅相掣肘，僕夫鞭騾馬倒走。馬走脱繮騾怒張，負轅而起神昂昂，倉卒乃知騾也良。汙泥蟠蟠窘汝步，前有長峯莽回互。騾兮騾兮爲汝歌，御者不良奈汝何！

碭縣渡河宿田舍

解裝平沙上，進舟溼雲側。夕陽抱殘雨，中流一虹勒。遥天樹相倚，遠岸颿如織。山川信馬首，生涯等鷄肋。羡彼漁佃人，力耕忘帝力。

過郭處士故宅感賦

西風一雁叫霜晴，菜圃横斜獨自行。白屋經年頻易主，黑頭無補總虚生。四方弧矢男兒志，杯酒頭顱兄弟情。落日寒禽共淒切，九獅橋上聽鐘聲。

夜歸懷嘯長老

凍禽鞚轄月初升，屐齒頽唐折嫩冰。鬧夜村厖隨客吠，籠頭絮帽覺寒增。風威淅瀝譙樓鼓，雪影荒寒酒市燈。倚偏石欄腸幾斷，十年前此遅南能。

大風不寐有懷子玉草屋 丙午

今年春風特地多，一百五日風中過。晚閒一雨風復大，茅飛瓦走如抛梭。此時念君老草屋，敗葺不葺將如何？蘆簾蓍席任飄撇，莫教驚走籠中鵝。病心展轉眠不穩，起看松月横簾波。栗留破曉踏林語，辛苦催人去插禾。

懶　逐

懶逐衆人去，忍饑常閉門。方春勤抱甕，引緑過鄰垣。茅宅漏難葺，蒿牀席尚存。惟應漢陰老，此意可同論。

饑犬行

士窮抱介節，不乞當路憐。犬饑銜主恩，不食鄰舍餐。人生取與分，微物豈不然？我家黑奴好，耳促身虎斑。尾掉修蛇騰，睛疾流星圓。疑是南斗精，媿無萬石緣。儻逢魏伯陽，猶可登青天。三旬始一飽，轉鬬常獨前。在昔周天子，大蒐岐陽閒。維時車馬衆，選鋒能者先。君儻大羽獵，願言佐皮軒。

文魚

文魚花作骨，涌躍晴波膩。紅小燕支滑，白潤銀絲細。陳身盆盎内，吹浪荇藻媚。沙蟲生來小，聚族潛水裔。飽食不留餘，禍機及瑣碎。濠梁觀化人，臨流一長喟。

玉簪

花有玉簪者，長柄似簪狀。生從暮春交，品冠秋葩上。幽香冰麝襲，卑叢階檻傍。美人采盈把，膏沐煎多恙。小軒數窠浄，新雨一花放。永宜藐姑御，羞入巫陽帳。

姥山歌八首

姥山團結湖心聳，霞壁雲峯盪洶湧。長杉翳雲澹不流，驚濤搏石險將動。仙宫道士夜禮星，臥吹鐵笛學龍吟。記曾風雪挐孤艇，繫纜懸崖獨自聽。

姥山風浄無纖霾，大帆小帆相對開。西光入水東光出，驪珠飛向松頭來。野僧看潮磯上坐，老漁被酒艙頭臥。勞勞似我竟何爲，皁帽蒙頭山下過。

姥山二月桃樹花，青苔白石曲澗斜。美人三五戲花下，玉腕摇宕溪中紗。往年聽雨山中宿，蒸藜餉黍漁樵孰。準闢茅菴縛小亭，壓倒輞川笑盤谷。

姥山頂上羅網稀，野鷄粥粥鸕鷀飛。姥山脚下風日暖，水蛙各各魚鰕肥。山中兒郎愛行賈，東走句吴南到楚。箋取天公借石尤，四海八荒斷行旅。

姥山宜雨兼宜風，風雨雜沓開心胸。老蛟跳波擂大鼓，斷虹倚天彎長弓。少時心猛膽氣壯，浩歌醉舞崩崖上。舊日麤豪今漸知，回首雲泉發惆悵。

姥山幽阻中廟對，孤塔高高立山臂。湖前月出鳧雁語，湖後雨疾菰蒲碎。野火横斜秋樹遠，斷箵蕭疏晚潮淺。篷窗徙倚悄吟詩，塔頂星懸三兩點。

姥山之陰破草屋，中有隱者顔如玉。朝製采繩咒白鷄，莫刈青芻飯黄犢。吕安已死向秀悲，中郎欠制郭泰碑。奇文秘笈等糞土，山花野草偏葳蕤。

姥山突兀夢中見，帆底重看兩不厭。窺人鷗鷺故相猜，排空雲石都能辨。萬疊青屏天與連，一道白蘋香可憐。自從歸棹辭濡口，不到湖心又幾年。

約園醉歌贈黄小侯兼簡蔡昂千兄弟

兒時讀書家塾中，愛聽人説中丞公，中丞公似龍圖翁。君家弱弟我舊識，親見君家全盛日。小年不知官府貴，戲向華堂弄金戟。今日醉君小亭上，被酒狂歌重惆悵，我亦頹唐非少壯。世情險滑飄風過，黄鍾不聲萬夫唾。君雖落寞不算貧，中丞微時常凍餓。即今勢去交游寡，更無人説中丞者。君不見，西州流水碧於玉，蔡家園林草空緑。羊曇老大不勝悲，背枕闌干放聲哭。

鬻釜嘆

緇泥何獨漉，獨漉沾人衣。衣沾變黑白，貴賤無常居。鬻屋猶自可，鬻釜將焉炊？生長貴公子，珍過瓊樹枝。時來賓從滿，運去親交稀。昔人營田園，算及銖與錙。朱提頑似石，不假羽翼飛。洋煙黑比漆，黄金燒作灰。快馬從東來，銀鞍光葳蕤。行人相聚觀，吐氣陵虹霓。誰憐鬻釜者，赤脚泥中啼。君看欒郤後，何似皁隸兒？

屋漏行

天公與人信不惡，一雨禁住箕伯虐。豆畦尚嫌嫩晴斗，竹梢細覺禽聲樂。山人疏慵睡恒早，夜半老龍故相攪。滂沱滿屋乾土少，婦嘆兒啼牆欲倒。君不見，春間大麥焦欲枯，豆屑芋羹慘盡無。市頭老農賣黄犢，地火燒秧秧又禿。大澤當教四海滿，快事何嫌一家哭。乾坤事重吾屋輕，巖牆有命死生平。婦人之言何足聽，歌成一笑飛電明。

閒閒園詩八首

西園既葺，沈痾載張，呻吟伏枕。偶有所觸，輒忽書之，都不復次第。

買山資有待，陋巷稱吾廬。壁挂軒轅鏡，庭懸薄笨車。將編高士傳，未報絶交書。尸寢慵朝起，南山灌溉疏。

小雨廉纖歇，籬花半覆檐。鴉巢晴翠護，蛛網溼紅黏。焙茗勤看火，焚香早下簾。惱人雙蛺蝶，飛上畫叉尖。

編竹界行經，盤盤石磴紆。貓蹲閒捕蝶，鵲噪喜將雛。嘉蔭分鄰樹，輕寒託弊襦。灌園非學圃，聊破睡工夫。

經旬不出户，徑滿緑苔痕。除卻索逋者，更無人叩門。學書愁硬紙，止酒愛空樽。落落乾坤裏，孤懷孰與論？

九死餘生在，摇摇藥裹懸。長貧容僕懶，多病覺妻賢。性野甘依隱，情癡不願仙。良晨頻起立，扶杖立花邊。

病骨知春雨，將陰著意酸。雷聲盤暝色，花蕊勒輕寒。薑桂皆良藥，雲霞即大丹。幾回思往事，冰雪悸孤鞍。

滑浄迴文簟，支離局脚牀。穿書嫌蠹癖，篆壁笑蝸忙。學寫簪花格，重搜服玉方。偶然譚劍術，壯志一飛揚。

陋室何嫌陋，濃開小樹花。將晴鳩唤婦，避雨蟻移家。糞壤無非道，人生未有涯。一枝棲暫穩，滄海又鳴笳。

病枕讀宋遺民録得七截句九首

破碎河山落照哀，一尊獨自向西臺。浩歌擊斷竹如意，萬里悲風朱鳥來。

錢塘寶氣插霄紅，帝遣妖髡狎睡龍。天下争傳六義士，吴民猶説海陵公。

飄零三葉慣無家，本穴佯狂拜釋迦。憤觸九重陳大略，老餘一妹著袈裟。

魯公大節本堂堂，毷氉狂奴生祭忙。萬本邀人傳逆旅，四忠與世拄綱常。

巒巃大塊不時宜，同甫流風想見之。邱隴全荒歌麥秀，人間辛苦是孤兒。

白頭艱阻嘆從戎，薇蕨生涯賣畫工。苦憶唐皇全盛日，飲酣自寫玉花驄。

絃張灰洞宵拌酒，裝餞穹廬夜渡河。嫁與帝王翻薄命，故宫回首泣銅駝。

圜扉矗糲宰臣餐，火冷陰房氣鬱蟠。無那螻蛄穿廁獄，獨將鸞鳳飼琅玕。

宣和玉雁久飄零，野服承恩直内廷。杜曲歌聲動騷屑，家山一髮過江青。

石塘秋雨遣悶二首

秋雨晚無用，頻增野老嗟。稚禾嬌長耳，野豆臥生牙。溜疾蛛翻網，牆低蟻負花。薄游無意緒，何日理歸車？

秋雨使人困，還如春雨時。薄寒孤枕覺，幽思小花知。雲氣兼山厚，炊痕出屋遲。嫦娥耐清冷，流影到低枝。

蟬

生得狷者意，心與皎日期。飽宜霄露冷，鳴爲夕陽悲。擇木懷深蔭，投竿畏小兒。螳螂方健步，高處有危機。

校　記

〔一〕折　當作『折』。

〔二〕下流匯長江　疑爲注文。

〔三〕掉　當作『棹』。

〔四〕泊　疑當作『拍』。

〔五〕荏　當作『荏』。

敦艮吉齋詩存卷二

東城吴氏園多美樹歲薪之幾盡余時方束裝北上伯筠約買數株因留信宿即贈伯筠 丁未

雲壑費經始，出門即風塵。風塵歸未期，且作種樹人。王子頗好事，助我興益振。凌晨具畚鍤，斟酌籬下春。高者檐西阿，低者牆東垠。肥瘠儼定壤，錯處情逾親。老竹喜不孤，掀風亦欣欣。我車已載脂，爲君駐征輪。折簡招飲徒，歡言醉良辰。酒闌爲君歌，清淚忽沾巾。兹樹久淹棄，分作貧兒薪。不遇君輩知，一例嗟沈淪。

梁園

凍林猶雪意，日没鮑昭臺。仍是故鄉路，誰知獨客哀？依人原虎尾，行地孰龍媒？三徑資無賴，羞吟歸去來。

小車歌

途中連日晴霽，既渡淮，車行益駛，因勞以酒食。二傭請余作歌，戲爲長句，俾佐飲。

縳席爲屋空兩頭，先生臥穩如乘舟。長塗得公皆健者，動足萬里吾何憂？隻輪私語水漫流，重簾小開風勾留。先生午夢清且幽，夢入蘆花逐白鷗。

四君詠

四君者，吴江陳克家梁叔、山陽魯一同通甫、曲阜孔憲彝敘仲、平定張穆十洲，皆當世奇俊魁博君子也。余數往來京師，通人鉅公其既繫籍於朝，非鄙人所敢論列，而四君者都窮而在下，雖殊静躁，趣舍則同。行次苦暑，各志一詩。時六月中澣，病憩任城。

嶧陽産名材，道器協天籟。丹砂與空青，胚胎出塵壒。句吴山水幽，秀毓斯人最。十年覓瓊枝，既見有餘愛。古風蕩淫哇，軼響起彫弊。朱絃澀塵封，俗耳競噍殺。處順早括囊，引經儼蓍蔡。相者方舉肥，失之驪黄外。

通甫俶儻姿，材略龍川亞。奮筆俯羣英，原原述王霸。白雪和者稀，青萍售無價。行歌易水頭，問年各悲咤。威遲病碧騢，夢失瑶池駕。狂飈捲疾裝，訣語戀僧舍。荒岑淮陰城，苔磯老堪藉。翩翩七尺軀，釣魚應多暇。

延陵解劍後，交道日以替。空使晞髮生，著録寫幽涕。敘仲魯國英，觥觥聖者裔。紹聞詩禮澤，踔厲河朔氣。相逢杯酒閒，立談見根柢。義烈關性情，文采實餘事。孟公愛王丹，心折豈無自？擊節釣鼇歌，巨川望誰濟？

蒲輪曠遐典，草茅節難抗。望之恥露索，元輿羞板樣。多士習汶汶，幾人識微尚？悲哉晉陽彦，一蹶緣用壯。狂懷託春醪，睥睨萬夫上。鴆媒信顣頷，畢脱仍跌宕。常山控河海，此士得真放。七愛須替賢，浩歌獨惆悵。

長句戲簡葉中翰潤臣 是夕讀其北來集。

昨日對君飲，兀坐移時默相向，醉眼愁看冠帶狀。今日誦君詩，幾次思君重惆悵，絳雲白鶴訣蕩蕩。露裹芙蓉曉花放，水仙姿飾不時樣。案圖索馬世則爾，媿死山人亦皮相。黑雲東來霹靂走，笑把君詩不去手，快筆能消酒一斗。官街鼓疾鳴嚴更，虎坊橋畔燈火明。西樓片月傳高唱，一夜馮君思洞庭。

醉起書悶

通甫别我還山陽，梁叔閒道歸胥塘。季玉清齋守太常，補之日走中書堂。孤館晝長但耽睡，動地車音簫鼓沸。牆東棗花爛漫開，一尊兀自成孤醉。白日忽已没，利刃不在手，安得堆金齊北斗？海内故人招要同聚首，零落天涯竟何有？

將出都簡潤臣位西兩中翰兼寄何太史子貞

野性拙趨走，客居恒閉關。卷書坐忘永，幽意儼在山。葉侯工古風，冰雪瑩肺肝。藹然忠孝姿，勁氣中紆蟠。邵子老文律，意苦顔不歡。讀史寓碩畫，鋭欲謀治安。朱明鬱陶陶，春蕤浩已闌。故園草木陰，好鳥思我還。顧瞻指斗柄，佇立以長嘆。

西山夜鬱律，衆星垂煌煌。羈人易多感，况乃辭帝鄉。太史世清德，文采白鳳凰。余本飯牛人，扣角頻歌商。美人工識曲，感激烈士腸。肥津映湖流，膏壤蓄稻粱。行當返初服，永作識字甿。力田兼服賈，亦足娱高堂。緬古愧無成，願言惠周行。

良鄉塔上作

虛塔俯平郊，趺坐西峯對。禪龕炷晚香，泥佛支斷臂。殘陽光未盡，野廓數星大。蛙鳴深澗幽，虹飲孤村曖。火雲氣合沓，龍虎變荒怪。縈青疊嶂趨，浮白新水罣。望望故山遥，目斷飛鳥外。

鄒縣道中大雨旋止

烈風盪平野，狼狽車徒奔。疾霆翻巨海，中塗曠無垠。我無擊水力，跋浪思長鯤。陰陽變俄頃，霽色明天根。彎環雙雄虹，雨氣怒欲吞。沙壖路滑滑，木彴波粼粼。回首嶧陽頂，溼翠蟠歸雲。

道經峗山尋東平生馬諫議墓都不可得讀明尚書趙文華碑記題一詩碑陰

公道每異代，局外論常篤。曉行東平州，道旁碑可讀。尚書昔遷謫，雪隱表高躅。賢王墓久穿，死士壟全禿。明命示黔首，允爲來者告。天運儼循環，人生互貞黷。悠悠利達場，幾人頻失足。報國須薦賢，媢疾禍尤毒。倚依相君勢，殺將屬鏤酷。一朝惡焰盡，怪疾刳腸腹。鴞質而鳳鳴，翻貽林澗辱。驅車亂山下，芳草夕陽緑。蕭蕭白楊道，行歌問樵牧。

乞丐行

是人非人鬼非鬼，手脚皸瘃皮肉紫，遍體腥臊掉泥水。老者如橐駝，蹣跚行不起。小者如獼猴，立啼聒人耳。大風摶沙挾車走，瘦日墮地車輪吼。病嫗髮禿肩戴首，少婦踵穿衣露肘。團團竹筐何所有？麥穗青青雜老韭。車中書生揮尺涕，每日擲錢手不置。平頭奴子怒生瞋，此輩何與君家事？君不見，軟繡街頭春光煖，太平宰相問牛喘。

晴嵐

晴嵐儘霏翕，驢背得幽奇。天豁秋毫見，沙黏款段遲。絮雲滃遥嶺，赭壁倚叢祠。頓忘長塗苦，敲詩旅店宜。

山店題壁

微禄豈無願，老親髮已蒼。今宵嶧陽月，正照讀書堂。失學憐宗武，持家仗孟光。夢歸渾不覺，春草緑茫茫。

板橋待渡

野榴花發明酒樓，迴風吹水水逆流。白石磊磊飲深澗，落月閃閃横銀鉤。田父叱牛煙柳外，稚子采蘋言笑幽。褰裳欲渡渡不得，多謝漁翁放釣舟。

晚過壽州寄酬潘舍人補之都門

廉頗墓草仍春碧，大暑征鞍又北來。禾黍村連殘照淺，溪橋雲擁亂山開。五噫自向吴門去，九辨誰明宋玉哀。回首晴霄最親切，故人高詠傍蓬萊。

聞高謝塵喪歸

素輤遲迴問首邱，失羣燕雀也啁啾。羈魂應識還鄉樂，重壤難埋没世憂。同學幾人知叔度，賢妻可解謚黔婁。寢門舊淚春衫透，潛德無名來者羞。

哭蔡布衣秋白

少微昨夜落瑶京，鸚鵡才多性命輕。自是虞翻無客弔，可知孫楚獨長鳴。飛觴永罷松間酌，流水全銷匣裏聲。便與劉伶題墓碣，酒人名字最峥嵘。

濉水行寄韓山人

七月十八日夕，檢閲山西張君十洲所撰其先大父泗州公事輯，適泗州韓山人使至。公名佩芳，字蓀圃，殖學力古，爲政舉體要，由縣令再轉得泗州。故令肥，事佚失載，詢之縣人，無能道者。山人老而好事，於賢刺史顛末當有所聞，况公有造於其州人者甚大，便坿一詩相質。州故虹地，其西南濉水經流，余數往來，因名之曰濉水行。

昔年送我濉水頭，潼潼百里人煙愁。篝燈斷葦同扁舟，看君哦詩老淚遒。别來忽忽歲數週，相思日逐濉水流。君州昔有賢刺史，平定州人，乾隆年間名進士，初令歙，再令肥，轉刺壽春，莅濉水。惜哉其人今已矣。刺史有文孫，蓍述具首尾，我讀其書中夜長嘆頻坐起。天地産九穀，甌窶汙邪别生熟。州民呰窳不事事，刺史上書申大吏。四種五獲均地利，君亦至今食其賜。

嗣書請免税，催科政拙勤撫字。不賦賣兒鬻女錢，太息湖鄉久凋瘵。再論南門關，繼論天然閘。瘠土惟祈征榷寬，濬川須通溝洫法。舊坊不設水禍烈，利綱頻興元氣茶。公雖儒者不迂闊，我欲徵文邑乘缺。濰水長，流相羊。黄河高，濁流驕。淮南木落水平湖，北歸愁觸飛蝗鼺，君家卒歲可有儲？足知吟興老未減，訪勝應復攜尊壺。偶馮歸羽一相問，謝墩寇竹今有無？噫嘻吁！謝墩寇竹今有無？遲君報我雙鯉魚。

羅漢寺尋黄山人索畫不值因憩亡友嘯公精舍愴然有作留簡山人

月轉禪扉老樹斜，石幢薝蔔影交加。一龕西竺高賢像，數筆南唐院本花。淒切誰家鳴夜笛，蒼茫隻履隔天涯。懸知白髮逃禪客，醉倒城東賣酒家。

青藜翁買一驢跛且病戲賦一詩

房星光隕驥羣空，九錫廬山拜上公。長耳材多俱令僕，汝生運蹇獨飄蓬。便教負磨創頻劇，小試新芻氣尚雄。恰好隨翁青嶂裏，石橋風雪趁奚童。

三峯子别墅 戊申

逍遥津頭楊柳花，白鶴觀裏丹生霞。結鄰好傍周柱史，愛月常眠蘇小家。閒攜釣竿誦秋水，醉倒蓮臺轉法華。黑頭似汝差不負，六國之印何足誇？

小　山

小山遞回薄，獨步興悠哉。峯蹙花藏靨，崖攲竹露胎。鴿盤空翠上，蟻負落紅來。自失參寥子，林扉日掩苔。

吴七秀才移居

永真觀前水，曲曲向東流。爲訪幽人屋，因過溪水頭。席屏團婦孺，行竈聚甂甌。斗酒如堪貰，從君弔故侯。

閒閒園九詠

沈霖乍霽，佳賞載幽，顧瞻園林，蕪廢待理。飯罷課兩兒子，並力一役，平章乎草木之英，傍肄夫場圃之業。每竣輒課一詩。敢期登高能賦？聊俾其早練物情，幸諳勤苦云爾。浹日共成一帙，既嘉乃役，因同其題。

編籬隨地勢，枯竹力能禁。架樹據尤固，遮窗轉得深。高低何礙月，蕪雜易成陰。巖壑平生志，一邱營自今。編籬

此輩剔難盡，殷勤屬小兒。蘊祟多坿著，翦伐有權宜。毛蚠螯尤毒，浮蠓小易滋。薔薇最貪長，嫩蕊又全萎。剔蠹

嗜茶儼成癖，畜雨代山泉。差擬漫流好，頻勞掃葉煎。雲霞儲味厚，口腹累人偏。終愧巢居子，一瓢秋水邊。畜雨

萬物迭爲用，端須醖釀之。零星足捃拾，臭腐得神奇。漬草宜深窖，培根莫過時。遺材徵溲勃，消息老農知。聚糞

片石吾家寶，筆耕康一身。不淄原本性，滌垢亦當勤。鼠蹊油常汙，蛛縈空有塵。足知磨洗力，古墨轉生新。洗硯

西偏屋常漏，苔色上書廚。屢費典衣買，忍教斷簡蕪。日烘桐蔭轉，風戾草檐蘇。好把經畬護，余年媿已徂。曬書

耖土趁天晴，攜鉏莫浪營。矮菘堪代肉，隙地可資生。多謝鄰翁種，遥陪籬菊榮。嘉蔬防踏損，馬齒故縱横。栽菜

羅織何太巧，繽繙曉露繁。罥花潛隱葉，羃草恣當門。長脚原無奈，遊絲竟有根。汝曹解捎卻，困翼也高騫。捎網

未雨缺綢繆，溝屯水不流。高卑由定位，疏濬在人謀。壅待長鑱抉，淤防反壤投，東楹嗇又坼，余實昧先籌。濬溝

立夏偶題

園居林氣盛，偃仰有餘閒。蓄水能生物，歸雲長在山。含桃供鳥啄，壞木課奴删。夏至春當去，陰陽自往還。

半生

半生虛抱擲，一藝古人精。爛醉馮山閣，落霞知我情。露澄星吐采，磬過月傳聲。廣武城頭客，悲歌老淚横。

晚窗

晚窗片雲静，懶板睡剛蘇。蟫粉開函落，鸜睛碾墨腴。就閑思漸省，閲歲賞彌孤。結習終難盡，敲詩儘自娱。

不寐

牀頭儲粟了，饑鼠夜頻啼。驟響辭枝切，方暉轉案低。辨猶勞夢櫟，怯自笑吹齏。錣鴿心常警，雲蘿未可梯。

無錢

無錢頻澹食，助饌有鍋焦。安坐亦云福，苦吟還自聊。花香通研墨，松色浄詩瓢。不盡攤書興，殘燈課寂寥。

苦雨三首

雨脚何綿綿，獨寤少歡趣。側聞鄰牆崩，千聲心魄怖。攬衣愁漏溼，傾耳殷雷誤。饑蚤故逼人，跳梁藉殘絮。雲重窗逾黑，睡短天難曙。思量奏緑章，乖龍倩誰御？

隆陰寂衆諠，篝火一庭緑。客從湖上來，就我竹閒宿。黽勉具簞瓢，苦語膝同促。圩荒壩全塌，河溢淮更濁。山澤匪異民，咫尺事反覆。餘生仍嘯歌，稱心原易足。負戴有成言，前徽景祝牧。

晚晴理殘帙，孤吟歡有餘。瀟瀟夜來雨，溼遍西窗書。短垣築復崩，拮据余亦瘏。積水漫瓜疇，窮巷可罾魚。十室八九傾，四望猶吾廬。吾廬猶自可，江湖復焉如？因思神禹功，邈與天地俱。

葺屋贈黄叟

壞茆蝕陰雨，横塌轉多漏。倖晴計殊愚，旁柱顛莫救。溼蟲聚族生，徒飽饑烏咮。拙工巧相紿，雷同智仍舊。因循芘蠹根，緩急但遷就。黄叟老葺屋，如醫洞鍼灸。選材必精良，刮腐免蒸漚。隆然樹高棟，脊聳無停溜。從新反手易，領要衆工奏。油雲翳東峯，白點風力驟。欲泛黄金葩，勞翁少醇酎。

負暄二首

坐臥草木俱，視聽得大適。及兹冬日煖，旁薄就林隙。總角兩幼子，隅坐氣能寂。松光落襟袖，敝緼益幽澤。百齡總勞生，一拙息衆役。往迷悔難追，放歌自怡懌。

來日方自今，去日已成古。古日與今日，靈光焕方吐。圓質僅盂大，積精故不腐。熙熙籬下光，春容近堪取。奇温浹肌理，欲頌難著語。一抹紅胭脂，明朝又風雨。

溪　上

閒雲戀孤樹，幽興一徘徊。霜滌寒澌浄，橋迎野寺迴。蒲牢鳴灑落，靈鵲浴毰毸。勝友俱銷歇，誰攜茶具來？

有米

有米兒童喜，瓶甌儘量投。鷄争方取鬧，鼠竊豈無憂？難得村翁惠，差紓卒歲謀。即今作佳傳，富卻過黔婁。

移石

勝領偶然遇，欣然改故蹊。數峯重布置，弱子助提攜。護往終多累，增高祇自迷。淹留此亦得，寒菜早成畦。

十洲書來云將歸田便寄一詩要之

沮溺既高蹈，向禽亦遐騫。每念彭城叟，懼天黿鵲年。昨者誦君作，翹引心拳拳。我昔未知君，旁人道君顛。北轅獲解后，讀君書便便。竊喜豪宕士，道力淵覃研。朅聞失幼子，飄摇屋屢遷。寫圖當耕券，投老指林泉。山苗縛澗松，鎩羽怖鳴弦。曲局守光範，誰似姬公賢？我本負苓人，愛歌招隱篇。荷鋤誅一邱，巢林讓君先。君材近輩稀，綈袠勤丹鉛。同志得桓生，謂子貞。領要嗜君元。尚祈斂精悍，善歷憂患緣。青陽不我留，徂臘饕風諠。推頹谷口駕，榛蕪閟靈荃。再拜屬雲鴻，勉踐東皋言。

夜雨懷子固二首 己酉

雨霪增夜寒，心饑醒常早。窮巷斷鳴鷄，鵲語曖林表。擁衾默所業，静飫味彌好。方寸有靈苗，魯莽乃倏槁。起死賴良朋，抽新儼春草。至道祇眼前，書紳冀相保。

竹樹遞淒滴，絡繹東風馳。展轉念故人，戒行方及期。塌翼久倦營，孤雲又何之？泥淖阻行輪，江湖路多歧。定知屺岵淚，未别先沾衣。離别自今始，悠悠繫我思。

聞謗

惡影因戢形，習與木石偶。豈故異衆趨，杯蛇難遽剖。感君殷勤意，念我窮被肘。奇服衆所忌，集木惟自守。察淵有顯戒，何煩道某某。許事姑置之，村鳩勸沽酒。

曉坐

千息蟠天根，一氣熨丹穴。倏然坐南窗，露木光可悦。朝暾隱朦朧，壁粉太古雪。抱膝誦秋水，萬象俯可掇。喬松與糞菌，修短自天設。顧慙渾沌鑿，煩憂損心血。嘉賞屢蹉跎，山中丹荑發。

後苦雨五首

東城亘長衢，列肆鬱相望。異事古老驚，市口舟頻放。居民學橧巢，其外壘土障。青蛙據竈觚，榻畔修鱗漾。濛濛水雲中，恍惚聞漁唱。

東風雨不止，北風雨不止。信是南風惡，將晴雨又駛。嚮晨一婦哭，哀音答流水。云有七歲兒，願易數炊米。于時有陳公，貸錢歸其子。陳公者誰何？屠酤細民耳。陳名順。匹夫偶慕義，仁風動鄉里。我歌不忍長，恐增士夫耻。

朝出威武門，戚戚念邱墓。遥驚東岡濤，已没西隴樹。卷蜺斷未消，疊雲溼猶絮。孤村動將没，舊阡望仍誤。浮棺桿漸脱，崩壙穴全露。遲迴認馬鬣，攀枝喜猶故。憑高一凝睇，東南亂流騖。

雄雷久不鳴，雌雷亦無聲。元化一氣溼，陽烏匿重冥。我屋昔已破，我廧今又傾。問時閱寒暑，老天何由晴？ 昨夜雨更多，水與几案平。 長星喜才没，淫潦復縱横。 天道信荒遠，瘝憂難自明。

歲歉滋羣偷，鶏鶩横遭摭。 鄰翁申宿戒，守望柝頻擊。 吴生可憐人，煮酒候檐隙。 蒼黄風雨交，聲援氣絡繹。 怯寒掩蓑袂，暝語踞苔石。 灌園慕嵇吕，枕戈笑琨逖。 淖深愁足塗，林疏怯殘滴。 曖曖遠鷄鳴，西峯霧猶積。

養閒草堂歌題寄潘四太常

長安朱門雲比稠，我愛草堂林木幽。 長安軒車同調少，公子傾懷與我好。 奉常曹冷迹如埽，興來苦吟聲徹曉，朝衫袖滿新詩草。 記昨春風野亭上，尊酒花前幾酬唱，草堂明月應無恙。 君不見，臥龍廬，東山墅，時來顧盼成雲雨。 浣花老叟坐羈旅，數椽亦自留千古。 相君處中領揆席，諸兄半作鸞臺伯。 槐鼎傳家要替人，卻恐欲閒閒未得。 人生趣舍各有分，努力同期崇令德。 林居花落春光莫，故人破屋仍如故，添種寒梅三兩樹。

畫竹行贈蔗翁

蔗翁老來工畫行，大葉高柯脱拘束。精神到處益華妙，醉墨横斜明似玉。昨來爲我揮一幅，萬个琅玕森滿屋。幅方四寸長一丈，勁氣偏從窄處放。看翁兩鬢白蕭騷，湖海風流恣跌蕩。廬陽城人不識畫，瓦礫紛紛占高價。翁惟耽畫不厭貧，蘋魚花鳥俱生新。葛衣藤杖足旁薄，蔬盤酒盞頻艱辛。翁作畫，我作歌。牆塌屋破陰雨多，有説如山終奈何！

贈黄照

皋城畫史溷泥塗，雲比心情鶴比臞。署款漫題牧犢子，對花愛寫醉僧圖。歸從吴市雙芒蹻，老傍禪宫一酒壺。自道圖南曾授訣，團蒲消得睡工夫。

北　原

鎮日閒吟吟興發，偶緣溝水愛潺湲。磬聲人語蘆中渡，林缺嵐浮雨後山。行到黄壚惟宿草，思量白社只禪關。吞聲死别誰能遣，踏徧長隄不忍還。

巢湖阻風小詠古六首

黄葉菴前潮水平，朝霞寺裏曉鐘鳴。夜來一鶴雲中唳，疑是山人嘯月聲。李濬然

翩翩仙吏阮郎中，吟遍湖山七字工。杜宇數聲人不見，兩關三寺雨濛濛。阮美成

浮邱仙去釣臺在，雲白山青濡水流。一竿長嘯倚石壁，黄鵠爲我招浮邱。浮邱釣石

元祐規模日再中，二惇兩蔡祖荆公。可憐一曲箜篌引，澧草湘蘭感慨同。抱書橋

浩蕩堯階日月新，耕田鑿井壽斯民。自從三古紛拏後，何地能安飲犢人？二賢祠

盡道金丹解駐顏，土人今尚説崔仙。白雲杳靄蒼波闊，讀罷黄庭只醉眠。崔自然

殘臘雲後檢笥中得所録梁叔詩卷覽其所爲數月頻遇絶糧讀陶詩有作一首率書四韻

展卷得空快，看題興轉悲。未知昨夜雪，可有嚮晨炊？冰凍梅猶斂，雲長雁故遲。沈吟蒙

袂語，天道本如斯。

短檠歌

雪花壓屋屋脊折，凍毫飲冰硬於鐵。此時街鼓檛未歇，坐對短檠思路絶。鄰鐘夜吼霜鷄叫，油瓶滿注燈花笑。興酣落紙風雨鳴，此時短檠十倍明。君不見，終童書，馬卿賦，咄嗟猶邀英主顧，我生坐被短檠誤。鄰女頻催作嫁裳，時様重憮點鬼簿。君不見，東郭先生履不完，遮車難得將軍前。任安欒布皆時儁，饑窮溷並庸奴肩。甑有石米囊有錢，一鴟時復吟梅邊，短檠與我長周旋。殘生好待漁舸送，短檠雖老猶堪用，留伴青蘆照幽夢。

秋莫聞吴丈墮砌創臂走視情話竟夕因贈二首

斗聞凶耗不勝悲，太息羊公性命危。把臂驚看仍健在，翦燈笑語忘移時。死生事大皆天定，泉石心閒與壽宜。尻馬神輪原一氣，丈人早自脱塵羈。

才名早歲賦三都，晚號肥濱舊酒徒。羅雀門閒無客到，觀魚路滑要人扶。黄花破屋風聲緊，白髮孤笻病影臞。七十衰翁艱一飯，漢廷何事飽侏儒。

將入都梅花下作二首 庚戌

種梅三兩本，經年已成樹。主人不耐饑，花時踏車去。

首塗指明發，巡檐獨惆悵。敬祝歲寒身，歸來兩無恙。

宗滌甫侍御屬題松瓢圖因效其體

古誼日凋脆，脂丹變醇風。誼誼冠蓋場，落落松瓢翁。翁本學道人，眉宇德氣充。老懷斂薑桂，世好隨苓通。内美陳仲方，清苦陽亢宗。傾蓋必宿齒，待哺多孤蒙。武陵有踽士，謂季涵。藻騭羞雷同。介言洽貞賞，既見披幽胸。示我詠懷作，萬杵悲相舂。寙奴不畏髡，象化亦非龍。辛甘雖異品，國手需雷桐。越中富靈淑，雲壑蟠礲礲。勸學尸四賢，送老指萬松。舉瓢挹飛瓊，味比春醪醲。孔雁豈無耦，杜蘅亦多叢。歸哉復歸哉，負簦請相從。

蒼筤谷歌和孫太史芝房

衡山南阻當離宮，赤帝秉鈞臣祝融。理大物博真形窿，厥象文明秩上公。高標四千六十有六丈，七十二峯青相礲。巉奇變幻互結束，回雁頂高脚靈麓。靈麓之顛坳爲谷，中有蒼筤萬古緑。伶倫采擷遠未到，山鬼傳伶白鸞嘯。孫侯南海英，早獻金門賦。舊隱蒼筤根，劚苓遍識山中路。朝衫懶散厭趨謁，對酒清歌歸興發。錢塘學士畫雙絶，誦君蒼筤歌，醉舞松閒月，酒酣唾壺擊幾缺。草閒偷生容我活，旋轉乾坤要奇傑。丈夫逢時便霖雨，謝公笑别東山墅。廟堂若少稷契人，餓死空山老巢許。蒼筤谷，谷下湘水清復清，前有屈原後賈生。澧蘭沅芷同性情，君歌我歌雙涕横。君不見，大江合沓白浪懸，楚南烽火紅燭天。時靖州民李源發倡變。前席憂勤待嘉告，羣公衮衮言不足。計臣還應黜桑孔，禁裏幾人堪頗牧。我家草堂春正濃，江湖浩浩愁蛟龍。飄然一鶴青天空，明日别君朝岱宗。

楓江引爲潘舍人補之作即志别

相别近三年，相見兩默然。昨者驅車重相訪，執手沈吟益惘惘。示我楓江圖，道是來時路。大兄順之。製圖並題句，昔年少婦今阿婆。半生枉被浮名誤，不如歸向楓江去。楓江水，清瀰瀰，長安春，愁殺人。楊花如雪梨花新，白鳥偷眼避黄鶯。燕姬酒薄不堪醉，爲君頓足歌吞聲。君家兄弟我舊好，貧賤論交君最早。看君抱子又抱孫，自顧頭顱亦將老。海内承平久無事，御史但條科場例。大槩小好足甄録，薦賢報國惟迴避。君屢格於例，不得試。君歌金縷曲，我歌楓江引。北馬南舟去不休，行子風塵幸安穩。一夜南風發，歸心急於火。舊日楓江人送君，明日燕臺君送我。薄笨車，赤脚奴。素箏一張酒一壺，盧溝春草青模糊。馮君覓箇丹青手，寫作潘徐泣别圖。

江樓遠眺圖安邱劉先生守皖時作也越次年己亥觀察廈門余詣送獲觀今年夏余歸自京師謁先生于濟南書院先生重出是圖屬題敬賦長句

噫吁嘻！我生之初百無事，執經師門齒方稚。風塵流轉脚根倦，是圖記從十一年前見。維時江淮正清宴，朝政精勤事綜練。郡邑布置多正人，兵革不動民風醇。公也政成動歸計，作圖聊寄鄉關思。黑風盪天海氛惡，閩嶠崩波動鮫鱷。專閫人誰似謝元，頓師罪豈同甘卓？海南一櫂歸忽忽，是圖攜經兵火中。孤臣憤血嘔未足，清詞痛甚秦庭哭。先生籌兵之議具海南燼餘録中，所製金縷曲，清激可誦。炎風五月吹火雲，訪公歷下紆征輪。尊前回首百憂積，皖水皖山事非昔。江樓慘淡閱人世，父老瞻樓重流涕。江邊白蘋愁復愁，遲公旌節淩上頭，公當有術紓民憂。

於安邱席上酬單學博伯平

龍門重到慰蹉跎，況有秦青相和歌。勝輩漸如瓊樹少，好峯真比夏雲多。中原縞紵風猶古，二老壺觴鬢已皤。最是晴湖兩不厭，可能載酒數相過？

歷亭放舟曲阜孔秀才玉雙舉少陵語因足成之即贈王大子梅

海右此亭古，興亡迹總非。翠屏懸朗月，孤艇臥晴輝。葦葉碧宜雨，藕花紅更肥。扣舷歌未闋，零露早霑衣。

塗中口號

曈曈海日送臨岐，悒悒還如中酒時。七十二泉尋未了，停車且讀義娥碑。

病起述行示兩猿二首

我從歷下歸，維時正炎暑。崎嶇未百里，山潦横相阻。驅車犯白波，旁緣徑如縷。涉深輒乘人，曝背愁日午。渡淮險觸風，近鄉迫遭雨。汝曹飽坐嬉，那識行路苦？不見征笥中，衣裳蝕塵土？

微軀血肉成，寒暑迭相鑠。北行誤傷趾，血潰肉全落。一臥京華春，笑言殊索莫。局促轅下駒，瀟洒雲間鶴。人生感知己，尊酒豈云薄？回首歷城餞，痛哭聲如昨。默數神暗傷，季良不須藥。

梅心驛懷方先生植之

束髮誦往籍，竊笑佔畢陋。出交一世賢，真儒亦罕覯。先生魯靈光，爲世陳俎豆。著論首一尊，力刊衆家謬。河海有常居，春王姬籙舊。老農辨五穀，不使非種糅。楚楚副墨徒，研覃起讎寇。巧詆借丹經，遺文傅史籒。豈無訂闕功，終嫌放豚驟。微翁事鍼石，錮疾幾莫救。肥津邇桐鄉，典型緬深構。摳衣仰德輝，飲和飫醇酎。驅車梅心驛，千峯霜月秀。斯人老饑凍，道肥身轉瘦。儒冠信誤人，所恃文字壽。

姚司馬行爲石甫先生作

司馬博學，有經世才，異時備兵臺灣，以功陷吏議，左官蜀，兩使西藏，忤長官歸。今年春，當事者交章薦。淮南方更鹽法，制軍奏留，遂滯江干。冬閒相見於九江，將棄官，與余約共爲賈。瀕行，詩以道别。

姚家司馬天下豪，我來相訪江之皋。長風噫空萬木落，孤飄峭拂雲中鶴。司馬愛士無世情，笑指匡廬款行客。匡廬氣挾宫亭壯，淋漓老筆争雄放。長沙論策少陵詩，旅夜愁看神益王。賤子兒童時，仰睎大名久。往年海上兵，坐惜奇功横遭肘。鄱陽被繫天隕霜，曾參殺人慈母走。金鷄詔放天西頭，劍門雲棧飛猿愁，呼圖克圖森戈矛。男兒動足輒萬里，張騫鄭吉皆封侯。司馬勁氣横九州，平生不爲妻孥謀。長揖那知長官貴？拂衣遥作龍眠游。羽書夜達甘泉仗，吴門相公善論將。郭開猶自怨廉頗，漢王終思庸魏尚。江干風雨歲行暮，簿領棲遲髮全素。君不見，綠林烽壓梧州城，贛州議撥南昌兵。君不見，司農經年用不足，鹽綱新變淮南局。英雄末路願漁樵，兵火遥天换陵谷。婚男嫁女易了事，販脂賣漿未云辱。故鄉迢遥霜雁鳴，司馬置酒臨江城，一舸便逐鴟夷行。

自九江坿船下兼旬風阻中流得漁舟行益駛薄莫抵華陽鎮買魚置酒贈漁人王甲張乙

舉酒屬篙師，皖公欣在㸑。足知用大拙，共濟仗心膽。槎頭魚最鮮，丹橘香可噉。盡醉勿復辭，休問壘與坎。人稀雙鷺集，日没一星閃。遥挹天柱秀，斗脱小孤險。風信浩無端，陰霾隔林闇。

客春識戴君存莊於京師君爲方先生植之高弟冬孟余赴九江道桐城因戴君得交方君存之蘇君厚子桐城爲文章氣誼之地獨三士云乎哉而三君者則皆出於方先生之門余孤蠢晚學流落江湖閒念先民之既徂慨離羣之多故詩以代簡時仲冬下澣歸自皖江

桐城有三士，北行得存莊。受經考槃翁，捫腹鏗琳瑯。吐詞如太阿，神鋒無鈍芒。渥洼多名駒，梁水多巨魴。磁石能引鍼，匠門工必良。揚舲指江水，問道龍眠陽。傾蓋得佳士，空谷幽蘭芳。方君既秀出，蘇子亦老蒼。盧鄭本一師，藉湜猶輩行〔一〕。國朝盛文運，方劉高激昂。麻溪守義法，力挽奔波狂。古道日凋謝，末俗須扶匡。匡廬碧無盡，皖水孤帆長。名山與勝友，風雨交離腸。槭詞付黄鵠，爲我西南翔。

江上夢芝房時十一月既望舟宿燕子磯二首

江濤何太喧，驚斷夢中語。攬衣亟相躡，烱烱霜月午。亭亭見容輝，握手悲欲吐。鵜鶘集靈芝，老鴞但甘鼠。驚心大圓漏，凡石未堪補。欲哭聲暗吞，有淚緘肺腑。

北風戰乾蘆，凍殺林閒鵲。孤鴻鳴更哀，轉展睡難著。洪鈞司大鑪，莫邪枉自躍。磊磊君輩人，誰解暗中索？久别精靈通，沈吟心膽愕。乾坤一面難，醒枕復成昨。

早發鎮江

水宿無厚綿，江聲寒到骨。舟師夜中起，解纜踏殘雪。遠征歸興翩，孤吟酒思渴。静觀抱龍虎，丹臺烱如月。窮塗事多梗，勞生及瑣屑。未窮北固勝，頻欠中泠啜。寂歷沙雁鳴，寒鐘助淒咽。

殘臘歸次蕪湖即事短述

中外傳明詔，歡聲動九州。定知逐張禹，何事放朱游？時聞王蔭之左官衡州。黄屋初頒歲，青山獨繫舟。于湖舊游處，飄泊又登樓。

早　春 咸豐辛亥

咸豐元年春，吾園覺春早。牆西殘雪根，纖明逗新草。震雷方行天，孳萌出萬寶。撫時冀邁征，顧影惜將老。有客長安來，開椷愜幽藻。獨立畫遥空，明霞霽天表。

銀釭戲贈琅玡君

銀釭豔奪掌中珠，華髮歸來病影臞。留與深閨勤照績，免他白首賦秋胡。

風　欬

風欬何太劇，旁薄大江風。自鬱山川氣，長鳴肺腑中。馳驅緣底事，衰病早成翁。趺坐觀無始，茶鐺夜火紅。

陰雨彌月糧絶薪罄午臥聽兒子誦淵明乞食詩欣然有述二首

才智與功名，曠世一相會。可憐彭澤翁，乞食亦云憊。素心慕重華，賦詩有餘慨。重陰閉八表，我屋漏聲大。未妨翳桑餓，何堪子公匄。愛女閑誦詩，酸吟氣仍邁。且復相和歌，風雨多幽籟。

淮陰天下士，適與風雲期。平生一飯德，不吝千金貽。銜恩烈士懷，冥報尤堪悲。仰念鍾室嘆，静繹陶公詩。陶公愛黔婁，黔婁有賢妻。

露宿庭中醒而成句

涼颸入我榻，秋意著枕畔。皎月映明河，白雲渡剛半。湛然見靈臺，天光澹彌涣。叩寂轉自恬，委形孰與絆？候蟲最清切，隔籬幽相唤。朱陽已成功，白藏行代禪。悵然念幽蘭，寒泉清可灌。

早秋書寄芝房兼簡位西二首

冀北高多風，早秋天氣冷。念君臞甚鶴，巉削犀插頂。何來更瘦生，夢想竦虚警。早從繕生訣，約略得綮肯。元膺熨一氣，鉛汞無留鑛。渺焉天際雲，微吾孰幽領？

戚戚復戚戚，既歌旋忽泣。孩嬉猶未遠，行年倏四十。故人有嘉惠，提耳起頽沓。幸事羲皇書，膏餘大霑浹。下學在補過，商兑益斯集。再拜告故人，坎險期共習。

夜坐憶小孤簡宋山人四首

客冬余自九江販鹽揚州，水陸往返千餘里，江上諸山都未登覽，獨在小孤守風數日，境往興來，即寄山人，俾約略圖之。

枉將一舸逐鴟夷，江草江花繫夢思。撥冷鑪灰忘不得，小孤山下放船時。

霞邊雨外夕陽遲，持比金焦秀更奇。兩次小孤山下過，病中欠作小孤詩。

彭浪磯頭浪拍天，小孤頂上月初圓。飲酣徑棹中流去，錯被人呼作水仙。

北馬南舟久倦游，雲煙過眼總難留。卻煩静埽鵝溪絹，寫箇孤山置案頭。

久雨坐西邊草屋睡醒呼酒快酌以壁閒孫翰林詩下之率成二首聊續寄

凝神覽太古，塊然入睡鄉。欠伸僅俄頃，積暝天無光。鑪煙炯孤照，瓶花逗寒香。幽絶二孺子，卷書誦琅琅。陶然且盡斟，此樂安可忘？

隆隆萬象幽，林鳴勢如瀉。仰誦壁上詩，移燈墨光射。斯人匡濟彦，餘事曹劉亞。淹留阻良覿，沈吟壞秋稼。煩憂來無端，顧影一悲詫。

浮槎畫障歌送宋山人歸浮槎

山人家在浮槎中，瀕行贈我浮槎峯。浮槎之峯我舊熟，篝燈屢傍山僧宿。山泉泠泠響空谷，山中神芝白于玉。别來塵狀走鹿鹿，夢魂日繞浮槎麓。草堂霜緊萬木秃，青山無端入我屋。黛嗡藍霏巧結束，簾角一峯澹尤緑。畫師競虚名，好手實難得。國初績事首煙客，圓照清輝繼壇席。山人本師張少伯，吞討三王得聲畫。過江更事湯將軍，踞虎蟠龍壯精魄。名山蕪没形失真，描摩須借磊落人。畫師不是無心學，少陵此語堪書紳。送君浮槎去，興因浮槎發。道林鐘磬久莫索，總持墓草經霜白。長相思，浮槎月。

方伯李公以自題長江籌遠圖詩郵致屬和伏讀悚躍沛乎靖獻之丹忱綏戎之長慮豈直斧藻鏘鳴瓌偉其體製云爾哉少陵同元使君春陵行其序曰當天子分憂之地效漢官良吏之目得結輩十餘人參錯天下爲方伯萬物吐氣公儻其人與疏野賤夫不識事宜竊以兹者公私日耗邊隅創劇而内地草竊援枹之警重煩有司苟求其本是在賢者之用心焉已謹貢一詩略效其區區之愚至乃扼荆襄以控上流奠兩淮以固根本如公偉論兵難險度究非下士所敢妄測也咸豐元年冬仲

兵家窾要重形勢，九地八到俱周防。公之畫圖我未見，仰誦大句神揚揚。山川設險自天地，規軸須爲久長計。桂林鞞鼓老不休，狼烽遠映岷江流。我公旌節凌上游，顧瞻楚粤盼淮海，浩歌獨抱蒼生憂。想應登覽預方略，山顛水汊紓良籌。公歌我能和，我歌直拙公無唾。江南列鎮稱巖疆，江北沃野宜耕桑。其地四達古戰場，其風雄武民質良，指揮便可稱精兵。有明中葉慮倭寇，誰知張李生蕭牆。國家龍興起漠北，重熙拓宇方域長。滄溟孽火自偃蹇，時平邊吏多纖尪。嗣皇聖德實英武，手整揆席恢乾綱。深宫臨食念鉅鹿，列辟袖手嗟亡羊。粤東戰，粤西戰，大旆高牙習清燕，百萬貔貅竟誰練？江南水，江北水，樂歲方欣自今始。閭閻困鹿久難繼，挾刃探丸等兒戲。自來殺賊要推鋒，到底安人在良吏。但教當軸布龔黄，儘可荒陬罷侯尉。檐梅凍澀霜華冷，漆室孤吟雜幽哽，經畫雲霄望公等。

聞王給練蔭之左官衡州旋聞其有廈門之行

神羊墮地萬人驚，仗馬如山總不鳴。遠郡何須勞賈誼，諸生可解惜陽城。才聞作賦投湘去，又報褰帷泛海行。回首青門私語地，只餘天日照丹誠。

泥汊舟次　壬子

繫纜月初上，晴霞澹欲無。茶鐺號蚓竅，漁火隱驪珠。春暖江流大，天空客膽孤。滔滔問前路，有酒正盈壺。

齊山九鼎洞贈黄麓銘時麓銘將歸楚南

列仙竟安去，奥宇閟巖腹。與君隔塵海，風蛇不相屬。那知萍水閒，笑語共幽谷。弛衿石可枕，捫蘚碑同讀。葳蕤黄精苗，東風爲誰緑。靈泉滲蒼壁，鏗然響寒玉。我欲濯塵纓，清淺不盈匊。屢懷鄭公隱，枉事屈原卜。新交懽自今，離悰嘆方速。揮手即茫茫，乾坤兩白鵠。

率作堂同黄麓銘讀淵明詩遂登土山麓銘從質詩法因贈

造化無遁姿，隨地有奇會。惟宜静者心，攬擷入文字。江濤爲我聲，風雷壯其氣。明月豈難掇，雜芳盡堪佩。不見杜與李，藻並江山麗。髯蘇故狡獪，譚諧率游戲。晚年學道力，頗識東籬意。池陽雲壑佳，高流數游憩。講堂面衆幽，佳處數峯對。油油葯葉陰，半天送晴翠。君儻欲有述，無絃琴可味。

晚登東城望九華悵然有懷歸值陳使君譚劉項事了了可聽率成長句

九華樓外青嵯峨，登樓擬作九華歌。羣峯絡繹要奇句，塵懷抑塞將如何？歸來苦吟對虚壁，有似寒蛩斂秋翼。使君忽動千古悲，抵掌豪譚壯吟魄。重瞳自可人，隆準本無賴。風雲變化等閒事，蠖屈龍蟠偶然會。君不見，魯莽博浪椎，瀟灑淮陰釣，匍匐甘遭市兒笑。神龍作繭善用柔，淮陰遠過張留侯。君不見，長樂宫中血漉漉，牝鷄晨嘶新鬼哭。臨刃徒然念蒯通，何不早時尋赤松！丈夫飛潛須自斷，榮辱豈必關天公？使君薄宦亦殊好，寂寞江城車轍少。天與名山吏隱兼，九十九峯青未了，我獨何爲零落悲歌走長道！

包公井歌美陳使君新政

荒城羈客一事無，登臺覽古頻嗟吁。道旁有井眢不枯，行人愛説包龍圖。龍圖歷官際盛宋，鈞座多賢善人衆。是時吏静民氣和，鞭扑無煩租税供。我與龍圖共桑梓，書劍飄摇忽來此。此邦濱江地磽岸，海若馮夷連肆虐。使君莅政池人樂，争道陽春初著脚。訟庭花燠鳴蒲鞭，使君録囚愁不眠。尋常桃李儘揮卻，使君手自栽松柏。紛紛鵠髮餐霞叟，盡作任延座中客。〔二〕吾鄉鼠雀日構凶，東高西高争豪雄。顛危不與池人同，使君儻可迴花驄，我欲因之借寇公。昔賢事業擅鐘鼎，獨鶴徘徊雲路迥。愁來兀自倚危闌，曉月雙鬟動修綆。

送馮樹堂返長沙

欲哭翻成笑，悲哉秋氣蒼。相逢纔幾日，相别更他鄉。野水兼天闊，孤帆帶雨涼。前途正戎馬，鄭重報高堂。

九日登百牙山塔覽古緣溪行獨酌酒樓有懷姚廉訪粵西兼寄曾侍郎楚中侍郎時以憂歸四首

孤塔摩空上上頭，大江終古自東流。殿司獄冷鴻文在，控海軍虛雁汊秋。壯志輪囷惟縱酒，異鄉牢落不成游。時危慘淡思奇士，懶向蕭梁問選樓。

桂嶺經年鼓角哀，荷戈轉餉亦勞哉。久聞妖彗臨湘水，拌起牙璋成大雷。庾亮旌麾連夜走，深源雲霧逼人來。斷藤巨畫猶前事，欲起韓雍論將才。

白首可憐姚石翁，潯陽尊酒别匆匆。望窮歸雁書全斷，開到籬英恨略同。曾共魚鹽籌末路，獨拌馬革奉孤忠。樅江魚艇浮槎月，何日相逢一笑中。

壯不如人萬事非，泥塗軒冕迹多違。范雲虛枉征軺過，和嶠頻傳讀禮歸。白簡文高懸海内，朱陵烽緊泣麻衣。長塗未展生芻薦，徙倚寒雲看鳥飛。

將歸贈杏生

獨鶴念瑶草，横飛覽九州。偶隨白雲至，弄影青溪流。愛汝好毛骨，相將同唱酬。他年風雨夕，解憶老夫不？

雪中坐閒閒園時將赴湖上新居率題壁閒二首 癸丑

滄海際横流，大劫復焉避？新買湖上居，耕釣平生志。柴車指明發，殘雪路猶滯。林光向夕佳，萬象森初氣。坐愛西軒清，竹柏藴真契。嘉賞付後來，攬幽可誰繼？

病心役塵羈，坐久發深省。西風連夜雪，草堂一燈迥。凍禽怯危巢，酸嘶若相警。束髮際平世，雅志樂幽屏。邱樊計未安，兵戈事多梗。書壁記歲時，人閒夜方永。

新正廿三日夜起書事二首

卜居苦匆匆，移家亦草草。倉皇風鶴來，村嫗突驚倒。有客夜叩門，衣冠盡鳥了。云將掠南村，疾裝不待曉。勸客姑止止，饑寒事原小。炙酒與君飲，作糜供君飽。爲君歌伐檀，河干可終老。酒闌客醉眠，寒蟾瞰林表。西鄰突無煙，東鄰窖餘粟。割宅券鄰翁，貸粟一百斛。小惠何足稱，藉以靖鄰曲。飲食起訟師，痌瘝亟惸獨。北風卷黄沙，春蘭弄幽緑。抱膝念天地，坤維仄鼇足。飼虎虎猶媚，豢龍龍可畜。我手無黄金，躑躅復躑躅。

晚憩遯泉

造物厚相貺，天漿飫我腸。品宜邀陸羽，記不待歐陽。清佐齋房粥，靈分芝草香。巢林有逸興，飲犢亦無妨。

新正病起喜得王五北城樓上手書

片紙隔烽火，好風吹忽來。墨應磨盾瀋，愁爲早梅開。狂態偏仍舊，高歌信汝才。淒涼戍樓笛，吟望不勝哀。

寄子固

偕隱虚成言，幽懷寂無向。展轉踏斜光，欲去復惆悵。拊膺默相弔，獨處頹彌放。久睽藥石規，莫療雲壑恙。啁噍失羣雀，翔號久難忘。我心匪鐵石，況兹士可尚。青谿澮澮流，隱約聞漁唱。何處是仇池，戎旃遍江上。

連日沈睡午起遂登黄泥岡與諸牧兒行吟亂冢閒作歌俾羣兒和之

涉水無船不敢渡，負天無翼忽中墮。糟邱一覺勝華胥，眼底二豪直么麽。花閒巧婦語玲瓏，午窗花落翩東風。東風吹花入簾莫，研凹墨暈胭脂紅。披衣起逐村童去，得得烏牛導前路。秧畦四映匝天緑，驀地風帆挂雲樹。一聲牧笛出前溪，驚起溪中雙白鷺。悲來涕落不自由，放歌踏遍荒墳頭。布衣南面終一邱，揮箠試問枯髑髏。

巢湖營次贈無錫汪大芾庭三首

病懷迫風煙，懽會惜俄頃。湖天旌旆幽，月落衆星冏。天狼焰正明，燭龍呼不醒。昏黑萬族瘖，抱火恣宵寢。誰知兩狂夫，露語荒墳頂。

神劍無鈍鋒，良璞有奇曜。虎猛豹能制，鵬擊鷃頻笑。久晞汚上耕，蹔展淮陰釣。與君結新知，雲鶴本同調。喔喔村鷄鳴，風濤助悲嘯。

束髪誦孫吴，心膽萬夫壯。流離淹歲華，耕牧事孤尚。秋田澇不收，雲壑寄疏放。平生喜結客，黄金揮孟浪。欲贈無綈袍，臨風重惆悵。

秋晚讀曼陀羅館詩漫成四韻即簡芾庭

雲劃半湖雨，山山相對青。好詩欣在握，落葉下空庭。虎鬬蒼天醉，龍泅勺水靈。浩歌訊之子，誰與玩芳馨？

謝竹老借方書至 甲寅

村居寂無事，愛讀神農書。幸得窺秦蠹，因之校魯魚。衛生方漸熟，活國計全虛。愧少一緘報，相馮證紫車。

遯泉上贈放鴨翁

舊學屠龍技，今從放鴨翁。呼雛疏雨外，對飲夕陽中。家具凴行竈，新鮮問釣童。草棚高臥穩，瀟灑葦花風。

喜王處士過宿

深柳霽殘光，獨行意悄悄。軒然一虯髯，攜蓋出林表。相逢便披衿，壺尊共傾倒。康時望異人，清言見深抱。虞卿久固窮，侯嬴嗟已老。中原鼎初沸，高齋榻權埽。促膝忘夜闌，虚窗一燈小。

秋晚自東大營待渡胡家淺

亂離一宿艱，晚行意恒疾。旁皇緬桑梓，斜日澹將没。孤城萬睥睨，積屍氣如銕。元戎據高壘，向夕笙歌發。衮衮白髑髏，饑鴉怒相啄。朱明倏已秋，野水覺來闊。掩泣下荒阡，扁舟盪孤月。

讀陶詩書後

澹泊標成隱逸宗，黄虞胸次忒雍容。北窗風枕東籬菊，誰識先生是卧龍？

戚戚行

戚戚不能聲，獨行只自語。揮淚頻避人，斜光動禾黍。登高望層城，圓靈鬱難睹。之子本素交，自昔同肺腑。衆聽熒飛蠅，臚傳鬩市虎。誰回若木光，垂照漆室女。往聞海生塵，今見天倚杵。楚奏儀自悲，越吟舄猶苦。屈指游處徒，肝腦半黄土。生囚既可矜，轉屍亦無主。存没總茫茫，煩憂向誰吐？

坫埠贈郭處士二首

小雅思益工，楚些境彌苦。恒時誦陳言，怪事今目覩。重焰飽所經，傾蓋見高矩。好詩比嬋娟，修整足眉嫵。琴德静不譁，流哀時激楚。亂離佳釀稀，佐飲有市脯。奔波戎馬中，嘉會此終古。

富貴無常家，兵火劫殊毒。可堪覆巢鳥，重經故人屋。昨來馬糞高，苦雨土花緑。今來眼乍明，書燈幽可匊。方伯總度支，兹鄉成綰轂。工商列肆居，燕雀暫蒙福。世途方荆榛，且盡杯中淥。

途中詠皁帽

皁帽老風雪，蒙頭暖若春。盟心期皓首，入世怯緇塵。色配羊裘古，情逾貂冕珍。遼東有嘉製，俛仰愧先民。

山中於史刺史殯所贈張騎尉兄弟二首

凍雨殢征輪，斗酒懽茅屋。荒寒風雪交，萍蹤成信宿。避冷擁被談，借書分卷讀。笭箵接牛宮，檐風嘘短燭。老牛夜齕草，饑鳴念其犢。主人殯將去，薤露歌殊速。草草烽煙中，翻飛羡黄鵠。

皇天開殺機，阽危要人傑。久憐中丞公，身並孤城裂。君家賢令君，蹈死節同烈。遺骸慘未收，冰霜鍊忠骨。機雲好兄弟，文藻互揚榷。宦薄衣食忙，途窮出處拙。秉燭坐通宵，知君念明發。

黑摺扇歌感弔陳使君兼懷其令弟陳五立凡 乙卯

黑摺扇，池陽老守親手贈，椶櫚爲骨鈿裝柄。鵶翎漆汁光鑑空，泥金小字書參同。老守學書宗智永，王家腕力能生風。丁香之油出東粵，阿五閒情爲塗抹。頓教懷袖滿天香，豈止林棲坐相悦。黑摺扇，兵火峥嶸陵谷變，眼中之人今不見。君不見，顧家牀上琴，哭殺江東張季鷹。妖星正照廬陽樹，死別生離不知處。黑摺扇，行將燒汝揚其灰，無爲使我終日對汝肝腸摧。

城西營次酬周二雲先

戎馬峥嶸白日過，酒壚人渺若山河。中宵星斗聞鷄切，四海賓朋化鶴多。但願重逢仍健在，暫時相對强悲歌。城西春水傷心緑，惜別江淹更奈何。

乞食行四首寄張子蕃

覓食須尋謝仁祖，假糧不藉陶胡奴。古人許與各有分，夙昔誦此長嗟吁。山廚幾日煙斷絶，溼薪不然釜不熱。今朝無米復無薪，馬齒青青宿猶活。橋頭酒家準相貰，酩酊枯腸百怪發。北窗著書懶未就，塵埃千鈞付身後。乞食行，君家兄弟知我情。

龍池清淺不堪釣，赤手敢言千金報。古人牢落後人悲，今人寂寞旁人笑。一囊之錢世所重，謂天蓋高天夢夢。致身似我亦殊愚，自奉心肝耐饑凍。故廬一炬萬緣盡，家具並無庾信甕。連宵屋漏大如注，羈棲卻喜甘霖布。乞食行，四山風雨鳴縱横。

廬陽城裏白骨多，廬陽城外酣笙歌。越禽代馬有本性，側身天地將如何？威弧不弦歲載周，山中猿鶴悲清秋。湖干餘燼蕩如洗，新鬼故鬼同啾啾。劉伶一鍤不去手，未知埋骨終何邱。窮檐糠籺啖不足，驃騎營中多棄肉。乞食行，四座聞之應涕零。

亂離聚散無好懷，林鴉哺子鳴聲哀。雲山兩處斷消息，醉眼日盼魚書來。束髮論交動燕市，傾蓋推襟必奇士。戎馬關河戰血腥，屈指親知半人鬼。君家兄弟最晚合，綈歡轉自兵戈底。蜼鳴羣應精氣侔，故人不是監河侯。乞食行，擲地還成金石聲。

寄贈沈記室兼訊江二使君二首

西營鼓角壯晴宵，采筆遥欣占斗杓。勝友無多丁令鶴，使君獨出海東鵰。鄉關夙譽推王粲，莫府新題藉鮑昭。準備銘功濡盾墨，主人勳望勝嫖姚。

乾坤萬感付蒼茫，牢落空山一酒狂。青犢運窮仍肆虐，黄鷄歌好漫開觴。庾郎高詠傳蓮莫，嚴武飛書問草堂。見説將軍容揖客，會須叉手謁旌旁。

廬陽夜捷行贈江使君達川

使君爲中丞介弟，中丞死於廬州之難。戰守大略，余别有記。頃者官軍收復郡城，兩大帥加官晉爵，於時使君固請去，而郡人士感銘前勞，於城復之後六日，相率麻衣首絰會祭中丞於郡之潛山廟中。既卒奠，使君前謝客，相向而哭。余，郡人也，今昔見聞之際有難言者，因事命篇即贈。

廬陽夜捷烈炬紅，露布連奏甘泉宫。使君兵聲冠諸將，輕裘緩帶殊雍容。記昔曾在圍城中，挾策兩謁中丞公。中丞英偉人中龍，使君眉宇春融融，指麾綽有中丞風。牙旗深處展高宴，橙香蟻緑霜螯健。野人喜極悲倒來，曉柝深杯淚如霰。君不見，荒城蕩蕩迹如埽，縱横瓦礫居民少，髑髏滿地生青草。君不見，壺漿士女泣垂面，愛説中丞舊時戰。張巡死去賀蘭生，痛殺灊山廟中奠。驃騎連宵拜新命，漢廷不惜通侯印。使君愛逐赤松遊，脊令原畔牽歸興。爲君高歌歌斷絶，悲笳吹落林間月。

三河行營贈易五明府時明府尋池州遺骸久不能得夜闌情話惘然有作

餘生等浮漚，禍亂況踵繼。今宵共君語，滄海翻涕淚。池州賢主人，妙特青雲器。生前列五馬，死去溷羣隸。昨者學門過，略展生芻祭。居人識音容，指點投繯地。講堂漏旁穿，老樹枯半臂。纍纍白骷髏，鄰猧齕相戲。遺孤藐江湘，弱弟期未至。君託肺腑戚，我辱班張契。峥嶸風雪交，鞞鼓送殘歲。連營凍馬嘶，遥天孤雁唳。永懷腹痛言，殘燈照無睡。

除夕前一日醉起呈江使君時使君以歲宴享士虛其左西向以薦中丞之靈既畢奠使君揖余就賓位曰君先兄故人狀相若齒相埒也見君如見吾先兄矣余之識中丞以陳池州池州之死久而未明而其弟畢凡千里來尋兄骨又久而未至俛仰悲懷轟飲極醉不覺失聲哭率成二首呈使君兼留遲畢凡

虎帳森嚴忝上賓，座中靈爽動星辰。無端慟哭干戎禁，多愧將軍恕酒人。信國千秋青史在，荆卿四座白衣新。醉時錯認西臺路，朱鳥歌終倍愴神。

老向風塵賦八哀，池州儒雅濟時才。並時巡遠宜同傳，入洛機雲久未來。數載兵戈知己盡，百年懷抱對君開。天涯明夕同除夕，好挽長河注酒杯。

今夕何夕行爲陳星台作

君，揚州人，爲余道揚州被難情事，其言覼縷而悲。揚州之陷，以咸豐癸丑二月。先是，賊圍長沙，朝議以兩江督臣陸建瀛扼九江。賊窺武昌，建瀛以粱山、蕪湖防兵遁歸江甯。是時，上命江蘇撫臣楊文定、倉場督臣楊殿邦分守揚州。既，賊陷江甯，鋒益鋭。兩大吏以土人江壽民陰款賊，揚州人亦以款之足恃也。賊至，淫掠焚屠，無一人脱者。君久陷賊中，今年冬，從廬州逸出，與余相遇於三河行營。而余往者服賈江上，尤悉其土風，因歌以道昔游，且以慰君之思。

時乙卯除夜也。

今夕何夕愁復愁，擁被聽子談揚州。揚州繁華甲海宇，青犢縱横變焦土。少年莫便嘆飄摇，猶勝全家飼豺虎。蟒襴腰玉本碌碌，社鼠城狐趨避熟。開門揖盜計殊左，坐使全城供魚肉。憶昔咸豐初，洪鑪斡運和風翔，金田妖狐走復僵。兩階干羽尊垂裳，羣公簪筆同揄揚。大府新籌變鹽法，連雲萬艘横江湘。江湘蓴鱸秋興長，我亦載酒之潯陽。姚家司馬邀作賈，矢言江水同滄浪。琵琶亭邊半輪月，好風送我邗江旁。邗江雪大夜中渡，燈火樓臺錦纏樹。美人笑挹金叵羅，觴我珠簾最深處。陳書自嫌褐衣賤，鬻財徑被陶朱誤。中途折閲拂衣歸，醉枕漁榔過瓜步。到今遺恨付東流，未陟金焦窮北固。兵火匆匆閲人世，往事模糊總難記。江頭短樹認微茫，半是從前浪游地。去年復揚州，今年復廬郡。卻喜官軍屢報捷，皇天厭賊劫將燼。我與子同坐饑饉，皮骨徒存塵滿鬢。山中拳蕨嗽俱空，隔河賊壘明青烽。請君記取此除夕，明日馬蹄西復東。

讓榻行調陳刺史 丁巳

往聞陳豫章，清風灑六合。吾家老孺子，屢下衙齋榻。高風一去不可攀，君侯使我開心顏。玉帳縱橫十笏地，孤鶴横空偶然至。君侯讓榻禮數絶，肯與岑苔結幽契。霜鶏叫樹朔風吼，野客披衣默搔首。除夕已過更元宵，歲序駸駸復何有？君侯愛客敬忘疲，嫌我欲去頻相肘。噫吁嘻！賊魁猶未禽，海宇方洶洶，吾曹旅走潛蒿蓬。兵幾自古貴奇勝，呼吸便使狂瀾東。層冰在地酒在尊，楚南壯士如雲屯，請君爲我明日收崑崙。

撮鎮送易明府謁選入都二首

弧矢男兒事，沾衿非我曹。恐違子高揖，擬贈吕虔刀。長路紆征轡，殘春餞濁醪。蕭條施水上，相對首頻搔。

宦海波濤惡，況經血戰時。青萍思得價，白日訣臨歧。吴楚傳烽急，幽燕轉餉遲。此行應陛見，披瀝説瘡痍。

調小奴

憐汝亦人子，垂髫解荷鋤。夜寒眠傍犬，晝暖學叉魚。莫笑漫郎拙，可知潁士疏。年饑須菜食，早晚灌嘉蔬。

中秋後五日於澗西遲亦符不至夜酌寄亦符二首

西風響藜藿，秋思來颯然。開扉候之子，默默循荒阡。四山遞明晦，缺月雲際懸。目斷衆峯外，神游萬古前。領勝境獨往，望遠頻遷延。道逢農丈人，情話秋荷邊。菱香動酒興，烽緊愁戎旃。佇立不忍去，隔林鳴夜泉。

宵深露氣涼，骨冷知衣薄。旁皇覓歸徑，林月澹將落。瓦罌足新釀，呼兒具斟酌。夜色几案深，幽味靜堪嚼。之子佐戎行，篝燈坐索莫。料應刁斗中，枕戈睡難著。江淮劇戎馬，乾坤待商略。坐看燈穗繁，鴻聲入寥廓。

居巢軍次贈畢凡君愛讀南華於楚辭能自爲説〔三〕

我來共汝談青冥，萬笏擁居鄴〔四〕，戎幄周旋感二毛。百戰湖山風景改，連營星斗月輪高。秋水，醉裏看君註楚騷〔五〕。飽閲丹烽煉心魄，久應無淚滴征袍。

虞主簿於行營闢小窗當衆山之勝詩以落之

妥帖戎幽絶湖上營，恰似野人屋。鑿空安一窗，吞吐衆峯緑。釀雨雲作堆，放晴翠堪匊。竊聞荆楚兵，檄馬場，豁達林泉目。與君久坐來，漁樵意俱熟。秋風吹行旌，進勦事須速。報章俟赴龍眠麓。容膝且暫安，揮杯可遐矚。陳留擅莫僚，商山老耕牧。題詩記歲時，金玉。

自失

西河餘自失草元伴，蕭齋獨睡遲。山荒無雁過，衾冷有猫知。識字慙將老，遺書欲付誰？恨在，天道本如斯。

雪夜讀廬江吴徵士詩卷愴賦即寄其令子都尉長慶兼弔桐城馬三命之戴五存莊

歲暮常易悲，坐惜老將至。故人有遺詩，夜讀燈光細。阽危鬱奇抱，變徵聲尤厲。蘭成善賦哀，越石時尚氣。零章與斷句，燐血助淒麗。哲嗣憤戴天，馳驅效戎隸。翩翩儒家子，名父風未替。綈袠辱相託，丹鉛本吾事。有約期未來，風煙莽迢遞。銷沈嵇吕徒，遺孤渺焉寄。摧頹龍蛇鬬，浩蕩鵷鸞逝。冉冉閲流光，心枯閲人世。

夜飲大醉登元叔墓上作

只此一棺隔，醉來呼不應。悲風吹熱淚，墮地盡成冰。狐嘯月全黑，燐飛霜有棱。酸吟扣枯冢，泉下可曾聽？

雪中寄答劉穎生明府二首

山空恣臥痾，忍饑起恒晏。迢迢念之子，衙鼓聽應倦。旱蝗歲載凶，亂離官亦賤。城中昨點兵，車徒泥淖濺。錦衣佩刀兒，狐裘萬人羨。誰憐循吏孫，敝緼曳長骭。

東峯積雪高，寒光浸虛壁。坐對心目瑩，一編懽竟夕。即事自成吟，硯墨凍猶積。撥火炙層冰，元晶湛靈液。興至古今趨，憂來天地窄。欲寄重摩挲，摩挲長太息。

戲贈阿全

汝小健於犢，省余薪水憂。凌晨埽霜葉，帶月汲寒流。不逐攤錢戲，能隨秉燭游。計功宜上考，李蔡早封侯。

春草一首寄懷穎生

廬陽城畔草，緑過鮑昭臺。之子臺邊住，登臨日幾回。望雲應拉涕，弔古可銜杯。莫府資匡畫，無爲羡賦才。

首夏同畢凡於縣學明倫堂重尋池州公遺骸卜瘞碑於堂之東隅時大帥頓軍桐城既失援諸縣相繼潰陷而廬郡又戒嚴畢凡將南歸即事述懷因贈

幽明信異途，一别萬萬古。低徊覓遺骸，慘澹日亭午。舊時白骨堆，零落久無主。恨血濡草花，猩紅媚春雨。草閒枯髑髏，胡爲不人語？公本平生交，夙誼關肺腑。令弟虎口來，衣衫溷塵土。皇穹遘奇荒，生幾斷窮圃。桐城昨覆師，百里無完堵。峨峨秉鉞人，擢髮罪難數。我生儳創禽，久戢林下羽。君懷鶺鴒痛，戎馬更羈旅。辛勤搆豐碑，卜幽志彌苦。長烽亘肥津，歸心落湘渚。佇立祇斯須，悲風激林莽。

畢凡既行復來聞其稽留逆旅詩以招之

雙峯破茅屋，屋角盡瓜疇。瓜蔓緑當户，罏煙永日幽。羣雄頻草竊，吾道自林邱。肯稅山中駕，陰符在案頭。

贈馮子明子明司天堂自號笠尉

亂餘逢笠尉，解后賦同袍。家借西湖勝，官因南岳高。孟郊覓句苦，梅福上書勞。會得閒雲意，浮生信所遭。

會城嘆贈汪果〔六〕

昔者君來時，會城峙皖江。今者君來時，會城寄廬陽。廬陽但空城，黄蒿過人長。皖垣棄不收，白日鳴豺狼。我生幸再更，畢逋山谷藏。與君別廿年，音書隔車航。昨勞走伻問，溝瀆銜末光。相逢一驚喜，仰視蒼天蒼。憶昔全盛日，軒車同頡頏。于時值孟冬，狐裘君馬黄。置酒臨江亭，醉挹天柱光。熙平富文物，萬艘齊帆檣。節樓擁高戟，曲巷羅仙倡。南金謀善州，北珠媚後房。梁鴻方少年，潛行歌慨慷。繁華一朝盡，鐵馬荆榛荒。賊王與賊帥，笑踞中丞堂。沿門唄耶穌，拘囚到紅妝。竊聞初陷時，刲人如豬羊。所嗟萇宏血，不到清水塘。肥東穩行臺，四閲冰與霜。喪馬求林中，殣骼委道旁。驃騎素貴通，僚吏工趨蹌。峨冠嵌珊瑚，列燕惟金張。逢掖一老儒，袖短衣郎當。長揖公卿閒，旁人笑疏狂。蹶張諸健兒，誰解師鍾王？君家好山水，白首胡棲皇。彈劍對尊酒，月落悲茫茫。

秋夜枕上作二首

新涼愛孤枕，臥美手脚便。雨窗夜深黑，明滅見飛電。奔雷下遥峯，騰騰去復旋。多病覺早衰，晚得止襪線。墮地幸作男，口體養殊賤。委心付寒暑，形質老將變。坎坷堅道心，況乃烽火煉。

野人拙生計，瓶罍夜常空。饑鼠嚼案書，格鬬翻酒鍾。幽蟲砌下鳴，檐滴聲瑽瑽。瓦鼎一灶火，寂歷香光紅。孤魂自去來，簾幕生微風。三子抱幽素，僻嗜與我同。泉臺儻有作，夜雨吟益工。

寄沈廣文從軍仙蹤兼懷新甯江使君

武功越等直價高，廣文於例爲閒曹。江淮連兵俎豆棄，廣文久無立錐地。昔賢只嗟飯不足，君更辛勤坐空腹。盾頭墨費千毫秃，刀劍叢中覓饘粥。憶昔三河數相見，風雪聯牀託深眷。元戎列莫猛將多，臥聽馬嘶快鏖戰。於時江使君，戰罷從容展高宴。看君草檄夜中忙，紅燭光飛眼如電。桐城一潰棄甲多，江淮鋭氣全消磨。居鄴以東盡賊壘〔七〕，昭關不守將如何？楚雲天末斷飛雁，洞庭杳靄橫蒼波，側身四望空悲歌。

馮君書來盛頌山居之樂聊賦答

偷生匿蓬蒿，殘喘天網漏。遠勞故人問，未審山居陋。長林冬多風，冷浸羊裘透。瓦鑪煮澗冰，午炊薪待湊。茶澗陸羽鐺，酒斷王尼廐。家具狼負藉，至樂蛙竄甃。案頭一卷書，凍墨披剛就。詩情澹遥峯，雲木鬱蒼秀。支離任元化，索莫念朋舊。歲宴一寄聲，杜陵今更瘦。

冬夜醉歌投聶遊府

江表連兵苦不休，風塵不見英雄流。君侯毛骨特英妙，諸將叢中最年少。本師烏都統，劍訣戎機洞竅要，百戰身親陣頭到。艱危解后得奇士，窮途使我破顔笑。廬陽坐復賊運窮，大兵乘勝攻舒桐。覆軍殺將天不聰，節旄穩坐廬城東。和州營撤籓籬空，橐皋旁直居鄰衝。眼前棋局皆敗著，全皖門户争仙蹤。君侯再起衆望屬，斬新鞍馬横琱弓。坫阜樓頭一尊酒，余時適欲還東峯，馬前揖别殊匆匆。病眼喜見旌旗紅，早晚欣聞報戰功。

移家自賀

自我居雙山，荏苒六寒暑。忘形到樵牧，相過共鷄黍。世亂俗盡偷，壤瘠風尚古。仄處不嫌陋，愛兹衆峯嫵。牆東有廢宅，人棄我獨取。斂錢藉素交，助力仗鄰圃。經營始仲春，移家届重午。因倚置講堂，約略具環堵。長物一木牀，足斷背旁俛。殘編出秦火，斑斕劫痕苦。無扉暫安簾，有竈足支釜。籬隨山勢編，竹待秋來補。乾坤正反仄，中衢鬥豺虎。擬備釣魚舟，江淮路頻阻。自號贅瘤人，暫作煙霞主。清晨有客來，晴光動巖户。懽然倒酒尊，梁燕欣對語。舉酒酬飛燕，我生殊羡汝。秋去春復來，汝身有毛羽。

草堂未葺夜漏殊惡雨既獨酌率書示老妻訂飲 戊午

命宫犯水厄，到處遭漏屋。今宵漏彌苦，驟雨斷燈燭。牀上枕席浮，横空倒飛瀑。疾風欲拔宅，騰掉龍象蹴。牀下撥刺諠，捫壁行卻曲。憨奴起索火，踣地柱頻觸。牽引碎瓶盎，驚犬吠來逐。窗虚電屢穿，雲霽月新沐。層峯清夜鐘，流星引高矚。問訊得醇醪，搜索具新蔌。晚師信杜康，放歌傷獨漉。虎鬥天地腥，蝗旱蒼黎毒。嗷嗷全皖民，六載老鋒鏃。流亡半不歸，創吟多露宿。蹇余託蓬茆，私冴神天福。憐女拙似鳩，飄揺共巖谷。賢勝劉伶妻，斗酒常豫畜。醉鄉無兵戈，飲者飫天禄。獨飲不厭清，羣飲不嫌濁。甘霖應時降，新水陂塘足。明朝飲更宜，添種西檐竹。

長夏山居德軍門書幣敦促既戒行復留一夕夜坐書懷題壁上

山居暑氣清，午臥亂蟬聒。元戎勤大計，書幣逮裋褐。使者趣首塗，相待儼饑渴。坤維漸傾攲，扶持藉人傑。兵謀無恒師，利鈍析毫髮。中原板蕩久，老親甘旨闕。共事須慎初，處幽易藏拙。蜘蟵夜中起〔八〕，愁與青山别。素書讀未終，秋瓜種纔發。去去準速歸，不負東峯月。

羊頭歌贈梁記室

羊頭爛熟復羊胃，大將軍告身不能博一醉。昔聞其語今見之，潭潭虎帳陳行屍。梁夫子，以酒名，袖中匹錦春江明。侯門長裾曳不慣，愛攜短鍤呼劉伶。羣峯霽雨匝天緑，壘門旌旆幽禽熟。款客不惜雙玉瓶，驥渴鯨吞劍光逐。席閒爲我作奇篆，玉截金鎔巧結束。風塵一士矜創獲，戎馬雙尊慰幽獨。君不見，渭水風雲起屠釣，幼安老愛遼東帽。丈夫去就要分明，失脚翻貽猿鵠笑。君不見，皇天嗜殺賊運昌，黑山更比紅巾强。含和全滁相繼陷，邇來又欲窺廬陽。落日銜山卜將夜，百榼千壺遑問價。泰山江漢兩忘形，董龍鷄狗休相訝。

大樹行送梁子熙還江東時撫軍自岾埠移營梁園又數月矣

黑風四卷悲風號，大樹蕭瑟餘黄蒿。書生從戎意不樂，曰歸曰歸心鬱陶。欃槍照地賊氛惡，太白睒睒怒生角。江淮連兵閱六稔，梁園節旄老盡落。戎莫無聊日耽酒，與君周旋惜未久。君今決策還江東，我亦閒道歸雙峯。河山兩戒戎馬梗，吴楚一線車航通。前行攬古應有作，寄書早晚憑歸鴻。

十三日歸自坫埠途中口號

萬事料全錯，孤征意悄然。長星欺夜月，堠火切遥天。旌節紛兒戲，萍蓬閲歲年。昨宵漢陽客，猶誦福華編。

牧羊詞四首 己未

生爲隴畝人，略解泉石趣。養羊十餘頭，藉以慰遲莫。晨征越林薄，夕歸識村樹。亂餘鄰人稀，數椽共羊住。地瘠秋無禾，峯長晝多霧。卻怪諸賊奴，早識山中路。

童羊初生角，隨母走蹢躅。道間逢羣羊，跳梁學抵觸。失勢落草閒，騰身復相逐。飲泉唤共來，升巖躍仍伏。老羊念其兒，嘯呼動林谷。雙雙就母嬉，索乳鳴觳觳。物情樂初孩，嗟予老愁毒。經旬斷賊蹤，樵歌動村曲。巖西磐石幽，午飲睡來熟。

春寒苦多雨，羊饑走旁皇。旁皇復哀鳴，展轉繞我旁。羊鳴一何悲，雨聲一何長！拂衣視天宇，叩木歌清商。歌罷長太息，出門即豺狼。羊兮勿浪嗥，與爾同行藏。

東家牛抱犢，西家鷄哺子。龍池水草幽，我羊亦肥美。乾坤莽戰争，生機殊不已。屋角小桃花，結實剛累累。

久不得安邱先生消息詩以志恨

德大敢云報，此生長負恩。無從詢驛使，未忍賦招魂。夢斷雪中路，心懸海上村。伯牙絃久閟，孤調不堪論。

秋夜獨酌龍泉寄懷陳五立凡兼呈曾大帥報近狀四首

白日挽難住，空山鬢已華。美人隔湘水，秋思滿蘆花。國步艱銅馬，兵機兆火鴉。馮君語魯使，顏闔久無家。〔九〕

江上軍容壯，紅旗擁舵樓。久知謝安石，談笑靖中流。筐篋勞君輩，乾坤仗老謀。野人穿淚眼，踏遍莫山頭。

殺運年時盛，故園秋又荒。長淮餘戰骨，專閫誤紅粧。爛醉龍泉上，翻身虎窟旁。醒來占斗柄，行矣問滄浪。

休笑新亭涕，新亭涕争乾。徙薪嗟已晚，填海事原難。斫地雙雄劍，隨身一釣竿。烽煙任流轉，持此報平安。

戴學博過宿山居爲誦新作因道孫太史勤西出守皖留滯定遠軍次數辱記問勤西既假歸君以定遠軍潰避地山中即贈兼寄勤西二首

山空木石多，索處斷人語。何風吹君來，長夜劇覶縷。兵戈艱一炊，奇荒斷場圃。遠慙嘉客過，盤餐闕鷄黍。兒童解刈薪，霜芋夜頻煮。好詩愁眼花，展卷謞帝虎。馮君抗聲歌，側聽識鉤矩。勿謂知音稀，知音心更苦。

昔我游京師，交盡一世偉。每懷車笠言，升沈幾人鬼。孫侯籍金閨，六義見根柢。蒼黎坐塗炭，刀筆陋難洗。從政得詩人，庶以明治體。盤錯事正殷，埋輪去何駛？誰貽輿尸痛？未雪河橋恥。寂歷滄江雲，無緣報雙鯉。

山中寇盜相仍將移家聞曾帥兵抵皖南先書問王大子原時賊嚴關偵索裂衫帛代書並題一詩納老奴衣絮中 庚申

垂老怯遠行，故鄉兵火又。屈指去年秋，後車覆仍舊。嗜禍人競狂，降割天頻驟。與君別無幾，命屢刀邊留。占爻得濡尾，株守計殊謬。仄聞曾家兵，前鋒到江右。皖南與皖北，別自成宇宙。行將膏柴車，樂土遠難就。居鄰扼嚴關，賊壘密烽堠。踟躕中夜興，荒山一燈瘦。手自磔羅衫，恨墨寫難透。板蕩匪自今，顛越復誰咎？感時涕泗多，古淚熨仍縐。請君反覆看，天日照衿袖。

蓮花山寨夜坐贈用甫

山高孤寨小，松影壘門幽。格磔怪禽叫，潺湲深澗流。老槐陰似水，嶺月淨如鉤。寂歷烽煙外，孤雲爲汝留。

紫蓬山行營别英刺史西林時勁筠要爲清潁之行二首

慘澹荒山酒，相看淚轉無。風雲故蕭瑟，天日共踟躕。白璧投時賤，青萍結客孤。不須憐病馬，老矣尚知途。

寂寞春花盡，蹉跎復遠遊。言尋清潁客，同貰釣魚舟。歷碌褌中蝨，迷漫海上鷗。平生好肝膽，留以奉君侯。

壽春城下同勁老飲酒即贈

八公丹竈冷，草木亦無靈。賴有黄衫客，同傾碧玉瓶。世方須謝傅，我自愛劉伶。醉擊中流楫，天高孰與聽？

霍邱舟次遇王學博幼國得悉亡友朱孝廉死事狀幼國爲孝廉高弟擬即是秋於孝廉死處葬衣冠云

潁上有奇士，相知廿載前。兵戈成死别，萍水接名賢。馬鬣侯芭志，鱸羹張翰船。饑魂招未得，前路尚烽煙。

聞笛贈鶴亭

鶴亭夜吹笛，聲與鶴同清。寥亮燭將曉，飛騰劍欲鳴。徒增懷舊感，各有故園情。風雨況相惱，滄波怒未平。

三河尖南卡有小樓高敞可眺葉貳尹置酒招同勁筠幼國諸子晚飲樓上時鶴亭吹笛雨生度曲即事要幼國和

危樓開勝宴，客裏共登臨。雨暗淮流疾，雲荒戰氣深。晶盤新鱠美，鐵笛老龍吟。不忍憑闌望，乾坤久陸沈。

舟中寄別鶴亭兼訊幼國

在竹願爲笛，伴君宛轉歌。尊前一揮手，相望渺煙波。早斫銀絲膾，安排金叵羅。歸帆指明月，三五定如何？

正陽歸次舟中作二首

老厭江淮鼓角諠，避人獨自上高原。六飛倉卒河陽狩，諸將逍遥灞上屯。白屋依然尊漢朔，赤雲何處問羌村。長庚照夜明如月，烽影濤聲入酒樽。

怪事紛紛到眼前，中原戎馬費周旋。絶裾未忍隨温嶠，蹈海終慙後魯連。往事空教增壘魄，此生早自付林泉。車書萬里梯航至，記得乾嘉全盛年。

瓦埠晚泊寄止老

歸帆逐晴波，晚傍青蘆宿。漁村向夕幽，倚篷看鷗浴。壞雲凝戰色，沙草慘濃緑。浮生等勞薪，寸田荒難熟。之子抱微尚，袖繫長生録。共此老大悲，流年電光速。别來渺三秋，烽煙事反覆。丹砂訣易譌，黄金命難贖。寄言同志人，勉旃副腰腹。

漢臘

漢臘孤村夜，兵戈尚渺綿。命懸飛鳥外，心碎莫烽前。堊室猶吾土，黄巾自紀年。酸辛一尊酒，和淚薦重泉。

廬人嘆寄懷制軍曾公 辛酉

皖城一棄久不收，江淮南北無安流。廬人九載坐塗炭，青烽白骨成荒邱。長鑱吞聲草間活，穿眼王師淚成血。昨來兒童仰天笑，舒桐真箇官兵到。村翁醉舞拍銅斗，村婦壺漿不去手。共道公親破皖來，準備牽羊迎馬首。公昔官京師，雲泥分隔通遥眷，大匠徵才逮襪線。公之幹濟我略知，千里神交不須面。乾坤鼓壓須人支，管葛著手風雷馳。李唐再奠郭與裴，韓范一出安西垂。所惜朝廷柄公晚，明光奏草無人窺。大賢餘技事桴鼓，顧盼六合殊恢恢。公早來，廬人福，我亦蒙麻穩饘粥，樵斧漁竿易結束。重理山中破茅屋，免負東籬好松菊。公不來，廬人悲，我亦中夜揮涕洟。山魈木怪不可依，出門十步九蒺藜。麻衣展轉歷虎穴，苦零塊碎無安棲，我欲去此將焉之？金陵巨憝堅未拔，蘇臺烽映邗江月。壽陽白棒連黄巾，嘯聚長淮各深窟。三楚門户藉孤掌，全皖安危争一髮。隆冬風雪空山空，凍雲阻絶南飛鴻。似聞旌旆移江東，炷香再拜呼蒼穹，倒懸未有廬人窮。噫嘻吁！倒懸未有廬人窮，公乎爲我紆花驄。

愛民歌送吴騎尉之上海 同治壬戌

春夜宿吴騎尉行營，營卒誦愛民歌，衮衮可聽。歌爲今相公作以教士者，時騎尉有上海之役，因歌贈而仍其篇名。

愛民歌，湘鄉相公之所作。歌詞五百六十字，字字簡明具方略。傳之楚南漸皖北，句斷章零歌不得。昨來皖水觀仁風，春鐙小隊歌玲瓏。把酒聽歌倦忘臥，相公能歌客能和。公之行兵若時雨，旌麾到處咸安堵。盡道曾家軍令嚴，誰識良工歌最苦？爲君按歌因定譜，厥聲爲宫下生羽，仁義之言中鉤矩。君方妙年正英發，笳鼓樓船壯行色。海雲萬里事叵測，相公籌邊費紆畫。即看吴越亦王人，半隸耶蘇半成血。愛民歌，夜長蠟淚堆銅荷。我歌君舞月將墮，側身四望青烽多。丈夫許國要勠力，相公論戰先人和。愛民歌，歌再終，東行好語諸將帥，火速成功報相公。

官燭行簡諸局長

官燭官燭，范蠟中莖脣寸足。儲之軍械所，分給忠義局。相公愛士敬忘疲，心苦分明勸勤讀。山中儒生日旅走，虎穴艱辛廢書久。亂餘見此如瓊瑶，虚堂四照青天高。晚欣書味勝粱肉，秉燭未忍嬉游遨。明夷在腹日見斗，燭兮伴我探羲爻。夜長眼花鐵撾斷，半生日月嗟徒拋。忠義局，局裏英髦半年少，汗血追風能遠到。兵戈鸞鳳棲無處，相公特地開賓署。諸君撫景應有惜，相公觀書不嫌誤。我歌官燭燭見跋，北斗闌干挂殘月。殘月高，鷄未鳴，枕戈人老雙涕橫。

久不得英宿州消息

形勝連淮泗，雄兼保静軍。一官仍落落，羣盜自紛紛。别恨牽隄柳，遥烽問莫雲。昨宵逢驛使，虎口異傳聞。

皖城病起喜得汪芾庭書知其亂後妻子移置靈璧芾庭仍客臨淮戎莫

風塵幾載不相見，同是飄摇戎馬閒。暫倚江城容病榻，乍開尺素破愁顔。鹿門妻子欣還在，鷄肋功名付等閒。努力征鞍慎眠食，好留老眼看青山。

秋晚與金眉生都轉尋子偲誤入城東行數里遂登酒樓遲子偲不至時余將歸合肥

散步得林邱，轉折引幽賞。我本農圃人，雅志樂蒿莽。城東勝城南，地僻景物爽。連雲甲第灰，野人家三兩。君看九州牧，何似漁樵長？酒樓面勢佳，江山足俯仰。秋陰霽遥帆，層峯片雲往。涉川愧無能，御風抱遐想。之子期不來，結習在書幌。去去各有役，城頭莫笳響。

龍泉采藥歌寄贈李兵部眉生

江淮連歲橫琱戈，龍泉老叟長奔波。短衣塵鬢幸無恙，風塵未了將焉何？李侯磊落人，客裏相逢共傾倒。皖公臺畔一分手，笑指東峯乞瑶草。東峯高高入雲霧，山人舊識泉邊路。緑林惡焰忒無情，燒斷山人挂瓢樹。朝行龍泉頭，暮宿龍泉寺。琳宮金碧無一椽，白石黄茆數僧憩。山僧款客夜燒泉，嶺斷雲深鏡痕細。懸知莫府地清切，椽燭當風攄大計。彩筆遥欣一鳳鳴，長塗久缺雙魚寄。夜長月好棲烏定，滿把青芝待持贈。豹林丹訣龍宫方，我於李侯本無吝。聞道江頭事非昨，李侯定有匡時略。浩歌憶遠重惆悵，我愛李侯好骨相。

不妨遲日作神仙，百尺凌煙要君上。

葛家觜飲酒即事短述奉貽相公兼别山中舊游

葛家觜爲方山支麓。咸豐四年，余避兵家此。八年秋，廬州再陷，山中迭苦賊。去年冬，今相公以兩江總督進復安慶，余挈家出游，遂依焉。今年，余來山中，瀕行，鄰人置酒道别。村曲語言猥雜無文，要其述德戒行，是可歌也。時同治元年秋九月廿三日夜。

草棚馮長溪，靄靄西日光。老農閔遊子，置酒瓜蔓旁。鄰曲歡笑言，真氣溢壺漿。老婦調魚羹，老翁趣行觴。酒闌説相公，舉手屬穹蒼。自從相公來，皇天屢降祥。方春拔廬州，既夏甘霖翔。豭豚亦已肥，鵝鴨皆成行。信是相公力，秋禾早登場。君從皖江來，相門長趨蹌。相公本天人，見説鬢髯長。相公飯幾何，頭髮應未蒼。皇天憐我曹，相公長壽康。庶幾長子孫，勠力事耕桑。

飲罷山月高，犬吠喧溪流。有客負薪來，棗栗歡相投。移尊就苔磯，咄嗟倒盆甌。笑指溪上月，今秋勝去秋。去秋苦賊來，吞聲共潛游。今秋君好歸，憶我采樵不？富貴亦多門，時來便公侯。君歸旋復行，僕僕將焉求？貞女懷闇冰，老狐思舊邱。吾衰心力短，衣食殊拙謀。相公禮數寬，滄海容一鷗。低迷竊廪禄，内檢常自尤。中原莽豺虎，孤兒泣松楸。去去勿重陳，歸夢東山頭。

自姥山放舟巢縣晚宿東關奉懷曾相公因寄其令弟江甯行營

羈心瀉怒濤，酒罷風忽便。宿雨湅欲收，波駛一飄懸。湖天烽燧消，山村雲石蒨。羣峯識游客，百戰剩孤縣。潰瘤自庸醫，覆水滿淮甸。阽危近十霜，戎馬局幾變。湘鄉好弟昆，天挺濟時彦。昨來春水生，破賊手如電。勝地喜再經，感時恨遥綣。孤篷信棲鷄，浪迹隨沙雁。自嫌皁帽身，屢荷黄扉眷。巖關峙中流，暝色積天半。叩舷望新月，宵長路彌漫。海裔久抱籥，秦中亟傳箭。河洛紛煙塵，川楚燼猶煽。相公手龍韜，江淮藉清宴。平生許國心，淚溼朝衫徧。賤子數趨陪，深憂待羣獻。大廈一木難，雙旌萬人羡。白眉早著稱，青驄欠通面。懸軍虎口下，裹創鬥仍健。揭聞雨花臺，勝氣切霄漢。摧鋒貴神速，逆徒巧聲援。尚期諸將帥，和衷效長算。孤雲逝安歸，故林老徒戀。揮涕望中興，津梁敢云倦？

皖江兩丐行戲贈獨山莫子偲寄呈相公並要鄧伯昭同作時相公視師江上諸軍屢有捷聞 癸亥

天下之大數皖公，相門高並天柱峯。羣才連翩入夾袋，時有兩丐來趨風。兩丐者誰何？廬陽之東東山阿。客有披裘帶索而昂俄，牧羊不了長奔波。朝叩相公門，暮飲皖江水。皖江去延江，盤盤幾千里。獨山老叟延江來，把臂相呼作知己。黄扉跌宕擁千官，青笠婆娑餘二十，相公顧之顔色喜。海凫弄羽紛煙塵，皖南皖北翩戎旃。朝飲皖江水，暮叩相公門，郎當衫袖瘖不聲。有口但索太倉米，有手怕請終軍纓，相公不言客自憎。昨者相逢鄧夫子，憂時涕泗江河傾。揮杯笑問客何事，客何所事兼何能？因吟陶公乞食句，遂作皖江兩丐行。兩丐頽唐世所笑，興來時作鸞凰嘯。兩丐之志天亦憐，藥竈書堆儘醉眠。烈士銜恩感一飯，兩丐捫心常竊嘆。尋常頌禱不挂口，所願相公惟不朽。狂歌示莫還寄鄧，故園風鶴愁難問。炯煬一火槖臯空，賊鋒又逼廬陽東。廬陽東偏好煙樹，負薪踏遍松間路。連宵歸夢繞巖扉，屋角小桃開仍故。醒來病枕淚猶熱，角聲吹曉皖江月。皖江月好春揚揚，相公隻手扶天綱。樓船料峭朱旗張，八州健卒争騰驤。江中魚龍識旌旆，賊膽驚裂朱雀航。野人連日歡舉觴，相公舉足賊盡僵，投老歸哉長牧羊。

英觀察自蒙城行營枉惠書問其言瞩然有飄風之懼詩以慰之因坿陳賤況

飄風來去本無蹤，閱世才知塞上翁。義府刀仍嬉笑裏，留侯狀與婦人同。好將長劍酬知己，賴有賢王表戰功。潦倒鶡冠書未就，故人老矣更癡聾。

玻璃鍾養孑孑數頭攜贈江公子範堂即送其歸湖南

鍊就水晶骨，纖明勝玉壺。偷閒養孑孑，筋斗看盱盱。海客遠相惠，孤尊只自娛。瀟湘有歸棹，藉以薦三閭。

同楊見老坐月有懷龍泉故居

君家門外月，清絕似龍泉。相對意俱迴，坐來光漸偏。鳴蟲答幽怨，羈鳥怯虛弦。何事同流滯，烽煙不計年。

撫孤行美湘鄉相公因示邵子齡子進兄弟兼柬洪刺史琴西

湘鄉相公善撫孤，高誼直與雲天俱。汝曹安坐日飽食，前修勠力將何如？我昔與汝翁，氣誼相傾動冥漠，乾坤烽火成離索。昨來見汝賽瓊枝，幾次沈吟淚頻落。汝兄早尫病初起，汝解讀書相公喜。觀海應知百川隘，爲山要從一簣始。昔賢辛勤事艱阻，晝荻然糠不言苦。汝曹崎嶇脱豺虎，微相公力奈何許？汝翁存殁久未期，傳伶堂上悲仳離。家仇國難事爭了，臥薪嘗膽今其時。相公於汝本父執，手挽長江奠南岳。三楚厮養豪俊流，一時賓佐文章伯。東鄰洪老意疏爽，書堂正好一籬隔。事賢友仁聖所訓，況復趨承易晨夕。撫孤行，啼猿挂枝孤雁鳴。我歌未竟聲復吞，天涯何處招迷魂？

將赴皖守風湖干伯昭書來道其同江方伯有四川之行亟圖面遂舍舟而陸塗閒寄伯昭兼陳方伯五首〔一〇〕

首塗問晴湖，尺書忽飛至。披函疾讀之，慘澹數行字。上言之巴蜀，崎嶇報高誼。下言見面難，雲飃故相遲。磐磐方伯公，屏藩軫凋敝。莫府羅俊英，君材優衆器。至寶落蠶叢，雲山況迢遞。矢言定重逢，重逢究何地？倚裝夢容暉，寒檠一星翳。

少年輕别離，老去苦憂患。每聞傷心語，掩耳輒腸斷。君言劇酸哽，我心久零亂。進帆怯風濤，奮飛惜羽翰。舍舟覓巾車，嚴霜夜中飯。睒睒缺月光，錯道天已旦。孤鴻爾何悲，雲端切相唤。行行辨遥村，殘血路迷漫。袖中一札書，展轉風檐看。

鮮民寡弟兄，性命託朋友。醇風嘆久澆，鷄狗誓何有？異時同志人，零落骨俱朽。與君晚結交，傾懷期皓首。君亮箴我頑，我幽藉君剖。嘯歌戎馬中，真氣驚北斗。亭亭滄江雲，颯颯長亭柳。柳枯猶復春，雲飛不可肘。再拜祝石尤，待我餞尊酒。

晨經古戰塲，廢壘倚突兀。早日如車輪，迴風動精魄。憶昔方伯公，風雪此除夕。廬州三河鎮爲皖中孔道，咸豐五年冬，方伯駐營河右。連營列旆高，明鐙爛長戟。我時倚醉歌，熊羆動顔色。屢蒙禮數寬，曾賦河梁别。公來何太遲，公行何太疾！自愧受恩偏，舊是睢陽客。無物送公行，沈吟淚成血。

廬陽去皖江，三百六十里。皖江望成都，千山復萬水。我行日兼程，相隔幸尺咫。大龍横遥空，燈光互青紫。登高睇長江，英雄都已矣。羊公儒將姿，叔度天下士。吾衰失兩賢，悲歌向誰是？低回宿嚴關，憂來不能已。長吟輟粥饘，短吟倒坐起。長吟復短吟，人生感知己。

寄别言卓林大令太湖三首 甲子

寄家皖公旁，夢想天柱峯。賢令布嘉政，弦歌山水中。訟庭儼僧寮，檐際飛嵐濃。兩茗草木香，丹台光熊熊。自從謫仙去，高原弔寒蟲。平生抱游興，衰病甘疏慵。械悲付雙鯉，浩歌望郵筒。

金陵寇已平，吴越兵漸休。村愚易風鶴，賊知元道州。想當陟屺思，夢繞萱庭幽。昨者問阿季，暫作龍舒游。高堂將稚孫，看花扶玉鳩。似聞烽火磯，警接桑落洲。賢勞古所嘆，何以慰離憂？

久客思故林，歸帆趁秋便。我衰就屠釣，君才困州縣。謬承兄事敬，豈第文酒綣？乍見動相訶，遠别愴多戀。顛倒方寸心，堤月踏俱遍。潛霍又戒嚴，楚豫尚酣戰。迢遥滄江波，何時重相見？

口號寄魯川老守

龍泉老牧屢思家，賢守循聲衆口誇。恰喜龔黄新莅郡，況聞江海静鳴笳。故山别久芝應長，官舍秋高菊有花。準備壺尊候顔色，麾前可許駐柴車。

皖江秋歸奉别曾相國即送其之金陵兼貽伯昭蜀中三首

昔我賊中來，風雪衣懸鶉。今我别公去，孺婦言笑温。言笑者云何？江湖靖煙塵。賊平萬物樂，歸我東山村。家具可一車，圖史兼周秦。裘褐亦牣完，抱中新有孫。買舟皖公口，回眺天柱尊。朱旗俯層霄，大江日夜奔。飄然數口家，劫後嗟猶存。常擬報一飯，況懷辭大臣。沈吟杜公語，感嘆徒沾巾。

金陵甲天險，龍虎鬱盤踞。草竊踰十霜，微公國全誤。令弟本人豪，諸將稟成署。看公談笑閒，江山手重鑄。漢封首酇侯，唐業光裴度。迢迢姥山雲，森森秣陵樹。我歸公亦行，潛岳青如故。天地漸昭蘇，島夷尚盤互。野人飽烽火，心枯怯歧路。曉日照節旄，念公髮將素。敬祝棟梁身，臨戎慎霜露。

故人遠相憶，邀我遊峨眉。峨眉路修阻，逝將還舊居。君行就我訣，我歸君未知。流宕一病夫，遠勞故人思。大盜昨成禽，洗兵倒天池。草木慶再生，猿鳥懽相啼。好風吹歸舟，是君登高時。狂吟遂初賦，擬製浯溪碑。浯溪筆力雄，誼古今難追。蜀門雙游屐，巢湖一釣絲。安得君再來，看勒磨崖詞。

將發皖江寄懷潘玉泉吳門兼報位西之喪位西家口見寄存湘鄉公所其伯子歸尋遺骸久無確耗二首

早辦扁舟去，布帆猶未開。秋風吹皖水，落葉滿蘇臺。擬問烏衣巷，同銜白玉杯。相門槐蔭大，我愛白眉才。

一死豈云易，故人碧血寒。不羞吾黨士，自遂古心肝。泉下論交切，孤兒行路難。拌將數行淚，浩盪付奔湍。

買牛二首

我居賊早燔，我羊賊盡屠。我歸耕無牛，東作宜早圖。黽勉倒囊橐，借貸供錙銖。維時月孟冬，曉日明村墟。田夥掉長鍬，鄰父爲前驅。我牛龐然來，懽聲動門閭。褰裳走相迓，挂額紅流蘇。老嫗喜牛來，隔廥送新芻。小奴喜牛來，負鍤忙糞除。鄰里相聚觀，道牛骨相殊。短角絶有力，天壽懸歧胡。歧胡信壽徵，足以慰老儒。

牛來須謁社，謁社神降康。稽古無明文，鄉俗尊農祥。今晨黄道日，呼兒具酒漿。薦馨神座前，牽牛神樹旁。鄰父前致祝，俛仰聲慨慷。早生太平世，老閲烽火場。有客遠來歸，寄迹東山陽。亂後牛亦稀，牛稀價倍昂。惟神宏大福，我牛無病殃。祝罷拜神胙，村曲同舉觴。蕭蕭草樹鳴，風雨横蒼茫。何以保歲寒，力勤以爲常。

山中冬晚馮觀察書來盛稱鄙作且問壽春之行因賦答兼簡芾庭二首

飲牛東溪幽，有客披榛至。開椷讀素書，再拜故人寄。故人自忘尊，存問到萌隸。隸也無一能，歌詩自適意。本是耕田民，饑走兵戈際。憔悴焦桐音，微公亦投棄。悲來叩樹歌，瞑色下牛背。牛饑顧我鳴，牟然念其類。

早誦季路言，一諾今還欠。豈不感别離，衰病脚根倦。昨歸又旱乾，松朮饑可戀。故人領繡衣，旌麾攝淮甸。逋亡獲創歸，版圖喜新奠。欲躋公堂祝，長途畏霜霰。啓行指孟春，雲山倍葱蒨。因之慰王倫，花時準相見。

夜坐漫題寄芾老再投馮觀察四首

空庭風雨忽然罷，酒熟茶香雙玉瓶。一事思量君記不？遯泉欠勒遯泉銘。

陶公五牸亦多事，李耳千言殊費詞。我自牽牛東澗去，水聲山色坐忘饑。

戎馬奔波此暫停，故山非復舊時青。別來十一年中事，待汝尊前洒淚聽。

薄田夏澇復秋乾，賴有雲鴻慰歲寒。一角煙蘿眠未穩，又從人世索豬肝。

寄英廉使霍山行營

武陟峯前戰氣高，兼天岳色擁旌旄。漢庭將略歸虞詡，淮甸長城倚石苞。曾奉清言知幹局，屢煩折簡到蓬蒿。磨崖會趁春風便，濡染中興汗馬勞。

早行 乙丑

破曉問前路，高原人已耕。斷橋雙澗合，殘雪一峯明。華髮老將禿，丹砂久未成。因知沮溺輩，不肯近浮名。

將抵壽春途中書事

壽陽自古稱雄鎮，戎馬飄摇今又來。沙草緑連關堠暗，野花紅傍髑髏開。羅平符命妖能語，請室雷霆力可回。極目烽煙遍淮北，謝元祠宇久蒿萊。

東禪寺贈寰周

客邸周旋久，識君木屐聲。披帷成一笑，佳釀每同傾。月午松陰大，鐘高佛火明。偶然談浩劫，戎馬已三生。

贈方處士希孟兼寄馮觀察

君才真倍我，寄食向旃檀。得句有神助，借書同佛看。雲霄千古志，蘆被一春寒。問道吴廷尉，平生喜薦賢。

毗盧閣戲成五絶句六首

閣上數重山，閣下一龕佛。好箇醉頭陀，鐘鳴睡常孰。

髡者愛説法，著書滿寰中。其妙果云何，笑倒南華翁。

剗卻土饅頭，擎著木念子。開闢不到處，渠亦振奇士。

地水有壞日，火風無盡時。種蓮烈焰間，結子青離離。

萬事如轉丸，愚者故冰炭。可憐于襄陽，老作黑風漢。

得馬馬旋失，養狙狙頻怒。何如跨犢歸，自檢寬平路。

病中送王紫垣之徐州戍莫余亦反東山田舍

病久忘春盡，鶯啼花亂飛。夾淮新戰壘，送老舊蓑衣。西楚徵兵疾，東林訪舊稀。昨宵筵上月，兩地共晴輝。

大灊山房歌寄贈劉軍門省三

大灊山在城西百里，初不著其原委，土人曰『戴巾山』云。案圖經，灊山廣二百餘里，周倍之，有峯二十二、嶺八、厓五。漢郊祀志，上巡南郡，登禮灊之天柱山，號曰南岳。於時注爾雅者援以釋，則灊之名南岳也久矣。寰宇記：皖水源霍山，入江。今霍山，故楚灊縣地。春秋時縣大於郡。顧氏云：灊、皖、霍各名，實一山也。余嘗準之地形，灊山實跨連今皖桐、霍山，並合肥西境。往時故老爲言，郡城西坡陀亘府縣治，益東始夷，故縣人廟祀灊山之神。余忠宣所謂『天作灊阜，以奠其旅』者，此也。兹山房所直，蓋灊山支脉，伏而特起者耳。余偉軍門行誼，又以嘆名山原委久鬱弗章，故書贈且諗遊者。

大灊山，胚胎南岳形穹窿。扶輿蜿蜒遞隱見，異軍特起，魁然欲與天柱武陟爭豪雄。旁匯龍池淩紫蓬，俯摩蜀山頂，横截巢湖胸。嵐浄翠吸際雲表，聞道山房築來好。兵戈到處生秋草，金谷灰沈石林倒。天教名將占名山，忙裏抽身計殊早。劉侯奇俊人，文采亦英妙。皖伯臺前一相遇，貔虎叢中見孤豹。血戰頻摧白棒鋒，拂衣愛放青林嘯。秦隴紆籌有諫章，河山攬轡空馮弔。散盡黄金赤手歸，故園松竹仍青峭。黔南事久非，湟西烽正緊。毒蛇魍魎伺庭户，抱火厝薪競酣寢。我老無成戀一邱，术肥菊瘦聊淹留。坤輿欹仄費整頓，長牽何事羈驊騮？君侯慷壯抱孤憤，忍看滄海終横流。懸知岩扃鬱深念，丹崖碧水未足消煩憂。東皋禾黍欣有秋，病心不樂歌夷猶。柴車有便準相訪，痛飲大灊山上頭。

摺扇歌寄酬宫農山太守兼簡譚大令西屏〔一一〕

扇爲農山所贈，既自録其舊作龍泉歌，譚君西屏復爲之圖。農山别已數稔，未嘗一至余家，而譚君與余無一面之素。其畫筆蒼古，若嘗身歷余山中者。案其款識，蓋作於鄜坊軍次云。吁！是皆可感也已。同治癸酉春三月，誌於皖江客次。

延安太守遠相念，遺我摺扇光磨礲。坐看行吟日忘倦，出入懷袖生清風。龍泉有何好，老牧更無狀。譚君作圖君作歌，巨筆高情拂雲上。亂日常多治日少，洛陽圖林迹如掃。況是野人破草屋，劫火零星數椽小。年來花裏拓出巢，屋角青桐亦將老。怪哉譚君我未面，我家雲樹如親見。定是前身泉上過，石頂松間同吟哦。江城春好歸未得，慙愧龍泉泉畔月。記昨潁濱送君别，草碧烽青此時節。一麾坐閲瓜期久，聽説循聲滿人口。五馬軒車不自聊，苦憶山中牧羊叟。秦中四塞臨羌夷，回鶻種孽勞王師。延安地瘠天西郵，鄜坊更在延安西。病夫頹唐齒髮稀，此生相見終無期。摩挲摺扇三嘆息，我欲奮飛無羽翼。

釣罷經南村晚飲聊短述

釣罷經南村，東峯澹將雨。蘋花幽自開，林禽樂相語。偶從池畔酌，晚晴褪殘暑。回環衆壑幽，溼雲互吞吐。投老暫田園，浮生半羈旅。持竿豈羨魚，桃源渺何許！

孤凰引 並序

爲壽春李節母柏太恭人作。壽春，古淮南地。節母志行奇偉，而雲珊崎嶇戎幕，力勤孝養，皆可歌也。因事命篇，待采風者。

淮南丹桂樹，上有孤凰孤，結巢養雛口卒瘏。一雛中道夭，一雛高飛淩天衢。一解

天衢高，天聽卑。雷霆冰雪不損西陵松柏姿，修德獲報天不欺。君不見李家太封君，昔者茹苦今含飴。一解

茹苦惟何？贈公早歲嬰沈疴。露香中夜明金荷，刀光血影呼呵呵。偉哉太封君，一臂之力，功比參苓多。一解

臂創合矣贈公起，海上烽青戰雲紫，丈夫安事毛錐子？ 不入虎穴，焉得虎子？ 長劍高歌別鄉里。一解

瓦卦竹卜，燈花四爆。青燐夜舞鬼車哭，元戎輿尸一軍覆。生爲萬夫雄，死隸太山録。魂兮歸來，海水獨漉。一解

孤雲無依，孤木無陰。嚴霜催慈姑，荒山負土愁猿吟。海可枯，石可爛。古井水，轆轤斷。一解

造化遼闊，時亦盲姤。罡風何來，折我紫荆樹。一枝留作兩家春，繞樹烏啼盼天曙。嚴寒歷盡見熙陽，百尺靈萱介遐祜。一解

骿只老，福而康。令子策勳，盾墨用光。祁祁諸孫，鵠峙龍昂。是惟太恭人之德，子孫綿如石上葛。一解

昔在孔門，一經垂教。夙興夜寐，聖有明告。勖哉君子，錫類惟孝。君不見，迢迢春暉，寸草心長莫能報。一解

校記

〔一〕藉　當作「籍」，指唐詩人張籍。

〔二〕集虚草堂本此句下多出雙行小字註：『使君録士皆老宿，山中耆逸多望風至者，姿狀蒼古，多不類世間人。』

〔三〕集虚草堂本題作『居巢軍次贈畢凡』。

〔四〕鄛　集虚草堂本作『巢』。

〔五〕集虚草堂本此句下有雙行小字註：『君之來，橐中止南華、楚辭數卷，於九歌能句爲説。』

〔六〕集虚草堂本此下有雙行小字註：『君浙江嘉興人，工書。』

〔七〕鄛　集虚草堂本作『巢』。

〔八〕蜘蟵　疑當作『踟躕』。

〔九〕集虚草堂本此下有雙行小字註：『「魯使難尋顔闔家」，大帥往過合肥，見懷句也。』

〔一〇〕集虚堂草本題後有：『時同治二年冬十一月，是夕宿集賢關。』

〔一一〕集虚草堂本此篇及以後諸篇列入補遺。

敦艮吉齋詩存補遺

江上寄兒子源

偶憑歸羽報平安，門户蕭條賴爾看。插架書防蟫易種，近階芝許鶴加餐。池坳待補荷千柄，籬缺宜添竹數竿。老矣而翁猶健飯，袖中新合九還丹。

壽春别李耘珊時撫軍贈四鶴

李生善待客，客與鶴同來。瘦竹碧逾浄，霜花紅自開。園林都浩劫，魚鳥亦須才。浩宕浮邱駕，湖干有釣臺。

悼鶴 並序

鶴來余家，甫一夕而斃。先是，奴子不戒於途，創其脛。而是鶴雄而健，啄奴子，故減其糧。比卸裝，夜雪寒凍，感飛光之不留，痛靈禽之遽化。雖幣闕元黄，而情逾帷蓋，爰瘞於龍泉精舍西隅之梅樹旁，歌小詩以弔之。

老天未許翔寥廓，纔賦歸來又楚些。浩蕩千峯明曙雪，酸辛孤冢傍梅花。滄桑乍覺堯時冷，泉石應憐處士家。欲向焦山尋斷碣，大江東去浪淘沙。

席帽

西風動歸興，席帽早安排。軟稱蘆花被，輕宜杜老鞋。故人方建節，吾道自丹厓。便踏柴車去，彈冠非我懷。

遺園口號

一別一回老，君家幾度過。舊時兒盡長，新種樹交柯。難共夏蟲語，且尋春夢婆。遺園好風景，切莫負雲蘿。

雪夜讀劉軍門省三小船詩因書其後用漁歌子體五首漁歌子總五首世所知者西塞山前一首耳志和生唐開元全盛中值世變嘗上書肅宗得一官棄去浪迹以終憲宗高其節圖形禁中購求其所爲漁歌子者既久而不能得逮衛公刺潤州時始采而傳之且爲之記省三疾流勇退操行不減古人然當吾世而能知小船詩者亦鮮矣是可歎也久病眼日閒小差既録稿因識亦衛公記漁歌子之微意云爾光緒元年四月並識

風雪連宵想睡遲，擁鑪欣誦小船詩。拼馬革，汎鴟夷，争及桐江一釣絲？

黑頭建節擁彫戈，百戰歸來問薜蘿。拍銅斗，辭漁蓑，小船畢竟少風波。

駕鵝接翅海鳧飛〔一〕，曉日朦朧凍影微。官田秫，首山薇，惆悵榛苓淚滿衣。

大瀦西望路迷漫，積雪層冰逼歲闌。歌進酒，歎路難，何日相從把釣竿？

風潮起落本無常，皋諸林盟要主張。燭將跋，想未央，請君聽我歌滄浪。

明月棹孤舟　題王虞臣味笛圖　並序

虞臣倜儻有奇概，少讀書，不得志於有司，壯歲投戎，積功得一官，匏繫閒曹。余由皖城道歷陽，君招飲寓廨，屬題其所爲味笛圖，匆匆賦，借一笑。同治八年春季。

離亭一笛催春老，斜陽牛背横陳好。約略山痕低迷，鞭影去去，馬蹄人悄。　楚北江南烽乍了，驀東風，新編畫稿。君溷魚鹽，我思鰕菜，同是一般潦倒。

謁包孝肅公遺像〔二〕

包公今不作，荒祠踞城腹。小橋流水幾人家，古柏寒松隱茅屋。入門下馬讀殘碑，新蒲垂帶照人緑。公之正氣襟帶閒，我瞻遺像中心肅。嗚呼！君不見，王安石，眼旁多白骨，乃使神州長覆没。公之治績古所傳，至今清議存樵牧。我輩玩讀古人書，莫使勳名長碌碌。平梁至今數百年，爲問何人繼高躅？

是編囊歲西林中丞刊於潁州行營，稿本舊經友朋塗乙，朱墨紛錯，多未審定。中丞屢有事前行，予時亦以病歸里，劣工潦草竣事，舛訛百出，閒有刊正，零星刓補，尺寸之木無完膚矣。比來衰病眼花，筆硯荒落，顧是些些者，誠無足重輕於世，版片棄擲，久不省記。前年於壽春晤鍾祥胡君稚楓，爲指示脱誤若干條。今春，武進錢君愉庵復就胡君所閱本通事校讎。旅次稍暇，因二君之言，重墨諸版，並識數言，以道二君多聞直諒之益如此。

同治十年辛未夏四月，默叟將歸龍泉，自跋於安慶節署。

先岳世居廬之郡城，自郡城被陷，流離轉徙，卒僑寓雙山北麓。文希時追隨避亂，所歷挈眷依焉，賴免於難。文希少孤，先岳愛如子，教如師，手揮口授，嘗諭文希曰：『孟子云求在我者，是求有益於得也。今世之士窮年帖括，期以售世，及問經史，茫不知爲何物。爾輩切實於根本之學，勿博虚名以欺世，爲識者譏耳。且爾輩拙於謀生，分讀之餘閒惟力農；舍力農，别無治生之法。能力農，則無求於人。根本之學在是矣。』嗚呼！言猶在耳，不幾時而先岳没世已十有一年矣。兹值恒甫鬻産鳩刊以畢先志，文希適穀館遠羈，不得躬親其役，臨食撫膺，用益悼嘆，爰命兒子鳳瀛敬謹校字，並附述示言以誌弗諼云爾。

光緒十二年三月望日，壻王文希謹識。

外孫王鳳瀛校字〔三〕

孫承祖

繩祖

繼祖

校記

〔一〕駕　當作「駕」。

〔二〕集虚草堂本詩題下小字註：「十八歲作。」安徽省圖書館藏同治本亦有「十八歲作」，經比對爲同版。

〔三〕安徽省圖書館藏號稱同治本敦艮吉齋詩存（4：19383）王文希跋文前校字署名爲：「受業胡守寬校字，後學張慶澄、丁憲章、孫承祖繩祖繼祖。」

附録

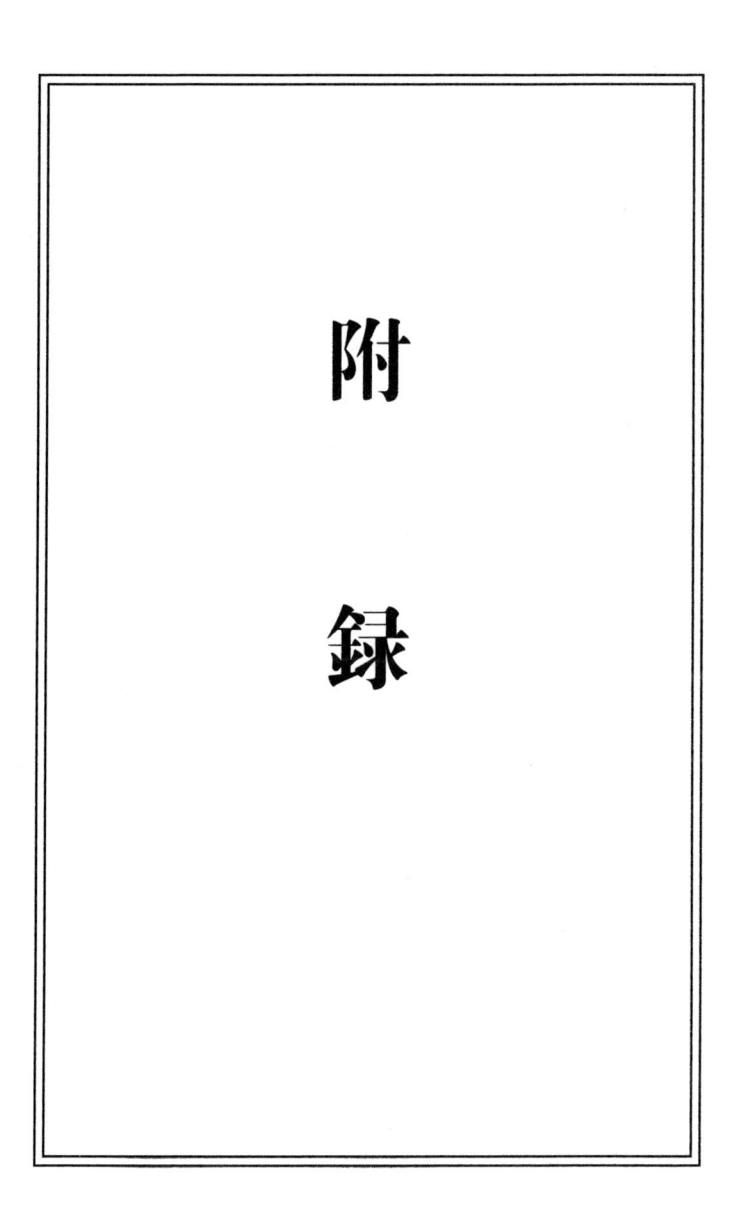

附録一　劫餘小録

徐元叔撰

序

吾友徐君毅甫，有長殤子曰元叔，生十九年而卒。卒且十年，毅甫哀之不能忘，裒輯其所爲詩文若干篇，名之曰劫餘小録，復撰次其平生行事爲行略，語絶痛，讀之輒不能終篇。嗟乎！

人莫不受生於天，生而聰明魁桀與椎魯弇陋也，若有物焉司之；生而富貴壽耇與窮賤夭折也，又若有物焉司之。世遂以士之才而不壽者爲造物所忌，是大不然。人於瑰異可喜之物，既殫才力以致之，又幸其摧毁澌滅以爲快，雖大愚無是情也。苟有所謂造物者，雖與人異情，當不謬悠顛倒若是。

然則其生也，其卒也，皆偶然焉已耳。毅甫言元叔殤後數夜，歸視其親。每至，有聲颯然，塊零星空中墮，比曉，案上筆硯輒易故處。吾竊異之。吾幼不逮事，吾父獨與吾母親相依者四十有一年，天下之愛我者莫吾母若也。然自吾母歿十餘年，雖數數見夢寐，皆生存時情事，未有形聲相接如元叔之於毅甫者，豈亦所謂偶然者耶？抑毅甫愛念之切，精神專壹以致是耶？

元叔詩多清峭激楚，不類少年人所爲。自世人論之，必曰是於法宜不壽，然吾以爲究亦偶然焉耳。孟子曰：『莫之爲而爲者，天也。』莊周曰：『知其無可奈何而安之若命。』皆與吾偶然之說有足相發者。毅甫之悲，其亦可以少已矣夫！

同治三年春三月，雁門馮志沂。

天中節觀龍舟家大人命賦

天矯雙龍舟，盤旋動雲霧。喧喧簫鼓聲，中流日將暮。尊酒酹忠魂，敬祝靈均渡。

角黍

嘉節薦馨香，菰葉裹角黍。持贈汨羅人，蛟龍莫浪取。

採艾歌

採艾復採艾，蓄藥爲攻病。願君養玉體，勿藥乃有慶。

戲詠小胡蘆

青青小胡蘆，繫我牆東樹。好待貯金丹，攜之入雲去。

乍晴又雨

長虹界天雨，雨過天陡晴。北風捲虹去，疾點疏林鳴。滏雲故稠疊，濃陰益崢嶸。霢霂無停時，溪流浩已盈。苔痕緑上户，積水與階平。短褐聊禦寒，陽烏久不明。閑臥思無悰，戚戚械深情。

胥臺覽古

嵯峨子胥臺，琳宫森百尺。滄桑幾變更，幻作神仙宅。胥也起餓夫，事吴建奇策。一朝屬鏤賜，血濺鴟夷革。寂寞江上潮，悲風□英魄。

教弩臺上作

漢魏幾紛争，山川自陵谷。我來際平世，孤臺草仍緑。淒涼一杵鐘，銷盡三分局。英雄有大略，龍蛇互伸屈。横槊亦可人，分香偏碌碌。人生儼朝露，俛仰年命促。悲來叩石歌，松風咽相續。

自閒閒園移居湖干

挈家去故里，爲兹風鶴警。垣頹聊漫塗，茆漏未遑整。柴扉俯遠山，湖光白彌迥。帆痕互出没，夕陽淨諸嶺。探奇屐未著，感時意常耿。思量舊松菊，佳處付誰領？

初春池上栽柳數株

晚霽逗春光，閒行遠周顧。方池新溜活，遥峯莽交互。荷鋤小園中，仄徑有安步。纖纖新栽柳，帶雨緑全露。烽信浩無常，生機静堪悟。何事庾蘭成，淒涼賦枯樹？

移梅

前非不可護，嘉植須得地。好待暗香來，春風獨相遲。

曬花

隆冬萬象悴，晴日照山館。卻笑凍頭蠅，花梢飛亦懶。

聽雨

林鳴風聲厲，溼雲漲層霄。交藤互寒窗，檐滴聲瀟瀟。連朝苦陰霖，清響心寂寥。苔錢緑彌大，盆石蒼以高。隱几臥乍醒，紡車聲摇摇。浮生事多舛，苦吟幽自聊。摩挲太古書，幽貞樂簞瓢。

研滴中新水可掬養活東數枚同大兄作

研滴貯新水，泛泛春碧凈。斑斕小活東，渾沌自游泳。其物雖么小，浮沈力偏勁。圓頭背漆黑，瓶花幽相映。何必問濠梁，悠然成短詠。

春雨冷甚巢燕凍斃因雙瘞于小橘樹下詩以弔之

早春雨扉冷，花枝風皺弄。峭寒侵燕巢，雙雙斃宵凍。瘞之橘樹根，幽魂豈無痛。晴月照屋梁，愴焉待清喫。

憶閒閒園

故園知已蕪，三逕蔓草塞。可惜林下石，佳意無人得。松菊野蔓纏，夕照愴春色。陳迹一俯仰，因之長相憶。

窮鄉望雨甘霖沛然喜而成句

久晴南風緊，天氣正乾亢。農夫荷鋤歸，隔溪斷樵唱。野畦白鷺飛，青天涇雲漲。大雨倏馳驟，平湖駕高浪。甲兵如何洗，蒼生永無恙。

觀車水

有車名桔槔，盤旋復轇轕。連蜷似龍骨，長柄巧迴斡〔一〕。淵洄勢逾疾，清溪聲聒聒。下流挽之上，滯潦激斯活。人功奪天工，永言驅旱魃。

新得小松

玆松淹荒岡，時被野蔓繞。移栽置浄几，幸不埋衆草。幽姿寸寸碧，合伴小山小。嚴霜不能彫，貞心長壽考。

雨窗即事

荒村午鷄叫，雨窗清晝永。檐注聲瀟瀟，湖光白冏冏。濛濛淡靄閒，一葉孤帆影。

觀　雨

神龍挾雨來，遥從湖上至。黑雲如潑墨，紫電光翳翳。農夫荷蓑笠，歡聲動檐際。長虹見復斷，忽陰忽復霽。牧童驅犢歸，深林隨所憩。

夜聞秋濤聲

夜坐萬籟寂，瑟瑟庭户冷。短檠斂寒輝，寫出老松影。寒柝響淒淒，蟲語草堂静。濤聲盪虚窗，伴我深宵永。視聽意悄悄，懷憂心耿耿。古書熟且讀，古味静堪領。

推磨行二首

朝推磨，夕推磨，米屑糠皮不遑簸。一磨之大大如箕，縛木爲柄神扶持。郎當草屋風颼飀，横奔健步誰與儔？君不見，陶公秉節時，終日運甓恒孜孜。何況我年才十七，拔山扛鼎有餘力。齋廚向晚聞淅瀝，轆轤轉水聲如泣。

朝推磨，夕推磨，彼肉食者但酣臥。推磨之樂樂揚揚，骨肉團團繞磨旁。麥萌豆實巧相厄，石齒頹唐勢將壓。君不見，元之隱居時，麫磨自給神色怡。何況我年才十七，四體奚甘就安逸？插架奇書森四壁，一燈風雨歡今夕。

采地踏菰

百昌乘時出，造化亦離奇。踏菰雖微物，積雨土膏滋。行吟事采擷，助饌聊充饑。陶汰去泥沙，古色蒼與虀。足配太常齋，何減商山芝？

偶　成

宿雨淡將盡，斜光明樹梢。游魚頻跳水，歸鳥各争巢。浩蕩觀元化，低迷任客嘲。飛仙如可學，我欲問三茅。

新歸贈大兄二首

望雲淚頻熱，點滴沾征衣。浩浩洪湖波，欲歸不得歸。有客軒然來，相攜出船扉。中途逢賈叟，風雨同奔馳。高堂破涕笑，執手長嘘欷。世亂無坦途，舉足皆禍幾。仰視梁上燕，母子同翻飛。

暫别輒思家，好風吹忽至。骨肉喜團圞，笑言逮童穉。檢我舊時書，背人自垂淚。愧我非終童，虚抱請纓志。離離園中草，嘉蔬日以閟。嚶嚶林上羽，和鳴若相遲。且復同荷鋤，明發有深意。

放鴨口號

萬物樂初孩，鴨小意無警。持竿一放之，首夏日方永。三五自成羣，毰毸露其頂。人禽各有適，視聽得清省。悄吟吟未終，新月上東嶺。

納涼

片雲將暑去，木末起幽籟。借兹嘉樹陰，好月歡相對。早稻方登場，農夫歌慷慨。淼淼平湖光，遠山青可愛。歷落數蛙鳴，傍徨一星大。緬懷桃源人，桃源竟何在？

移家雙山

歲晚亟移家，僦居雙山麓。夕陽三兩峯，結鄰有樵牧。殘書劫後灰，零星猶可讀。抗懷古之人，放歌慰幽獨。

讀孫子附解作

附解，總一卷，鄉先生鄭奈村撰。先生國初人，隱於農，其言簡質而明。疇昔嘗肄業焉，年來饑走，灰燼幸完。山居夜讀，用益慨然。咸豐四年秋仲。

否泰繫人謀，達者炳先見。草草烽煙中，山木自葱蒨。觥觥十三篇，巨畫揭雷電。鄭公有短疏，淺語具深念。兒時曾受讀，端居習清燕。故書如故人，展轉夜忘倦。世路滿荆榛，弱齡付襪線。一椽伴鷄棲，至樂在黄卷。

山居五詠

林月澹將曉，愁聽催耕鳥。勸汝莫浪啼，賊多人漸少。

蹁躚緑蝴蝶，愛吸花間露。露盡花亦枯，飛向别枝去。

躍躍田間蛙，官私竟誰是？帝問豈無因，相看盡青紫。

團團一枯橛，不堪持作薪。村姬偏解事，留待楦騏麐。

采藥入深谷，藥苗何離離。不悲無良藥，所恨多庸醫。

讀江中丞祭城隍文感賦

中丞來廬州，甫下車而賊至，出奇遮擊，賊屢創。孤軍援絶，公爲文禱於城隍，乞陰助焉。其文磊磊數百言，郡人争傳誦之。頃檢行笥，得舊録本，敬志。

一木廈難支，孤掌功莫建。嗚乎中丞死，江淮局幾變。城隍本大神，歲享牲牢薦。明聽胡不聰，忍顔視塗炭。坐使全城中，腥風血一片。遺文出灰燼，精忠躍雷電。攜向荒山中，酸吟淚如霰。

步月

長天挂玉盤，朗照清夜永。寒輝印衆峯，柴扉卓松影。徘徊石磴上，心與月同静。人行月自隨，天青數星冏。夜久重暈交，懸知風信警。

負暄

隆冬怯曉寒，午日一窗滿。曝背得奇温，氣王肢體煖。鄰犬傍我睡，蹴之起猶懶。大鈞酌元精，一陽動陰管。不惜敝緼單，所悲日光短。倚户獨徘徊，餘輝湛山館。

喜湯生至

世亂多别離，生逢幾無地。日晚遠汲歸，笑言喜君至。示我新詩篇，艱難增涕泗。干戈久連綿，至寶天乃閟。蕭然天地間，憔悴壯夫志。憶昔同筆研，與子皆弱稚。期許梁棟材，共抱淩雲氣。孰意丁時危，山邱終焉棄。執手一長嘆，漁樵吾輩事。

元夕後二日晚見燐火

飛燐幻無蹤，明滅見林藪。纔經山椒過，忽向村角走。欲止時復行，流光紅更黝。旁蹲列如隊，直下疾殊陡。薄雲翳層空，天黑不見斗。默念長甯鎮，烽煙亂羣醜。新墳血髑髏，夜闌冤魂吼。嗟我亦無家，佇立自搔首。

新正湯生來山中贈詩以山中苦名篇余反其意作答一首名之曰山中樂云

山中樂，有薪可斧泉可酌。興來或與樵牧偶，時復登高誦新作。遠汲泉根看雲脚，一室團圞傍林壑。青笠緑蓑雙草屩，伸則爲龍屈爲蠖。山中樂，笑倚東峯招白鶴。

晴雪記山農語

東峯雪霽夕照紅，後山雨勢吞前峯。須臾雲開雨亦止，杏花落盡前溪風。麥畦一抹晴霞朗，山農笑語歡拍掌。準備市頭買論語，相邀便作童蒙長。

贈李古漁先生

古漁非今士，風骨樹廉隅。放情圭組外，泉石愜貞操。禔躬崇樸素，與衆殊嗜好。逸興渺煙波，磻溪有同調。青烽亘吴楚，達者共高蹈。僦屋雙峯旁，尊酒同嘯傲。何當理扁舟，從翁江頭釣。

雨後晚眺

一雨亂峯碧，方塘新水漾。山澗競漫流，村炊煙縷颺。溼雲帶殘照，雨氣白相釀。禽語草間碎，蛙聲水邊壯。山農笑格格，有年卜天貺。暫希林下樂，免逐戎馬宕。何待武陵源，一邱且疏放。

又　雨

甘霖何沛然，滂沱百昌饜。下田水既充，高田流亦贍。方塘滿如月，涵空静相鑑。晚日懶放晴，溼雲意猶淹。信是里諺靈，東風有奇驗。屋老漏逾多，濃陰苦居塾。柳臥溼蟻徙，蘋開纖鱗噞。久旱逢異恩，湫隘亦奚厭？晝永資嘯歌，務閒便鉛槧。呼羣蛙互荅，覓巢燕争占。家翁愛酩酊，杖頭錢屢欠。朝蔬借鄰園，晚酤阻村店。引領望西峯，壯懷付書劍。

三月中旬聞警有感

我生百無俚，憒極頻呼天。嗟哉顛連世，胡不自我先。賊兵喜焚掠，所過無人煙。殺人如亂麻，高積巢湖邊。四野多新冢，陰燐黑夜喧。髑髏泣春雨，冤氣成陰雰。賊兵日進攻，我軍仍醉眠。英賢甘困頓，邱壑聊自全。永懷鹿門駕，長嘯俯清泉。

欣聞廬郡收復

倒懸倏然解，歡聲到巖谷。寒暑閲三稔，陰消一陽復。予亦劫燼人，雙眉快新熨。想應殺賊時，陰風萬鬼哭。高門臺榭傾，存者僅椽屋。階厲竟何人，俯仰淚盈掬。

重過教弩臺

古寺松長鐵佛大，兒時愛向松邊坐。黄巾一炬孤城破，松樹全焦佛頽臥。遊子別來悲故鄉，舊游盡作荆榛場。君不見，孝肅祠，楊侯廟，瓦礫荒荒動殘照。歸禽向夕無樹棲，斷垣時有饑鴉叫。

憶昔

憶昔廬陽城，昇平習歡娱。肉食但素餐，尸居無遠圖。厝火寢積薪，亂至人心愚。偉哉江中丞，忠義激懦夫。萬姓共登陴，誓死同歡呼。外援既尫怯，内訌復齟齬。守垣卅五日，摧堅百戰餘。賊夜穴城根，地雷裂西郛。於時天大霧，乾坤血糢糊。甃井溢駢屍，糞廁堆新顱。豈無縋牆者，人鬼争斯須。失勢竟破腦，投險乃折趺。枕籍更蹂躪，潰裂無完膚。朝廷亟命將，築壘城東隅。笙歌向夕酣，千金事摴蒱。城中歌楚些，城外歌吴歈。婉婉青衿子〔一〕，負戴泣泥塗。赤眉腥漢室，黄巢碎唐都。張陳起草竊，闖獻同負嵎。賊徒師黄巾，惑衆傳妖書。其性最殘毒，郡邑遭焚屠。幼兒任拘囚，嬉戲供賊奴。壯者席鋒手刃，鞭撲使前驅。有時競臠割，飽嚼饜其腴。釋老入中國，淫祠遍寰區。嗟嗟一炬火，千里成丘墟。手斷金僊頭，笑灼泥神鬚。眼看金張館，臺廈生青蕪。沈吟舊遊地，感嘆長欷歔。

瓦檠載渴以廚中所餘豕膏助之即事感賦

山居遠外營，讀書恒竟夕。郎當老瓦檠，膏竭苦難益。家貧鄰亦窶，告貸費搜索。豕膏本膳珍，百鍊色如雪。殷勤慈母意，傾瓶不遑惜。膏沃光自騰，餘輝朗檐隙。朱門華燭高，寶瑟泛瑶席。主人一夜歡，蠟淚紛堆積。誰知漆室人，孤檠課寥寂。撫卷念春暉，盈盈淚沾臆。

驟雨屋漏率賦

日没風色斂，雲深失遠岫。雨氣怒欲吞，滂沱復馳驟。屋老漏自多，沿壁下奔溜。天台瀑影飛，顔公腕力透。一室匯衆流，土牆漱成竇。浮雲變須臾，星月半天逗。稽首叩靈荒，願以洗窮寇。

秋日遊龍泉寺贈山僧

古寺倚山腹，佛脚泉亂流。老僧愛煮茗，餉客雙茶甌。山風來無端，飛葉滿佛頭。疏磬散空林，聲歇韻自留。暫從烽火外，憑眺湖天秋。山鳥避人飛，山農静若鷗。白石何磊磊，山花淒以幽。坡陀喬木高，藤蔓修篁稠。斜日斂衆峯，嵐影空中浮。山僧名一山，耕作依山疇。我生若飛蓬，去住難自由。桴鼓不暫停，戎馬何時休。三秀儻可掇，歲暮當重遊。

夢姥山

昔我家湖邊，愛兹青巃嵸。一塔峙層霄，翠挹湖光濃。時時倚扉望，目斷湖天空。别來才幾何，萬事銷長烽。天風吹吟魂，遍歷湖上峯。夢醒一呑聲，枕上聞霜鴻。

秋夕坐月

長風噫羣壑，秋聲滿林表。山空野水嘯，樹秃村燈小。沈沈東升月，肅肅南飛鳥。匡時羡賈董，覓句愛郊島。仰希固窮節，嗟予憂患早。衣食有常經，力耕以爲寶。

枕上作

霜冷風猶劇，孤衾抵鐵寒。援鶉無遠計，履虎敢言難？鄰紡聲相答，孤燈燼欲殘。烽煙正淒緊，月黑夜漫漫。

雙峯晚霽

徙倚雙峯清晝長，片雲將雨過山堂。湛湛溪水暈空碧，寂寂籬花綻嫩黄。避世桃椎雙草屩，嘔心昌谷一詩囊。乾坤幾處兵戈滿，薇蕨淒清又首陽。

夜坐吟

深山夜静鳴秋泉，泉聲直到書案前。霜鴻嘹唳下雲漢，短檠光冷愁不眠。我家舊住巢湖畔，烽火全將雲木换。遁泉井水久荒涼，幾度悲歌客腸斷。

殘臘

殘臘已盡春復來，青烽漸遠懷抱開。牧童午飯各歸去，嫩晴天氣恣徘徊。四山合抱冰翠冷，麥畦殘雪光彌冏。腸枯半句覓難就，一抹閒雲横遠岫。

懷大兄元伯

憶我方孩時，與兄同周旋。束髮遘兵火，相攜走便便。故廬付寒灰，新居少人煙。阿翁苦饑驅，悲歌向戎旃。兄亦事前行，橐筆謀一饘。倚閭累慈母，出入雙淚懸。菽水苟失時，五鼎皆徒然。仰看鴻雁翔，載誦鶺鴒篇。勉旃早來歸，東陵有瓜田。

絶命詞二首

生不作侯門彈鋏人，死不作播閒乞食鬼。霎時撒手御風行，笑把青芙弄秋水。

架上書，讀未了。籬外花，開正好。親恩難報願重來，兵火茫茫天地老。

山中長物十二銘

家故寠，圖史之藏，金石之刻，犕有一二，顛越播遷，蕩然澌盡。其出之朽壤而獲存於兹者，物有良楛，興感則同。村居偶暇，作長物銘，得十二首。

古鏡

秦與漢，無歲年。嫫與嫱，孰媸妍？土花斑斑磨不得，金銅仙人眼中血。

筆

筆不律而律，用必以時，勿作無益害有益。

紡車

縛竹植木中安軸，旋轉如風心手熟。民生在勤，無脱爾輻。

鋤

劉伶鍤，杜陵鑱。雙山一鋤，鼎立而三。

簦笠

簦笠製古，宜風宜雨。滔滔江湖，逝將焉處？

斷几

吁嗟兮几乎！孰折其肘，猶中立而不倚兮。郎當者屋，岌岌者牆。吁嗟兮几乎！勿以幸存而自隳厥防。

簾

虚生明，是有君子之德。其行屈曲，故舒卷而自得。

牛衣

昔司馬公，銘其布被。兒時誦之，起敬起畏。眇兹牛衣，出入烽燧。勖哉小子，儆於夢寐。

睡椅

有椅之形，可坐可憩。或曰是古胡牀之制，宜於老人，貞利。

竹牀

猗與竹牀，凛冽冰霜。歲星載周，賊砍不傷。蓋物之成毀無常而有常，故君子立不易方。

五經殘本

斑斕錯落，文蝕葉脱。天有五緯，地有五嶽。斯文何辜，屢遭奇厄。

古墨

古之爲墨者精其材而工必良，今之爲墨者焜其采而實則亡。觚不觚，墨乎墨乎！

歙石硯銘

石堅潤，大逾掌，予塾中物。湖干被賊，遂失去。來山閒，拾破甕片爲研，偶一作書，水墨狼藉，意輿殊惡。頃家兄從湖干覓歸，銘以志喜。石皺矣，不能刻字，書於楮，記顛末云。

自我兒時，與硯周旋。周旋伊何，于閒閒園。洎乎避兵，同我播遷。啖以喻糜，飲以遁泉。硯乃歙産，色碧而妍。叩之琅琅，玉潤金堅。我屋既燔，奔走連連。硯忽來歸，如珠乍還。出之糞壤，升之几筵。劫火中璺，其天則全。刻詞于左，以志慶焉。于時春仲，咸豐五年。徐氏叔子，其名曰元。

了無一物軒銘

軒，故山農之廚屋也。上漏下溼，壁黝黑，煙煤隆然，附檐而下垂。今年春，家君僦而居焉，窽其牖以爲余兄弟讀書之室。牀席几案之不具，門故無扉，蔽以草薦。客來，訝曰：『是真了無一物矣！』家君曰善，以名其軒。幼子元叔，謹繫以銘。銘曰：

巋然者軒，翼於山麓。有圖有史，弟樵兄牧。客何爲者，而曰無物？夫惟至人，不物於物。天覆地載，兩丸互燭。朝歌莫吟，而友麋鹿。白雲翳翳，媚我幽獨。中有至樂，弗諼弗告。

與父書

嚴親大人膝下：

兒自得病後，精力日減，平時教誨，不克負荷一二，兒罪良多已。見今道路梗塞，不可以遠行，家居亦宜善處，幽憂自廢，非達人也。兒死病非一日矣，兒雖早死，兒之幸也，大人不可以兒死而推咎於兒母。兒母忠愚人也，大兄性魯而樂善，宜因材而曲成之。當在十三年後有繼起者，此非謬說。即今亦不可以申明。山閒亦非樂土，藏身之所惟察之。

不孝兒元叔叩頭。

與兄書

元伯大兄足下：

本月十四日晨起，兄之三河，弟欲面無由，仰誦杕杜之詩，不覺潸然泣下矣。十六日，嚴親往郡中。十七、八日弟病不支，自思萬無生理。十九日病加劇。二十日晚閒少愈，二十一日復甚，惟以一死待之。

弟雖死，尤念父母十九年養育之恩何所報耶？見值離亂之時，兄遠役三河，家甚懸懸。弟死，兄當速歸督理家務，老小人口都須照料。語云：『大兵之後，必有凶年。』今有其兆矣。一切事宜惟豫圖之，而尤貴於力學。古之人或出或處，其能卓然自立無負於家國者，豈皆天授哉！兄當自思，就令隱處山林，耕牧於荒崖窮谷之中，而嘯歌自適，不尤幸與？昔江革養親，王裒廬墓，懿行嘉言至今傳誦。夫菽水可以承顏，列鼎無足養志，諸宜慎思也。

至弟死後，家事必雜亂無章，二人恐生風疾，兄當隨時勸慰，不可以弟之一命致累於二人。或鬼或神，傳言不雅。兄亦慎勿終日號泣也。兄弟骨肉之親，故書以告，如不以弟言爲謬而日存之於心，弟雖在九泉，當冥報於兄矣。儻在三河不得家信，弟早晚必託夢於兄矣。若兄思我之甚，弟必於重陽前一日一相見也。書至此，恨不能飛至兄前，一道衷曲。幽明迢遞，與兄長作隔世之人，可堪痛哭！弟書此，亦流涕而死矣。王大哥爲道問。

六月廿六日弟元叔百拜。

校　記

〔一〕迴　當作『迴』。
〔二〕矜　當作『衿』。

附録二

龍泉老牧傳

桐城馬其昶撰

龍泉老牧者，合肥徐君子苓所自署别號也。君故號南陽，字西叔，一字毅甫。先世由南昌遷廬州，世農也。父欽，多病早世，性喜振施。君方在娠，有道士修髯古貌，自言游峨眉來，到門乞齋，已，忽不見。家人報産兒，故遂小字曰『道士』。岐嶷穎異，涉學多通。既孤，貧不能自存。太守劉耀椿奇賞之，期以國士，爲資給其家。少喜讀易及老、莊、孫武書，究心天下利病，顧視儕輩皆無出己上，益放不自檢，謂名業可立致。年二十四舉於鄉。入都，獲交湘鄉曾文正公及邵郎中懿辰、陳編修源兖、張石洲穆暨他知名士，皆解帶寫誠，羣流傾嚮。然性故介特，於時俗人不能容納，尤貴顯者尤以氣轢之。人以此畏其狂，望風嫉之。既困不得第，歸而鬻文自活。得錢復隨手散去，久益困，則以書抵故人於京師，謂：『足下誠欲起僕之窮乎？何不號於諸貴人之門曰：合肥有徐生，善鬻文，苟羅而致之，不苛以恒禮，自時文、試帖、館閣、賦、箋、表、頌、誄，旁及兩漢、三唐樂府，與夫流俗俳諧、祈神謏鬼、藏嬌贈豔之作，唯主人之命是聽，計役而與償。』當其快意，萬言之富，唾手可辨；即非其人，雖千金，一字不得也。蓋其困彌甚，其自喜亦彌甚。

曾公典試江西，使節過廬州，詣君陋巷，不值，賦詩一章而去。於是，陳源兖出守吉安，再補池州，君樂江南山水，陳又故人也，遂客其所。當是時，天下已大亂，曾公治兵於長沙。廣西寇既破武昌，順流東下，防江兵潰散，寇遂據江甯，四出侵擾。安徽巡撫移治廬州。江公忠源新立大功，授巡撫，馳入廬州治守御。陳源兖已前解池州任，被檄至廬州助守。君方避寇亂鄉居，聞陳至，亟走存問，甫入而城閉，寇前鋒抵派河，君留居圍城中廿餘日。一日，陳置酒飲君，酒半，慨然曰：『嘻！子好言兵，乃恒飲，何憚一見撫軍，樹尺寸功衛鄉里？』因强之以見江公。江公固夙知君，一見大喜，曰：『何以教我？乃者客有獻計，籍富民財以招徠鄉勇，鄉勇果何如？』君曰：『鄉民自保衛，皆無足當巨寇。』江公曰：『然！然吾精兵皆留江西，今事急，姑强子一行。且聞子有老母，又獨子，不可徒死圍城中。子幸出，爲我趣鄉勇來，吾開門。待戰事平，還藉子草露布。』君既感陳公之言，又重違江公，乃許諾。以筐縋城下，冒圍出。未幾城陷，二公殉節死。鄉里富民聞前時議斂民財事，雖不就，皆争齮齕君。君用是益困厄無所向。久之，曾公水陸大舉克安慶，則遣人迎致君。

居三年，江甯平，兩淮洊以無事，君謂山中屋可葺，田可耕也，乃辭去。到家解裝，以所得金買黄牛一頭。私心自幸：『天若厭亂，吾是牛蚤作而夕休，更十餘年即死，幸矣！』因自號龍泉老牧。龍泉者，巢湖之濱，其所居山名也。歲比不登，蝗大起，復饑驅四走。風雪寒沍，中酒成瘴病。比歸而牛死，江淮之亂又作。於是乃太息曰：『皇穹不佑，載掣余肘。我牛不辰，失左右手。天邪，盜邪，孰終余畝？悲夫！』自是仍時時鬻文，遊公卿間。同治五年，揀選得知縣，不樂爲吏，改教職，選授和州學正，未上事。

州牧游智開，循吏也，固要之往。比至，聞學師争諸生贄金薄厚，笑曰：『是尚可爲邪？』徑去不顧。光緒二年，年六十有五，其夏有鴟鳥飛集書室。侍者逐不去，醢之。越日，二大鴟率羣小鴟數百棲園樹，震撼牆屋，格格有聲。君曰：『此賈太傅所謂「服鳥」也，吾其行矣！』遂卒。君於醫、卜、相人之術一皆研習，尤雄詩筆，著有敦艮吉齋詩文，存六卷。

配楊氏，生子二：長源伯；次元叔，才而早死。君上世五傳皆單丁，至源伯乃有孫五人。

馬其昶曰：余客合肥，聞其先輩有『三怪』之目，蓋謂君暨朱默存、王謙齋而三。余及見王君，年八十猶健，爲詩述君行，乞爲之傳，且言：『君師事姚石父先生，其文學亦乃傳業桐城，子其勿辭。』果敏公英翰者，起安徽州縣，至巡撫，故與君爲昆弟交。一日，君敝衣詣巡撫署，果敏屣履出迎，酒酣樂作，君乃言曰：『大難初夷，百廢待飭，而君輩爲大官者固樂甚乎？僕老罷，殊不慣此。』因起趨出，果敏亟謝曰：『謹受教！』即命撤樂，固請乃留。其正辭不阿皆此類也。今年，余來合肥，王君已前卒，偶與李生國松讀君文，嘆其絶人，又頗惜其多無聊應俗之作，今誠能要删之，亦足以不朽。李生請任校刻，余乃録存其文一百餘篇，分類編次，皆可觀。而君子源伯適於其時持狀來謁文也，蓋其年亦且七十矣，因頗採君所自著文及王君語，次之如此。

（輯自清光緒三十二年集虚草堂刻本敦艮吉齋文鈔卷前）

附　安徽古籍叢書已版書目

舊聞隨筆
定本莊子故
張籍集注
文學研究法
桐城文學淵源考・撰述考
包拯集編年校補
康輶紀行・東槎紀略
北山樓集
桐城耆舊傳
疑庵詩
三餘札記
方望溪遺集
爾雅翼
識小録・寸陰叢録

東萊詩詞集
明太祖集
王侍郎奏議
程氏家塾讀書分年日程
朱楓林集
敬孚類稿
施愚山集（四册）
吴敬梓吴烺詩文合集
張孝祥詞箋校
竇山公家議校注
翠微南征録・北征録合集
阮大鋮戲曲四種
老子注三種
杜詩説

朱書集
論語解注合編
郭祥正集
皖人詩話八種
唐詩評三種
左傳微
績學堂詩文鈔
鈍齋詩選
老子注譯
莊子詮詁
説文假借義證
劉銘傳文集
包世臣全集（三册）
戴震全書（七册）

田間易學
莊屈合詁
田間詩集
田間文集
古事比（二册）
安徽出土金文訂補
秋崖詩詞校注
道聽途説
蘭茗館外史
青泥蓮花記
舌華録
明語林
夜雨秋燈録·續録（二册）
包拯集校注
毛詩後箋（二册）

劉文典全集（四册，列入特輯）
壹齋集（二册）
孟子講義
楊仁山全集
弢翁藏書年譜（列入附輯）
不得已附二種
歙事閑譚（二册）
惜抱軒詩集訓纂
張孝祥詩文集
吴汝綸全集（四册）
朱子全書（二十七册）
明實録安徽經濟史料類編（列入附輯）
姚瑩年譜（列入附輯）
青溪集
藏山閣集

田間詩學
俞正燮全集（三册）
皖人戲曲選刊·鄭之珍卷
詠懷堂詩集
所知録附四種
文選箋證（二册）
歙紀
方孝標文集
七頌堂集
劉文典全集補編（列入特輯）
程瑶田全集（四册）
皖人戲曲選刊·方成培卷
皖人戲曲選刊·龍爕卷
凌廷堪全集（四册）
黄生全集（四册）

東輶紀程
蕭雲從詩文輯注
程文炳文集
程恩培集
方盦山詩集（二册）
趙紹祖金石學三種
小爾雅義證
勉行堂詩文集
貴池唐人集
龍眠風雅全編（十册）
無爲集校箋
杜詩提要
分篇水經注（二册）
松泉集（二册）
梅鼎祚戲曲集

通鑒注商・新舊唐書互證
杜徵三友朋手札
吴應箕文集
舒鴻貽著述二種
皖雅初集（三册）
桓譚新論校注
宛雅全編（二册）
李宗棠文集・東游紀念
李宗棠文集・考察日本學校記（二册）
李宗棠文集・光緒徵要録
李宗棠文集・奏議輯覽初編
李宗棠文集・學詩堂經解
李宗棠文集・千倉詩史初編
吴芝瑛集
施愚山集（增訂版　四册）

桐城方氏七代遺書
方以智全書（十册）
金聲集
徽州杜詩學二種
白鹿山房詩集
金粟齋遺集
文字蒙求廣義
施愚山集外編二種
安徽文獻總目（六册，列入特輯）
國朝詩品（二册）
吕美蓀詩文集
姚鼐詩文集（三册）
張潮全集（五册）
朱書全集（二册）

喻林（六册）

張樹聲文集

廬江詩雋·廬州詩苑

馬其昶文集

徐子苓集

安徽古籍叢書

黃山書社

安徽大學『雙一流』建設項目
安徽省古籍整理出版辦公室
資助